小学館文庫

その手を離すのは、私

クレア・マッキントッシュ

高橋尚子 訳

小学館

＊主な登場人物＊

レイ・スティーヴンス……………… ブリストル警察犯罪捜査課（CID）の警部補。

マグス………………………………… レイの妻。もと警察官。

トム…………………………………… レイとマグスの息子。12歳の中学１年生。

ルーシー……………………………… レイとマグスの娘。９歳。

ケイト・エヴァンス………………… CIDの巡査。

スタンピー…………………………… CIDの巡査部長、ジェイク・オーウェンの愛称。

ジェイコブ…………………………… ひき逃げ事件の５歳の被害者。

ジェナ………………………………… 彫刻家。

イヴ…………………………………… ジェナの姉。

ベッサン……………………………… ペンファッチの村で雑貨店を営む女性。

イエスティン………………………… ペンファッチの農場・コテージ経営者。

パトリック・マシューズ…………… ポート・エリス動物病院の獣医。

イアン・ピーターセン……………… ソフトウェア会社の経営者。

アニヤ………………………………… ポーランド出身の若い女性。

アレックスに。

序章

風が濡れた髪の毛を顔に打ちつける。彼女は雨がはいらないように目を細める。こんな天気の日は、だれもが足を速める。だれもがコートの襟に顎をうずめて、滑りやすい歩道を早足で過ぎていく。通り過ぎる車がふたりの靴に水しぶきをかける。道路からの騒音のせいで、学校の門が開いた瞬間から始まった今日の出来事の報告は、二言三言しか聞き取ることができない。言葉は途切れることなく彼の口から飛び出し、これから彼が成長することになるこの新しい世界に対する興奮で、話が入り乱れたり、後先になったりしている。親友、宇宙のプロジェクト、新しい先生、そんな言葉が聞こえてくる。彼女は視線を落とし、マフラーをすり抜けてくる冷気を気にも留めず、彼の興奮した様子に顔をほころばせる。少年はにっこりと笑い返すと、雨を口に入れようと頭を後ろに傾ける。濡れたまつ毛が目の周りに黒い塊を作っている。

「それからね、自分の名前も書けるんだよ、ママ！」

「なんて賢い子なの」彼女はそう言うと立ち止まり、少年の雨に濡れた額にしっかりとキスをする。「おうちに着いたら、書いて見せてくれない？」

　ふたりは五歳児の足が出せる限り速いスピードで歩く。彼女の空いているほうの手には少年のバッグが握られていて、足を出すたびに両膝を激しく打つ。

　もうすぐ家に着く。

　ヘッドライトが濡れた舗装道路を照らす。数秒ごとにまぶしい光がふたりの目をくらませる。車が途切れるのを待って、ふたりは交通量の多い道をすり抜けるように横切っていく。彼女は柔らかいウールの手袋の中の小さな手をきつく握る。少年は遅れずについていくために走ることになる。びしょ濡れの葉が幾重にも重なってガードレールに張りついている。紅葉した葉の鮮やかな色が、くすんだ茶色に変わっていく。

　ふたりは静かな通りまで来た。角を曲がれば家はすぐそこだ。魅力的な家のぬくもり、温かく迎え入れられることへの期待。近所に帰ってきたという安心感から、彼女は彼の手を離して、自分の目にかかる濡れた髪の毛を払いのける。そしてその髪から滝のように落ちてくる滴(しずく)を見て笑う。

「さあ」最後の角を曲がりながら彼女が言う。「家に着いたときのために、電気をつけたままにしてきたのよ」

　通りの向こう側にある赤レンガの家。寝室がふたつと、とても小さな台所、それに植木鉢――いつもそこに花を植えようと思っていた――が所狭しと並んだ庭。ふたりきりの家。

「競争だよ、ママ……」

彼はずっと動きつづけている。目が覚めた瞬間から、頭を枕にのせる瞬間まで、エネルギーに満ち溢(あふ)れている。常に飛び跳ねたり走ったりしながら。

「行くよ！」

それは一瞬のうちに起こった。少年が家に向かって走り出すと、彼女は隣にぽっかりと穴が空いてしまったような感覚を覚えた。少年は玄関を照らす柔らかな光と、玄関ホールの暖かさを求めて走った。それから牛乳とビスケット、二十分間のテレビ、夕飯のフィッシュフィンガー。最初の学期の半ばまできたばかりだというのに、ふたりにはすでに日課ができていた。

車はどこからともなく現れた。キーッというブレーキの音。五歳の少年がフロントガラスにぶつかるドスンという音。地面に叩(たた)きつけられる直前の彼の体の回転。彼女は少年を追いかけて、動きつづける車のまえに走り出ようとする。滑って激しく転倒し、伸ばした両手を地面について体を支える。その衝撃に息が止まる。

それは一瞬のうちに終わった。

彼女は少年のそばにしゃがみこみ、一心不乱に脈を探す。吐く息が空中でひとつの白い雲になるのを見る。彼の頭の下に暗い影ができていくのが見える。自分の泣き叫ぶ声が聞こえる。まるでだれか別の人間から発せられる声のように聞こえる。顔を上げてぼやけたフロントガラスを見ると、暗くなりつつある夜の空にワイパーが水を弧状に飛ばしている。彼女は見えない運転手に向かって助けを求めて叫ぶ。

　彼の体を自らの体で温めようと、彼女は前かがみになってふたりの体を覆うようにコートを広げる。コートの裾が道路の表面に溜まった水を吸い上げている。彼女が少年にキスをして、目を覚ましてくれと懇願するなか、ふたりを包み込んでいる黄色い光がだんだん小さくなり、やがて細い光線になる。車がバックしている。エンジンが警告するような金属音を上げる。車は二回、三回、四回、進んだり止まったりを繰り返して、狭い道路で方向転換する。慌てているせいか、道路に沿って立ち並ぶ巨大なセイヨウカジカエデの一本に車体を擦って いく。

　そして辺りは暗闇。

第一章

1

警部補レイ・スティーヴンスは窓のそばに立ち、オフィスに置かれた自分の椅子をじっと見ていた。肘掛けの片方が少なくとも一年前から壊れていた。レイはこれまで、左側に寄りかからないというシンプルで実際的な方法でこれをしのいできた。しかしレイが昼食で席を外しているあいだに、何者かが椅子の背もたれに黒いマーカーで〝DEFECTIVE（欠陥あり）〟と書きなぐっていった。レイは考えた。業務支援課が新たに見出（みいだ）した備品検査への情熱が、備品の取り替えにまで及んでいるのだろうか。あるいは自分は、自分の信頼性に重大な疑問を投げかける椅子に座りながら、ブリストル警察の犯罪捜査課（CID）を指揮する運命にあるのだろうか。

レイは身を乗り出して机の一番上の乱雑な引き出しからマーカーを探し出すと、しゃがみこんで背もたれの注意書きを〝DETECTIVE（刑事）〟に書き換えた。オフィスのドアが開いた。レイは急いで立ち上がり、マーカーのキャップをしめた。

「ああ、ケイトか、今ちょっと……」ケイトの表情に気づくなりレイは話すのをやめた。それと同時に、レイはケイトの手に指令書が握られているのに気づいた。「何があった？」

「フィッシュポンズでひき逃げです、ボス。五歳の男児が殺されました」

レイは手を伸ばして指令書を受け取ると、それに目を通しはじめた。そのあいだケイトは、ドアのところできまり悪そうに立っていた。交代制勤務の部署から異動してきたばかりのケイトはCIDにまだ数ヶ月しか在籍しておらず、新たな環境になじもうとしている最中だった。とはいえケイトは優秀だった。彼女自身が自覚しているよりはるかに優秀だった。

「登録番号は？」

「はいってきている情報ではまだ。現場は立ち入り規制して、現在、現場の指揮官が子どもの母親から調書を取っているところです。母親はひどくショックを受けているようです、想像できますよね」

「遅くまで残っても平気か？」レイは訊いたが、ケイトはレイが言い終わるのを待たずに頷いた。ふたりは互いの体にアドレナリンが駆け巡っているのを感じて、かすかな笑みを交わした。これほど恐ろしいことが起こっているときに楽しむなんてひどく間違っている、いつもそう感じてはいたものの。

「よし、じゃあ行くか」

ふたりは裏口のドアのところで隠れるようにしてたばこを吸っているひとびとに向かって

軽く会釈した。

「調子はどうだ、スタンピー」レイは言った。「これからケイトとフィッシュポンズのひき逃げ現場に行ってくる。地域情報課に連絡して、何か新しい情報がはいっていないか調べてくれ」

「了解」レイより年配の男が、手巻きたばこの最後のひと吹きを吸い込んで答えた。ジェイク・オーウェン巡査部長は、その警察人生の大半、スタンピーという愛称で親しまれてきた。そのため法廷で彼のフルネームが読み上げられる際には、いつも驚きをもって迎えられた。口数の少ない男で、多くの苦労話を持っていながらも、そのすべてを人に話して聞かせようとはしなかった。それでもスタンピーがレイにとって最高の巡査部長であることに疑問の余地はなかった。ふたりは交代制勤務の警察官だった時代に数年間、一緒に仕事をしたことがあった。身長の低さを忘れさせるほどの力強さを持ったスタンピーは、味方につけておきたい頼れる仲間だった。

スタンピーのチームには、ケイトに加え、堅実なマルコム・ジョンソンと若いデイヴ・ヒルズドンがいた。ヒルズドンは熱意はあるが独立路線をいきたがる巡査で、有罪判決を勝ち取るための彼の揺るがない努力は、レイの好みからいくとやや行きすぎだった。彼らは良いチームで、ケイトは仲間から多くのことを素早く吸収していた。ケイトは燃えるような情熱を抱いていて、その情熱はレイに、十七年前を、お役所仕事によってすり減らされるより以前のまだハングリー精神のある巡査だった日々を懐かしく思い出させた。

ケイトは渋滞がひどくなりつつあるラッシュアワーの道路を覆面車のトヨタ・コルサで走っていた。ケイトは忍耐力に欠ける運転手だった。赤信号で足止めを食らうと舌打ちをし、渋滞にはまれば先を見ようと首を伸ばした。ケイトはひっきりなしに動いていた。ハンドルを指で叩き、鼻を動かし、座席の上でそわそわと腰を動かしていた。そして再び車が流れはじめると前傾姿勢を取った。そうすることで自分たちもより速くまえに進めるかのように。

「パトカーの青ライトとサイレンが恋しいか？」レイは訊いた。

ケイトはにやりとした。「少しだけ」目の周りにアイラインが滲んでいたが、それをのぞけば化粧は完全に落ちていた。ダークブラウンの巻き毛がだらりと顔に落ちてきていた。おそらくはそれを食い止めるために髪の毛に留められていたべっ甲のクリップの甲斐もなく。

レイはいくつか必要な電話をかけるために携帯電話を取り出した。交通捜査課が現場に向かっていることを確認する電話がひとつ。警視に情報が伝わっていることを確認する電話がひとつ。そして〝オペレーション・ワゴン〟――テントや非常灯、温かい飲み物を山ほど積んだ、がたがたとぎこちなく動く車両――に連絡済みであることを確認する電話がひとつ。すべて完了していた。正直なところ、いつだって問題なく完了している。それでも責任を取るのは警部補であるレイだった。ＣＩＤの到着が交代制勤務の警察官の神経をわずかに逆なであるのはお決まりのことだった。しかしそれは仕方のないことだった。だれもが通る道だった。制服を着る期間を最短で終わらせて昇任したレイでさえ経験があった。

レイは制御室(コントロールルーム)に電話をかけて、あと五分で到着すると伝えた。しかし自分の家には電話をかけなかった。マグスには、定時に帰れるという稀(まれ)な場合にだけ電話をするようになっていた。長時間労働が要求される仕事においては、それがずっと現実的な対応のように思われた。

角を曲がりながらケイトは車の速度を落とした。少し先の通りに六台ほどのパトカーが無秩序に停(と)められていた。パトカーのランプが一秒おきに現場に青い光を投げかけていた。複数の投光照明器具が金属製の三脚の上に設置されていて、そこから発せられる強い光が細かい霧のような雨を際立たせていた。幸いなことに雨は先ほどから弱まってきていた。

警察署を出る間際、ケイトはロッカーに立ち寄ってコートを持ち、ハイヒールから長靴に履きかえていた。「スタイルより実用性」ケイトはそう言って笑い、履いていた靴をロッカーに投げ入れて長靴を引っ張り出した。レイはどちらの主義についてもあまり深く考えたことがなかったが、今になって、コートくらいは持ってくるべきだったと思った。

ふたりは大きな白いテントから百メートルほど離れたところに車を停めた。テントは、どんな証拠であれ残っている可能性のある証拠を雨から守るために立てられていた。テントの一面が開いていて、ひとりの犯罪現場捜査官が四つん這(ば)いになって目に見えない何かを拭きとっているのが見えた。通りのずっと先のほうでは、白いつなぎに身を包んだ別の捜査官が道路に並んだ巨大な木の一本を調べていた。

現場に近づいたところでレイとケイトは若い巡査に止められた。巡査の蛍光色のジャケットはかなり上までファスナーが締められていて、帽子のひさしとジャケットの襟のあいだから、かろうじて巡査の顔が見えていた。

「こんばんは。現場をご覧になりますか？　名前を記入していただく必要があります」

「いや、結構だ」レイは言った。「巡査部長がどこにいるか教えてもらいたい」

「母親の家です」巡査は答えた。そして通りの先にある、小さな家が何軒かつながって建っているあたりを指さし、それからまた襟の中に引っ込んだ。「四番です」付け足すように、くぐもった声が聞こえてきた。

「まったく、惨めな仕事さ」ケイトとその場を離れながらレイは言った。「見習いのころ、土砂降りのなかで十二時間、現場の見張りをやったことがあった。挙句、翌朝八時に警部が現れたとき、笑顔で対応しなかったって説教くらってね」

ケイトは笑った。「それがスペシャリストになろうと思った理由ですか？」

「それだけじゃないけど」レイは言った。「もちろんそれも魅力のうちだった。いや、違うな、でかい仕事は根こそぎスペシャリストに奪われて、何ひとつ最後まで見届けることができなかった。そんな状況にうんざりしてたってのが一番の理由だな。君は？」

話しつづけた。

「似たような理由かな」

　ふたりは巡査が指し示していた連棟住宅(テラスハウス)までやってきた。ケイトは四番の家を探しながら
「厄介な仕事であればあるほど好きなんです。飽きっぽい性格だからってだけなんですけど。解明するのに頭痛を伴うような複雑な捜査が好きです。ただのクロスワードより暗号(クリプティック)クロスワードを解きたい。意味わかります?」

「非常によくわかるよ」レイは言った。「クリプティック・クロスワードに関しては、おれはいつだって役立たずだがね」

「コツがあるんですよ」ケイトは言った。「いつか教えます。ここですね、四番」

　センスよく塗装された玄関ドアがわずかに開いていた。レイはドアを押し開けて、中に向かって呼びかけた。「CIDです。はいっても?」

「リビングにいます」だれかが答えた。

　ふたりは玄関マットで足を拭いてから、狭い玄関ホールを歩いていった。途中、荷物を抱えすぎたコート掛けを押しのけて進んだ。コート掛けの下には、子ども用の赤い長靴が大人用の長靴の傍らにきちんと並べられていた。

　子どもの母親は小さなソファに座っていて、膝の上に置いた引き紐(ひも)のついた青いスクールバッグを握りしめながら、そのバッグをじっと見つめていた。

「警部補のレイ・スティーヴンスです。息子さんのこと、本当にお気の毒です」

母親は顔を上げてレイを見た。引き紐をあまりにきつく手に巻きつけていたために、紐が皮膚に食い込んで赤い溝を作っていた。「ジェイコブです」母親の目に涙はなかった。「あの子の名前は、ジェイコブです」

ソファの隣に置かれたキッチンチェアに制服の巡査部長が座っていて、膝の上に書類をのせてバランスを取っていた。レイはこの男を警察署周辺で見かけたことがあったが、名前は知らなかった。レイは男の名札にちらりと目をやった。

「ブライアン、ケイトを台所に連れていって、これまでにわかっていることをケイトに教えてやってくれないか。目撃者に二、三、訊きたいことがあるんだ。もし差し支えなければだが。すぐに終わる。ついでに彼女に紅茶を作ってもらえるかな」

ブライアンの表情を見れば、ブライアンがそんなことはごめんだと思っていることは明らかだった。それでもブライアンは席を立ち、ケイトと一緒に部屋から出ていった。特権を振りかざすCIDについてケイトに愚痴をこぼすことになるのは疑いようもなかった。しかしレイはそういうことを気にしない質(たち)だった。

「さらに質問をすることになって申し訳ありません。でも可能な限り多くの情報を、可能な限り早い段階で得ることが極めて重要なんです」

ジェイコブの母親は頷いたが、顔を上げなかった。

「車のナンバープレートは見えなかったんでしたよね？」

「本当にあっという間の出来事でした」母親は答えた。言葉を発することで感情が少しずつ解放されていくようだった。「学校のことを話していたんです、そしたら……。手を離したのはほんの一瞬だったんです」そう言いながら彼女はバッグの紐をさらにきつく手に巻きつけた。レイは彼女の指から色が失せていくのを見た。「すごく速かった。車はものすごい速さで走ってきたんです」

母親は、当然感じているはずの苛立ちを少しも見せることなく、レイの質問に静かに答えていた。レイはこんなふうに厚かましい態度に出なければならないことがひどく嫌だったが、そうするよりほかなかった。

「運転手はどんな人物でしたか？」

「中は見えませんでした」

「同乗者はいましたか？」

「車の中は見えませんでした」母親は繰り返した。その声はくぐもっていて抑揚がなかった。

「そうですか」レイは言った。ブライアンたちは一体どこから聴取を始めるつもりでいるのだろう。

母親がレイを見て言った。「見つけてくれますか？　ジェイコブを殺した男を。見つけてくれますか？」声が震えていた。発せられた言葉がばらばらと断片になり、低いうめき声へと変わっていった。母親はお腹にスクールバッグを抱えるようにして体を丸めた。レイは胸が締めつけられるように感じた。深呼吸をひとつして、どうにかその気持ちを押しやろうとした。

「全力を尽くします」陳腐な決まり文句を言う自分を軽蔑しながらレイは言った。

ケイトが台所から戻ってきた。紅茶のはいったマグカップを持ったブライアンがそのあとに続いた。「聴取はここまでということでいいですかね、ボス」ブライアンは言った。

おれの目撃者を動揺させるのはやめてくれ、ってことだろ。「ああ、助かったよ――邪魔して悪かった。ケイト、必要な情報はすべて聞いてくれたか？」

ケイトは頷いたが、その顔は青ざめていた。ブライアンから、何か気分の悪くなるようなことを吹き込まれたのだろうか。もう一年かそこら経てば、チームのほかのメンバーを知っているのと同じ程度にケイトのことを知るようになるだろう。しかし今はまだ、レイにはケイトのことがよく理解できていなかった。ケイトは率直な人間だった。そのことについてはよくわかっていた。そしてケイトは飲み込みが早かった。チーム会議で自分の意見を述べることにそれほど神経質になることはない。

ふたりは家を出て、無言のまま車まで戻った。

「大丈夫か？」レイは訊いたが、ケイトが大丈夫ではないことは明らかだった。顎がこわばり、顔からは血の気が完全に失せていた。

「平気です」ケイトは言った。しかしその声はこもっていて、レイにはケイトが泣くのをこらえているのがわかった。

「なあ」レイはぎこちなく伸ばした腕をケイトの肩に回して言った。「ジェイコブの事件か?」レイは、今回のような事件の副次的な影響に対する防御メカニズムを長い年月をかけて築き上げていた。警察官のほとんどが同じようなものを築いていた——警察署内の食堂についてささやかれる冗談のいくつかに気づかないふりをしなければならないのも防御反応のひとつだ。しかしケイトは違っていた。

ケイトは頷くと、激しく震える息を深く吸い込んだ。「ごめんなさい、普段はこんなふうじゃないんです、本当に。遺族への事情聴取（デスノック）ならもう何十回もやってきたけど……信じられない、まだ五歳ですよ！ジェイコブの父親は、一度だって息子と関わりを持とうとしたことがなかったみたいです。だから彼らは、いつだってふたりきりでやってきたんです。母親がこれからどんな苦しみを経験することになるのか、想像すらできません」ケイトの声が震えた。レイは再び胸が締めつけられるように感じた。レイの対処メカニズムは、捜査に——目のまえにある確固たる証拠に——集中すること、そして事件に関わる人たちの感情を深く考えすぎないことを基本に成り立っていた。自分の腕の中で自分の子どもが死んでいくのを見届ける親の気持ちについて長く考えてしまえば、レイはだれにとっても、とりわけジェイコブと彼の母親にとっては、何の役にも立たない存在になってしまう。レイは無意識に自分の子どものことを考えていた。家に電話をかけて、子どもたちが無事かどうか確認したい、そんな非理性的な欲求に駆られた。

「ごめんなさい」ケイトは唾を飲み込んでから決まり悪そうに笑った。「いつもこんなふうじゃないって約束します」

「なあ、気にするなよ」レイは言った。「おれたちもみんな通った道だ」

ケイトは片方の眉を上げた。「ボスでも？　私の理解では、ボスは繊細なタイプじゃないんだけど」

「いいところもあるんだよ」レイはケイトの肩をぎゅっとつかんでから、回していた腕を離した。レイは自分が仕事で涙を流すことが実際にあるなどとは思っていなかった。しかし今回は、その寸前だった。「平気そうか？」

「大丈夫です。ありがとうございます」

車を出しながら、ケイトは振り返って事件現場を見た。犯罪現場捜査班（CSI）の捜査官たちがまだ懸命に作業をしていた。「五歳の男の子をひき殺して、しかも走り去るなんて、どんなろくでなしなの？」

レイはためらわずに言った。「そいつをこれからおれたちが解明するんだよ」

2

紅茶なんて欲しくない。それでも私はマグカップを受け取る。マグカップを両手で包み込んで、火傷するまで湯気に顔を押しつける。痛みが肌を刺す。頬の感覚がなくなり、目がチクチクする。顔を引き離したいという衝動に抗う。頭から離れないあの光景をぼやけさせるには、感覚を失う必要がある。

「何か食べるものでも?」

彼は私を見下ろすように立っている。顔を上げなくてはいけないとわかっているけれど、私にはそれが耐えられない。何事もなかったかのように食べ物や飲み物を勧めてくるなんて、どうしたらそんなことができるの? 吐き気が込み上げてきて、酸っぱいものを飲み下す。彼は事件の責任が私にあると思っている。そう口に出して言ったわけではないけれど、その必要はない。彼の目を見ればわかる。でもそれは間違ってはいない――私のせいなのだ。違う道を通って帰れば良かった。話なんてしなければ良かった。私が彼を止めるべきだった……。

「いいえ、今は」私は静かに答える。「お腹が空いていなくて」

事故が頭の中で繰り返される。一時停止ボタンを押したいのに、映画は執拗に流れつづける。何度も、何度も、彼の体がボンネットに叩きつけられる。再びマグカップを顔に近づけるけれど、紅茶はもう冷めていて、肌を痛めつけるほどの温かさは感じられない。涙が出ている感覚はないのに、大粒の涙が膝を打って弾ける。私は涙がジーンズに染み込んでいくのをじっと見つめる。そして太ももについた泥の汚れを爪で引っかく。

部屋を見回してみる。ずいぶん長い時間をかけて作り上げてきた家。クッションに合わせて買ったカーテン。アート作品の中には私自身の作品もあれば、ギャラリーで見かけて置いて帰ることができないほど惚れてしまった作品もある。私は家庭を築いているつもりだった。でも、ただ家を作っていたにすぎなかった。

手が痛い。手首に触れると、脈が速く軽く打っているのが感じられる。痛みがありがたかった。もっと痛みが強かったら良かったのに。車がはねたのが私だったら良かったのに。

あの人はまた何かしゃべっている。警察はいたるところで車を探している……新聞が目撃者に呼びかけるだろう……ニュース番組でも伝えられるだろう……

部屋がぐるぐる回っている。私はコーヒーテーブルに目を据えて、適当そうなところで相槌を打つ。彼は窓に向かって大股で二歩進み、そしてまた戻ってくる。少し座ってくれたらいいのに――彼は私の神経を逆なでする。手が震えている。まだ口をつけていない紅茶を床に落としてしまわないうちにテーブルに置くけれど、陶器のカップがガラス製の天板に当たって、がちゃんと音が鳴った。彼は苛立った視線を私に投げかける。

「ごめんなさい」口の中に金属のような味を感じる。唇の内側を嚙んでしまったんだ。ティッシュを取ってほしいと頼めば彼の注意を引くことになる。それを避けるため、私は血を飲み込む。

すべてが変わってしまった。車が湿った舗装道路の上を滑ったあの瞬間、私の人生は一変した。傍らで眺めている人間のように、すべてをはっきりと見ることができる。こんなふうに生きていくのは無理だ。

目が覚める。この感覚がなんなのか、一瞬わからない。すべてが同じでありながら、すべてが違っている。それに、目を開けるまえからすでに頭の中に雑音が溢れている。地下鉄の車内みたいだ。そして、やっぱり。極彩色の映像が頭の中で流れていて、一時停止も消音もできない。力ずくでそのイメージを弱めようと両手のひらの付け根でこめかみを押さえてみるけれど、それでも奴らは次から次へとやってくる。私に忘れさせまいとするかのように。ベッド脇のキャビネットに、私が大学に入学するときにイヴがくれた真鍮の目覚まし時計が置いてある――「こうでもしなきゃ、授業に行かないでしょ」。もう十時半だということに気づいてひどく驚く。手の痛みは、頭の痛みに紛れて感じられなくなっていた。頭を速く動かしすぎると、痛みで目が見えなくなる。なんとかベッドから体を引き離すと、全身の筋肉が痛んだ。

昨日着ていた服を着て、コーヒーを作るために台所に立ち寄ることもせず、真っすぐ庭に向かう。口がひどく乾燥していて、唾を飲み込むのにさえ努力が必要なほどだったけれど。靴が見つからない。芝生を横切ると、霜が足に刺すような痛みを与える。広い庭ではないものの、冬はもうそこまできていて、庭の反対側に着くころにはつま先の感覚がなくなっていた。

この五年間、庭のアトリエは私の聖域だった。事情を知らない人から見れば納屋に毛が生えた程度の建物にすぎないだろうが、私が考えごとをするのも、仕事をするのも、そして避難するのも、このアトリエだった。板張りの床は、ろくろから落ちる粘土で汚れている。ろくろは部屋の中心にしっかりと設えられている。ここにあれば、その周りを移動しながら、一歩下がったところから作品を批判的な目で見ることができる。アトリエの三面は棚で埋め尽くされていて、棚には私の彫刻作品が私にしかわからない秩序ある混沌状態で並べてある。未完成の作品はここ、焼いたけれどまだ色を着けていない作品はここ、顧客の元へ届けられるのを待っている作品はここ、という具合に。ひとつひとつ異なる作品が何百と並んでいるけれど、目を閉じればそれぞれの形を指先で感じることができる。手のひらに感じる粘土の湿り気。

窓台の下の隠し場所から鍵を取ってドアを開ける。思っていた以上にひどい状態だ。壊れた粘土が絨毯のように床を埋め尽くしている。ふたつに割れた丸い壺の先端が、荒々しく尖っている。木製の棚は空っぽで、作業机からは作品が一掃されている。窓台に並べてあった小さな像は見る影もない。砕かれて破片の山になり、太陽の光を受けてきらきら輝いている。ドアのそばに小さな女性の彫像が置いてある。この像は、クリフトンのとある店のために制作中だった、ひと続きの彫像の一体として作ったものだった。私は何かリアルなものを、完璧さから可能な限りかけ離れていながらも、それだからこそ美しいと感じられるものを作りたいと思っていた。私は十人の女性を作ることにした。それぞれが独特の曲線、個別の突起や傷、欠陥を持っている。彼女たちを作るにあたって、自分の母親や姉、陶芸教室で教えた生徒たち、公園で見かけた女性たちをモデルにした。そしてこれは私だ。だれにも気づかれない程度に大まかな特徴を反映させてはいるものの、やはり私だった。胸は少々平らすぎていて、お尻は少々小さすぎる。そして足は少々大きすぎる。髪の毛が絡まって首の付け根あたりでもつれている。私はしゃがみこんで彼女を持ち上げる。彼女は損傷を受けていないように見えていた。しかし触れてみると、手の中で粘土が動き、手に残ったのはふたつの破片だった。私はそれらをじっと見つめたのち、出せる限りの力で壁に投げつける。粉々になった破片が作業机に降り注ぐ。

私は深く息を吸い込み、そしてゆっくりと吐き出す。

事故から何日経っているのかわからない。糖蜜の中で足を引きずっているように感じながら、どうやって日々を過ごしてきたのだろうか？　今日がその日だと私に決めさせたものがなんであるかはわからない。でも今日がその日なのだ。旅行バッグに詰められるものだけを持っていくことにしよう。今すぐに行かなければ、ここを離れることは二度とできないかもしれない。私は家中をやみくもに歩き回り、もう二度とここに戻って来ないのだと想像しようとした。そう考えると、恐ろしいような気がする一方で、自由になれるようにも感じられる。私にできるの？　ひとつの人生から逃げ出して、また別の人生を始めるなんて、そんなに簡単にできてしまうの？　でもやってみなくては。私がこの状況を無事に乗り切るための唯一のチャンスなんだから。

ノートパソコンは台所にある。パソコンには写真やアドレス帳のほか、いつか必要になるかもしれない大切な情報が保存されている。こうした情報をほかの場所に保存することについては考えたこともなかった。しかし今はそれについて考えている時間はない。重たいしかさばるけれど、私はバッグにパソコンを入れる。もうあまりスペースはないけれど、もうひとつだけ、私の過去にまつわるもので、置いていくことができないものがある。セーターとひとつかみのTシャツをバッグから出して、思い出が秘められた木箱を入れるスペースを作る。杉材の蓋の下に、思い出たちが積み重なるようにして押し込められている。中は見ない――その必要はない。箱の中はさまざまなものの詰め合わせだ。不定期に書き込まれていて、後悔したページが破られているティーンエイジャー時代の日記、輪ゴムでなんとか束ねてある大量のコンサートチケット、卒業証書、初めての展覧会の切り抜き。そして不可能に思えるほど強烈に愛した息子の写真。あれほどまでに愛された人間にしては写真があまりに少ない。世界に残した影響はほんのわずかだったけれど、彼は私の世界の中心に存在している。

私はこらえきれずに箱を開け、一番上に置かれた写真を手に取る。あの子が生まれた日に、穏やかな話し方の助産師がポラロイドカメラで撮ってくれた写真だ。息子は小さなピンク色の塊で、病院の白い毛布の下からかろうじて見えている。写真の中の私の腕は、愛情と極度の疲労に圧倒された新米ママにありがちなぎこちない形で固まっている。あまりにあっという間(ま)の出来事で、あまりに恐ろしくて、妊娠中に貪るようにして読んだどの育児書ともまるで違っていた。それでも、溢れる愛情は一瞬も揺らぐことがなかった。突然、呼吸ができなくなる。私は写真を箱にしまい、木箱を旅行バッグの中に押し込む。

ジェイコブの死は一面記事になっていて、行く先々で私に金切り声を浴びせてくる。通りかかったガソリンスタンドの給油スペースで、小さな商店で、私がほかの人たちと何ら変わらない人間のような顔をして、何かから逃げている人間ではないような顔をして並んでいるバス停の列でも。

だれもが事故のことを話している。事故はどうして起こってしまったのか？　だれがあんなひどいことを？　バス停で停車するたびに新しいニュースが持ち込まれる。噂話(うわさばなし)の断片は乗客の頭を通過して後ろへ流れていき、避けることができない。

黒い車だった。

赤い車だった。

警察はもうすぐ逮捕できる。

警察は何の手がかりもつかめていない。

ひとりの女の人が私の隣に腰を下ろす。女の人が新聞を広げると、突然、私はだれかに胸を押しつけられているような感覚に襲われた。ジェイコブの顔が私を見つめている。青あざのできた両目が、彼を守らなかったことで、彼を死なせてしまったことで、私を非難している。私は無理やりジェイコブを見ようとする。喉に固い結び目ができたかのように苦しくなる。視界がぼやけて文字を読むことができない。でも読む必要もない——今日、通りすがりに目にすることになったあらゆる新聞に、この記事が載っていた。悲しみに打ちひしがれている先生たちのコメントや、道路の脇に供えられた花についても言及されている。検視に関する情報——開始され、それから一時中断されたという情報——もあった。二枚目の写真には、信じられないほど小さな柩（ひつぎ）の上に置かれた黄色い菊のリースが写っている。女の人は舌打ちをして話しはじめる。半ば独り言のように。でももしかしたら彼女は、私にもなんらかの意見があると思っているのかもしれない。

「ひどいわよね。それも、クリスマスの直前によ」

私は何も答えない。

「停まりもせずに走り去るなんて」女の人はまた舌打ちをする。「とは言っても」そして続ける。「五歳よ。そんな歳の子にひとりで道路を渡らせるなんて、一体どういう母親なのかしら」

我慢できない——私は声を出して泣く。知らず知らずのうちに熱い涙が頰を伝い、そっと私の手に押しつけられたティッシュに落ちた。

「かわいそうに」女の人は小さな子どもをなだめるように言った。私に言っているのか、ジェイコブに言っているのか、わからない。「想像もできないわよね」

でも私にはできる。あなたがどんな想像をしていようとも、その千倍は悲惨ですよ、そう伝えたいと思った。女の人は私のためにもう一枚、しわくちゃだけれどきれいなティッシュを出してくれて、それから新聞のページをめくってクリフトン・ミルのクリスマスイルミネーションの点灯について読みはじめる。

自分が逃げ出すことになるなんて考えたこともなかった。そんな必要に迫られる日がくるなんて、考えたこともなかった。

3

レイは三階に上がった。この階には、二十四時間年中無休で警察活動が行われる目の回るような忙しさは見られず、代わりに、九時五時勤務の警察官と敏感なCIDのために用意された絨毯敷きの静かなオフィスが並んでいた。レイは夕方のこの場所が一番好きだった。夕方になれば、だれにも邪魔されることなく机の上に絶えず存在するファイルの山に取り組むことができる。レイは壁も仕切りもないオープンプランの空間を通って、部屋の隅を仕切って設けられた警部補のオフィスに向かった。

「ブリーフィングはどうでした?」

その声にレイは跳び上がった。振り返って見ると、ケイトが彼女の席で仕事をしていた。

「私、以前は四班にいましたからね。せめて興味があるふりくらいしてくれてたらいいけど」ケイトはあくびをした。

「悪くなかったよ」レイは言った。「いい連中さ。それに少なくとも、ブリーフィングのおかげで事件のことが彼らの記憶に鮮明に留まるはずだよ」レイはこの一週間、ひき逃げ事件の詳細をブリーフィングシートに記しておこうと思っていながら、ほかの仕事が飛び込んでくるたびにそれを先延ばしにしていた。レイはなんとか交代制勤務の警察官全員のもとを訪れて、まだ彼らの協力が必要だということを伝えようとしていた。レイは腕時計を指で叩きながら言った。「こんな時間に、ここで何してるんだ？」

「メディアを介した情報提供の呼びかけに対する反応を調べてるんです」ケイトは印刷した資料の山の縁(へり)を親指でぱらぱらとめくりながら言った。「それほど効果があるというわけではなさそうですが」

「詳しく調査するに値する情報は何も？」

「ゼロですね」ケイトは言った。「ひどい運転をしていた車の目撃情報が二、三と、親の監督責任に関しての聖人ぶった妙な意見もあります。あとはお決まりの、変人狂人といった顔ぶれです。キリストの再臨を予言している男も含めて」そしてため息をついて続けた。「突破口が――先に進めるための何かが、どうしても必要ですね」

「じれったいってのはわかる」レイは言った。「ただ、粘るしかない。いつか動き出すさ。いつだってそうだ」

ケイトはうめき声をもらし、机を押して書類の山から椅子を遠ざけた。「辛抱強さは備わっていないみたいです」

「気持ちはわかるよ」レイはケイトの机の端に腰を下ろした。「これが捜査における退屈な部分――テレビなんかじゃ放送されない部分さ」レイはケイトのひどく悲しげな表情を見てにやりと笑った。「ただし、それ相応の見返りもある。この山ほどある紙切れの中に、事件解決につながる鍵が埋もれている可能性がある、それだけを考えるんだ」

ケイトは半信半疑の表情で机を見つめた。レイは笑った。

「さあ、紅茶でもいれてやるよ。それから手を貸す」

ふたりは印刷された紙を一枚一枚、丁寧に調べた。しかしレイが望んでいたような有益な情報は見つけられなかった。

「まあ少なくとも、これでまた、やることリストからひとつ外すことができるわけだ」レイは言った。「遅くまで残って全部調べてもらって助かったよ」

「運転手を見つけることができると思います？」

レイは力強く頷いた。「見つけられると信じないとな。そうでなきゃ、だれがおれたちを信頼できるっていうんだ？ これまでに何百って数の仕事をこなしてきた。でもすべての事件を解決できたわけじゃない――それには程遠い。それでもいつだっておれは、答えは目と鼻の先にあると自分に言い聞かせてる」

「BBCの〝クライムウォッチ〟で情報提供を呼びかけようとしてるって、スタンピーに聞きましたけど」

「ああ。ひき逃げ事件捜査の常道だ――子どもが巻き込まれた場合は特にな。これよりはずっと意味があるだろうな、言いにくいけど」レイは、今やシュレッダー行きが確定した、紙くず同然となった紙の山を指さしながら言った。

「いいんです」ケイトは言った。「残業がありがたいぐらいだから。去年、初めて家を買ったんですけど、正直なところ、ちょっと無理しすぎちゃったみたいで」

「ひとりで住んでるのか?」このご時世に、こういう類の質問をしていいものなのか、レイは考えた。レイが警察官でいるあいだに、ポリティカル・コレクトネスは、わずかにでも個人的な話は避けられるべきだという域にまで達していた。数年後には、話をすること自体まったくできなくなるかもしれない。

「たいていは」ケイトは言った。「家は私ひとりで買ったんですけど、彼氏がかなり頻繁に泊まっていくんです。いいとこ取りってとこかな」

レイは空になったふたり分のマグカップを手に取った。「そうか、だったらそろそろ帰ったほうがいい」そして続けた。「君がどこにいるかって心配してるはずだ」

「平気です。彼、シェフなんで」ケイトはそう言ったが、レイに続いて席を立った。「私なんかよりひどいシフトで働いてます。ボスは? 奥さん、ボスの勤務時間に絶望してません?」

「慣れてるんだ」レイは自分のオフィスにジャケットを取りに向かいながら、会話を続けるために声を大きくした。「彼女も警察官だったんだ——同期生でね」

ライトン・オン・ダンズモアにある警察訓練センターは、これといった長所のほとんどないところだったが、大衆向けのバーは間違いなくそのひとつだった。そこで行われたかなり苦痛なカラオケ・ナイトの最中に、レイはクラスメイトと座っているマグスを見つけた。マグスは友達の話に頭をのけぞらせて笑っていた。マグスがみんなの飲み物を買いに席を立ったのを見て、レイはまだほとんど満杯のグラスを飲み干してカウンターのマグスのそばに立った。結局は、うまく話せずにただそこに立つことしかできなかったが。それでもマグスがレイほど寡黙でなかったのは幸いだった。そのあと、十六週間にわたる訓練の残り期間中、ふたりは離れることができなくなった。レイは、朝の六時に女性宿泊施設のある建物からこっそりと自分の部屋へ戻ったことを思い出しながら、にやけそうになるのをこらえた。

「結婚してどのくらい経つんですか？」ケイトが訊いた。

「十五年だ。試用期間を終えてすぐに結婚した」

「でも奥さんはもう仕事には？」

「マグスはトムが生まれるときに休暇を取って、下が生まれてからはもう戻っていない」レイは言った。「ルーシーは九歳になったし、トムは中等学校（セカンダリースクール）の一年生になった。だからマグスは仕事に復帰することを考えはじめてる。教官になるために勉強し直したいらしい」

「奥さんはどうしてそんなに長く仕事から離れていたんですか？」ケイトの目に宿る純粋な好奇心を見て、レイはマグスと自分がまだ駆け出しだったころ、マグスも同じように懐疑的だったことを思い出した。マグスの上司の巡査部長が出産のために職を離れたときのことだった。マグスはレイに、すべて諦めてしまうのであればキャリアを積む意味がわからないと話していた。

「マグスは子どものために家にいたがったんだ」レイは言ったが、刺すような後ろめたさを感じた。マグスはそうしたいと思っていたのだろうか？　それとも、それが正しいことだと思っていただけなのではないだろうか？　ベビーシッターやナニーの利用料金はあまりに高額で、マグスが仕事を辞めるのが当然の選択のように思えた。それにマグスが学校の送り迎えをしたり、運動会や収穫祭に子どもと一緒に参加したいと思っているのをレイは知っていた。それでも、マグスはレイと同じぐらい――正直に言えば、自分以上だとレイは感じていたが――賢く、有能だった。

「仕事と結婚すると決めたら、それに付随するクソみたいな条件を受け入れなきゃならないってことでしょうね」ケイトは机の電気スタンドを消した。一瞬、暗闇がふたりを包んだ。レイが廊下に出ると自動照明が作動した。

「この仕事につきものの危険事項だな」レイは同意した。「彼氏とは付き合ってどのくらいになる？」ふたりはそれぞれの車を停めてある中庭に向かって歩いた。

「まだ半年ぐらいです」ケイトは言った。「私にしてはうまくやってるほうなんですけどね。いつもなら数週間で振っちゃうんです。母は、私が選り好みしすぎだって言ってます」

「男たちの何が気に入らないんだ？」

「それはもう、いろいろですよ」ケイトは楽しげに答えた。「熱烈すぎたり、熱が足りなかったり、ユーモアのセンスがなかったり、完全なおばかさんだったり……」

「手厳しい批判だな」レイは言った。

「かもしれませんね」ケイトは鼻にしわを寄せた。「でも重要じゃないですか――〝運命の人〟を見つけるのって。先月、三十になりました。もう時間がないんです」ケイトは三十歳には見えなかった。とはいえ、レイは年齢を判断するのが得意ではなかった。鏡をのぞき込めば、今でも二十代の自分がそこに見える。顔のしわが別の主張をしているにもかかわらず。

レイはポケットに手を入れて鍵を探した。「まあ、そんなに慌てて落ち着こうとしないことだな。ドアの向こうはすべてバラ色、ってわけじゃないから」

「アドバイスありがとう、パパ……」

「おい、まだそんな歳じゃないぞ！」

ケイトは笑った。「今晩は手伝ってくれてありがとうございました。また明日の朝」

レイはパトカーとして使われているトヨタ・オメガの後ろから車をうまく出しながら、声を出さずに笑った。言うに事欠いてパパとは。生意気な奴め。

家に着くと、マグスがテレビをつけたままリビングに座っていた。パジャマのズボンと、レイの古くなったスウェットシャツを着て、子どものように両脚を折って座っていた。ニュースキャスターが、なんらかの理由で一週間分のニュースを見逃してしまった地域住民のために、ひき逃げ事件の要点を繰り返していた。マグスは顔を上げてレイを見て、首を振った。

「ずっと見てしまうの。かわいそうな子」

レイはマグスの隣に腰を下ろすと、リモコンに手を伸ばして音を消した。現場の録画映像に切り替わった。車から降りてケイトと歩くレイの後頭部が映った。「ああ」レイは妻を片手で抱き寄せながら言った。「おれたちが犯人を見つけるさ」

映像が再び切り替わり、カメラに向かって話すレイの顔が画面いっぱいに映し出された。インタビュアーの顔は映っていなかった。

「見つけられると思う？　何か手がかりは？」

「ないんだ」レイはため息をついた。「だれも事故を見ていない——あるいは、見ていた人間がいたとしても、口を閉ざしてる。だから科学捜査班と情報課を当てにしてる」

「運転手が、自分のやってしまったことに気づいていないって可能性はないの？」マグスは座り直して体の向きを変え、レイに向き合った。そしてじれったそうに髪の毛を耳の後ろにかき上げた。マグスはレイが出会ったころからずっと同じ髪型をしていた。前髪なしのストレートのロングヘア。髪の毛の色はレイのと同じように暗い色だったが、レイと違って白髪はなかった。ルーシーが生まれて間もないころ、レイは顎ひげを生やそうとしたことがあった。しかし三日後、黒い毛よりも白い毛のほうが多いことが判明して生やすのをやめた。今はひげをきれいに剃っていて、こめかみにまばらに見られる白髪については気にしないことにしていた。マグスはそれを〝威厳がある〟と言っていた。

「あり得ないな」レイは言った。「あの子はボンネットに直撃したんだ」

マグスはたじろがなかった。その顔からは、レイが帰宅したときに見た表情はもう消えていた。代わりに、交代制の警察官として一緒に働いていたときからよく覚えている、あの真剣な表情が浮かんでいた。

「それに」レイは続けた。「車は一度停まって、それからバックしてUターンしてる。運転手が、ジェイコブが死んでしまったことに気づかなかった可能性はあるけど、ジェイコブにぶつかった事実に気づかなかったはずはない」

「病院に聞き込みは？」マグスは言った。「運転手のほうも負傷したって可能性もあるし……」

レイはマグスに笑いかけた。「やってるよ、安心して」そして立ち上がった。「なあ、変な意味に取らないでほしいんだけど、長い一日でさ、ビールでも飲んで、少しテレビを見たら、もう寝たいんだ」

「そうよね」マグスは硬い口調で言った。「わかるでしょ――昔の習慣とか、そういうので」

「わかってる。それから、運転手を見つけるって約束するよ」レイはマグスの額にキスをした。「いつだって見つけるさ」レイは、保証などできないからという理由でジェイコブの母親に言ってあげられなかった約束を、マグスにしていることに気がついた。〝全力を尽くします〟、レイはジェイコブの母親にそう言った。彼らの〝全力〟が充分だと願うよりほかなかった。

レイは飲み物を取りに台所に行った。子どもが巻き込まれたという事実がマグスを苛立たせているのだろう。おそらく、事故の詳細をマグスに聞かせたのは賢明ではなかった――レイでさえ自分の感情に蓋をしておくのが難しいと感じていた。マグスが同じように感じていても不思議はなかった。

レイはビールを手にリビングに戻ると、テレビを見ているマグスの隣に腰を下ろした。そしてニュースから、マグスが好きなリアリティー番組にチャンネルを替えた。

郵便室から受け取った複数のファイルを抱えてオフィスに到着したレイは、すでに書類が山積みの机の上にファイルをどさりと落とした。書類の山がすべて床に滑り落ちた。

「くそっ」レイは冷めた目で机を見ながら言った。清掃係がはいり、ごみ箱を空にして、散らかっていないところのほこりをどうにか払おうとしていったらしく、未決書類入れの周りにわずかに掃いたようなあとが残っていた。飲みかけのまま冷たくなったコーヒーのはいったマグカップがふたつ、キーボードを挟むように置かれていた。パソコンの画面には、重要度の異なる留守番電話のメッセージが記された数枚のポスト・イットが貼られている。レイはそのポスト・イットをはがしてスケジュール帳の表紙に貼り直した。そこにはすでに、チームの人事評価を忘れないようにと書かれた蛍光ピンク色のポスト・イットが貼られていた。みんな充分すぎるほど頑張っているというのに。レイは日々のお役所仕事について自分自身と葛藤している最中だった。しかしそのことについて不満をぶちまける気にはまだ——次の階級にもうすぐ手が届きそうなところにある今はまだ——なっていなかった。とはいえ、それを受け入れることもできなかった。個人の成長について一時間かけて議論するのは、レイの考えでは、一時間を無駄にするのと同じだった。子どもが犠牲になった事件の捜査が進行中の今はなおのこと。

パソコンが起動するのを待つあいだ、レイは後ろ脚に体重をかけて椅子を傾けながら、向かい側の壁にピンで留めてあるジェイコブの写真を見ていた。レイはCIDに配属になって以来ずっと、捜査の中心人物の写真を目につくところに出しておくようにしていた。配属になってすぐのレイに、巡査部長は、〝検挙できればそれで良しとする〟とぶっきらぼうに言っていたが、レイは〝何のためにこのうんざりするようなことをしているのか〟ということを忘れるべきではないと思っていた。何年もまえにマグスがレイのオフィスを訪れたある日までは、レイは写真を机の上に置いていた。マグスはレイに何かを——それが何であったかはもう思い出すことができなかった——届けにきていた。家に忘れたファイルだったかもしれないし、弁当だったかもしれなかった。マグスがレイを驚かせるために受付から電話をかけてきたとき、邪魔されたように感じて苛立ったのをレイは覚えていた。でもマグスがわざわざ自分に会いにきたのだと気づいたとき、その苛立ちは罪悪感に変わった。ふたりはレイのオフィスに向かう途中で立ち止まり、マグスはかつての上司に挨拶をした。上司は警視になっていた。

「妙な感じだろ、ここにいるのって」オフィスに着くとレイが言った。

マグスは笑った。「ここを去ったことなんてなかったような感じ。警察組織からひとりの女性を追い出すことはできるけど、その女性の中に存在する警察を抹消することはできないわ」オフィスを歩き回るマグスの顔は生き生きとしていた。マグスの指がレイの机をそっとなぞっていった。

「浮気相手はだれなの？」マグスは、自分と子どもたちの写真のはいったフォトフレームに立てかけてある、よれよれの写真を手に取ってからからかうように言った。

「被害者だよ」レイはマグスの手からそっと写真を取り、再び自分の机の上に置いて答えた。「彼女は恋人に十七回、刺された。お茶をいれるのが遅かったたって理由で」

マグスがショックを受けたとしても、彼女はそれを表には出していなかった。「ファイルにしまっておかないの？」

「目につくところに置いておきたいんだ」レイは答えた。「自分が何をやっているのか、どうしてこんなに長い時間働いているのか、これはすべてだれのためなのかってことを忘れずにいられる場所にね」マグスは聞きながら頷いた。マグスはときどき、レイが気づいている以上にレイのことを理解していた。

「でも私たちの写真の隣はいや。お願い、レイ」マグスはもう一度その写真に手を伸ばし、オフィスを見回してよりふさわしい場所を探した。マグスの目が部屋の奥の、スペースがふんだんに残ったコルクボードに留まった。マグスは躊躇することなく、ほほ笑みを浮かべる今は亡き女性の写真をコルクボードの真ん中に留めた。

そして写真は今もその場所にあった。

ほほ笑むその女性の恋人はずいぶんまえに殺人の罪で起訴された。彼女に続く被害者たちがその場所を継承した。十代の路上強盗にあざだらけになるまで殴られた年配の男性、タクシーの運転手に性的暴行を受けた四人の女性たち。そして今、制服姿で笑っているジェイコブの写真がそこにある。彼らはみなレイを頼りにしていた。レイは、朝のブリーフィングのためにまえの晩に日誌に記しておいたメモに目を通した。手がかりはほとんどなかった。パソコンから起動したことを告げる音が発せられると、レイは心の中で自分を奮い立たせた。手がかりはあまりないかもしれない。しかしやるべきことはたくさんあった。

十時をわずかに過ぎたころ、スタンピーと彼のチームのメンバーがぞろぞろと列をなしてレイのオフィスにはいってきた。スタンピーとデイヴ・ヒルズドンが、コーヒーテーブルを囲むようにして置かれた低い椅子のふたつを陣取った。ほかのメンバーは部屋の後ろのほうで立っているか、壁に寄りかかるかしていた。三つ目の椅子は暗黙の了解により、騎士道精神に則(のっと)って空いたまま残されていたが、ケイトがその申し出を無視してマルコム・ジョンソンと一緒に部屋の後ろに立ったのをレイは面白いと思った。メンバーの数は一時的にいつもより多くなっていた。急きょ借りてきたスーツを着て落ち着かない様子で立っている、出向中の交代制勤務の警察官ふたりと、交通捜査課の巡査フィル・クロッカーが加わっていた。

「おはよう、みんな」レイが言った。「時間は取らせない。一班のブライアン・ウォルトンと、三班のパット・ブライスを紹介したい。来てもらって助かるよ。やることが山積している。協力してやろう」ブライアンとパットは頷いて同意を示した。「よし、じゃあ」レイは続けた。「今日のブリーフィングの目的についてだが、フィッシュポンズのひき逃げ事件についてわかっていることを再度確認したい。そして今後の捜査の方向性についても。想像はついていると思うけど、警視監はこの事件に全神経を集中させている」レイはメモに目をやったが、そこに書かれている内容は暗記していた。「十一月二十六日、月曜日、十六時二十八分、999のオペレーターがエンフィールド・アヴェニューに住む女性から通報を受けた。女性は大きな衝突音と、続いて叫び声を聞いた。女性が外に出たときには、もうすべてが終わったあとだった。路上ではジェイコブの母親がジェイコブの体に覆いかぶさるようにしてうずくまっていた。救急車が到着したのは六分後。ジェイコブはその場で死亡を宣告された」

レイはそこで少し間を置き、捜査の深刻さが浸透するのを待った。ケイトの顔をちらりと見たが、そこには何の表情も浮かんでいなかった。ケイトがこれほど見事に防御メカニズムを築けてしまったことに対して、自分が安心しているのか、悲しみを覚えているのか、レイにはわからなかった。明らかに感情を欠いているのはケイトだけではなかった。関係のない人間がこの部屋を見回したら、警察というのは、小さな少年の死を何とも思わない人間の集まりなのだと思うに違いない。彼ら全員が少年の死に心を揺さぶられていることがレイにはわかっていたが。レイはブリーフィングを続けた。

「ジェイコブは先月、五歳になった。ベケット・ストリートにあるセント・メリーズに通いはじめたばかりだった。ひき逃げのあった日、ジェイコブは母親が仕事に出ているあいだ、放課後のクラブ活動に参加していた。母親によると、ふたりは歩いて帰宅しながら、その日の出来事について話していた。彼女がジェイコブの手を離すと、ジェイコブは家に向かって道路を走って渡ろうとした。母親の話では、ジェイコブは以前にも同じようなことをしたことがあったらしい。ジェイコブは交通安全意識があまり高くなくて、母親は道路の近くではいつも必ず彼の手をつかんで離さないようにしていた」今回のたった一度を除いては、とレイは静かに付け加えた。たった一瞬、集中力が途切れただけだった。それだけのために、彼女はこの先、一生、自分を許すことができなくなった。レイは無意識のうちに身震いした。

「車に関して彼女が目撃したものは？」ブライアン・ウォルトンが訊いた。

「それがあまりないんだ。彼女が言うには、ジェイコブをはねたとき、車はブレーキをかけるどころか速度を上げた。そして彼女ももう少しではねられるところだったらしい。実際、彼女は転んで怪我(けが)をしている。担当の警察官が彼女の怪我に気づいたが、彼女は手当てを拒んだ。フィル、現場について詳しく教えてくれないか？」

部屋で唯一の制服警察官となったフィル・クロッカーは交通捜査官だった。交通警察での経験が長く、レイは交通に関する問題をすべてフィル頼みにしていた。

「あまり話すべきことがないんです」フィルは肩をすくめた。「雨降りだったためにタイヤ痕はなく、そのために速度を推定することもできなければ、車両が衝突するまえにブレーキをかけたかどうかも判断できません。衝突現場から二十メートルほど離れたところでプラスチック片を押収しました。車両検査官によってボルボのフォグランプの破片であることが確認されています」

「希望が持てる情報だな」レイは言った。

「詳細はスタンピーに報告してあります」フィルは言った。「でもそれ以外には、報告できることは何も」

「フィル、ありがとう」レイはもう一度メモを手に取った。「検視調書によると、ジェイコブの死因は鈍器損傷だ。複数の骨折があり、脾臓(ひぞう)が破裂していた」レイ自身、解剖に立ち会っていた。証拠の連続性の確保のためというよりはむしろ、ジェイコブが冷たい遺体安置所にひとりで横たわる姿を想像するのに耐えられなかったという理由で。レイは考えずにただ目を向けた。ジェイコブの顔を見ないようにして、内務省の法医解剖医が歯切れ良く端的に述べていく証拠に集中した。解剖が終わったとき、ふたりは胸をなで下ろした。

「衝撃を受けた部分から判断すると、事故を起こしたのは小型車両で、ワンボックスカーや四駆は捜査から外していいことになる。法医解剖医がジェイコブの遺体からガラスの破片を摘出したが、特定の車両に結びつくようなものではないと理解してる──そうだよな、フィル？」レイが交通捜査官に目をやると、彼は同意するように頷いた。

「見つかったガラス自体が車両特有のものというわけではないんです」フィルは言った。「犯人の衣類にそのガラスとマッチする小片が付着している可能性はあります──取り除くのは不可能に近いですからね。ただ現場ではガラス片が見つかっていません。つまり、フロントガラスは衝撃でヒビがはいったかもしれないけれど、粉々に割れてはいないということです。車を見つけてくれれば、被害者から摘出した破片と照合します。でも車がない状態では……」

「少なくとも、車がどんなダメージを被った可能性があるかを確かめる手立てになる」レイは言った。これまでに入手できている数少ない捜査情報を肯定的に解釈しようとしていた。

「スタンピー、今日までにやってあることを教えてくれないか」

巡査部長はレイのオフィスの壁を見た。そこには一連の地図、図表やフリップチャートの紙が貼ってあり、捜査状況がまとめられていた。地図や図表には、行動を記したリストがそれぞれについていた。「各戸への聞き込み調査は事件当夜に済んでいる。そして翌日にも交代制勤務の警察官がもう一度、行った。数人が〝長い衝撃音〟なるものと、それに続く叫び声を聞いたと話している。でもだれも車を見ていない。地域警察補助員(PCSO)たちには、送迎途中の保護者たちの話を聞きにいってもらっている。それからエンフィールド・アヴェニューの通りの両側に沿って、目撃情報を求める手紙を投函(とうかん)してある。沿道には情報提供を訴える看板をまだ出していて、それを見た数人から受けた電話についてはケイトが調べてくれている」

「有用な情報は?」

スタンピーは首を振った。「あまりなさそうだね、ボス」

レイは悲観的な意見を無視するように言った。「〝クライムウォッチ〟が放送されるのはいつだった?」

「明日の夜。事故の再現を行って、番組側がそれにハイスペックのスライドをつけてどんな感じの車かわかるようにしてくれている。それから、警部が司会者とスタジオで収録したのが流れることになってる」

「だれかに残ってもらって、放送が始まり次第、有益な手がかりがあれば拾ってもらいたい」レイはグループに呼びかけた。「残りはゆっくり取りかかろう」一瞬の間(ま)があった。それからレイは待ちかねるようにメンバーを見回した。「だれかがやらなきゃならないんだ

「……」

「構いませんよ」ケイトがあげた片手を振りながら言った。レイは感謝の眼差しをケイトに向けた。

「フィルが言っていたフォグランプについては？」レイは言った。

「ボルボから型番を教えてもらったよ。この十日間で、その型式の車を受け入れた自動車修理工場のリストも入手した。マルコムにすべての修理工場を回るよう指示してある——近場の工場から始めるように言ってある。それから、事故後という条件に合う車の登録番号を聞き出すようにとも」

「わかった」レイは言った。「捜査を進めるにあたってそのことを頭に入れておこう。ただしこれは証拠のひとつにすぎないということも覚えておいてくれ——事故を起こしたのがボルボだと決まったわけじゃない。監視カメラはだれが？」

「我々です、ボス」ブライアン・ウォルトンが手をあげて言った。「可能な限りすべての監視カメラを入手しました。協議会が設置している監視カメラのほか、現場周辺の企業やガソリンスタンドの監視カメラもすべてです。事故の三十分前から三十分後までに絞って調べようと思っているのですが、それだけでも目を通すのに数百時間必要です」

レイは残業にかかる経費について考え、顔をしかめた。「カメラのリストを見せてくれ。全部を見ることはできない。何を優先させるべきか、君の考えを聞かせてほしい」

ブライアンは頷いた。

「やることは山ほどあるってことだな」レイは言った。そして内なる不安を隠して、自信に満ちた笑みを見せた。捜査が進展する可能性が最も高いと言われる、犯罪直後の〝ゴールデンアワー〟から二週間が経過していた。チームが全力で働いているにもかかわらず進展はほとんどなかった。レイはひと呼吸おいてから、悪い知らせを伝えた。「聞いても驚かないだろうが、追って知らせがくるまで、すべての休暇が取り消しになった。申し訳ない。クリスマスには家族と過ごす時間が取れるように、できる限りのことはするつもりだ」

メンバーがぞろぞろとオフィスを出ていくとき、ぶつくさと異論を唱える声が聞こえた。しかし不満を訴えてくる者はだれひとりとしていなかった。彼らが不満を言わないことはレイにもわかっていた。口に出しては言わないものの、彼ら全員が、この年のクリスマスがジェイコブの母親にとってどんなものになるかを考えていた。

4

バスがブリストルを出発してすぐに私の決意は揺らいだ。どこへ行くかなんて考えてもいなかった。私はただやみくもに西を目指した。デヴォンか、あるいはコーンウォールにでも行こうと思ったのかもしれない。感傷的な気分で子どものころの夏休みに思いを馳(は)せる。浜辺でイヴと一緒に砂の城を作った。アイスキャンディーと日焼け止めクリームで体はベトベトだった。思い出が私を海へと呼び寄せる。ブリストルの並木道や混雑する道路から遠く離れたところから、私に呼びかけている。バスが停留所に停車するのを待ちきれずに追い越そうとしてくる車に対して、物理的な恐怖を感じる。バスを降りてしばらくあてもなくさまよい、それから停車中のグレイハウンドの長距離バスのそばにあるキオスクで、私の行き先について私と同じくらいに無関心な男に十ポンド手渡す。

私たちを乗せたバスはセブン・ブリッジを渡る。私はブリストル海峡の渦を巻く大量の灰色の水を見下ろす。バスの中はひっそりとしていて、ブリストル・ポスト紙を読んでいる人はいない。ジェイコブのことを話している人もいない。私は座席にもたれかかる。疲れ切っているけれど、目を閉じる気にならない。眠ると、事故の光景と音が襲ってくる。ほんの数分早ければ、あの悲劇が起こることはなかったのだという考えが襲ってくる。

長距離バスはスウォンジーに向かっている。私は同行者を確認するためにそっと車内を見回す。ほとんどが学生で、イヤホンで音楽を聴いていたり雑誌に夢中になったりしている。私と同じ年ごろの女性が新聞を読みながら余白に丁寧な字でメモを取っている。一度もウェールズを訪れたことがないなんてばかげているけれど、今となってはここになんのつながりもなかったことを嬉しく思う。新たなスタートを切るのにうってつけの場所だ。

一番最後にバスを降り、停留所に立ってバスが走り去るのを待つ。出発のときに感じたアドレナリンはもう過去の記憶になっている。こうしてスウォンジーまでやってきたものの、この先どこへ行けばいいのだろう。ひとりの男が歩道に座り込んでいる。男は顔を上げて意味のわからない言葉をつぶやいている。私はあとずさりする。ここにはいられない。でもどこへ行ったらいいのかわからず、歩きはじめる。そしてゲームを始める。次の角を左に曲がる、どこに向かうかは関係ない。それからその次の角を右。最初の交差点は直進する。道路標識も見ず、分岐点にきたら一番狭い道を、往来が最も少ないほうを選ぶ。頭がくらくらしてくる――ヒステリーに近い状態だ。私は何をしているんだろう？　どこに向かっているんだろう？　正気を失うというのはこういう感じなのだろうか。それでも構わない。もうどうでもいいことだ。

　私はスウォンジーから遠く離れるように何キロも歩く。車が通り過ぎるたびに生け垣にぴったりくっつくようにして進む。日が沈みかけている今、通り過ぎる車の数は少なくなっている。旅行バッグをリュックのようにして背負っているせいでバッグの紐が肩に食い込んでいるけれど、私は速度を緩めず、立ち止まりもしない。自分の息遣いだけを聞いているうちに、気分が落ち着いていく。何が起こったかを、そしてこれからどこへ行くのかを考えることを自分自身に許さず、ひたすら歩きつづける。ポケットから携帯電話を取り出して、何件の不在着信が表示されているのか確かめることなく、そばにある用水路にそれを放り投げる。携帯電話は水に落ちて飛沫（しぶき）を上げる。それが私と過去をつなぐ最後のものだった。すぐに、さらに大きな自由を手にした気がした。

足が痛くなってきた。もし足を止めてしまったら、道路の脇に横たわってしまったら、もう二度と起き上がれないことはわかっている。私は歩調を緩める。すると背後から車の音が聞こえてくる。道路脇の草地に立ち入り、車が通過する際には道路から顔を背ける。しかし車は角を曲がって姿を消す代わりに、速度を落として私のいる場所から五メートルほど進んだところで停まる。ブレーキの音がかすかに聞こえ、排気ガスの匂いがする。耳の中で血管が脈打つのを感じる。私は無意識のうちに体の向きを変えて走り出す。旅行バッグが背骨を打つ。私はぎこちない足取りで走った。水膨れのできた足とブーツが擦れる。汗が背中や胸のあいだを流れ落ちる。もう車の音は聞こえない。後ろを振り返ろうとすると、その動きで体のバランスを失いそうになる。でも車はもう見えない。

私はだれもいない道路に、ばかみたいに立ち尽くす。疲れすぎていて、お腹が空きすぎていて、まともに考えることができない。本当に車なんかあったのだろうか。もしかしたら、この静かな道路でタイヤが舗装道路を滑る音がしたと、自分で想像していただけなのかもしれない。私の頭の中で聞こえているのはその音だけだから。

夜の帳が下りる。海の近くまで来たことがわかる。唇に塩気を感じるし、海岸を打つ波の音が聞こえる。ヴィレッジサインには〝ペンファッチ〟と書かれている。あまりに静かな村で、冬の夜の冷気を遮断するために閉じられている家々のカーテンにちらちら目をやりながら歩いていると、不法侵入している気分になる。月から放たれる光は均一で白く、すべてが二次元的に見えている。足元から伸びる私の影は、実際の私よりもずっと堂々と立っているように見えるほど長く伸びている。村を通り抜けて、入り江が見下ろせるところまで行く。長く伸びた砂浜を守るように、切り立った崖が周囲を取り囲んでいる。曲がりくねった道をゆっくりと下りていくけれど、影は人の目を欺く。足元にぽっかりと空いた空間があるように思えてパニック状態に陥り、それとほぼ同時に泥板岩の上で足を滑らせて叫び声を上げる。慌てて詰め込んだバッグのせいでバランスが保てず、体がぐらつく。転倒し、転がりながら残りの道を下まで滑り落ちる。湿った砂が体の下でざくざくと音を立てる。私はひと呼吸してどこかが痛むのを待つ。でも平気だ。一瞬、こんなことが頭をよぎる。肉体的な痛みを感じなくなっているのだろうか。人間の体というものは、肉体的な苦痛と感情的な苦痛の両方には耐えることができないように作られているのかもしれない。手がまだズキズキ痛む。でもその手が別のだれかのものであるかのように、痛みは遠くのほうで感じられる。

突然、何かを感じたいという衝動に駆られる。なんでもいい。寒さにもかかわらず靴を脱ぎ、足の裏で砂の粒を感じる。空はインクで塗ったように青く、雲ひとつない。月は満ちていて、重たそうな体を海の上にのせている。双子の片割れが、その下で、ちらちらと光を放つ紙のような水面に映っている。ここは家じゃない。それが最も大切なことだ。家のようには感じられない。コートにくるまってバッグの上に腰を下ろし、背中を硬い岩に押しつける。

そして待つ。

朝が来て、眠ってしまったことに気づく。海岸に打ちつける波の音で、断片的な疲労感が呼び覚まされる。痛みのある、凍った手足を伸ばして立ち上がり、鮮やかなオレンジがかった赤色が地平線に交わるように広がっていくのを眺める。明るさとは裏腹に、太陽からは暖かさが感じられず、体が震えている。これは綿密に練られた計画ではなかった。

昨晩通った細い小道も太陽の光の下では歩きやすい。私が思っていたような人気（ひとけ）のない崖ではないことがようやくわかった。八百メートルほど離れたところに背の低い建物が建っている。ずんぐりした実用的なデザインのその建物のそばには、固定式のトレーラーハウスが整然と並んでいる。出発の場所としてここを選ぶのも悪くない。

「おはようございます」トレーラーハウスが建ち並ぶキャラバンパーク内にある店の、外とは対照的に暖かい空気の中で、私の声は小さく甲高く聞こえた。「泊まる場所を探しています」

「ここには休暇で？」女性の豊かな胸が女性誌〝テイク・ア・ブレイク〟の上にのっかっている。「それにしてはおかしな時期だね」そう言いながら女性は、その言葉に含まれる棘（とげ）を帳消しにする笑顔を見せる。私も笑い返そうと思ったけれど、顔の筋肉が反応しない。

「ここに住めたらと思っていて」私はなんとかそう言う。そしてふと、自分がひどくだらしなく見えているに違いないということに気がつく。汚れていて、乱れた服装をしていて。歯がガタガタ鳴り、体が激しく震え出す。寒さが体の芯まで達したようだ。

「えっと、じゃあ」女の人は私の見た目に動揺する様子も見せず元気よく答える。「賃貸の部屋を探してるってこと？　ただね、シーズンの終わりまで閉まってるんだよ。わかるでしょ？　店だけは三月まで開けてるんだけど。だからあんたが探すべきはイエスティン・ジョーンズだね――イエスティンと、それから石造りのコテージも。電話してみようか？　そのまえに、おいしい紅茶はどう？　外はすごい寒さだし、あんた、半分凍っちゃってるみたいじゃない」

女の人は私をカウンターの後ろにあるスツールに座らせてから、奥の部屋に姿を消した。それでもずっとしゃべりつづけ、煮えたぎるやかんの音も聞こえないくらいだった。

「私はベッサン・モーガン」女の人は続ける。「私がここ――ペンファッチ・キャラバンパーク――を切り盛りしていて、夫のグリンは農場を経営してるの」そしてドアから顔だけのぞかせて私に笑いかける。「まあ、とにかく、そんなふうにやっていこうって思ってる。近ごろじゃ、農業で儲けるのも簡単じゃないんだけどさ、本当に。そうか！　イエスティンに電話するんだったよね？」

ベッサンは私が答えるのを待たずに、数分間、姿を消した。そのあいだ私は下唇を噛んで待っている。紅茶のはいったマグカップを手にふたりでここに腰を落ち着けたあと、ベッサンが私に尋ねてくるであろう質問に対する答えを考えてみる。胸が大きく膨らみ、締めつけられる感じがする。

ところがベッサンは戻ってきても何も訊いてこない。私がいつこの村に到着したのか、どうしてペンファッチを選んだのか、それどころか私がどこから来たのかさえも訊いてこない。ベッサンはただ、甘い紅茶がなみなみと注がれた縁（ふち）の欠けたマグカップを私に手渡してから、自分の椅子にお尻を押し込んだ。あまりに多くの服を身につけているせいで彼女がどんな体つきをしているのかわからないけれど、椅子の肘掛けが柔らかな肉に埋もれている具合を見れば、座り心地がいいはずがないのはわかる。ベッサンはおそらく四十代で、すべすべの丸い顔のおかげで若々しく見えている。黒っぽい長い髪の毛は後ろでポニーテールにまとめられている。黒のロングスカートの下から編み上げブーツが見えていて、何枚か重ねたTシャツの上に、足首まであるカーディガンを着ている。ベッサンが腰を下ろすとカーディガンは埃（ほこり）っぽい床を引きずった。ベッサンの背後にある窓の下枠に、燃え尽きたお香から落ちた灰が一筋残っていて、甘いスパイスの香りが空気中にかすかに漂っている。カウンターに置かれた昔ながらのレジにティンセルがテープで貼られている。

「イエスティンはこっちに向かってるよ」ベッサンはそう言って、紅茶のはいった三つ目のマグカップをカウンターの自分のマグカップの隣に並べる。イエスティンは――それがだれであれ——ものの数分で到着するのだろう。

「イエスティンっていうのは？」私は尋ねる。だれもが顔見知りのこういう場所に来たのは間違いだったのかもしれない。もっと匿名性の高い、どこか大きな市に向かうべきだったのかもしれない。

「この道をずっと行ったところで農場を経営してる人だよ」ベッサンは答える。「ペンファッチの反対側だね。この辺りの丘の斜面と海岸沿いの小道にも、イエスティンのヤギが放たれてるけど」ベッサンはそう言って海のほうに向かって腕を振る。「ご近所さんになるね、あんたと私。もしあんたが彼のコテージを借りるなら——けど、お城なんかじゃないよ」ベッサンはそう言って笑った。私も思わず笑みをもらす。ベッサンの率直さを見ていると、イヴのことを思い出す。几帳面で痩せた姉は、こういう形で比較されていることを知ったらぞっとするに違いないけれど。

「立派なものは必要ないんです」私は言う。

「イエスティンってのはね、世間話には向かない男でさ」ベッサンは私がそれを聞いてがっかりすると思っているようだ。「でもなかなかいい奴だよ。この辺りで、うちのヒツジのそばにヒツジを放してる」ベッサンは内陸辺りをそれとなく指さして続ける。「あの人の弓には、予備の弦があと数本は必要だね、私たちみたいに。そういうのなんて言うんだった？多様性っていうの？」そしていたずらっぽく鼻を鳴らす。「まあとにかく、イエスティンは村にホリデーハウスと、少し道を上っていったところに〈ブライン・ケディ〉って名前の石造りのコテージを所有してる」

「そのコテージが、私が探しているところだと？」

「もしあんたの気に入れば、久しぶりの借り手になる」突然、男の人の声がして私はびくっとする。振り返って見ると、戸口のところにきゃしゃな体つきの男性が立っていた。

「そんなにひどくはないよ！」ベッサンが忠告するように言う。「さ、お茶を飲んでしまって、このご婦人にコテージを見せてやってよ」

　イエスティンの顔はあまりに黒く、その上しわだらけで、目がほとんど埋もれて見えないくらいだ。服の上から濃い青色のつなぎを着ている。つなぎは色がくすんでいて、両方の太ももに油を拭った指の跡がついている。イエスティンはニコチンで黄色く染まった白い口ひげの下からお茶をすすって、見定めるように私を見る。「〈ブライン・ケディ〉は道路から離れすぎてる、たいていの人間はそう言うんだ」強いウェールズ訛(なま)りのせいで聞き取るのが難しい。「そんなに遠くまではバッグを運びたくないんだとよ、わかるか？」

「見せてもらってもいいですか？」私は立ち上がる。だれも欲しがらない、人の住まなくなったコテージこそが答えだ、そう思いたかった。

　イエスティンは紅茶を飲みつづけている。紅茶を口に含むごとに歯をすすぐように口を動かし、それから飲み込む。ようやくイエスティンは満足げにため息をもらしたかと思うと、すぐに店を出ていった。私はベッサンを見る。

「言わなかった？　無口な男だって」ベッサンは笑った。「行きな——待ってはくれないよ」

「お茶、ありがとう」

「こちらこそ。向こうで落ち着いたら、会いにおいで」

破ることになるとわかっていながら、私は思わず約束を交わし、急いで外に出る。イエスティンが泥まみれの汚れた四輪バイクにまたがっていた。

私は一歩あとずさる。まさか彼の後ろにまたがれっていうの？　会って五分と経たない男の人の後ろに？

「近くまで行くにはこれしかないんだ」イエスティンはエンジン音に負けないように声を張り上げている。

頭がくらくらする。そのコテージを見るという現実的な必要性と、私をその場に立ちすくませる原始的な恐怖とのあいだで、なんとかバランスを取ろうとする。

「さあ、乗るんだ、もし行くんならな」

私は足を踏み出し、バイクにまたがるイエスティンの後ろに恐る恐る座る。私のまえにはハンドルがついておらず、かといってイエスティンの腰に手を回す気にもなれず、自分の座席にしっかりとつかまる。イエスティンがスロットルを回すと、バイクは海岸のでこぼこした小道を猛スピードで走り出した。入り江は私たちと並行して伸びている。潮は今、完全に満ちていて、波が断崖に打ち寄せている。しかし私たちが浜辺から続く小道と同じ高さのところまでくると、イエスティンはバイクの向きを変えて海から遠ざかった。そして肩越しに何か叫びながら、内陸のほうを見るように私に合図する。起伏のある地形を跳ねるようにして進みながら、私は新しい住みかになればいいと願っている建物を探す。

ベッサンはコテージと表現していたけれど、〈ブライン・ケディ〉は実際には羊飼いの小屋と大差ない建物だった。かつては白く塗られていたであろう建物の壁は、もうずっと昔に自然の力との戦いを諦めてしまったようで、下塗りが薄汚い灰色になっている。大きな木製のドアは、庇の下からちらりと見えている小さなふたつの窓とは不釣り合いだ。天窓があることから二階があることは想像できるものの、この建物にそれだけのスペースがあるとは思えない。イエスティンがここを貸別荘として売り込むことに苦戦している理由がわかる。どれほど独創的な不動産管理人でも、外壁の下から上に向かって広がっている湿気による染みや、屋根のスレートが剝がれてきていることに目をつぶることはできないだろう。

イエスティンがドアの鍵を開けているあいだ、私はコテージに背を向けて海岸を眺める。ここからキャラバンパークを見ることができるだろうと期待していたものの、小道は海岸から遠ざかるように下向きに傾斜していた。私たちは小さな窪みに取り残されていて、地平線もここからは見えない。入り江も見ることができないけれど、波が岩肌にぶつかる音は聞こえてくる。ひとつの波が三度ずつ岩を打っている。カモメの群れが頭上を旋回している。子猫のような鳴き声。薄れゆく光の中、カモメたちは弱々しい声を上げている。私は無意識のうちに身震いする。突然、部屋の中にはいりたくなった。

一階は奥行きが四メートルもなく、不安定な木のテーブルが居住空間と大きなオーク材の梁（はり）の下に設えられた小さな台所スペースとを隔てている。

二階は、寝室と、普通の半分の大きさしかないバスタブが置かれた小さなバスルームとに分けられている。鏡は老朽化によって染みがつき、斑点のついたひび割れが私の顔を歪（ゆが）んで見せている。私は赤毛の人間に共通する青白い顔色をしているが、薄暗い照明のせいで肌がいつにも増して半透明で真っ白に見える。それと対照的な濃い赤色の髪の毛が肩の下まで垂れている。下の階に戻ると、イエスティンがストーブのそばに薪（まき）を山積みにしているところだった。積み終えるとイエスティンは部屋を横切り、暖房兼調理用薪ストーブ（キッチンストーブ）に向き合った。

「こいつがちょっと気難しくてな、いや本当に」イエスティンはバンと大きな音を立てて保温庫を引き出す。私はその音に驚く。

「コテージをお借りできませんか？」私は言う。「お願いします」その声には必死さがこもっていた。イエスティンは私のことをどんな人間だと思っているだろう。

イエスティンは疑わしそうな目つきで私を見る。「払えるんだろうな？」

「はい」私は力強く答える。貯蓄がどれだけもつか、貯蓄が底をついたらどうするつもりなのかもわからないまま。

イエスティンは納得できていないようだ。「仕事はあるのか？」

私は床が粘土で埋め尽くされたアトリエのことを思った。手の痛みはもうそれほどひどくないものの、指の感覚がほとんどなくて、もう仕事ができないのではないかと怖くなる。もう彫刻家ではないのだとしたら、私は一体、何者なのだろうか？

「アーティストなんです」私はようやく答える。

イエスティンは、それですべて納得がいくとでもいうように低いうなり声をもらす。

私たちは賃料を決めた。とんでもなく安い賃料だが、貯めてきたお金をすぐに使い果たすことになるだろう。それでも、これから数ヶ月間は、この小さな石造りのコテージは私のものだ。居場所が見つかった、そのことに安堵のため息をつく。

イエスティンはポケットからレシートを取り出し、その裏に携帯電話の番号を書き殴る。

「今月の賃料はベッサンのとこに置いといてくれて構わない。それで都合がよけりゃ」それから私に向かって頷くと、大股でコテージを出ていき、四輪バイクにまたがる。そして轟音とともにエンジンをかけた。

私はイエスティンが去るのを見届けてからドアを閉め、頑固な閂をかける。冬の日差しが出ているにもかかわらず、私は二階に上がって寝室のカーテンを閉じ、開けっ放しになっているバスルームの窓を閉める。階下の部屋の金属のカーテンレールにカーテンが引っかかっている。閉じられるのに慣れていないようだ。強引に引っ張ると、ヒダから出てきた埃が空中に舞う。窓は風を受けてガタガタと音を立てている。カーテンを閉めれば、窓枠の隙間から忍び込んでくる凍えるような冷気を少しは遮断することができそうだ。

ソファに座り、自分の呼吸の音に耳を傾ける。海の音は聞こえないけれど、一羽のカモメの悲しげな鳴き声が赤ん坊の泣き声のように聞こえてくる。私は両手で耳をふさぐ。

極度の疲労が襲ってきて、私は体を丸めて縮こまる。両腕で膝を抱えて、ジーンズの硬い生地に顔を押しつけて。いずれ来るとわかってはいたものの、感情の波が私を飲み込み、私の内部で破裂した。その破壊力のあまりの強烈さに、ほとんど息ができなくなる。その悲しみがもたらす肉体的な影響はあまりに大きく、自分がまだ生きているということが、心臓がもぎ取られてもまだなお鼓動を打ちつづけているということが信じられないくらいだ。頭の中であの子のイメージを正そうとするけれど、目を閉じたときに浮かんでくるのは、あの子の体だけ。私の腕の中で、じっと動かず、死んでいる。私があの子をいかせてしまった。そしてそのために私は一生、自分を許すことができないだろう。

5

「ひき逃げ事件のことでちょっと話したいんだが、時間あるかな、ボス?」スタンピーがドアから顔をのぞかせて言った。その後ろでケイトが落ち着かなげにうろうろしていた。

レイは顔を上げた。ここ三ヶ月のあいだに捜査はだんだんと縮小され、より緊急性の高い事件が優先されるようになっていた。レイは今でも週に数回、スタンピーと彼のチームとともに捜査の見直しを行っていたが、情報提供の電話は途絶え、もう何週間も新しい情報ははいってきていなかった。

「ああ」

ふたりはオフィスにはいってきて腰を下ろした。「ジェイコブの母親と連絡がつかない」スタンピーは単刀直入に言った。

「どういう意味だ？」

「言葉どおりの意味さ。携帯電話の電源が切れていて、家はもぬけの殻。母親は姿を消してしまった」

レイはスタンピーを見てから、ケイトに視線を移した。ケイトは決まり悪そうに座っていた。「冗談だよな」

「これが冗談だとしたら、どこがオチなのかわかりませんけど」ケイトは言った。

「彼女は唯一の目撃者なんだぞ！」レイは大声で言った。「被害者の母親だってことは言うまでもないしな！　彼女を見失うなんて、どうかしてないか？」

ケイトの顔が紅潮した。レイはどうにか自分を落ち着けようとした。

「何があったのか、詳しく説明してくれ」

ケイトがスタンピーを見ると、スタンピーは頷いて、ケイトに説明するよう促した。「記者会見が終わってからは、彼女と連絡を取る必要がほとんどありませんでした」ケイトは続けた。「彼女から供述は得ていましたし、彼女に対する事情聴取も終わっていました。それで私たちは彼女を家族連絡担当官（FLO）の手に委ねたんです」

「FLOの担当者は？」レイは訊いた。

「ダイアナ・ヒース巡査です」ひと呼吸置いからケイトは続けた。「交通警察の」

レイは青色の日誌にメモを取り、ケイトが続けるのを待った。

「つい先日、ダイアナがジェイコブの母親の様子を見ようと立ち寄ったんです。でも家は空っぽで。母親はもういませんでした」

「近隣住民はなんて？」

「あまり大したことは」ケイトは言った。「ジェイコブの母親には、転居先の住所を教えるほど親しくしていた人はいませんでした。それに彼女が立ち去るところをだれも見ていないんです。まるで霧のように姿を消してしまって」

そこでケイトはスタンピーのほうに目をやった。レイは目を細めた。「何を隠してる？」

わずかに沈黙があってから、スタンピーが話しはじめた。

「どうやら、ネット上の掲示板でちょっとした炎上騒ぎがあったらしい――何者かが掲示板を荒らしたんだ。彼女は母親失格だとかなんとか、そんなようなことを書き込んで」

「中傷的な書き込みも？」

「可能性はあるだろうな。今はすべて削除されてるが、情報通信技術部(ICT)にキャッシュファイルを復元できないか頼んである。でもそれだけじゃないんだよ、ボス。母親は事故直後に制服警官から事情聴取を受けてるんだが、どうやらそのときの警官たちがちょっと頑張りすぎたみたいだな。ちょいと思いやりに欠けてたってとこか。ジェイコブの母親は、警察は自分に責任があると考えていると思ったらしく、そのせいで警察は運転手を見つけることにそれほど尽力しないんじゃないかと決めつけちまったらしい」

「嘘(うそ)だろ」レイは低くうなった。警視監がこのどれにも気づかずにいてくれたらと願うのは、望みすぎだろうか。「警察の行動を不快に思った時点で、彼女のほうから何かしらのサインは出ていなかったのか？」

「ＦＬＯから聞かされたのは、これが初めてだ」スタンピーは答えた。

「学校に話を聞きにいってくれ」レイは言った。「彼女と連絡を取っている人間がだれかいるはずだ。それから診療所の家庭医にも話を聞いてみてくれ。彼女の地域にある診療所は、二軒か三軒しかないはずだ。子どももいたんだから、そのうちのどこかには登録してあるだろう。診療所を割り出せれば、そこの医師が彼女の診察記録を新しい診療所に送っている可能性がある」

「了解した、ボス」

「それから、頼むから、警察が母親を見失ったことをポスト紙に知られないようにしてくれよ」レイは皮肉っぽい笑みを見せた。「スージー・フレンチが大はしゃぎすることになる」

だれも笑わなかった。

「重要参考人を見失ったこと以外で」レイは言った。「知っておく必要のあることは？」

「国境への問い合わせでは何も得られませんでした」ケイトは言った。「数台の盗難車が私たちの担当区内にはいってきていましたが、どの車もその後の消息がわかっています。あの夜、スピード違反取り締まりカメラを作動させた車両はリストアップしておきました。ブリストル中の修理工場や整備工場にも聞き込みに行ってきましたが、不審な人や車を覚えている人はいませんでした——というか少なくとも、私にはそう話していました」

「ブライアンとパットのほうは、監視カメラとどうなってる？」

「そりゃもうラブラブだよ」スタンピーが言った。「彼ら、警察と協議会が設置している監視カメラの映像には目を通し終えたよ。今はガソリンスタンドの映像を見ているところだ。三台のカメラに、同じと思しき車がそれぞれ映っていて、その車に目をつけてるよ。ひき逃げ事件のほんの数分後に、エンフィールド・アヴェニューの方角から走ってきた車だ。その車は何度か危険な追い越しを試みてから、画面から消えている。それ以降でその車が映っている映像が見つけられずにいるんだ。ふたりはそれがどこの車か割り出そうとしている。その車が事件に関係しているって証拠はないんだがね」

「素晴らしいじゃないか。最新情報に感謝するよ」レイは進展のなさに対する失望を隠すように腕時計に目を落とした。「ふたりでパブに行っててくれないか？　警視に電話をかけなくちゃならないんだけど、三十分くらいで合流するよ」

「いいね」スタンピーは言った。ビールに誘うのに彼を説得する必要があったためしがなかった。「ケイト？」

「もちろん」ケイトは言った。「ボスのおごりなら」

レイが〈ナッグズ・ヘッド〉に到着したのは一時間近くあとで、ふたりはすでに二杯目を飲みはじめていた。レイはふたりのオンオフの切り替えの上手さをうらやましく思った。警視との会話が胃に不快感を残していた。先輩警察官は多少なりとも気をつかってくれていたものの、その場に流れる不穏な空気には気づかずにはいられなかった。この事件の捜査はもうすぐ打ち切りになる。パブの中は暖かくて静かだった。レイは一時間でもいいから仕事のことを忘れて、サッカーの話や天気の話、なんでもいいから五歳の子どもと行方不明の車とは関係のない話をしたいと願った。

「カウンターで注文した直後に到着するとはね、ボスらしいよ」スタンピーが不満そうにつぶやいた。

「まさか君という人間が、自分の財布を出したっていうのかい？」レイはそう言ってケイトにウィンクした。「驚きの念を禁じえないねえ」レイはペールエールを注文してからふたりのいるテーブルに戻り、ポテトチップスを三袋、テーブルの上に放り投げた。

「警視との話はどうでした?」ケイトが訊いた。

レイはケイトを無視するわけにはいかなかった。それに当然、嘘をつくこともできなかった。レイはひとロビールを飲んで時間を稼いだ。ケイトはレイを見ていた。捜査要員を増やしてもらえるか、あるいは予算を増額してもらえるか、そういう話が聞きたくて仕方ないという様子だった。レイはケイトを落胆させたくなかったが、いつかは知ることになる。「かなりひどいね、正直言うと。ブライアンとパットは交代制勤務に戻される」

「え? どうして?」ケイトが叩きつけるような勢いで飲み物をテーブルに置くと、グラスの中でワインが飛び跳ねた。

「これだけ長い期間、力を借りることができたのはラッキーだったんだ」レイは続けた。「それに彼らは、監視カメラの解析でいい仕事をしてくれた。でも交代制勤務の奴らも、欠員の穴埋めをしつづけるわけにはいかない。それに厳しい現実を言えば、これ以上この事件に予算を使いつづけることを納得させることができない。悪い」レイはこの決定がレイの責任であるかのように謝罪の言葉を添えたが、それによってケイトの反応が変わることはなかった。

「そう簡単に、この事件に見切りをつけることなんてできませんよ!」ケイトはコースターを手に取ると、縁からちぎりはじめた。

レイはため息をついた。捜査の代価と、人の命――ひとりの子どもの命――の代価、それを秤にかけるのは非常に難しいことだった。どうしたらその価値を比べることができるというのだろう？

「おれたちはまだ諦めてない」レイは言った。「君はまだフォグランプのことを徹底的に調べてる途中なんだろ？」

ケイトは頷いた。「ひき逃げ事件の翌週に交換された部品の中で、該当するものが七十三ありました」そして続けた。「これまでのところ、保険を使ったケースはすべて正しく処理されています。それで今は、自費で支払ったすべての車の登録所有者を調べているところです」

「ほらな？　これから何が明らかになるか、だれにもわからないさ。少し規模を縮小することになるだけだよ」レイは精神的な支えを求めてスタンピーを見た。しかしそこから得られるものは何もなかった。

「上司っていうのは、目先の結果にだけ興味があるものなんだよ、ケイト」スタンピーは言った。「部下が数週間のうちに――理想を言えば数日のうちに、だろうな――ひとつの事件を解決できないとわかると、その事件を優先事項から外して、代わりに別の事件をリスト入りさせる」

「事情はわかってます」ケイトは言った。「けど、だからと言ってそれが正しいわけじゃないですよね？」それからケイトはコースターの小さなかけらをテーブルの中心に押しやって、そこに山を作った。レイはケイトの指の爪にマニキュアが塗られておらず、おそらくは怒りにまかせて深爪するまで噛まれているのに気がついた。「パズルの最後のピースはすぐそこにあるって気がしてるんですけど、わかります？」

「わかるよ」レイは言った。「それにその直感は正しいかもしれない。でもその一方で、ひき逃げ事件の捜査に関しては、ほかの仕事の合間にやると決めなきゃならない。ハネムーン期間は終わりだ」

「ロイヤル病院に問い合わせてみようかと考えています」ケイトは言った。「運転手が衝突の際に怪我を負った可能性もありますよね。頸椎捻挫とか、何かそういう怪我を。事故の夜にも救命救急センターにパトカーを向かわせましたが、引き続き、より具体的な問い合わせをしてみるべきです。犯人がすぐには治療を受けなかったということも考えられますから」

「いい考えだ」レイは言った。ケイトの提案を聞いて、レイの頭の片隅に何かがよぎった。しかしそれがなんであったか、思い出すことができなかった。「サウスミード病院とフレンチヘイ病院への問い合わせも忘れないように」画面を伏せてレイの目のまえに置いてあった携帯電話が振動し、新着メールを伝えた。レイは携帯電話を手に取ってメールを見た。「まずい」

スタンピーとケイトはレイを見た。ケイトは驚き、スタンピーはにやりとしていた。

「何を忘れていた？」スタンピーは訊いた。

レイは顔をしかめただけで何も答えなかった。そして残りのビールを飲み干すと、ポケットから十ポンド紙幣を取り出し、スタンピーに手渡した。「おふたりさんに一杯ずつ――おれは帰らなきゃならない」

レイが部屋にはいったとき、マグスは食器洗浄機に食器を入れているところだった。必要以上に力を込めて皿をラックに落としているのを見て、レイはたじろいだ。マグスは髪の毛を後ろでゆるい三つ編みにまとめていて、ジャージのズボンとレイの着古したTシャツを着ていた。マグスは一体いつから着るものに頓着しなくなったのだろう。そんな考えがレイの頭をよぎったが、すぐにそんなことを思った自分を嫌った。レイはそんなことを言える立場になかった。

「悪かった」レイが言った。「完全に忘れてた」マグスがグラスをひとつしか出さなかったことにレイは気がついたが、そのことに触れるのは賢明ではないと判断した。

「すごくたまにしかないことよ」マグスは言った。「私があなたに、この時間にどこどこまで来てって頼むのは。仕事が一番でなきゃならないことがあるのはわかってる。わかってるわ。本当にわかってる。でもこの予定は、二週間もまえからスケジュール帳に書いてあったわよね。二週間よ！　それに約束したわよね、レイ」

マグスの声は震えていた。レイはためらいがちにマグスの肩に腕をまわした。「ごめん、マグス。ひどかったか？」

「そんなに悪くはなかったわ」マグスはレイの腕を振り払い、台所のテーブルに着いてワインをぐいっと飲んだ。「先生たちは何もひどいことは言わなかった、って意味だけど。ただ、トムがほかの子たちみたいには学校になじんでいるようには見えなくて、少し心配してるんだって言っていた」

「それで、先生たちはそれに対して何をしてくれてるって？」レイは食器棚からグラスを取り出すと、ワインを注ぎ、マグスのそばの席に腰を下ろした。「おそらく、トムと話をしたって言うんだろうけど？」

「トムは何も問題ないって答えたみたい」マグスは肩をすくめた。「ヒクソン先生は、トムのやる気を引き出すために、そしてもっとクラスに参加させるために、できることはすべてやったって。でもトムはひと言もしゃべらないみたい。先生は、トムがただ物静かな子なのかもしれないと思ったりもしてるって」

レイは鼻を鳴らした。「物静か？　トムが？」

「ね、驚くでしょ」マグスはレイを見た。「あなたが一緒にいてくれたらって思ったわ、本当に」

「すっかり頭から抜け落ちてたんだ。本当にすまない、マグス。今日もめちゃくちゃに忙しい一日で、パブに寄って軽く一杯やってたんだ」

「スタンピーと？」

レイは頷いた。マグスはスタンピーのことが好きで、トムの名付け親になってもらっていた。そしてスタンピーとレイが仕事終わりの一杯に行くことを、夫が〝男同士の時間〟を必要としていることに気づいた妻の寛容さで許していた。レイはケイトの名前は挙げないでおいた。それがなぜだか、自分でもはっきりとはわからなかったものの。

マグスはため息をついた。「これからどうしたらいいかな？」

「大丈夫さ。新しい学校だし、中等学校に上がるっていうのは子どもにとったら一大事だ。トムは長いこと井の中の蛙だった。それが今じゃ、サメたちと一緒に泳いでる。トムと話してみるよ」

「お得意のお説教はやめてよ――」

「説教するつもりなんてないさ！」

「――事態を悪化させるだけだから」

レイは口を閉ざした。レイとマグスはいいコンビだったが、こと子育てに関しては、アプローチの仕方がかなり違っていた。マグスのほうが子どもに対してずっと優しかった。子どもたちを自立に導くというよりは、甘やかしがちだった。

「説教はしないよ」レイはマグスに約束した。

「学校側は、あと二ヶ月ほど様子を見ようって言ってる。それから学期の中休み(ハーフターム)の数週間後に、もう一度、話をしようって」マグスは鋭い目つきでレイを見た。

「日にちを教えてくれ」レイは言った。「行くから」

6

ヘッドライトが濡れた舗装道路を照らす。数秒ごとにまぶしい光がふたりの目をくらませる。ひとびとが滑りやすい歩道を足早に過ぎていく。通り過ぎていく車が、彼らの靴に水しぶきをかける。びしょ濡れの落ち葉が積み重なってできた山がガードレールに寄りかかっている。紅葉した葉の鮮やかな色が、くすんだ茶色に変わっていく。

だれもいない道路。

ジェイコブが走っている。

キーッというブレーキの音。車にぶつかるドスンという音。地面に叩きつけられる直前の体の回転。ぼやけたフロントガラス。ジェイコブの頭の下に溜まっていく血。白く吐き出される息の雲、ひとつ。

叫び声が眠りを切り裂き、私はその衝撃で目を覚ます。太陽はまだ昇っていないけれど、寝室の電気がついたままになっている。暗闇に包まれている感覚に耐えることができない。心臓が鼓動する音を聞く。呼吸を落ち着けることに意識を集中させる。

吸って、吐く。

吸って、吐く。

静寂は心を落ち着かせるというより、むしろ暴虐的だ。パニックが収まるのを待つあいだに、爪が両手のひらに三日月の跡をつける。夢はより強烈に、より鮮明になりつつある。彼が見える。彼の頭が舗装道路の上で割れる、吐き気を催すような音が聞こえる……。

悪夢はすぐには始まらなかった。しかし今、悪夢は私を訪れてやむことがない。毎晩、私はベッドに横になって睡魔と戦い、頭の中で複数のシナリオを展開させる。読み手に結末を選ぶ余地を残した、子ども向けの本のように。目をしっかり閉じて、私が選ばなかった結末を思い描く。そこでは、私たちはもう五分早く、あるいは五分遅く出発している。そこではジェイコブがまだ生きていて、今でも黒いまつ毛を丸々とした頰の上に休ませながらベッドで眠っている。でも何も変わらない。毎晩、私はなんとかして早く目を覚まそうとしている。悪夢を妨害すれば、現実を覆すことができるとでも思っているかのように。でも、もうパターンができてしまっているようで、ここ何週間も、小さな男の子の体がバンパーにぶつかる音で、それからその子が転がり落ちて湿った道路に叩きつけられるのを見ながら私が上げる無意味な叫び声で、ひと晩のうちに何度も目を覚ましている。

私は隠遁者になった。コテージの石塀の中に閉じこもり、牛乳を買うために訪れる村の店より遠くへはあえて行こうとせず、コーヒーとトースト程度のもので生活している。キャラバンパークのベッサンを訪ねようと三度決心したものの、三度思い直した。行く決心がつけられたらいいのに。友達がいたのはもうずっと以前のことで、友達を必要としていたのも同じだけ昔のことだ。

左手で拳を作ってから、指を開いてみる。夜寝ているあいだにこわばってしまっている。痛みに悩まされることはめったになくなっていた。それでも手のひらに感覚がなく、二本の指は麻痺したままだ。手を強く握りしめ、痺れてピリピリする感覚を追い払おうとする。病院へ行くべきだったのは言うまでもない。でもジェイコブの身に起こったことに比べたら、こんな怪我はあまりに取るに足らないことのように思えた。この痛みは当然の報いだと。その代わり、負傷部位に包帯を巻くことだけはした。毎日、損傷した皮膚から包帯を剥がすたびに歯を食いしばりながら。傷は徐々に癒えてきている。手のひらにある生命線は、幾重にも重なる傷の下に永遠に隠されてしまった。

ベッドの上に山のように重ねているブランケットの下から脚を出す。二階には暖房装置がなく、壁が結露で光っている。急いでジャージのズボンと深緑色のスウェットシャツを身につける。髪の毛が襟にはいっているのはそのままにしておく。それからそっと階下に下りていく。床のタイルの冷たさに思わず息をのみ、足をスニーカーに滑り込ませる。それから玄関の閂を外してドアを開錠する。私はいつだって早起きだった。日の出とともに目を覚まして、アトリエで仕事をしていた。仕事なしでは自分を見失いそうで、新しいアイデンティティを求めてじたばたもがいているような気分だ。

夏になれば旅行客がやってくるのだろう。こんな時間に、そしておそらくこのコテージのあるところほど内陸にはやってこないのだろうが、浜辺には確実にやってくるはず。それでも今は私のものだ。孤独は慰めになる。冬の鈍い太陽が崖の上から差し込んでいて、氷のように輝く水たまりが、入り江を巡るようにして走っている海岸の小道を遮っている。私は走り出す。吐く息が、通ったあとに白いもやを残していく。ブリストルでジョギングをしたことなんてなかったけれど、ここでは何キロも走ることを自分に課している。

心臓の鼓動に共鳴するリズムに落ち着き、海に向かってペースを乱さず走る。靴が石だらけの地面を蹴るたびに音がするけれど、日々のランニングのおかげで足元は確かになっていた。浜辺へと通じる小道は今ではすっかりなじみあるものになっていて、目隠しをしても歩くことができる。残り一メートル弱まできたところで、湿った砂の上にジャンプする。崖に沿って入り江の周りをゆっくりと走っていくと、やがて立ち並ぶ岩が行く手を阻み、私は海へと追いやられる。

潮は引ける限り引いていて、砂の上には流木やぼろぼろになった廃棄物が、バスタブにできる汚れの輪のように一列に残されている。私は崖に背を向け、ペースを上げて浅瀬の中を走る。湿った砂が足に吸いついてくる。刺すような風に抗うように頭を下げ、潮と戦い、肺が火照(ほて)って耳の奥で血が高い音を鳴らすまで、海岸伝いに全速力で走る。砂浜の終わるところに近づくにつれ、向こう側にそびえ立つ崖に見下ろされているように感じる。それでも私はペースを緩めるどころか、速める。風が髪の毛を顔に打ちつけるけれど、頭を振ってそれを払う。さらにスピードを上げて走り、待ち構える崖に激突しそうになるまさにその瞬間、腕をまえに伸ばして冷たい岩に両手を叩きつける。生きている。起きている。悪夢の心配はない。

アドレナリンが切れると体が震え出した。来た道を戻ることにする。湿った砂が私の足跡を飲み込み、私が崖のあいだを走った痕跡はまったく残っていない。足元に一片の流木が落ちている。私はそれを拾い上げると、何気なく自分の周りに溝を引いてみる。しかし流木が地面を離れるより早く、流木の周りの砂浜が波に飲まれてしまう。腹が立ち、もう二、三歩、海から離れる。ここなら砂が乾いている。私は持っていた流木でもう一度、円を描く。こっちのほうがいい。突然、休暇中の子どもみたいに砂に自分の名前を書きたいという衝動に駆られて、自分の子どもっぽさに思わず笑みをもらす。流木は持ちにくい形をしていて、ぬるぬるしていたけれど、それを使ってなんとか名前を書き終わると、少し後ろに下がって自分の手仕事を惚れ惚れと眺める。自分の名前がこれほど大胆に、恥ずかしげもなく書かれているのを見るのは妙な感じがする。私はあまりにも長いこと、目に見えない存在だった。今の私は一体、何者なのだろう？　彫刻しない彫刻家。子どものいない母親。砂に書かれた文字は目に見えている。叫び声を発している。崖のてっぺんからでも見えるくらいに大きい。私は恐怖と興奮で身震いする。危険を冒していることはわかっている。でも、それが気持ちいい。

崖の頂上に、散策者が小道から外れて、崩れかけの岩の突端に近づきすぎてしまわないよう注意喚起する目的で設置されている、抑止効果のないフェンスがある。私は警告を無視してワイヤーをまたぐと、ぎりぎり落下を免れる地点に立つ。太陽が高く昇るにつれて、一面に広がる砂が灰色から金色へとゆっくりその色を変えていく。砂浜の真ん中を横切るようにして書かれた私の名前が、砂の上で躍っている。消えるまえに捕まえてみろと私をけしかけているみたいだ。

潮が満ちて飲み込んでしまうまえに文字を写真に収めよう。そうすれば、勇敢になれた瞬間を残しておくことができる。カメラを取りにコテージまで走って戻る。足取りが軽く感じられた。そう感じられるのは、何かから遠ざかるようにではなく、何かに向かって走っているからだ。

最初に撮ったその写真は取り立てて素晴らしいものではなかった。フレーミングに完全に失敗していて、文字が海岸から離れすぎていた。走って浜辺に戻り、長く伸びる滑らかな砂浜に、記憶の中にある名前を書き連ねていく。その名前たちが湿った砂の中に再び埋もれてしまうまえに。それ以外の名前——子どものころに読んだ本の登場人物の名前や、文字面が好きだという理由だけでとても気に入っている名前——は、もっと海から離れたところに書いてみる。それからカメラを取り出して、砂の上で姿勢を低くかがめてアングルを調整する。最初は文字が波と重なるように、次は岩と重なるように、そして一筋の鮮やかな青空と重なるように、角度を調整する。それから急勾配の小道を登って崖の頂上まで行き、そこで最後の撮影をする。崖の端に立って危険と隣り合わせの状態でバランスを取って、それによって生じる恐怖には目をつぶる。砂浜はあらゆる大きさの文字でいっぱいになっていた。まるで正気を失った人間の長ったらしい戯言のよう。上げ潮が砂を回転させながらゆっくりと進み、文字を舐めはじめている。潮が再び引く夕方までには、砂浜はきれいになっていることだろう。そうなれば、もう一度やり直すことができる。

今、何時なのか見当がつかない。でも太陽は高く昇っていて、カメラにはもう百枚ほどの写真が収められているはずだ。湿った砂が服に付着していて、髪の毛に触れてみると塩でごわついている。手袋を持っておらず、指がひどく冷えている。家に帰って温かいお風呂にはいろう。それから写真をノートパソコンに取り込んで、まずまずの出来のものがあるか見てみよう。エネルギーが湧き上がってくるのを感じる。目的のある日を過ごすのは、事故以来、これが初めてだ。

コテージに向かって歩き出したけれど、小道の分岐点のところまできて躊躇する。キャラバンパークの店にいるベッサンのことを思った。彼女を見ていると、姉を思い出す。郷愁の念に心が疼き、気持ちが変わるまえにキャラバンパークへと続く道を進みはじめる。どんな理由で店を訪れたことにすればいいのだろう？　お金は持ってきていないから、牛乳やパンを買いにきたふりをするわけにはいかない。何か質問をするのもいい考えのように思えるけれど、もっともらしい質問がなかなか思いつかない。どんな質問を思いついたところで、ベッサンはそれが口実だと見抜くだろう。そして私のことを哀れむだろう。

百メートルと歩かないうちに決心は揺らぎはじめ、駐車場に着いたところで私は足を止めた。店のほうに目をやると、窓に人影が見える。それがベッサンなのかどうかわからないが、それがわかるまで待つことはしない。私は店に背を向けてコテージに向かって走り出す。

〈ブライン・ケディ〉に到着してポケットから鍵を取り出す。ドアに手をかけてみるとドアが少しだけ動いた。鍵がかかっていなかったのだ。ドアは古く、その仕組みは信用できない。イエスティンが、ドアを慎重に引いて、ある角度で鍵を回せば鍵穴にはまってカチッと音がするのを見せてくれていた。それでもときどき、十分かそれ以上、鍵をかけるのに苦労することがある。イエスティンは電話番号を教えてくれたけれど、私が携帯電話を捨ててしまったことを彼は知らない。電話回線はコテージまできているものの、電話を設置していないため、村まで歩いて電話ボックスを探し、イエスティンが修理に来てくれるかどうか訊いてみるしかない。

家に帰ってきてほんの数分経ったころ、ドアをノックする音がした。

「ジェナ？　ベッサンだけど」

このままじっとしていようかと考えたが、好奇心がその考えに勝ったようだ。ドアを開けながら興奮で胸が高鳴っているのを感じる。逃げることを望んでいたにもかかわらず、ここペンファッチの地で、私は孤独を感じている。

「パイを持ってきたよ」ベッサンはティータオルで覆った皿を手に、私が招き入れるのも待たずに家にはいってくる。そしてその皿を台所のコンロの横に置く。

「ありがとう」世間話が始まるものと思っていたけれど、ベッサンはただほほ笑んだ。ベッサンが重たそうなウールのコートを脱ぐのを見て、私はとっさに声をかける。「お茶でもどう？」

「あんたが飲むなら」ベッサンは答える。「ちょっと寄って、あんたの様子を見ようと思ってね。あんたのほうから先に店に顔を出してくれるかなとも思ってたけど、新しい家に落ち着くっていうのがどんな感じなのかはわかるからさ」それからベッサンは家を見回して話すのをやめる。リビングにものがほとんどなく、イエスティンが最初に私をここに連れてきてくれたときとなんら変わらない状態だということに気づいたのだろう。

「あまりものを持っていなくて」恥ずかしく思いながらも私は言う。

「みんな持ってないよ、この辺りの人間はね」ベッサンは朗らかに言う。「あったかくて居心地がよけりゃ、それが一番肝心だからね」

ベッサンが話すのを聞きながら私は台所に回り、紅茶をいれる。自分の手を使ってやることがあるということに感謝しながら。それから私たちはマグカップを手に、パイン材のテーブルに着く。

「〈ブライン・ケディ〉はどう？」

「完璧よ」私は言う。「まさに私が必要としていたようなところ」

「ちっちゃくって、寒くって、ってこと？」言いながらベッサンは声を上げて笑った。そのせいでマグカップの縁から紅茶がこぼれる。ベッサンはズボンを擦るけれど、その甲斐なく紅茶は太ももに染み込んで黒っぽい染みになった。

「広い家は必要ないし、ストーブがあれば充分、暖かい」私は笑みを見せる。「気に入ってる、本当に」

「それで？　あんたの話を聞かせてよ、ジェナ。どうしてペンファッチに来ることになったの？」

「ここは美しいところでしょ」私は簡潔に答える。マグカップを両手で包み、紅茶に視線を落としてベッサンの鋭い目を避けるようにしながら。ベッサンは無理に聞き出そうとはしない。

「それは確かに。この時期は殺風景だけど、もっと住みにくいところだってあるよね」

「いつからトレーラーハウスを貸し出すの？」

「イースターにオープンするよ」ベッサンは答える。「それからずっと、夏の行楽シーズンに向けて準備万端ってわけ——同じ場所だって気づかないんじゃないかな。十月のハーフタームが終わるころには、人も少なくなっていく。ご家族が遊びにくることがあって、トレーラーが必要になったら言いなよ——ここじゃ客の寝床も確保できないでしょ」

「ご親切にありがとう。でも、だれも来ないと思うわ」

「家族がいないの？」ベッサンは真っすぐ私を見ている。私は視線を落とすことができずにいる。

「姉がひとり」私は答える。「もう話もしていないけど」

「何があったの？」

「何って、よくある姉妹の仲違いよ」私は軽い調子で答える。お願いだから話を聞いて、そう懇願していた、あのイヴの怒りに満ちた顔が今でも目に浮かぶ。私は自尊心が高すぎた。今ならわかる。恋に夢中で理性を失っていた。もしイヴの話に耳を傾けていたら、今とは違っていただろう。

「パイ、ありがとう」私は言う。「とても優しいのね」

「何言ってんの」ベッサンは話題が変えられたことに動揺する様子も見せずに言う。それからコートを着て、マフラーを数回、首に巻きつける。「ご近所さんは何のためにいると思ってんの？　さあ、近いうちに今度はあんたがキャラバンパークにお茶しにくるんだよ」

それは質問ではなかったものの、私は同意するように頷く。ベッサンの鮮やかな茶色の目にじっと見つめられると、突然、子どもに戻ってしまったような感じがする。

「行くわ」私は言う。「約束する」今回は本心だった。

ベッサンが帰ると、私はカメラからメモリースティックを取り出してノートパソコンに写真を取り込む。ほとんどが使い物にならない写真だったけれど、なかには、厳しい冬の海を背景に、砂の上に書かれた文字を完璧に捉えた写真がいくつかある。もう少し紅茶をいれようと思ってやかんをコンロに置く。でも時間の感覚がなくなっていて、三十分経ってようやく、やかんの水がまだ沸いていないことに気がつく。手を伸ばしてみると、コンロがまだ石のように冷たい。また故障だ。写真を編集することにあまりに没頭していて、気温が下がっていることに気づかなかった。でも今、歯がガチガチ鳴っていて止めることができない。ベッサンの持ってきたチキンパイに目をやると、空腹でお腹が鳴る。前回コンロが冷たくなったときは、再び火をつけるのに二日かかった。また同じことを繰り返すのかと思うと心が重くなる。

私は自分を奮い立たせる。一体いつからこんなに情けない人間になったのだろう？　一体いつから決断を下す能力を、問題を解決する能力を失ったのだろう？　私はもっとましな人間のはず。

「よし」私は声に出して言う。人気（ひとけ）のない台所で、私の声は奇妙に響く。「これを解決しよう」

再び暖かさを感じられるようになったころには、もう太陽はペンファッチの上空に昇りはじめていた。何時間も台所の床にしゃがんでいたために両膝がこわばっているし、髪の毛は潤滑油でべとついている。それでも、ベッサンのパイを温めるためにパイの皿をキッチンストーブのオーブンに入れると、もう長いこと感じたことのなかった達成感を覚えた。もう夕飯というより朝食の時間だけれど、それでも構わない。あまりの空腹にさっきまで胃が痛んでいたし、その痛みも今はもうなくなっていたけれど、それもどうでもいい。食事のためにテーブルを整え、ひと口ずつ味わって食べる。

7

「急げ！」レイは階上（うえ）にいるトムとルーシーに向かって叫んだ。五分のうちにもう五度も時計に目をやっていた。「遅れるぞ！」

月曜の朝というのはただでさえストレスが多いというのに、マグスは妹の家に泊まりにいって昼ごろまで帰ってこない。そこでレイが二十四時間、孤軍奮闘しているところだった。まえの晩、――今考えると愚かだったが――子どもたちが遅くまで起きて映画を見るのを許してしまったせいで、いつも快活なルーシーでさえ七時半に無理やり起こさなければ起きてこなかった。そしてもう八時三十五分。出発しなければならない時間だった。レイは警視監のオフィスに九時半に来るように言われていた。この調子でいけば、レイはこの先もずっと階段の下に立って子どもたちに叫びつづけることになりそうだった。

「早くしろ！」レイはドアを開けっ放しにしたまま、足早に車に乗り込んでエンジンをかけた。ルーシーがとかしていない髪の毛を振り乱して、開いたままのドアから走って出てきた。そして父親の隣の席に滑り込んだ。濃紺色の制服のスカートはしわくちゃで、膝丈の靴下の片方はすでにくるぶしのところまで下がってきていた。一分後、トムがゆっくりとドアから出て車に向かって歩いてきた。シャツの裾がはみ出ていて、そよ風にはためいていた。片手でネクタイを持っていたが、それをつける様子はまったく見られなかった。トムは成長期にはいっていて、今までにはなかった背の高さを持て余すように、常に頭を垂れて背中を丸めていた。

レイは運転席の窓を開けた。「ドア閉めろ、トム！」

「あ？」トムはレイを見た。

「玄関のドアは？」レイは拳を握りしめた。マグスがどうやって激怒せずに毎日これをやってのけるのか、レイには一生理解できないと思った。やらなくてはならないことのリストが心に大きくのしかかっていた。よりによって今日という日に学校までの見送りがなかったなら、そのすべてを終わらせることができていたはず。

「ああ」トムはゆっくりと玄関に戻ると、ドアを引いた。ドアがばたんと音を立てて閉まった。それからトムは後部座席に乗り込んだ。「なんでルーシーがまえに座ってんだよ」

「私の番だから」

「違うだろ」

「そうなの」

「もうたくさんだ！」レイは大声で言った。

だれも口を開かなかった。ルーシーの小学校に到着するまでの五分のあいだに、レイの血圧は落ち着いていた。レイは運転していたフォード・モンデオを、駐停車禁止を示す黄色のジグザグ線の上に停めた。そして足早にルーシーを教室まで連れていき、ルーシーのおでこにキスをしてから急ぎ足で戻ると、ちょうどひとりの女がレイの車のナンバーを書き留めているところだった。

「まあ、あなたなんですか！」レイが車のそばに駆け寄って立ち止まると、女が人さし指を振りながら言った。「あなたならよくご存じかと思っていましたわ、警部補」

「すみません」レイは言った。「緊急の仕事で。わかるでしょう」

レイはメモ帳を鉛筆でこつこつと叩く女をその場に残して走り去った。忌々しいPTAマフィアが。暇な時間がありすぎる、問題はそこにあるんだ。

「それで」レイは助手席のほうを見ながら切り出した。トムはルーシーが車から降りるやいなや、まえの席に移動していた。トムは断固とした態度で窓の外を見ていた。「学校はどうだ？」

「普通」

トムの先生は、状況は悪化してはいないものの、好転しているとは決して言えない、そう言っていた。レイとマグスは学校まで出向き、友達を作らず、授業では必要最低限のことしかせず、決して自らまえに出ようとはしない少年に関する報告を聞かされていた。

「毎週水曜日、放課後に始まるサッカークラブがあるって、ニクソン先生が言ってたぞ。興味あるか？」

「別に」

「父さん、若いころはなかなかいい選手だったんだ――少しはおまえにも受け継がれてるんじゃないか？」トムのほうを見なくとも、彼があきれたように目を回したのがレイにはわかった。そして自分が、自分の父親と似たような台詞を口にしていることに気づいて顔をしかめた。

トムは両方の耳にイヤホンを押し込んだ。

レイはため息をついた。思春期が息子を、不満だらけで意思疎通の不可能なティーンエイジャーに変えてしまった。娘にも同じようなことが起こる日が来るのだと思うと、恐ろしくてたまらなかった。贔屓があってはならないのはわかっていた。それでもルーシーはレイのお気に入りだった。この九歳の娘は、いまだにレイに抱っこされたがったり、寝るまえの読み聞かせをせがんだりした。トムが青春時代の苦悩にぶち当たる以前から、トムとレイの意見は対立していた。似すぎている、マグスはそう言っているが、レイにはそれがわからなかった。

「ここで降ろしてくれていい」トムは言いながら、まだ車が動いているにもかかわらずシートベルトを外した。

「でも学校まで、まだ通りふたつは離れてるぞ」

「いいんだよ。歩くから」トムはドアの取っ手に手を伸ばした。レイは一瞬、トムが突然ドアを開けて飛び出し、怪我をするんじゃないかと思った。

「いいよ、わかったから!」レイはこの朝二度目のことになるが、路面標識を無視して車を道路の脇に停めた。「点呼に間に合わないって、わかってるんだろうな?」

「じゃあ」

そう言ってトムはいなくなった。車のドアを乱暴に閉めて、行き交う車を縫うようにして道路を渡っていった。あの優しくて面白かった息子に一体何が起こったのだろう？　あの素っ気なさは、ティーンエイジの少年の通過儀礼なのだろうか？　それとも、もっと別の理由によるものなのだろうか？　レイは首を振った。込み入った犯罪捜査に比べれば、子どもを持つというのはたやすいことのように思えるかもしれないが、選べと言われればレイはいつだってトムとのおしゃべりよりも容疑者への取り調べを選んだだろう。そのほうがもっと会話が弾むしな、レイはそう思いながら皮肉っぽい笑みを浮かべた。迎えはマグスがすることになっていて、本当に助かった。

警察本部に到着するころには、レイはトムのことを頭の隅に押しやっていた。警視監がレイに会いたがっている理由を想像するのはたやすいことだった。ひき逃げ事件からまもなく半年が経過しようとしていたが、捜査はほとんど手詰まり状態だった。レイはオフィスの外に置かれた、オーク材の羽目板が張られた椅子に腰を下ろした。警視監の個人秘書が同情するようにほほ笑んだ。

「もうすぐ電話が終わりますので」秘書は言った。「もうそれほど長くかからないと思います」

警視監オリヴィア・リッポンは才気溢れる、しかし恐るべき女性だった。出世街道を一気に駆け上がってきた彼女は、七年間にわたってエイボン・アンド・サマセット警察の署長を経験していた。次のロンドン警視庁の警視総監と期待されていた時期もあったが、〝個人的な理由から〟地元の警察に残ることを決め、そこで年配の警察官たちに圧をかけ、彼らが月例会議で早口で要領を得ないことを話しつづける馬鹿者になってしまうのを見ることに喜びを見出していた。オリヴィアは制服を着るために生まれてきたような女性のひとりで、こげ茶色の髪の毛を飾りっ気のないおだんごにまとめ、頑丈な脚を厚手の黒いタイツで隠していた。

レイは手のひらをズボンで擦った。完全に乾いていることを確認しなければ。レイは、ある前途有望な警察官がオリヴィアによって警部への昇進を阻止されたという噂を耳にしたことがあった。その哀れな警察官の汗まみれの手のひらが〝自信を感じさせない〟という理由で。それが事実かどうかはわからなかったものの、危険な橋を渡るつもりはなかった。スティーヴンス家はレイの警部補の給料でどうにかやっていくことができていたが、余裕があるわけではなかった。マグスは今でも教官になることについてあだこうだと話していたが、レイが勘定してみたところによると、もしレイがあと二回ほど昇任することができれば、マグスが働かなくとも金銭的な余裕ができる。今朝の大混乱のことを思うと、マグスはもう充分すぎるほどやってくれていると思わずにはいられなかった。家族が少しばかりの贅沢を味わうためだけに、マグスが仕事をする必要などない。

「どうぞおはいりください」秘書が言った。

レイは深呼吸をしてからドアを押した。「おはようございます」

部屋は静まり返っていた。警視監はメモ用紙に、彼女のトレードマークとなっている解読不可能な手書きの文字で膨大なメモを書き留めているところだった。レイはドアの近くをうろうろしながら、壁に無秩序に貼られている、おびただしい数の賞状や写真を称賛するふりをした。濃紺色の絨毯は、同じ建物内のほかのどの絨毯と比べても一段と分厚く、豪華だった。巨大な会議用テーブルが部屋の半分を占めていた。部屋の一番奥に置かれた、湾曲したデザインの大きな机にオリヴィア・リッポンが座っていた。ようやくオリヴィアは書く手を止めて顔を上げた。

「フィッシュポンズのひき逃げ事件の捜査を打ち切ってもらいたいの」

着席を促されることがないのは明らかだったが、レイはオリヴィアから一番近い椅子を選ぶと、気にする素ぶりも見せずにそこに腰を下ろした。オリヴィアは片方の眉を上げたが、何も言わなかった。

「もう少しだけ時間をもらえたら——」

「時間はあったでしょう」オリヴィアは言った。「厳密に言えば、五ヵ月と半月。レイ、これは恥ずべきことよ。あなたたちが〝情報の更新〟と呼ぶところのものがポスト紙に掲載されるたびに、世間は警察が解決できずにいる事件を思い出すことになるだけ。ルーウィス議員から昨晩、電話がありました。もうお宮入りにしたいそうです。私も同感です」

レイは怒りが込み上げてくるのを感じた。「ルーウィス議員こそ、住宅地の制限速度を三十キロにまで落とすべきだという住民の運動に反対した人間じゃないですか？」

一瞬、沈黙が流れた。オリヴィアは冷たい視線でレイを見据えた。

「打ち切りなさい、レイ」

滑らかなクルミ材の机を挟んで、ふたりは言葉を発することなく見つめ合った。驚いたことに、先に再び口を開いたのはオリヴィアだった。オリヴィアは椅子に深く腰かけ、両手を体のまえで固く握った。

「あなたは非常に優れた刑事よ、レイ。そしてあなたのその粘り強さは、あなたの評価を高めるものよ。ただ、もし昇任を望んでいるのであれば、警察活動には犯罪の捜査と同じくらいに政治も必要だということを受け入れなければならないわね」

「それはわかっています」レイは苛立ちが声に表れそうになるのをこらえた。

「良かった」オリヴィアはそう言いながらペンのキャップを開け、未決書類入れの次のメモに手を伸ばした。「それじゃあ、合意に達しましたね。ひき逃げ事件は今日で打ち切りです」

ＣＩＤに帰る自分を足止めさせる渋滞も、今回だけはレイを喜ばせた。ケイトに伝えることを考えると気が重かった。しかし、なぜ自分はそのことを真っ先に考えなくてはならないのだろう。ケイトがまだＣＩＤに慣れていないから、きっとそうだ。ケイトは、これほどまでにエネルギーを注ぎ込んできた捜査に終止符を打たなければならないときの苛立ちをまだ味わったことがないはずだった。スタンピーのほうが容易に諦めることができるだろう。

レイは警察署に戻るとすぐにふたりをオフィスに呼んだ。ケイトが最初にやって来て、持ってきたコーヒー入りのマグカップをレイのパソコンの隣に置いた。そこには、冷たくなったブラックコーヒーが半分はいったマグカップが、さらに三つ置いてあった。

「先週のコーヒーですか？」

「そう——掃除係が、これ以上は洗わないぞって拒否してるんだ」

「でしょうね。知ってます？　自分で洗ってもいいんですよ」ケイトが腰を下ろしたちょうどそのとき、スタンピーがはいってきてレイに向かって挨拶するように頷いた。

「ブライアンとパットが、ひき逃げ事件関連の監視カメラで見つけた車のことを覚えています？」スタンピーが座るやいなや、ケイトが言った。「逃げるように飛ばしていた車なんですけど」

レイは頷いた。

「手元にある映像からでは車両のタイプが判別できないんです。それで、映像をウェズリーのところに持っていきたいんです。手がかりが得られなかったとしても、捜査線上からその車を外すことはできるかもしれません」

ウェズリー・バートンは血の気の少ない痩せこけた人物で、どういうわけか警察の監視カメラ分析のエキスパートとして認められていた。ウェズリーはレッドランド・ロードにある風通しが悪い家の窓のない地下室にこもり、膨大な数の装置を用いて、証拠として使用するのに申し分ない程度にまで監視カメラ映像の解像度を高める作業をしていた。警察とのつながりを考えると、ウェズリーは犯罪とは縁のない人間に違いないとレイは思っていたが、それでもその挙動には何やら怪しいところがあり、それがレイを身震いさせた。

「悪いがケイト、それに予算をつけることはできない」レイは言った。これまでの努力がすべて、突然打ち切られることになる、そうケイトに伝えることを考えると気が重かった。ウェズリーは高くつくが腕は確かだった。レイはケイトの、既成概念にとらわれないその考え方に感心した。自分自身で認めるのさえ嫌だったが、レイはここ数週間、集中を欠いていた。トムの問題がレイの心をかき乱していた。一瞬、息子に対して憤りを覚えた。家庭生活が仕事に影響するのは許されることではなかった。今回のような、注目を集めるような事件の場合はなおのこと。それでも今となってはもうどうでもいいことだ、レイは不満げに思った。警視監の命令が発せられたのだから。

「莫大な費用じゃありませんよ」ケイトは言った。「ウェズリーに話してみたんです。そしたら――」

レイはケイトを遮った。「もう何にも予算をつけられないんだ」レイは意味ありげに言った。スタンピーがレイを見た。充分な経験を積んできたスタンピーには、次に何が起こるのか想像がついているようだった。

「警視監から、この捜査を打ち切るように言われた」レイはケイトから目を離さずに言った。

少しのあいだ、沈黙が流れた。

「クソ食らえ、って言ってくれました？」そう言ってケイトは笑ったが、だれも笑わなかった。ケイトはレイとスタンピーの顔を交互に見てから顔を曇らせた。「本気で言ってるんですか？　見切りをつけろって言うんですか？」

「何かに見切りをつけるわけじゃない」レイは言った。「これ以上、おれたちにできることがないんだ。フォグランプを追跡しようとしても、なんの進展もなかったし――」

「まだ調査の済んでいない登録番号が十以上あります」ケイトは言った。「書類仕事をきちんとやっていない整備士なんて、信じられないほどたくさんいるんですよ。だからといって追跡が不可能ってわけじゃありません。ただ、もっと時間が必要だってだけです」

「無駄な努力だ」レイは静かに言った。「手を引くタイミングを知らなきゃならないときもある」

「できることはすべてやったさ」スタンピーが言った。「でも、これは干し草の山の中から一本の針を探すようなものだよ。登録番号も、色も、メーカーやモデルもわかってない。もっと手がかりが必要なんだよ、ケイト」

レイはスタンピーの援護をありがたく思った。「そしておれたちにはその手がかりがない」レイは言った。「残念だが、当面のあいだはこの捜査から手を引く必要がある。もちろん、本格的な進展があれば、さらなる調査に乗り出す。でも進展がなければ……」自分が警視監の報道発表と同じような口調で話していることに気づき、レイは次第に声を弱めた。

「政治に屈する、ってことですよね？」ケイトは言った。「警視監が〝飛べ〟と言ったら、私たちは〝どれだけ高く？〟って答えるんですよね」レイはケイトがこのことをひどく個人的に受け取っていることに気づいた。

「なあ、ケイト。君だって充分長く仕事をしてきたんだ、ときには難しい選択をしなきゃならないことがあるっていうのはわかるだろう」そこでレイは急に言葉を切った。上司ぶった態度で接したくはなかった。「いいか、事件からもうすぐ半年経つ。でも捜査を進めるために必要な、具体的な手がかりが何もない。目撃証言も、科学捜査による証拠も、何ひとつだ。世界中の金をすべてこの仕事につぎ込んだとしても、確実な手がかりがなければ意味がない。すまないが、おれたちには別の捜査もある。戦ってあげなきゃならない、別の被害者がいる」

「説得は試みたんですか？」ケイトは言った。怒りで頰が紅潮していた。「それとも、ただ黙って受け入れたんですか？」

「ケイト」スタンピーが警告するように言った。「落ち着くんだ」

ケイトはスタンピーを無視して、挑戦的な表情でレイを見た。「昇任のことを考えなくちゃいけませんもんね。警視監に喧嘩を売ったって、いいことなんてありませんよね」

「それとこれとは、まったく関係のないことだ！」レイは冷静さを保とうとしていたが、反論する声が思っていたよりも大きく発せられた。ふたりは互いから目を離さなかった。目の端で、スタンピーが期待するような目で自分を見ているのがレイにはわかった。レイはケイトに退出を命じるべきだった。彼女が多忙な警部補のオフィスに招いてもらっている巡査であることを、ケイトに思い出させるために。上司が捜査を打ち切ると言ったら、捜査は打ち切られる。反論の余地なし。レイは口を開いたが、何も言うことができなかった。

問題は、ケイトが完全に正しいということだった。レイもケイトと同様、ひき逃げ事件の捜査を終わらせたくなかった。そしてレイにも、ケイトが今やっているのと同じようなやり方で、警視監のまえに立って自分の言い分を主張した時代もあった。焼きが回ってきたのかもしれない。あるいは、ケイトが正しいのかもしれない。次の階級に目を向けすぎているのかもしれない。

「やりきれないよな、労力を費やしてきた仕事だとなおさら」レイは静かに言った。

「労力の問題じゃないんです」――ケイトは壁に貼ってあるジェイコブの写真を指さした――「あの小さな男の子が巻き込まれたことが問題なんです。間違ってる」

レイはソファに座るジェイコブの母親のことを思った。その顔には、悲しみが刻み込まれていた。レイはケイトに反論することができなかったし、しようとも思わなかった。「本当にすまない」レイは咳払い（せきばら）をして、ほかのことに気持ちを向けようとした。「この事件以外で、チームが今取り組んでいるのは？」レイはスタンピーに訊いた。

「マルコムは、グレイソンの件で今週ずっと法廷にいる。それからマルコムは、クイーンズ・ストリートで起きた重傷害事件（GBH）に関するファイルを提出しなきゃならない――検察庁（CPS）が起訴したんだ。私は〈コープ〉（スーパーマーケット）で起きた強盗事件の情報を精査中だし、デイヴは刃物による犯罪防止のイニシアティブに駆り出されてる。今日は大学に出向いて、〝地域社会への貢献（コミュニティ・エンゲージメント）〟をしているんだと」

スタンピーはあたかも品のない言葉を発するかのように、〝コミュニティ・エンゲージメント〟と言った。レイは笑った。

「時代の流れに乗らないとな、スタンピー」

「顔が青白くなっちまうまでガキどもに話してやったっていい」スタンピーは言った。「それでも、奴らが刃物を持ち歩くのを止めることはできないさ」

「まあ、そうかもしれない。それでも少なくとも、止めようと努力したことにはなる」レイは自分のスケジュール帳に覚えておくべきことを書き込んだ。「明日の朝の会議のまえに情報を更新してくれ。それから、学校の休日と重なるこの時期における、ナイフ恩赦に関する君の考え、いいと思うよ。努力して、できるだけ多く街から排除しようじゃないか」

「そうしよう」

ケイトは床を見つめたまま、爪の周りの皮膚を剝いていた。スタンピーがケイトの腕をそっと叩くと、ケイトは顔を上げてスタンピーを見た。

「ベーコンサンドイッチは？」スタンピーはそっと言った。

「そんなものじゃ気が晴れません」ケイトはつぶやいた。

「そうだな」スタンピーは続けた。「でも、君が午前中ずっと、蜂をかじってるブルドッグみたいな顔して過ごさないでいてくれたら、私の気分は晴れるかもしれない」

ケイトは気持ちの込もっていない笑いをもらした。「じゃあ、階上で」

わずかに間があった。レイにはケイトが、スタンピーが部屋を出るのを待っているのがわかった。レイはドアを閉めて机に戻ると、腰を下ろして体のまえで腕を組んだ。「大丈夫か？」

ケイトは頷いた。「謝りたくて。あんな口の利き方、するべきではありませんでした」

「おれは昔、もっとひどかったよ」レイは言いながらにやりと笑った。ケイトはにこりともしなかった。冗談を言う気分ではないようだった。「この事件が君にとって大きな意味を持っていることはわかってる」レイは言った。

ケイトはもう一度ジェイコブの写真を見た。「あの子を失望させてしまった気がするんです」

レイは自己弁護が崩壊するのを感じた。彼らがジェイコブを失望させたのは、事実だった。

それでも、それを認めたところでケイトの慰めにはならなかった。「君が持っている力はすべて出し切った」レイは言った。「それ以上のことはできないんだよ」

「でも、それじゃ充分じゃなかったんです、違います？」ケイトはレイのほうに顔を向けた。レイは首を振った。

「違わないさ。充分じゃなかったんだ」

ケイトはレイのオフィスを出てドアを閉めた。レイは力まかせに机を叩いた。ペンが机の上を転がって床に落ちた。レイは椅子の背にもたれて頭の後ろで指を組んだ。髪の毛が薄くなっている気がした。目を閉じると、急に自分がとても年老いていて、とても疲れているように感じられた。レイは毎日のように見かける上司たちのことを思った。彼らのほとんどがレイより年上だったが、年下もかなり多くいて、とどまることなく階級を駆け上がっていた。彼らと張り合うだけのエネルギーが自分にはあるのだろうか？　そもそも、自分はそれを望んでいるのだろうか？

何年もまえ、レイが仕事を始めたころ、すべてはとても単純に思えた。悪い奴らを牢屋にいれて、善良なひとびとの安全を守る。殺傷や暴行の、性的暴行や器物損壊の証拠をひろい集め、世界を良い場所にするために微力を尽くす。でも自分は本当にそれを実行しているだろうか？　ほとんど毎日、朝の八時から夜の八時までオフィスにこもり、捜査に出かけるのは書類仕事に目をつぶるときだけ。そして自分の信じるすべてに反するようなときでさえ、無理にでも署の方針に従っていた。

レイはジェイコブのファイルを見た。無駄な追跡と実を結ばぬ取り調べの結果がぎっしりと書き込まれていた。レイはケイトの顔に浮かんでいた苦渋の表情を思い出していた。レイが警視監の決定にもっと強く抵抗しなかったことに対するケイトの失望のことを思った。そしてその結果として、ケイトの自分に対する評価が低くなったという事実を不快に思った。それでも警視監の言葉がまだ耳の奥で響いていた。ケイトがこのことにどれほど強い反感を抱いていようとも、レイは上司からの直接の命令に背くほど愚かではなかった。レイはジェイコブのファイルを手に取り、机の一番下の引き出しにしっかりとしまい込んだ。

8

夜明けに浜辺に下りてきたときから、泣きだしそうな空模様だった。ぽつりぽつりと降ってきたのを感じてフードをかぶる。もう撮りたい写真は撮り終えていて、砂浜は文字で埋め尽くされている。書いた文字の周囲の砂を平らで手付かずの状態にすることが非常に上手くなっていたし、まえより巧みにカメラを扱うことができるようになった。美術の学位取得の一環で写真を学んだことがあったけれど、いつだって彫刻が私の熱意の対象だった。今は、カメラについて再び詳しく知るようになることを楽しんでいる。さまざまな光の中で設定を変えてみるのも楽しいし、どこへ行くにもカメラを持ち歩いているため、かつては仕事で使う粘土の塊がそうであったように、今ではカメラが自分の一部のようになっている。ずっとカメラを握っていると、次の日にはまだ片手が震えてしまうけれど、写真を撮る程度には自由に動かすことができる。毎朝、砂がまだ湿っていて扱いやすいうちにここに下りてくるのが習慣になっていたが、ときには午後、太陽が一番高く昇っているときにもう一度ここに戻ってくることもある。潮の満ち引きの時間がわかるようになってきていて、事故以来、初めて、未来のことを考えるようになっていた。夏がきて、太陽が砂浜を照らす日が待ち遠しい。キャラバンパークは観光シーズンを迎えてオープンしていて、ペンファッチに人が溢れている。自分がすでに〝地元の人間〟になっていることに気づいてなんだかおかしくなる。大量の観光客が押し寄せることについて不平をもらし、自分の静かな浜辺を独占したがっている。雨が砂に水玉のような模様をつけている。勢いを増した潮が、水辺の湿った砂に書いた形を飲み込み、失敗作だけでなく成功した作品までも帳消しにする。岸に近いところに自分の名前を書くことで一日を始めるのが日課になっていて、自分の名前が海に飲み込まれるのを見て私はいつも身震いする。朝の作業で撮る写真はカメラの中に安全に収められているものの、私はこの種の永続性の欠如に慣れていない。彫刻と違い、形を完成させ、その真の姿を明らかにする過程で何度も立ち戻る粘土の塊のようなものが存在しない。素早さが求められるこの一連の作業は、刺激的であると同時に激しい疲労を伴う。

雨は執拗に降り、コートやブーツの上から侵入してくる。浜辺を去ろうとして振り返ったとき、ひとりの男の人がこちらに向かって歩いてくるのが見えた。そばで大きな犬が跳ねるように走っている。私は息を凝らす。男の人はまだ少し離れたところにいて、意図的に私に近づいてきているのか、ただ単に海に向かって歩いているだけなのか判断できない。口の中に金属のような味がする。湿り気を求めて唇を舐めるけれど、感じられるのは塩だけだ。この男の人と犬を見たのは、今日が初めてではなかった。昨日の朝は、彼らがいなくなって浜辺が再び無人になるのを崖の上から眺めて待った。こんなに広々とした空間が広がっているにもかかわらず、閉じ込められたような感覚にとらわれ、私は波打ち際を歩きはじめる。いつもこんなふうに好んで水辺を散歩している人間のようなふりをして。

「おはようございます！」男の人はわずかに進路を変えて、私と並行するように歩き出した。

私は答えることができない。

「散歩するには気持ちのいい日ですね」男の人は空を見上げて言う。おそらく五十代だろうか。ワックス加工されたハットから白髪がのぞいていて、入念に整えられた顎ひげが顔の半分近くを覆っている。

私はゆっくりと息を吐き出す。「戻らないと」そしてぼそぼそとつぶやく。「私、もう……」

「楽しい一日を」男の人は小さく会釈して犬に呼びかける。私は海に背を向けて、崖に向かって走る。砂浜の真んなか辺りまできたところで、振り返って後ろを確認する。男の人はまだ水辺にいて、犬のために小枝を海に放り投げている。心臓の鼓動がゆっくりと正常に戻っていく。なんてばかなことを、今になってそう感じる。

崖のてっぺんにたどり着くころには、私はびしょ濡れになっていた。ベッサンに会いに行こうと決め、気持ちが変わるまえに急ぎ足でキャラバンパークに向かう。

ベッサンは満面の笑みで私を迎えてくれる。

「やかんをかけてくる」

ベッサンは店の奥で忙しそうに動きながら、上機嫌で独り言のように話しつづけている。天気予報のこと、バス路線が廃止の危機に瀕していること、イエスティンのフェンスが壊れて、そこからひと晩のうちに七十頭のヤギが逃げ出してしまったこと。

「アルウェン・リースはご立腹だよ。断言できるね！」

私は笑った。話自体よりもベッサンの話し方につられて笑った。ベッサンは生まれながらのパフォーマー特有の、大げさな手ぶりを交えて話している。ベッサンが紅茶をいれるあいだ、私は店内を見て回る。床はコンクリートで、壁は全面白い漆喰塗り。そのうちの二面は棚で隠されている。初めてここに来たときには、どちらの棚も空っぽだった。それが今は、シリアルや缶詰、新鮮な果物や野菜が詰め込まれていて、行楽客を受け入れる準備が整えられている。大きな冷蔵ショーケースには牛乳が数本と、ほかの生鮮食品が並んでいる。私はチーズを手に取る。

「それはイエスティンのヤギのチーズだよ」ベッサンが言った。「買えるときに買っといたほうがいい——混んでるときには、あっという間に店からなくなっちゃうから。さあ、こっちに来てストーブのそばに座ったら。コテージでどうしてるか聞かせてよ」白黒の猫がベッサンの足元でミャオと鳴く。ベッサンは猫を抱きかかえて片方の肩に乗せる。「仲間に子猫はいらない？　もらってほしい子が三匹いてね——うちのネズミ捕りちゃんが何週間かまえに生んだんだ。父親がどこの猫かは不明なんだけど」

「せっかくだけど」驚くほど可愛らしい子猫だった。ふわふわのボールみたいで、しっぽがメトロノームのように小さく動いている。その子を見ていると、忘れていた記憶がものすごい勢いで浮かび上がってくる。私は椅子の中で縮こまる。

「猫は得意じゃない？」

「世話ができないの」私は答える。「オリヅルランでさえうまく育てられなくて。私が世話をすると、なんでも死んじゃうの」

ベッサンは笑ったけれど、私は冗談を言ったわけではなかった。ベッサンはもう一脚椅子を引き寄せると、カウンターの私のそばに紅茶のはいったマグカップを置く。

「写真を撮ってたんじゃない？」ベッサンは私の首から下がっているカメラを指さして言う。

「入り江の写真を少しね」

「見てもいい？」

私はためらったけれど、肩かけのストラップを外してカメラを起動させ、画面をフリックして画像を切り替えるやり方をベッサンに教える。

「素敵な写真じゃない！」

「ありがとう」自分の顔が赤くなっているのがわかる。昔から褒められるのは苦手だ。子どものころ、先生たちが私の作品を称賛してくれて、来客者が座る応接間にその作品を展示してくれたことがあった。それでも自分に才能があると自覚するようになったのは、十二歳になってようやくのことだった。才能と言っても、まだ粗野で未完成であったが。学校が展覧会——保護者や近隣住民のためのローカルな展覧会——を開いて、両親がそろって見にきてくれたことがあった。その当時でさえ、ふたりがそろって来ることは珍しいことだった。父は、私が描いた絵や、ねじれた金属で作った鳥の像が展示されているセクションのまえで静かに立っていた。あのときほど長く息を止めていたことはなかった。気がつくと、スカートのひだに手を隠して、祈るように中指と人さし指を十字に重ねていた。

「素晴らしい」父は言った。まるで初めて見る人のように私を見ていた。「おまえはとてつもなく素晴らしいよ、ジェナ」

誇りで胸が張り裂けそうだった。私は自分の手を父の手に滑り込ませて、ビーチング先生のところに連れていった。先生は芸術大学や奨学金、メンタリングについて話してくれた。

私はただそばに座り、父をじっと見つめていた。私のことを素晴らしいと思ってくれていた父を。

もうここに父がいなくて良かった。父の目に失望の色が浮かぶのを見たくはなかった。

ベッサンはまだ、私が入り江で撮った風景写真を見ている。「本気で言ってるんだよ、ジェナ。素晴らしい写真だよ。売るつもり？」

私は笑いそうになる。でもベッサンの顔が笑っていないのを見て、それが真面目(まじめ)な提案なのだとわかる。

そんなことが可能なのだろうか。これまでの写真は無理だとしても――今はまだ練習中で、ライティングを身につけようとしているところだから――撮りつづけていればもしかしたら……。「そのうちね」口をついて出たその言葉に、自分で驚く。

ベッサンは画面をスクロールして残りの写真を見ている。そして砂に書かれた自分の名前を見つけて笑った。

「私じゃない！」

顔が赤くなるのを感じる。「いろいろと試してたの」

「気に入った――売ってくれる？」ベッサンはカメラを持ち上げて、もう一度その写真を称賛する。

「ばかなこと言わないで」私は答える。「印刷して持ってくるわ。それくらいしかできないから。すごく良くしてもらっているのに」

「村の郵便局に、自分で印刷できる類の機械が一台、置いてあるよ」ベッサンは言う。「これ、私の名前がはいった写真が欲しい。それからほらここ、これも——潮が引いてる写真も」ベッサンの選んだ写真は、私のお気に入りの一枚だった。その写真を撮ったのは夕方で、太陽が水平線の向こうに沈みかけているところだった。海はほとんど波がなく、ピンク色やオレンジ色に揺らめく鏡のようで、周囲の崖は左右に浮かぶ滑らかな影でしかない。

「午後、印刷してこようかな」

「嬉しいね」ベッサンはそう言うと、カメラをしっかりと脇に置いて私のほうに顔を向けた。ベッサンの真面目な顔はすでになじみのものになっている。「じゃあ、お返しに何かさせてよ」

「そんな必要ないわ」私は言う。「もう充分——」

ベッサンは私の主張を手で振り払うようにして言う。「家の整理をしてたんだけど、いくつか処分したいものがでてきてね」そしてドアのそばに整然と置かれているふたつの黒い袋を指さして続ける。「わくわくするようなものは何もないよ。トレーラーハウスを改装したときにいらなくなった、クッションとひざ掛け。それに、この先、一生チョコレートを諦めたとしても、もう二度と着られるようにはならない服を何着か。しゃれたものじゃないけど——ペンファッチじゃ、ロングドレスの需要なんてそんなにないしね——そもそも買うべきじゃなかったセーターとジーンズが数着と、それにワンピースも何枚かあるよ」

「ベッサン、服は受け取れないわ！」

「だって……」

　ベッサンに真っすぐに目を見つめられて、私は言葉を失う。ベッサンがあまりに率直で、私は恥ずかしさなど感じられなくなる。それに、来る日も来る日も同じ服ばかり着ていられないのも事実だ。

「ねえ、どうせリサイクルショップに持っていくことになるものばかりなんだよ。選り分けて、使う物だけ持っていって。常識的じゃない？」

　私は暖かい服と、ベッサンが〝暮らしを快適にするもの〟と呼ぶものが詰まった袋を担いでキャラバンパークを出た。コテージに戻り、もらったものをすべてクリスマスプレゼントのように床に広げてみる。ジーンズは少し大きすぎるものの、ベルトを締めれば大丈夫だろう。ベッサンが私のためにとっておいてくれた、厚手のフリースの上着の柔らかさに、涙が出そうになる。コテージは凍えるほどの寒さで、ずっと寒気がしている。ブリストル――気がつくと、もうそこを〝家〟と呼ぶのをやめていた――から持ってきた数着の服は、塩にさらされたり、浴槽の中で手洗いしたりしたせいで、擦り切れてごわごわになっている。

　何よりも胸が高鳴ったのは、ベッサンの〝暮らしを快適にするもの〟だ。使い古されたソファに、明るい赤色と緑色のパッチワーク柄の巨大なベッドカバーを纏わせると、急に部屋がさっきより暖かく、心地良い雰囲気になったように感じられる。炉棚に並べてある、浜辺で集めた石のコレクションに、ベッサンのリサイクルショップ・バッグから取り出した花瓶を追加する。午後になったら、この花瓶に挿す柳の枝を集めにいこう。約束していたクッションは、床の、暖炉のそばに置く。そこに座って写真を取り込んだり編集したりするのが習慣になっていた。袋の底に、タオルが二枚とバスマット、それにひざ掛けがもう一枚はいっていた。

ベッサンが本当にこれらをすべて捨てるつもりだったとは信じがたいが、それを問いただしてはいけない相手だとわかる程度に、ベッサンと親しくなっていた。

ドアを叩く音がして、私は作業の手を止める。ベッサンから、イエスティンが今日中に来てくれると聞いていたものの、一瞬、待ってみる。念のため。

「いるのか？」

閂を外してドアを開ける。イエスティンがいつものぶっきらぼうな態度で挨拶をする。私はイエスティンを温かく迎える。初めのころには拒絶、あるいは無作法にさえ思えたイエスティンの態度が、人づきあいを避けて、一族の感情よりもヤギの繁栄について心配する男の特質にすぎないのだということに気づくようになっていた。

「丸太を持ってきた」イエスティンは、四輪バイクに取り付けられたトレーラーの上に無造作に積み重ねられた薪を示して言う。「足りなくなるようじゃまずいからな。定期的に持ってくる」

「紅茶を飲んでいきません?」

「砂糖はふたつ」イエスティンはトレーラーに向かって大股で歩いていきながら、肩越しに叫んだ。イエスティンはバケツに薪を積みはじめる。私はやかんを火にかける。

「薪はおいくらですか?」台所のテーブルに着いて紅茶を飲みながら、私は訊く。

イエスティンは首を振って答える。「うちの山で残った半端物なんだ。売り物にはならない」

イエスティンが暖炉のそばに丁寧に積んでくれた薪は、最低でも一ヶ月は使えそうだ。ここにもベッサンの口添えがあったのかと勘ぐったけれど、私はこんなに気前のいい贈り物を断る立場にない。イエスティンに、それからベッサンにも、お返しする方法を考えなくてはならない。

イエスティンは私の感謝を軽く受け流す。「同じ部屋だとは思えないな」鮮やかなひざ掛けや貝殻のコレクション、そして再利用の宝を見回しながら言った。「コンロの具合は?おまえさんをひどく悩ましてないか?」イエスティンは古めかしいアーガのキッチンストーブを示しながら続ける。「厄介者になることがあるからな」

「ちゃんと使えてます、ありがとう」私は笑みを抑える。今では私は熟練者になっていた。数分のうちに、キッチンストーブをなだめて再び生き返らせることができる。小さな成功ではあるものの、これをほかの成功と共に積み重ね、蓄えている。そうすればいつか失敗の数々を帳消しにすることができると信じているかのように。

「さて、もう帰らないと」イエスティンが言う。「週末、家族が来るんだ。王族か何かが来るのかと思うだろうよ、グリニスがどれだけ慌てふためいているかを見たら。言ったんだ、家がきれいだろうが、ダイニングルームに花が飾ってあろうが、あいつらは気にしないって。それでもグリニスは、すべてを完璧にしたいんだそうだ」そう言いながらイエスティンは怒りをあらわにするように目を回す。それでも、妻のことを語るその口調は穏やかだった。

「いらっしゃるのはお子さんですか?」私は訊く。

「ふたりとも娘さ」イエスティンは答える。「旦那たちと、チビたちを連れてくる。狭くなるだろうが、家族ならだれも気にしないさ。そうだろう?」イエスティンが別れを告げて出ていく。私は彼の四輪バイクがでこぼこの地面を跳ねていくのを見届ける。

ドアを閉めてその場に立ち、コテージを眺める。ついさっきまではとても居心地が良くて親しみやすく感じられた居間が、今は空っぽに感じられる。ストーブのまえに敷いたラグの上で遊ぶ子どもを——自分の子どもを——想像してみる。イヴのことを、それから、私抜きの人生の中で成長している姪と甥のことを思う。息子は失ってしまったけれど、私にはまだ家族がいる。私たちのあいだに何が起こったかには関係なく。

子どものころ、四歳の年齢差があったにもかかわらず、私とイヴは仲が良かった。私はイヴを尊敬していたし、イヴのほうでも私を可愛がってくれていて、幼い妹が付きまとってくることに腹を立てたことは一度もなかったように思う。私たちはぜんぜん似ていなかった。まとまらないとび色のもじゃもじゃ頭の私と、灰色がかった茶色の真っすぐな髪のイヴ。どちらも学校の成績は良かったが、イヴは私よりも勤勉だった。私が教科書を部屋の向こうに放り投げたあともしばらく、イヴは頭を教科書に埋めていた。私はというと、何時間も学校のアトリエで、あるいは家のガレージの床で——そこが家の中で唯一、母が、私が粘土や絵の具を引っ張り出してくるのを許した場所だった——過ごした。潔癖な姉は、そうした趣味を鼻であしらい、私が濡れた粘土で汚れた腕を伸ばして追いかけると金切り声を上げて逃げた。「レディ・イヴ」あるとき私は姉をそう呼んだ。そして私たちが成人して、それぞれに家族を持つようになってからしばらくして、その呼び方が頭から離れなくなった。素晴らしい晩餐会を開いたことや、プレゼントを美しく包装したことに対する賛辞をイヴが嬉しそうに受けているのを長年にわたって観察しながら、イヴは密かに〝レディ〟のあだ名を楽しんでいるに違いないといつも私は思っていた。

父が出ていってからというもの、イヴと私はそれほど仲良しではなくなった。母が父を放り出したことを私は決して許すことができなかったし、イヴがそれを許したことが私には理解できなかった。それでもやはり、苦しいほどに姉が恋しい。今、かつてないほど強烈に恋しい。ひとりの人間の人生における五年間というのは、投げやりに放たれた言葉ひとつで失うには大きすぎる。

ノートパソコンを見ながら、ベッサンに頼まれた写真を探す。それからあと三枚、写真を追加する。流木でフレームを作って、その写真を入れて、コテージの壁に飾りたい。すべて入り江の写真で、まったく同じ地点から撮影していながら、それぞれがかなり異なっている。最初の写真に写る海は明るい青色で、太陽の光が入り江を横切るようにキラキラと輝いている。しかし二枚目の写真では、海は単調な灰色で、空には太陽がほとんど見えない。三枚目の写真が私の一番のお気に入りで、風がとても強く吹いているときに、崖の上でバランスを保つのが精一杯の状態で撮った写真だ。あのとき、カモメさえもが、普段であれば絶え間なく続けているかのように見える空の旋回を諦めていた。写真は、黒い雲が猛スピードで下に向かって動いているところを捉えていて、海が雲の顔に波を浴びせつけている。入り江はあの日、とても活動的だった。撮影しながら、私は心臓の鼓動が全身に響くのを感じていた。

もう一枚、メモリースティックに追加する。砂に文字を書いた最初の日、過去の名前で浜辺を埋め尽くしたときに撮った写真だ。

レディ・イヴ。

姉に自分の居場所を知らせる危険は冒せない。でも、私は無事だと伝えることならできる。そして私が悪かったと伝えることなら。

9

「〈ハリーズ〉にお昼を食べに行きますけど、何か買ってきます？」

ケイトがレイのオフィスの入り口から顔を出した。ケイトは細身の灰色のパンツと、ぴったりしたセーターを着ていて、外出に備えて上から薄手のジャケットを羽織っていた。

レイは立ち上がって、椅子の背もたれにかけてあったジャケットをつかんだ。「一緒に行く――ちょっと新鮮な空気が吸いたい」レイはたいてい食堂か自分の机で昼食をとっていたが、ケイトとの昼食のほうがより魅力的に思えた。それに太陽がようやく照りはじめていた。朝の八時にオフィスに到着してから、一度も机から顔を上げていなかった。休憩が必要だった。

〈ハリーズ〉はいつもどおり混んでいて、客の列がカウンターに沿って、それから歩道にまで続いていた。この店が警察官に人気なのは、警察署のすぐそばにあるからという理由からだけでなく、ここのサンドイッチの値段が理にかなっていて、出てくるのが早いというのも理由だった。空腹の警察官にとって、注文した昼ごはんが出てこないうちに緊急の呼び出しを受けることほど腹立たしいことはない。

ふたりは列について少しずつまえに進んだ。「急いでるなら、オフィスに届けますけど」ケイトはそう言ったが、レイは首を振った。

「急いではいない」レイは言った。「〈ブレイク作戦〉の計画を練ってるところなんだ。でも少しは外で休憩したほうが良さそうだ。食べていこう」

「いいですね。〈ブレイク作戦〉っていうのは資金洗浄（マネーロンダリング）ですよね？」ケイトは周りを意識して声を落として言った。レイは頷いた。

「そうだ。見たかったらファイルを見せようか。捜査がどんなふうに進められてるのか、だいたいわかるだろう」

「嬉しい、ありがとうございます」

ふたりはそれぞれのサンドイッチを注文してから窓際の高いスツールに腰を下ろし、ときどき店主のハリーを気にかけながら待った。数分と経たずして、ハリーが茶色の紙袋を宙で振って合図してきた。制服を着た警察官がふたり、窓の向こう側を歩いていった。レイは手をあげて挨拶した。

「〝CIDは仕事をしない〟って議論に油を注いだな」レイは笑いながらケイトに言った。

「こっちの仕事の半分もわかってないんですよ」ケイトはサンドイッチからトマトを抜き出し、それだけ別に食べながら言った。「ジェイコブ・ジョーダンの事件ほど熱を注いだ仕事は、ほかにはありません。すべて無駄に終わりましたけど」

ケイトの声に込められた皮肉は聞き逃しようがなかった。「無駄だったわけじゃない、それは君もわかってるだろう。いずれ、だれかが自分のしたことを口にして、噂が広まって、そうしたら警察が捕まえる」

「でもそれって、あまりいい警察活動とは言えませんよね」

「どういう意味だ？」レイは、自分がケイトの率直さを喜んでいるのか、侮辱されたと感じているのか、わからなかった。

ケイトはサンドイッチを置いた。「何かが起こってから対応するってことですよね、先回りして行動するわけじゃなく。椅子にふんぞり返って、情報が舞い込んでくるのを待っているべきじゃない。自分たちの足で探しに行くべきです」

若かりしころ、巡査だったころの自分の声を聞いているようだった。あるいはマグスの声を。レイが記憶しているマグスは、ケイトほど自己主張の強い人間ではなかったが。ケイトはまたサンドイッチを食べはじめた。その食べ方にさえ決意のようなものが見て取れた。レイは笑みをこらえた。ケイトは頭に浮かんだことをそのまま口にした。なんの検閲も通さず、自分がそんなことを言う立場にあるかどうかという心配をすることもなく。ケイトは警察署内で反感を買うことがあったが、レイは彼女の率直な物言いをなんとも思っていなかった。それどころかむしろ、それをかなり楽しんでいた。

レイは言った。

「運転手がまだ野放しになっていて、事件から逃げおおせたと考えてるって事実が許せなくて。それに、ジェイコブの母親が、警察は犯人を見つけ出すほどには彼女のことを気にかけていないと考えてブリストルを去ってしまったことが悔しいんです」ケイトは口を開いて続けようとしたが、考え直したかのように顔を背けた。

「なんだよ?」

ケイトは頬をわずかに赤らめたが、挑戦的に顎を上げた。「事件の捜査、やめてないんです」

レイは、忙しすぎる、あるいは怠惰すぎる警察官たちによって無視され、処理されぬままになっている、うんざりするような書類を発見したことは幾度かあった。しかし仕事をやりすぎる? それは初めてのことだった。

「勤務時間外にやってるんです――ボスが警視監ともめることになるようなことは何もやっていません、約束します。監視カメラの映像を見直して、〝クライムウォッチ〟での呼びかけに対してかかってきた電話を調べています。何か見逃していることがないかと思って」

レイは、自分の家で床に事件の資料を広げて、目のまえに置いた画面に映る画質の荒い監視カメラ映像を何時間も見ているケイトを想像した。「君がそれをやったのは、そうすることで運転手を見つけられると思っているからか?」

「私がそれをやったのは、諦めたくないからです」

レイはほほ笑んだ。

「やめろ、って言います?」ケイトは唇を噛んだ。

それはまさにレイが言おうとしていた言葉だった。しかしケイトはあまりに熱心で、ひたむきだった。それに、たとえケイトがこれ以上捜査を進められなかったとして、それでなんの不都合があるというのだろう? これはかつてのレイ自身がやっていたかもしれないようなことだった。

「いや」レイは言った。「やめろとは言わない。主な理由は、おれがそう言ったところで何かが変わるかどうか、そこには疑問が残るから」

ふたりは笑った。

「でも君がやっていることは、その都度、逐一おれに報告してもらいたい。作業にかける時間については良識の範囲内で。それから、優先されるべきはこの事件じゃなく、担当中の事件だ。条件はのめるか?」

ケイトは、どう受け取っていいのか決めかねた様子でレイを見つめた。「はい。ありがとう、ボス」

レイはふたりの紙袋をくしゃくしゃに丸めた。「よし、戻ったほうが良さそうだな。〈ブレイク作戦〉のファイルを見せたら、今日は遅くならずに帰らなきゃならないんだ。でないと大変なことになる。またしても」レイはわざとらしく顔をしかめて、目をぐるりと回した。

「奥さんは遅くまで働くことを気にしてないんじゃなかったんですか？」警察署に戻る道すがらケイトが言った。

「最近、あまりうまくいってない気がするんだ」レイはそう言った瞬間に、それが不誠実だと感じた。レイが職場の人間に私生活について話すことはめったにないことだった。スタンピーは例外で、彼はレイと同じくらい長くマグスのことを知っていた。レイがおしゃべりになることはほとんどなかった。ケイトに対してだけだった。

「気がする？」ケイトは笑った。「わからないんですか？」

レイは皮肉っぽい笑みを浮かべた。「今じゃ、何ひとつわかってる気がしないよ。これといった理由を挙げることはできないんだけど、ただ……まあ、わかるだろ。上のトムのことでちょっと問題があって。学校によくなじめていないみたいで、不機嫌で、閉鎖的になってるんだ」

「何歳ですか？」

「十二だ」

「その年ごろの子にしては、正常な態度に思えますけど」ケイトは言った。「私は恐怖以外の何者でもなかったって、うちの母は言ってますよ」

「ほう――それは信じられる話だ」レイがそう言うと、ケイトはレイに拳を向けた。レイは笑った。「いや、言いたいことはわかるよ。ただ正直、トムにとってはそういう態度は普通じゃなくて、しかもそれがほとんどひと晩のうちに起こったんだ」

「いじめられてると思います？」

「それも考えたけどな。小言を言ってると思われると困るから、あまり深くは訊かないようにしてるんだ。そういうことに関しては、マグスのほうが得意だしな。でもマグスでさえ、トムから何も聞き出せていない」レイはため息をついた。「子どもってのは——一体、だれが欲しがるっていうんだ？」

「私じゃありませんね」ケイトは言った。ふたりは警察署に到着した。ケイトはアクセスカードを通して裏口のドアを開けた。「少なくとも、この先しばらくは。そのまえにやっておきたい楽しいことが、まだまだたくさんありすぎます」ケイトは笑った。レイは一瞬、複雑さを欠いたケイトの人生をうらやましく思った。

ふたりは階段を上がった。CIDのオフィスがある三階まで上りきったところで、レイはドアに片手をついて立ち止まった。「ジェイコブの件だけど……」

「内密に、ですよね。わかってます」

ケイトはにやりとした。レイは内心、安堵のため息をついた。もしも警視監が、自分が明確に打ち切ることを命じた事件の捜査を、レイがまだ続けていると知ったら——たとえそれが無給であっても——彼女は直ちに自分の考えをレイに思い知らせることだろう。警視監が受話器を置くより早く、レイは制服警察官に戻ることになるだろう。

オフィスに戻ると、レイは〈ブレイク作戦〉の計画に取りかかった。警視監はレイに、マネーロンダリングの疑惑に対する捜査の指揮を任せていた。街の中心地にある二軒のナイトクラブが、さまざまな不法行為の隠れみのとして使用されていて、精査すべき情報が大量にあった。どちらのナイトクラブのオーナーも実業界では有名な人物で、警視監がレイを試していることがレイにはわかっていた。そしてレイはその挑戦を受けて立つつもりでいた。

レイはその午後の残りの時間を、三班の担当事件の精査にあてて過ごした。巡査部長のケリー・プロクターが出産休暇中だったため、レイはその班の最も経験豊富な巡査を頼りにしていた。ショーンはよくやってくれていたが、ケリーの不在中に見落としがないことを、きちんと確認しておきたかった。

ケイトが代理の任務を任されるようになるのに、それほど時間はかからないだろう。ケイトはとても優秀で、彼女よりも経験の長い刑事に教えてやれることが、ひとつやふたつではなかった。そして彼女は難題を楽しむ人間だった。レイは、ひき逃げ事件について自分が行っていることを話しながらケイトがちらりと見せた、反抗的な態度を思い出した。ケイトが専心していることは否定のしようがなかった。

ケイトを駆り立てているものはなんなのか、レイは不思議に思った。ただ単に、事件に負けたくないだけなのだろうか？　それとも、本当に良い結果が得られると信じているのだろうか？　捜査を打ち切るべきだと言った警視監に同意するのは、早すぎたのだろうか？　レイは指先で机を叩きながらしばらく考えた。厳密に言えばもう勤務時間外だったし、マグスには早く帰ると約束していた。しかしあと三十分ほど時間を割いても、まだそれほど遅くならずに家に着くことができる。考えが変わるまえに、レイは机の一番下の引き出しを開け、ジェイコブの事件のファイルを取り出した。

レイが時間に気づいたときには、優に一時間が経過していた。

10

「ああ、あんただと思った！」ペンファッチの村へ向かう道の途中で、ベッサンが後ろから追いかけてくる。息を切らしていて、コートが後ろにはためいている。「郵便局までひとっ走りしようと思ってね。あんたに会えて良かった――ちょっとしたニュースがあるんだよ」

「なんなの？」私はベッサンの呼吸が整うのを待つ。

「昨日、グリーティングカードを扱ってる会社の販売員が営業に来たんだ」ベッサンは言う。「その人にあんたの写真を見せたら、すごくいいポストカードになるだろうって」

「本当に？」

ベッサンは笑った。「そう、本当に。サンプルをいくつか印刷しておいてほしいって。次にこっち方面に来るときに、取りにくるみたいだよ」

私は顔がほころぶのを止めることができない。「驚くようなニュースよ、ありがとう」

「必ずうちの店に置いてあげるから。それだけじゃなくて、あんたがウェブサイトを立ち上げて、ネット上にいくつか写真を載せることができたら、店のメーリングリストにその詳細を流してあげる。自分たちが休暇を過ごした場所の、美しい写真を欲しがる人は絶対にいるからさ」

「やってみる」私は言う。ウェブサイトを開設する方法など検討もつかないけれど。

「名前だけじゃなくって、メッセージを書くのもいいよね。〝幸運を〟とか〝おめでとう〟とか、なんかそんな感じの言葉をさ」

「うん、いいと思う」自分の作ったさまざまなカードが陳列棚に並んでいるところを想像してみる。ロゴとして入れてある斜体の〝J〟を見れば、自分のものだとわかる。名前は書かない。頭文字だけ。撮影者はだれにでもなり得る。そろそろお金を稼ぐなんらかのことを始めなくてはならない。出費は少ない――ほとんど何も食べていないに等しい――ものの、蓄えが底をつくのは時間の問題で、ほかに収入源があるわけでもない。それに、働くことが恋しい。頭の中で私をあざ笑う声がするけれど、私はその声を無理やり遮断する。別のビジネスを始めたっていいだろう？　かつてみんなが私の彫刻を買っていたように、私の写真を買ったっていいだろう？

「やってみる」私は言う。

「よし、じゃあ、この件は解決だね」ベッサンは嬉しそうに言う。「それで、今日はどこに行くの?」

いつのまにかペンファッチに到着していた。「海岸をもう少し探索してみようと思って」私は答える。「別の砂浜でも写真を撮ってみたいの」

「ペンファッチよりきれいな砂浜は見つけられないよ」ベッサンはそう言って腕時計に目をやる。「けど、十分後にポート・エリス行きのバスが出る——始めるには、どこにも劣らない場所だよ」

バスが到着すると、私は喜んで乗車した。乗客はいなかった。会話を避けるために運転手からずっと離れた後方の席に腰を下ろす。バスは狭い道を通って内陸に向かってゆっくりと進み、私は海が後ろに遠ざかっていくのを眺める。そして目的地に近づくころ、再び現れてくる海を探す。

バスが停まった静かな道の両脇には、ポート・エリスの端から端まで続いているかと思われる長い石壁が建っている。歩道がないので、私は村の中心であってほしいと願うほうに向かって車道を歩いていく。まず内陸を探索して、それから海岸へ向かおう。

その袋は生け垣に半分、隠れていた。口が結んである黒いプラスチックの袋で、道路脇の浅い用水路に吊(つ)るされていた。旅行客が捨てたゴミだと決めつけて、まったく気づかずに通り過ぎるところだった。

ところが、袋が動いた。ほんのわずかに。

あまりにかすかな動きだったため、気のせいだと思いかける。風でプラスチックが音を立てただけだと。私は生け垣に身を乗り出して袋に手を伸ばす。袋の中で何かが生きているという間違えようのない感覚を抱きながら。

膝をついて黒いゴミ袋を引き破る。恐怖と排泄物(はいせつぶつ)の強烈な悪臭が襲ってきて、吐き気を催す。袋の中に二匹の動物がいるのを目にして、嘔吐(おうと)するのをなんとかこらえる。一匹の子犬が動かずに横たわっている。子犬の背中は、そのそばでほとんど聞き取れない鳴き声を上げながら半狂乱になってのたうち回っているもう一匹の子犬に引っかかれて、肉が見えている。私は声を出して泣き、生きている子犬を抱き上げてコートの中に包み込む。そしてふらつきながら立ち上がって、周囲を見回し、百メートルほど先の道を横断しようとしている男性に呼びかける。

「助けて！　助けてください！」

男性は振り返り、私のほうに向かってゆっくりと歩いてくる。私の狼狽(ろうばい)ぶりには動じていない様子だ。男性は歳をとっていて、顎が胸につきそうなほど背中が丸まっている。

「この辺りに獣医さんはいませんか？」男性が私の声の届くところまで来ると、私は訊く。

男性は私のコートの中で声を出さず動かなくなった子犬を見てから、地面に置いてある黒い袋の中をのぞき込む。それから舌を鳴らして、ゆっくりと首を横に振る。

「アラン・マシューズの息子がそうだ」男性は答える。そしておそらくはその息子さんがいるところを示すように頭で合図し、むごたらしい内容物がはいったままの黒い袋を持ち上げる。私は子犬の温もりが胸に広がるのを感じながら、男性についていく。

診療所は通りの突き当たりにあった。小さくて白い建物で、ドアの上に〈ポート・エリス動物病院〉と書かれた看板がかかっている。中にはいると、こぢんまりとした待合室でひとりの女性がプラスチックの椅子に座っていて、膝に猫用のバスケットをのせている。部屋は消毒薬と犬の匂いがする。

受付係がパソコンから顔を上げる。「こんにちは、トーマスさん。どうされました?」

私の連れは軽く会釈をしてから、黒い袋を持ち上げてカウンターの上にのせる。「こちらの人が、生け垣に捨てられていた子犬を二匹、見つけてね。一匹はこの中に。なんとも気の毒なことだよ」それから私に体を寄せて、そっと私の腕を叩く。「この人たちが君の面倒をみてくれる」男性はそう言うと診療所を出ていった。ドアの上についているベルが大きな音を立てる。

「連れてきてくれてありがとうございます」

受付係は明るい青色のチュニックを着ていて、エンボス加工の黒文字で〝メガン〟と記された名札をつけている。

「連れてきてくれない人のほうが多いですからね」

小児病棟の看護師が首から下げているような、色鮮やかな動物のバッジや慈善団体のネクタイピンをたくさんつけたネックストラップから、複数の鍵がぶら下がっている。メガンは袋を開けると、一瞬青ざめ、それから袋を持って静かに視界からいなくなる。
二、三秒後、待合室のドアが開き、メガンが私に向かってほほ笑んだ。「そちらの小さい子を連れてきてくださいます? パトリック先生がすぐに診てくれます」
「ありがとうございます」私はメガンのあとに続いて、隅に戸棚が無理やり押し込まれている、奇妙な形をした部屋にはいる。部屋の奥には、調理台とステンレスの流し台がある。ひとりの男の人がそこに立っていて、どぎつい緑色の石鹸(せっけん)で肘の辺りまで泡だらけにして手を洗っている。

「こんにちは。パトリックです。獣医の」男の人はそう付け加えて笑う。「そう思ったでしょうけど」背の高い――私よりも高い。それは珍しいことだった――人で、髪の毛はくすんだ金髪で、これといった特徴のない髪型をしている。青い手術着の下に、袖までまくり上げたチェックのシャツを着て、ジーンズをはいている。そして真っ白できれいに並んだ歯を見せてほほ笑んでいる。三十代半ばぐらい、あるいはもう少し上だろうか。

「ジェナです」私はコートのまえを開けて、黒と白の子犬を差し出す。子犬は眠っていて、静かに鼻を鳴らしている。きょうだいの衝撃的な死の影響はないように見える。

「それから、ここにいるのはだれかな？」獣医はそう言うと、私からそっと子犬を受け取る。その動きで目を覚ました子犬は、おびえて獣医から身を遠ざけるように縮こまる。パトリックは子犬を私の手に戻す。「テーブルの上で、この子を支えてあげてくれます？　これ以上、この子を不安にさせたくないので。もしこの子たちを袋に入れたのが男性だったとしたら、この子が再び人間の男を信じられるようになるまでに、しばらく時間が必要かもしれない」

パトリックが子犬の体に手を走らせるあいだ、私はしゃがみこんで、子犬の耳元でなだめるような言葉をささやく。その意味のないおしゃべりをパトリックがどう思うか、そんなことは気にもかけず。

「この子、なんていう種類の犬ですか？」

「雑種（ビッツァ）ですね」

「ビッツァ？」私は子犬の上にそっとのせた手を離さないようにして立ち上がる。今では子犬はパトリックの丁寧な診察を受けて落ち着いている。

パトリックは笑みを見せて答える。「ほら、こっちをちょっと（ビット）、あっちもちょっと（ビット）とって具合に。耳から判断すると、ほとんどスパニエルだと思うけど、ほかにどんな犬種が混ざっているかは神のみぞ知る、ですね。おそらくコリーと、テリアもちょっと（ビット）混ざってるかもしれない。この子たちが純血種だったら捨てられることはなかった、それは間違いないでしょう」そう言ってパトリックは子犬を抱き上げると、私の両腕に預ける。子犬は私の首に鼻を押しつけてくる。

「なんてひどいことを」小さな犬の温もりを感じながら私は言う。「だれがあんな残酷なことをしたんでしょう?」

「警察に知らせます。でも、警察が何かを明らかにできる可能性はかなり低い。この近所の人たちは、あまりおしゃべりではありませんから」

「この子はどうなるんですか?」私は訊く。

パトリックは手術着のポケットに両手を深く突っ込んで、流し台に寄りかかる。

「飼うことはできます?」

パトリックの目尻には、ずっと目を細めて太陽を見ていたためにできたような、小さな白い線が複数ある。かなりの時間を外で過ごしているに違いない。

「見つかった状況を考えると、飼い主が名乗り出てくる可能性は低いでしょう」パトリックは続ける。「僕たちも収容所のスペースがなかなか確保できずに困っているんです。あなたがこの子に住む場所を与えてくれると、とても助かるんですが。見たところ、いい犬のようだけど」

「いいえ、困ります。私、犬の世話なんてできません!」私は大きな声で言う。こんなことが起こってしまったのは、今日私がポート・エリスに来てしまったせいなのではないかという考えを振り払うことができない。

「どうして？」

私は言葉に詰まる。私の周りでは次々と悪いことが起こるのだということを、どうやって説明したらいいのだろう？ もう一度、何かの世話をしてみたいという気持ちがある一方で、その考えが私をぞっとさせもする。もしこの子の世話に失敗したら？ この子が病気になってしまったら？

「家主が許可してくれるかどうかもわからないんです」ようやく私は答える。

「どこに住んでます？ ポート・エリス？」

私は首を振る。「ペンファァッチのほうです。キャラバンパークからそれほど遠くないところにある、コテージに住んでいます」

すぐに、何かに気づいたようにパトリックの目の表情が変わる。「イエスティンのコテージを借りてる？」

私は頷く。だれもがイエスティンを知っているとわかったところで、私はもう驚かなくなっていた。

「彼のことなら僕に任せて」パトリックは言う。「イエスティン・ジョーンズは僕の父と同じ学校に通っていたんだ。彼の泣きどころならいくらでもつかんでいるよ。あなたが象の群れを飼うことを彼に認めさせることだってできるくらいだ。もしあなたが望むならね」

私は笑みをもらす。ほほ笑まずにはいられない。

「象はやめておこうかな」そう言ってしまってすぐに、自分の顔が赤くなるのを感じる。

「スパニエルは子どもとの相性がとてもいいですよ」パトリックは言う。「お子さんはいます？」

沈黙が、永遠に続くかのように思える。

「いいえ」私はおもむろに答える。「子どもはいません」

子犬が体をくねらせて私の手から抜け出し、すごい勢いで私の顎を舐めてくる。子犬の心臓の鼓動が、私の心臓の鼓動と重なるのを感じる。

「わかりました」私は言う。「この子を連れて帰ります」

11

レイはマグスを起こさないようにそっとベッドから抜け出した。レイはマグスに〝仕事をしない週末〟を約束していた。しかし今起きれば、マグスにばれることなくメールを処理する時間が一時間は取れて、ひと足早く〈ブレイク作戦〉のファイルに取りかかることができる。レイたちは二軒のナイトクラブに同時に令状を執行するつもりでいた。もしも情報が正しければ、両クラブから大量のコカインと、建前では合法的とされているビジネス内外の金の動きを示す証拠書類も見つかるはずだった。

レイはズボンをはいてコーヒーを飲みに台所へ向かった。やかんが沸くのを待っていると、背後からそっと台所に近づいてくる足音が聞こえてレイは振り返った。

「パパ！」ルーシーがレイの腰の辺りに抱きついてきた。「起きてると思わなかった！」

「何時から起きてるんだ？」レイはそう言いながらルーシーの腕を自分の体から離し、しゃがんでルーシーにキスをした。「昨日は、ベッドにはいるまえに会えなくてごめんな。学校はどうだった？」

「まあまあかな。仕事はどうだった？」

「まあまあかな」

ふたりは顔を見合わせてにやりと笑った。

「テレビ見てもいい？」ルーシーは期待するように、息を凝らして懇願するような目でレイを見上げた。マグスは朝のテレビの視聴時間について厳しい規則を設けていた。でも今日は週末だし、これを許可すればしばらく自由に仕事ができる。

「ああ、見たいならどうぞ」

ルーシーは父親の考えが変わるまえに、そそくさと居間に向かった。テレビの起動音に続いて、アニメか何かの甲高い声が聞こえてきた。レイは台所のテーブルに座って携帯電話の電源を入れた。

八時までのあいだに、ほとんどのメールを処理することができた。二杯目のコーヒーをいれていると、ルーシーが台所にやってきて、お腹が空いた、朝食はどこだ、と文句を言ってきた。

「トムはまだ寝てるのか?」レイは訊いた。

「うん。怠け者だから」

「怠けてねえよ!」二階からいきり立った声が聞こえてきた。

「怠けてるよ!」ルーシーが大声で返した。

二階の床を踏み鳴らす足音が聞こえて、それからトムがものすごい勢いで階段を駆け下りてきた。ぼさぼさの髪の毛の下からのぞく顔は不機嫌そうで、眉間にしわが寄っていた。激しい怒りのせいで額に血管が浮き出ていた。「怠けてないんだよ!」トムは片手を伸ばして妹をぐいっと押しつけながら言った。

「痛っ!」ルーシーは叫んだ。すぐに目に涙が溢れ、下唇が震えた。

「強くやってないだろ!」

「強かった!」

レイはうめき声を出して考えた。どのきょうだいも、このふたりと同じぐらい争うものなのだろうか。レイが子どもたちを無理やり引き離そうとしたちょうどそのとき、マグスが階段を下りてきた。

「八時じゃ怠けてるとは言わないわ、ルーシー」マグスは穏やかな口調で言った。「トム、妹に乱暴してはいけない」それからレイのコーヒーを手に取った。「私にいれてくれたの？」

「ああ」レイはもう一度やかんを火にかけた。子どもたちに目をやると、ふたりは一緒にテーブルに着いていて、夏休みに何をするかについて話し合っていた。口論はもう忘れたようだった――少なくとも、しばらくのあいだは。マグスはいつも、レイが絶対に習得できない方法で口喧嘩を鎮めた。「どうやってやるんだ？」

「〝親業〟って呼ばれる方法よ」マグスは言った。「あなたもいつか試してみるといいわ」

レイは噛みつかなかった。このところ、マグスとは互いを中傷し合ってばかりいるように思えた。今は、フルタイムの仕事とフルタイムの親業の比較について言い争う気にはなれなかった。

マグスは台所を動き回って、テーブルに朝食に必要なものを並べた。コーヒーをすすりながら手際よくトーストを作って、ジュースを注いだ。「昨日は何時に家に着いたの？　帰ってきた音が聞こえなかった」それからパジャマの上からエプロンをつけて、スクランブルエッグを作りはじめた。そのエプロンは、何年もまえのクリスマスにレイがプレゼントしたものだった。レイは冗談のつもりでエプロンを選んだ――妻に片手鍋やアイロン台を買うひどい旦那たちを皮肉るつもりで――が、マグスはそれからずっとそのエプロンを使っていた。エプロンには五〇年代の主婦の絵と、〝ワイン片手にお料理するのが大好き――お料理に加えちゃうことだってあるわ〟という言葉が書かれていた。レイは思い出していた。仕事から帰ってきて、コンロのまえに立つ我が妻を抱きしめた日のことを。手の下でエプロンがしわになるのを感じながら。もう長いこと、そんなことをしていなかった。

「一時ごろだったと思う」レイは言った。ブリストル郊外のガソリンスタンドで武装強盗事件があった。制服警察官は、事件から数時間のうちに、事件に関与した四人全員を連行した。レイは現実的な必要性からというよりむしろ、チームの団結を示すジェスチャーとしてオフィスに残っていた。

コーヒーは熱すぎたが、それでもレイはひと口すすった。そして舌を火傷した。携帯電話が振動して、レイは画面をちらりと確認した。スタンピーからメールがきていて、犯人四人が起訴されて、土曜の朝の裁判にかけられたこと、そしてそこで治安判事が四人を再拘留したことが報告されていた。レイは急いで警視にメールを打った。

「レイ！」マグスが言った。「仕事なし！　約束したでしょ！」

「悪い、昨日の夜の仕事で進展があって」

「たったの二日間よ、レイ――あなたなしでなんとかさせなくちゃ」マグスは卵をのせたフライパンをテーブルの上に置いて座った。

「気をつけて」マグスはルーシーに言った。「熱いから」そして顔を上げてレイを見た。「朝ご飯は食べる？」

「いや、いらない。あとで何か食べるよ。シャワーを浴びてくる」少しのあいだ、レイはドア枠に寄りかかって、三人が食べるのを眺めた。

「月曜日に窓の清掃員が来るから、門を開けておかなくちゃならないの」マグスは言った。「明日の夜、ゴミを出すときに忘れずに鍵を開けておいてくれない？　ああ、それから、お隣さんのところに行って、木のことを話してきたの。二、三週間のうちに枝を切るように手配するって言ってたけど、見るまでは信じられないわね」

レイはポスト紙が昨晩の事件についての記事を掲載しているかどうか気になった。なんといっても彼らは、警察が解決できずにいる事件をすぐに嗅ぎつける。

「それは良かった」レイは言った。

マグスはフォークを置いてレイを見た。

「なんだよ？」レイはそう言うと、シャワーを浴びるために二階に上がった。そして携帯電話を取り出して、待機中の広報担当者にひと言、メールを送った。うまくいった事件を活用しないのはもったいないというものだ。

「今日はありがとう」マグスが言った。ふたりはソファに座っていたが、どちらもあえてテレビをつけようとはしなかった。

「何が？」

「今日だけでも仕事を忘れてくれて」マグスは頭を後ろに倒して目を閉じた。目尻のしわが緩んで、急に若返って見えた。レイは気がついた。マグスは近ごろ、いかに頻繁に眉間にしわを寄せていることか。そして、自分も同じなのだろうかと考えた。

レイの母親はよく、マグスの笑顔を〝気前のいい笑顔〟と呼んでいた。「それって単に、私の口が大きいってだけだわ」最初にその話をマグスにしたとき、マグスはそう言って笑った。

その思い出にレイの口元は引きつった。最近、マグスはあまり笑わなくなったように思えた。それでもやはり、マグスはあのころからずっと変わらず、同じマグスのままだった。子どもが生まれてから増えた体重についてよく不満をもらしたが、レイはむしろ今のマグスの体型のほうが好きだった。お腹が丸くて柔らかくて、胸が大きくて垂れ下がっていて。レイのほめ言葉は聞き流されるばかりで、その結果、レイはもう長いこと、そういう言葉を言わなくなってしまっていた。

「いい一日だったよ」レイは言った。「みんなで過ごす休日を、もっと増やさなきゃな」その日、家族は家で過ごした。庭でのんびりしたり、クリケットをしたりして、太陽の光を存分に楽しんだ。レイが物置から古いスウィングボールのセットを引っ張り出してくると、午後の残りの時間、子どもたちはずっとそのおもちゃで遊んでいた。トムは、それがいかに〝ダサい〟かを大声で言っていたにもかかわらず。

「トムが笑っている姿が見られて良かった」マグスが言った。

「最近はあんまり笑ってなかったんじゃないか？」

「トムのこと、心配だわ」

「もう一度、学校に話してみるか？」

「意味があると思えない」マグスは言った。「もうすぐ学年末だし。先生が替われば、何か変わるかもしれないって期待してる。それに、トムももう最下級生じゃなくなるでしょ――そうなれば少し自信もつくのかもしれない」

レイは息子の気持ちを理解しようとしていた。学年のはじめに先生を心配させたときと変わらず、熱意を欠いたまま最後の学期を漂っている息子の気持ちを。

「私たちに話してくれさえしたらいいんだけど」マグスは言った。

「問題は何もないってトムは断言してた」レイは言った。「典型的な思春期の男子なんだよ、それだけさ。でも、トムもそこから抜け出していかなきゃならない。もしも中等教育修了資格試験（GCSE）を受ける歳になっても、今と同じ態度で学校に通っていたとしたら、終わりだぞ、あいつ」

「あなたたち、今日はいつもより仲良くやってたみたいじゃない」マグスが言った。

それは本当だった。ふたりは丸一日、言い争うことなく過ごすことができた。レイはトムがときおり発する口答えを聞き流し、トムのほうでは、あきれたように目を回す癖を少し減らした。いい一日だった。

「それに、そんなに悪くなかったんじゃない？　ブラックベリーの電源を切っておくのも」マグスは言った。「動悸（どうき）は？　冷や汗は？　震えは？」

「ははは。そうだな、悪くなかったよ」もちろん電源を切ってなどいなかった。一日中、ポケットの中で絶えず振動していた。そして結局はトイレにこもってメールに目を通し、緊急性のあるものを逃していないか確認していた。警視監からきていた〈ブレイク作戦〉に関するメールにだけは返信をしていた。それから、ケイトからのひき逃げ事件に関するメッセージにちらりと目を通したときには、全文をしっかりと読みたいという衝動に駆られた。マグスは理解していなかった。週末に携帯電話を見ずに過ごすということは、月曜日にやるべきことが山のように溜まってしまい、その週はそれを処理して過ごさなければならず、新しくはいってくる仕事には手がつけられなくなるということを意味するのだった。

レイは立ち上がった。「これから部屋に行って、一時間かそこら仕事をしようと思うけどね」

「どうして？　レイ、仕事はしないって言ったでしょ！」

レイは困惑した。「でも、もう子どもたちはベッドにはいっただろ」

「そうね。でも私は――」マグスはそこで言葉を止めると、まるで何かが耳にはいっているかのように小さく首を振った。

「なんだよ？」

「なんでもない。いいわ。やるべきことをやったらいい」

「一時間で下りてくる。約束するよ」

マグスが書斎のドアを開けたときには、もう二時間が経過しようとしていた。「紅茶でもどうかなと思って」

「ありがとう」後ろでかちゃりと音がしたのを感じて、レイはうめき声をもらしながら伸びをした。

マグスは机にマグカップを置くと、レイの肩越しから、レイが読んでいる書類の束をのぞき込んだ。「ナイトクラブの事件？」そして一番上の書類に目を通して言った。「ジェイコブ・ジョーダン？　去年起きたひき逃げ事件で亡くなった男の子じゃないの？」

「その子だよ」

マグスは戸惑ったような顔をした。「その事件なら、もう打ち切られたと思ってたけど」

「打ち切られたよ」

マグスは、居間の絨毯と調和しないという理由で書斎に置くことにした安楽椅子の肘掛けに腰かけた。その肘掛け椅子はレイの書斎にもうまく溶け込んでいなかったものの、それはレイが座ったことのある肘掛け椅子の中で最も座り心地の良い椅子で、レイはこの椅子に別れを告げることを拒否していた。「だったらどうしてＣＩＤはこの事件について調べているの?」

レイはため息をついた。「CIDは調べてない」そして続けた。「捜査は打ち切りになった。でもまだ捜査書類を提出してないんだ。おれたちは、新鮮な目で見るつもりで事件を見直してるところなんだ。何か見落としているものがないか確認するために」

「〝おれたち〟?」

レイは一瞬、口ごもった。「チームだよ」なぜケイトの名前を出さなかったのか自分でもわからなかったが、今さらわざわざ言うのもおかしいように思えた。警視監がこのことを嗅ぎつけたときに備えて、ケイトを巻き込まないほうが得策だった。ケイトのキャリアのこれほど早い段階で、その経歴に傷をつける必要はない。

「ねえ、レイ」マグスは穏やかな口調で言った。「未解決事件(コールドケース)の再調査なんかなくても、担当中の事件だけで手いっぱいなんじゃないの?」

「この事件はまだ冷たく(コールド)ない」レイは言った。「それに、手を引くのがあまりに早すぎたって感じが拭い去れないんだ。もう一度やってみれば、何かが見つけられるかもしれない」

わずかに沈黙があったのち、マグスが口を開いた。「アナベルの事件とは違うのよ、わかってると思うけど」

「よしてくれ」

レイはマグカップの取っ手を固く握りしめた。

「解決できない事件があるたびに、そんなふうに自分を責めるわけにはいかないのよ」マグスは前かがみになってレイの膝に置いた手に力を込めた。「自分で自分をおかしくさせちゃうわよ」

レイは紅茶をひと口すすった。アナベル・スノーデンの事件は、レイが警部補に就任して初めて関わることになった事件だった。学校を終えたアナベル・スノーデンが行方不明になり、母親と父親が半狂乱になった。少なくとも、半狂乱になったように見えていた。二週間後、レイは父親を殺人罪で起訴することになった。アナベルの遺体が、父親のアパートにあったベッドの基部から見つかったのだった。アナベルは一週間以上、生きたままそこに閉じ込められていた。

「テリー・スノーデンには妙なところがあるってわかってたんだ」レイはようやくマグスに目を向けて言った。「アナベルの行方がわからなくなったときすぐに、父親を逮捕できるようにもっと必死で戦うべきだったんだ」

「証拠がなかったじゃない」マグスは言った。「警察官の直感も結構だけど、勘だけに頼って捜査を行うことはできない」そしてそっとジェイコブのファイルを閉じた。「別の事件よ。別の人たちよ」

「まだ子どもだったんだ」レイは言った。

マグスはレイの両手を握った。「でも、もう死んでしまったの、レイ。神が与えてくださる時間をすべてつぎ込んだって、その事実は変えられない。もう忘れないと」

レイは答えなかった。そして机に向き直ると、再びファイルを開いた。マグスが部屋を出ていったことにも、寝室に行ったことにも気づくことはなかった。パソコンのメールアプリにログインすると、ケイトから新しいメッセージが届いていた。数分前に送られたものだった。レイはすぐに返事を打った。

まだ起きてるか？

数秒後に返事がきた。

ジェイコブの母親が見つけられないか、フェイスブックを確認中。オークションサイトの入札記録も。そちらは？

近隣警察署の焼失した車両に関する報告書に目を通してる。しばらく起きてる。

良かった。それならこちらも起きていられそう！

レイはケイトがソファの上で丸まって座り、一方にノートパソコン、そしてもう一方にスナック菓子の山を置いているところを想像した。

ベン&ジェリーズのアイス？　レイはそう打った。

どうしてわかったの?!

レイはにやりとした。メールのウィンドウを画面の隅に移動させて、新しいメッセージが常に目にはいるようにした。それから、ファックスで受信した病院の報告書に目を通しはじめた。

奥さんに、週末休みを取ると約束したのでは？

週末休みを取っているところだ！　子どもたちが寝たから、少しだけ仕事をしてるだけ。だれか君に付き合ってやらないと……

光栄です。これ以上に素敵な土曜の夜の過ごし方ってある？

レイは笑った。フェイスブックに成果は？

可能性のあるものがふたつほど。でもどちらもプロフィール写真なし。ちょっと待って、電話が。すぐ戻ります。

レイはしぶしぶメールを閉じて、病院の報告書の山に注意を向けた。ジェイコブが亡くなってからもう何ヶ月も経過していた。この時間外労働はまったく意味がないんだという声がずっと聞こえていた。レイの頭の中で、ボルボのフォグランプの破片は、氷の上で滑り、道路脇の並木の一本にぶつかってしまった主婦の車のものだったことが判明していた。何時間という労働がすべて無駄になった。それでもふたりはまだ続けていた。レイは警視監の望みに逆らって、火遊びをしていた。ケイトにも同じことをさせているのは言うまでもなかった。しかしレイはもう深みにはまっていた――たとえやめたいと思っても、もうやめることができなくなっていた。

12

もう少し時間が経てば暖かくなるだろう。でも今はまだ空気が冷たい。私は肩をすくめる。

「今日は肌寒い」そして声に出して言う。

私は独り言を言うようになっていた。昔よく見かけた、新聞紙がいっぱい詰まった手提げ袋を何個か担いでクリフトン吊り橋（サスペンション・ブリッジ）を歩いていたおばあさんのように。おばあさんは今もあそこにいるのだろうか。今でも毎朝、橋を渡っていき、夜になると橋を戻ってくるのだろうか。ある場所から離れたとき、その場所に残された人生はずっと変わらず続いているものと想像しがちだ。現実には、それほど長いあいだ同じ状態でとどまるものなど何もないのに。ブリストルでの私の人生は、私でない別のだれかのもののように感じられる。

私はそんな考えを振り払って、ブーツをはき、首にマフラーを巻く。錠と格闘する日々が続いていた。錠は鍵をしっかりつかんで、鍵が回るのを妨害する。ようやく鍵をかけることに成功して、ポケットに鍵を入れる。ボーが小走りで私のすぐ後ろをついてくる。私が視界から消えるのを嫌って、影のように私にくっついてくる。最初にこの家に来たとき、ボーはひと晩中、鳴いていた。ベッドの上で一緒に寝させてくれと懇願するように。良心の呵責（かしゃく）を感じながらも、私は枕で耳をふさいでボーの鳴き声を無視した。近づきすぎると、あとで後悔することになるとわかっていたから。ボーが鳴かなくなるまで数日かかった。今でもボーは階段のすぐ下で眠り、寝室の床板がきしむ音が聞こえるとすぐに目を覚ます。

今日の受注リストを確認する――すべて頭にはいってはいるものの、間違いがあってはいけない。ベッサンは今でも私の写真を旅行客に宣伝してくれていて、自分でも信じられないことだが、今、私は忙しくしている。以前のように展覧会や注文生産に追われて忙しいのとは違っているものの、それでも忙しいことには変わりない。キャラバンパークの店にポストカードを二度補充したし、立ち上げたウェブサイトを通してぽつりぽつりと注文がはいるようになっていた。まえに運営していた、洗練されたウェブサイトには程遠い。それでも、このウェブサイトを見るたびに、だれの助けも借りずに自分でこれを作り上げたんだという誇らしさが込み上げてくる。それ自体は小さなことだけれど、かつて信じ込んでいたほど自分は役立たずではないのかもしれない、少しずつそんなふうに考えられるようになっていた。ウェブサイトには私の名前を載せていない。フォトギャラリーと、使い勝手の良いとは言えない簡易的な発注システム、それからこの新しいビジネスの名前、〈砂に書いたメッセージ〉だけ。この名前は、ある夜、ベッサンがワインを飲みながら一緒に考えてくれたものだった。ベッサンがこのビジネスについてあまりに熱心に話すものだから、私も盛り上がるよりほかなかった。「どう思う?」ベッサンは何度も訊いた。思えば、もうずいぶんと長いこと意見を訊かれることなんてなかった。

八月はキャラバンパークが最も忙しくなる月だったが、それでも週に一度はベッサンに会っている。静かな冬が恋しい。店の隅っこに置かれたオイルヒーターに足をくっつけて、一時間かそれ以上、ふたりでよく話をした。今では砂浜も賑(にぎ)わっていて、私は写真を撮るための平らな砂浜を確保するために、日の出後すぐに起きなくてはならなくなった。

カモメが私たちに向かって鳴き声を上げる。ボーは砂浜を駆けていって、安全性の確保された空の上から嘲ってくる鳥に向かって吠える。私は砂の上のがらくたを蹴って、一本の長い枝を拾う。潮は引きはじめているが、砂は温かく、すでに乾きつつある。今日のメッセージは海の近くに書こう。ポケットから紙を取り出して、本日最初の注文を確認する。「ジュリア」声に出して言う。「うん、かなり率直ね」ボーは不思議そうに私を見る。私に話しかけられたと思っているのだろう。私もそのつもりだったのかもしれない。でもボーに依存するようになってはいけない。私はボーを、おそらくイエスティンが牧羊犬を見ているときのような気持ちで見なくては。商売道具で、役目を担って私のそばにいる存在なのだと思って。ボーは私の番犬だ。まだ身を守る必要は生じていないけれど、この先その必要が生じるかもしれない。

私は前かがみになって大きく〝J〟の文字を書く。それから後ろに下がって大きさを確認して、名前の残りの文字を書いていく。出来に満足した私は、枝を捨ててカメラを手に取る。太陽はもうすっかり昇っていて、ほのかな光が浜辺一面をピンク色に染めている。私はしゃがみこんでファインダーをのぞき、何枚も写真を撮る。書いた文字が海の白い泡に覆われてしまうまでずっと。

次の注文を作成するために、まっ平らな砂地を探す。海のそばに捨てられている枝の山から、ひと抱えの枝を集める。最後の流木を配置し終えると、私は自分の作品に批判的な目を向ける。まだてらてら光っている海藻が、メッセージを囲むのに使った枝や小石の先端にやわらかい印象を与えている。流木で作ったハートは幅が百八十センチメートルはあって、渦巻き状の筆記体で書いた〝許してくれ、アリス〟というメッセージが充分に収まる大きさだ。木片を動かそうと手を伸ばしたとき、ボーがものすごい勢いで海から上がってきて、興奮して吠えたてた。

「落ち着いて！」私は大きな声で言う。そしてボーが私に飛びかかってきたときに備えて、首から下げているカメラをかばうように腕に抱え込む。しかしボーは私を無視して、湿った土を巻き上げながら猛スピードで砂浜を向こうのほうへと走っていく。そこには、こちらに向かって砂の上を歩いてくるひとりの男性がいて、ボーはその人の周りを飛び跳ねている。最初、私はその人が、まえに犬を散歩させながら私に話しかけてきた人かと思った。けれどその人が防水ジャケットのポケットに両手を突っ込んだのを見て、私ははっと息をのむ。その動きに見覚えがあるのだ。でもそんなはずがあるだろうか？　ベッサンとイエスティン以外に、この辺りで知っている人なんていないはず。それでもその人は、私からもう百メートルも離れていないところまで来ている。そして意図的に私のほうに向かって歩いてきている。顔が判別できるところまで来た。知っているけれど、だれだかわからない。だれだか思い出せないと思うと不安になる。喉元にパニックが湧き上がってくるのを感じて、私はボーを呼ぶ。

ている。

走り出したいけれど、足がその場から離れなくなっている。頭の中で、ブリストルで知っていた人たちをスクロールする。まえにどこかでこの人に会ったことがある、それはわかっている。

「ジェナ、だよね？」

「ごめん、怖がらせるつもりはなかったんだ」男の人は言う。気づくと私は震えていた。男の人は心から後悔しているようで、埋め合わせをするかのように満面に笑みを浮かべる。

「パトリック・マシューズです。ポート・エリスの獣医の」私はすぐにパトリックと、彼が手術着のポケットに両手を突っ込む仕草を思い出した。

「本当にごめんなさい」ようやく声が出せるようになって私は言う。なんと小さくて不明瞭な声に聞こえることか。「気がつかなかった」私は顔を上げて、だれもいない海岸の小道に目をやる。すぐに、たくさんの人たちが浜辺で一日を過ごすためにやってくるだろう。風よけや日焼け止め、傘などを持って、あらゆる気象条件から身を守る準備をして。旅行シーズン真っ盛りでペンファッチが人で溢れかえっていることを、今だけは嬉しく思う。パトリックの笑顔は温かいけれど、もうすでに一度、温かい笑顔には騙(だま)されているから。

パトリックは手を伸ばしてボーの両耳をなでる。

「こいつのこと、うまく世話してるみたいだね。なんて呼んでるの？」

「名前はボーです」こらえきれず、私はほとんどわからないほどわずかに二歩あとずさる。

するとすぐに喉元のつかえが楽になったように感じられた。私は両手を体の横に下ろしたけれど、すぐにその両手は体に沿って上がり、ウエストの辺りで互いを見つける。

パトリックが膝をついてボーをなで回すと、いつになく与えられる愛情表現に喜んだボーは、背中を地面につけて転がり、お腹をなでてもらおうとしている。

「ぜんぜん緊張してなさそうだね」

私はボーのくつろいだ様子を見て安心する。犬は人を見る目があると言うではないか？

「はい、元気にやってます」私は答える。

「本当に元気だ」パトリックは立ち上がって膝の砂をはらう。私は地面をしっかり踏みしめる。

「イエスティンとは、問題ないと思うけど？」パトリックはにやりと笑う。

「まったく」私は答える。「それどころか、イエスティンは犬がどんな家庭においても生活に不可欠な存在だと考えてるみたいで」

「イエスティンの意見に賛成したいね。自分でも飼いたいところだけど、長い勤務時間を考えると、いい考えとは言えない。日中に充分すぎるほど動物たちに会えるから、不満を言うべきじゃないけど」

パトリックは海辺にとてもなじんでいるように見える。ブーツはしっかりと砂を踏み、コートのしわには塩がはいり込んでいる。パトリックは砂に描かれたハートを顎で示す。

「アリスって？　どうして許してもらいたいの？」

「ああ、あれは私のじゃないんです」パトリックは私のことを、砂に絵を描くなんて変わった人間だと思ったに違いない。「少なくとも、書かれている感情は私のものじゃないんです。ある人のために、これを写真に収めるんです」

パトリックは困惑の表情を浮かべている。

「仕事なんです」私は言う。「私、写真家なんです」そしてカメラを持ち上げる。「そうでもしないと信じてもらえないでしょ、とでも言うように。「砂に書きたいメッセージを送ってもらうんです。私はここに来て、そのメッセージを書いて、写真に収めて依頼主に送るんです」私はそこで口を閉ざしたが、パトリックは心から興味を持ってくれているようだ。

「どんなメッセージ？」

「ほとんどがラブレター――それかプロポーズの言葉――だけど、あらゆる種類のメッセージを受けますよ。これは明らかに謝罪だし、ときには有名な引用句とか、好きな歌の歌詞を書いてほしいって依頼されることもあります。毎回、違うんです」私は顔が真っ赤になるのを感じて、話すのをやめる。

「それで、君はそうやって生計を立ててるの？　素晴らしい仕事じゃないか！」パトリックの声にあざけりを探したが、見つけることができない。私は少しだけ誇らしい気分になるのを、自分自身に許す。実際、これは素晴らしい仕事だった。そして私はゼロからこれを作り上げたのだ。

「ほかの写真も売ってるんです」私は言う。「ほとんどがこの入り江の写真。とてもきれいな場所だから、多くの人が欲しがります」

「そうだよね？　僕もここが大好きなんだ」

数秒のあいだ、私たちは静かにそこに立ち、波が高まり、くだけ散りながら浜辺に打ち寄せるのを眺めた。私はだんだん落ち着かなくなってきて、ほかに話すことを探そうとする。

「どんな用事があってここに？」私は訊いた。「この時間にわざわざここまで下りてくる人はそう多くありませんよ。散歩させる犬がいる人は別ですけど」

「鳥を放してやらなきゃならなくて」パトリックは説明してくれる。「ある女性が翼の折れたカツオドリを連れてきた。傷が治るまでその鳥を診療所で世話していたんだ。僕たちのところに来て数週間経ったんだけど、今日、崖の上に連れていって放してやった。回復した動物たちは、見つけられた場所で放してやるようにしているんだ。生き延びるためのあらゆる機会を与えてやるために。君が砂浜に書いたメッセージを見つけたとき、下りていって、メッセージがだれに向けて書かれたものなのか確かめたいって気持ちが抑えられなくなってね。ここに下りてきてみてようやく、君がまえに会ったことのある人だって気づいたんだ」

「カツオドリはうまく飛べました？」

パトリックは頷いた。「あの子は大丈夫さ。けっこうよくあることなんだ。この辺の人じゃないよね？　ボーを連れてきてくれたとき、ペンファッチに着いてまだ間もないって言ってたのを覚えてるよ。まえはどこに住んでいたの？」

答えを思いつくまえに、着信音が聞こえてきた。この海辺において、その金属的な音はなんとも場違いに響いている。私は内心ほっとため息をつく。とはいえ今では、イエスティンやベッサン、それにときどき出くわす、散歩中に会話を求めて私に話しかけてくる人に披露するための、ありふれた身の上話を用意してある。私はプロのアーティストだったが、事故で手を負傷して働けなくなり、写真を始めた。結果的には、真実からそれほどかけ離れてはいない。子どものことを訊かれたことはない。私はその問いに対する自分なりの答えを、それほど明確に持っているのだろうか。

「ごめん」パトリックは言う。そして両手でポケットを探って、小さなポケベルを取り出す。それと同時に、ひと握りの馬用飼料と藁が砂の上に落ちる。ポケベルはペレットや藁の中に埋もれていたらしい。「一番大きな音量にしておかないと、聞こえないな」パトリックは画面に目をやる。「残念だけど、急いで行かないと。ポート・エリスの救命艇ステーションでボランティアをしてるんだ。月に二、三回、呼び出されるんだけど、今、僕たちの力が必要みたいだ」そしてポケベルをポケットに押し込む。「もう一度会えて嬉しかったよ、ジェナ。本当に嬉しかった」

片手をあげて私にさよならを告げると、パトリックは砂浜を走り、砂だらけの道を駆け上がっていく。そして私が答えるまえにいなくなってしまった。

コテージに戻ると、ボーは疲れ果てた様子で寝床のバスケットにどさりと倒れ込む。私はやかんが沸くのを待ちながら、朝の写真をパソコンに取り込む。中断があったことを考えれば、思っていたよりもよく撮れている。乾いた砂を背景に文字が際立っていて、流木で作ったハートのフレームは非の打ちどころがない。あとで見返すつもりで一番よく撮れている写真をパソコンの画面に残したまま、私はコーヒーを持って二階に行く。後悔することになる、それはわかっている。それでも、自分を抑えることができない。

床に座り、むき出しの床板の上にマグカップを置く。そしてベッドの下にしまってある、ペンファッチに到着して以来、触れることのなかった箱に手を伸ばす。箱を自分のほうに引き寄せると、あぐらをかいて座り、箱の蓋を開ける。埃とともに思い出を吸い込みながら。ほとんど同時に、痛みが襲ってくる。奥まで探るまえに箱を閉じるべきだとわかっている。それでも、スリルを求める中毒者のように、私の決意は揺るがない。

法律文書の束の上にのっている小さなアルバムを取り出す。一枚一枚、スナップ写真を指先でなでていく。今とはあまりにかけ離れた時代に撮った写真で、だれか知らない人の写真を見ているような気がする。これは庭に立つ私の写真。こっちにも私が写っていて、台所で料理をしている。妊娠中の私が、お腹の膨らみを誇らしげに見せながらカメラに向かって笑っている写真もある。喉が締めつけられるような感じがするし、目の奥になじみのある痛みが込み上げてくる。私はまばたきをして、それを追いやろうとする。あの夏、私はとても幸せだった。この新しい命がすべてを変えてくれる、そして私たちはもう一度やり直すことができる、そう確信していた。私たちにとって新たなスタートだと思っていた。私は写真をなでる。膨らんだお腹の輪郭を指でなぞり、あの子の頭は、丸まった手足は、かろうじて形成されたばかりのつま先はこの辺りだろうかと想像する。

まだ生まれていない我が子を起こしてはいけないとでもいうように、アルバムをそっと箱の中に戻す。自分自身を制御できているうちに階下に戻ったほうがいい。でも、痛む歯に気を揉んでいるような、かさぶたをいじっているような、そんな気分がしている。箱の中を手探りすると、指がウサギのぬいぐるみの柔らかい布地に触れる。妊娠中に毎晩、一緒に眠っていたウサギだ。これを息子にあげれば、息子はいつでも私の匂いを嗅ぐことができる、そう思っていた。息子の痕跡を必死に探して、私はぬいぐるみを顔に近づけて匂いを吸い込む。押し殺そうとしても泣き声がもれる。ボーがそっと階段を上ってきて、寝室までやってくる。

「下に行きなさい、ボー」私は言う。

ボーは無視する。

「出ていきなさい！」私はボーに向かって怒鳴り声を上げる。赤ちゃんのおもちゃを握りしめた、狂った女。怒鳴るのを止めることができない。私がそこに見ているのはボーではなく、私の赤ん坊を奪った男、私の息子の人生を終わらせたと同時に私の人生を終わらせた男なのに。「出ていって！　出ていって！　出ていって！」

ボーは床に伏せる。体を強ばらせて、耳を頭につけている。それでもボーは諦めない。ゆっくりと、少しずつ、決して私から目を離さずに私に近づいてくる。

私の戦意は、湧き起こったときと同じ速さで失せた。

ボーは私のそばまで来て動くのをやめたけれど、まだ床に伏せたままでいる。そして私の膝に頭をのせて目を閉じる。ジーンズを通して、ボーの重みとぬくもりが感じられる。ふいに手が伸びて、気づくとボーをなでている。涙がこぼれ出した。

13

レイは〈ブレイク作戦〉のためのチームを編成していた。ケイトに証拠物件管理責任者の役割を与えることにしたが、それはまだ十八ヶ月しかチームにいない人間にとっては大変な任務だった。それでもレイは、ケイトならうまくやれると確信していた。

「もちろん、できます！」レイが懸念を口にすると、ケイトは言った。「だって何か問題があれば、いつでも相談に乗ってくれるんですよね？」

「ああ、いつでも」レイは言った。「仕事のあと、飲みにいくか？」

「止められたって行きますよ」

ふたりはひき逃げ事件の見直しをするために、週に二、三回、仕事後に会うようになっていた。精査すべき項目が少なくなっていくとともに、二人のあいだで事件のことを話す時間は減少し、仕事を離れた私生活について話す時間が多くなった。レイはケイトが自分と同じくらい熱狂的なブリストル・シティ・フットボール・クラブのサポーターだということを知って驚いた。ふたりは最近のチームの降格を嘆きながら、たくさんの楽しい夜を過ごした。レイは久しぶりに、夫でも、父親でも、警察官でさえもない自分を感じていた。レイという人間としていることができた。

レイは通常の勤務時間にひき逃げ事件に取り組まないよう注意していた。警視監の命令には真っ向から逆らっていたが、勤務時間中でなければ警視監も問題にはできないはず、レイはそう理由をつけて納得していた。それに、もしレイたちが決定的な証拠を見つけて、それが逮捕につながるようなことになれば――そうなれば警視監の態度も一変するはずだった。

ＣＩＤのほかのメンバーにもこの仕事を知られてはいけなかったため、レイとケイトは警察官行きつけのいつものパブよりも遥(はる)かに遠く離れたところにあるパブで落ち合うようにしていた。〈ホース・アンド・ジョッキー〉は静かなパブで、だれかにのぞき見される心配をすることなく資料を広げることのできる、背もたれの高いボックス席があった。店主はクロスワードから顔を上げることがなかった。帰宅まえに一日を締めくくってストレスを解消するには、なんとも楽しい方法だった。気づくとレイは、オフィスを出る時間になるのを待ちわびて時計を見るようになっていた。

いつも、五時になるとかかってくる電話がレイの出発を遅らせた。そしてレイがパブに着くころには、ケイトのグラスは半分ほど空いているのだった。暗黙の取り決めで、先に着いたほうがふたり分の飲み物を買っておくことになっていて、テーブルにはレイのロンドン・プライドのグラスがすでに置いてあった。

「長くかかりましたね」ケイトはグラスをレイのほうに押しやりながら言った。「何か面白いことでもありました？」

レイはロンドン・プライドをぐいっと飲んだ。「おれたちのチームにとって厄介になるかもしれない情報がいくつか」そして続けた。「クレストン団地にヤクのディーラーがいて、下っぱの売人を六、七人使って、汚い仕事をやらせているらしい——どうやらそれが、ちょっとした割りのいい仕事ってことになってるみたいだな」とりわけ主張の激しい労働党の議員のひとりが、こうした麻薬がらみの問題を、〝無法団地〟が引き起こす社会への脅威であると主張していた。そしてこの問題を利用して、〝無法団地〟の脅威についての独断的な演説を公の場で堂々と行っていた。警視監が、警察が先手を取って行動していることを世間に示したがっていることをレイは知っていた。〈ブレイク作戦〉がうまくいけば、警視監のお眼鏡にかない、この件でも指揮を任されるかもしれなかった。

「家庭内暴力対策チーム（DA）がドミニカ・レッツという女性に接触した」レイは続けた。「売人のうちのひとりの恋人だ。DAは彼女に、男を告訴するよう説得を試みてる。おれたちが仕事をうまくまとめようとしているときに、そっちの件で警察が介入すれば男は動揺する。どう考えたってそれは避けたい。でも同時に、警察には彼女の身を案じる義務もある」

「危険な状態にあるんですか？」

レイは少し間（ま）を置いてから答えた。「わからない。DAは彼女をハイリスクと評価した。でも彼女は男に不利な証言はしないと言って譲らない。今の時点では、警察に協力する気がまったくないらしい」

「私たちはいつになったら動けるんですか？」

「数週間は無理だろう」レイは言った。「長すぎるな。彼女をシェルターに行かせることも検討して――彼女が行ってくれると仮定してだが――おれたちがやつをヤクの仕事で捕まえるまでは、暴行の申し立てを遅らせてもらう必要がある」

「究極の選択（ホブソン）ですね」ケイトは考え深げに言った。「麻薬取引とドメスティック・バイオレンス、どちらがより重要視されるべきか」

「でも、それほど単純な選択じゃない、そうじゃないか？　ヤクの乱用が引き金となった暴力についてはどうなる？　中毒者が次を欲して犯す強盗については？　麻薬取引は、顔面へのパンチほどすぐにはその影響がわかるものじゃないかもしれない。それでもその影響は広範囲にわたるし、痛手も大きい」レイは普段よりも大きな声で話していることに気づいて急に話すのをやめた。

ケイトはレイの手にそっと手を置いた。「ボス、私はあえてボスの考えの正当性を再確認する意見を言ったまでです。簡単な選択じゃありませんよ」

レイは決まり悪そうに笑った。「悪い、こういうことに関して、いかに自分が興奮しやすいかってことを忘れてた」実際、レイが自分の興奮しやすい質（たち）について考えたのは久しぶりのことだった。ずいぶん長いこと仕事をしてきた。仕事をする理由が、事務処理や人事問題に埋もれてしまっていた。本当に大事なことを思い出す機会があるのは良いことだった。

一瞬、ふたりの目が合った。レイは自分の手に触れるケイトの肌の熱を感じた。すぐにケイトはぎこちなく笑いながら手を引いた。

「帰るまえにもう一杯どうだ？」レイは言った。レイがテーブルに戻ってくるころには、あの空気はもう消えていた。自分が想像していただけかもしれない、レイはそう思った。レイはグラスをふたつ置くと、テーブルの上に広げられるようにポテトチップスの袋を引き裂いた。

「ジェイコブの件に関しては、新しい情報が何もない」レイは言った。

「同じく」ケイトはため息をついた。「諦めなきゃならないんですかね？」

レイは頷いた。「そうみたいだな。残念だが」

「これまで続けさせてくれて感謝します」

「君は諦めなかった、それは正解だった」レイは言った。「捜査を続けて良かったよ」

「少しも進展がなかったとしても？」

「ああ。今なら捜査をやめることに納得できるんじゃないか？　できることは全部やりつくした」

ケイトはおもむろに頷いた。「まえとは違う気分です、確かに」それから値踏みするようにレイを見た。

「なんだよ？」

「警視監の〝イエスマン〟ではなかったみたいですね」ケイトはにやりとした。レイは笑った。ケイトからの評価が上がったことを嬉しく思った。

ふたりは打ち解けた沈黙の中でポテトチップスを食べた。レイはマグスからメールがきているかもしれないと思い、携帯電話を確認した。

「家ではどうです？」

「相変わらずだな」レイは携帯電話をポケットに押し戻しながら言った。「トムは今でも、食事のあいだ中、文句を言ってるし、マグスとおれは、トムについてどうするべきか言い争ってる」レイは短く笑ったが、ケイトは笑わなかった。

「次に先生に会うのはいつなんです？」

「昨日、学校に行ってきた」レイは険しい顔で話を続けた。「新学期が始まってまだ六週間しか経たないってのに、トムは授業をサボってるらしい」そして指先でテーブルをこつこつ叩いた。「あいつのことは理解できないよ。夏のあいだは平気だったんだ。でも学校に戻った途端、まえのトムに逆戻りさ。会話が通じなくて、無愛想で、協調性のないトムに」

「まだ彼がいじめられていると思ってます？」

「学校は否定してる。でも当然するだろうな、違うか？」レイはトムの学校の校長をあまり高く評価していなかった。彼女は、マグスとレイが保護者面談に〝一致団結〟して参加することのない夫婦だと早々に決めつけて、ふたりを非難した。マグスはレイのオフィスまで行くと脅して、力ずくでレイを二回目の面談に連れていった。レイは約束を忘れてしまうかもしれないと心配になるあまり、その日は朝から家で仕事をした。そうすれば約束の場所までマグスと車で行くことができる。そうしたところで何かが変わるわけではなかったが。

「トムの担任は、トムがクラスのほかの子たちに悪影響を与えてるって言うんだ」レイは言った。「どうやら奴は〝破壊的〟らしい」レイはあざけるように笑った。「あの歳でだぞ！　クソばかげてる。非協力的なガキを扱うことができないくらいなら、教職なんかにつくべきじゃないね。トムは破壊的なんかじゃない、血の気が多いだけだ」

「どこから受け継いだのかしら」ケイトは笑いをこらえながら言った。

「口に気をつけろ、エヴァンス巡査！　さもないと制服警官に戻ることになるぞ？」レイはにやりと笑った。

ケイトの笑いはあくびに変わった。「ごめんなさい、もうへとへと。今夜はこれくらいにしておきます。車は車庫に置いてきたから、バスが何時にあるか調べないと」

「送っていくよ」

「いいんですか？　同じ方向ってわけじゃないですよ」

「大したことないさ。さあ、行こう――街の高級エリアがどんなものか、案内してくれよ」

ケイトの家はクリフトンの中心部にある、おしゃれなフラットの一室だった。レイの考えでは、その一帯の不動産価格はひどく高騰していた。

「保証金は両親が援助してくれましたから」ケイトは説明した。「そうでなきゃ、絶対に買えませんよ。それに小さい部屋なんです。寝室がふたつあるってことにはなってるんですけど、それは二番目の寝室に、実際にベッドを入れようと思わなければの話」

「ほかの場所に買っていたら、手元に残る金が今よりずっと多かったんじゃないか？」

「かもしれませんね。でも、クリフトンには欲しいものが何もかもそろってるんです！」ケイトは大げさに手を振りながら言った。「だってほら、午前三時にヴィーガンフードの豆のコロッケ（ファラフェル）を買えるところなんて、ほかにあります？」

午前三時にレイが唯一したいと思うことといえば、トイレに行くことくらいだった。ケイトの訴える魅力がレイには理解できなかった。

ケイトはシートベルトを外すと、ドアのハンドルに手を置いて動きを止めた。「上がって、部屋を見ていきます？」ケイトは軽い調子でそう言ったが、その瞬間、急に空気が張り詰めた。何かを予期するかのように。同時にレイは、何ヶ月も気づかないふりをしてきた一線を、自分が越えようとしていることに気づいた。

「ぜひ見てみたいね」

ケイトの部屋は最上階にあったが、しゃれたエレベーターが数秒でふたりをそこまで運んだ。エレベーターのドアが開くと、足元に絨毯を敷き詰めた小さな踊り場と、すぐ真正面にはクリーム色に塗装された玄関ドアが目にはいってきた。レイがケイトに続いてエレベーターを降りると、ふたりは静かにそこに立ち尽くした。エレベーターのドアが閉じた。ケイトは真っすぐにレイを見ていた。顎がわずかに上がっていて、髪の毛がひと房、額にかかっている。レイは突然、急いで帰るつもりのない自分に気づいた。

「ここです」ケイトはレイから目を離さずに言った。

レイは頷くと、手を伸ばしてケイトの顔にかかる髪の毛を耳の後ろにかけた。そして何が起こるのか自分に問いただす間もなく、ケイトにキスしていた。

14

ボーが私の膝の裏に鼻を押しつけてくる。私は手を下に伸ばしてボーの両耳をくすぐってやる。ボーのことを愛さずにはいられなくなっていて、今では、ボーが最初から求めていたとおり、ボーは私のベッドの上で眠るようになっている。悪夢に襲われて叫び声を上げながら目覚めると、ボーがそばにいて手を舐め、私を安心させてくれる。徐々にではあるけれど、私の気づかぬうちに、私の悲しみは形を変えていた。やむことのない、粗野でギザギザな痛みが、丸みを帯びた鈍い痛みに変わっていて、その痛みであれば心の奥に閉じ込めることができた。そうしてそこにそっと静かに閉じ込めておけば、すべてが問題なくうまくいっているふりをすることができる。別の人生など存在しなかったようなふりをすることができる。

「よし、じゃあ、おいで」私は手を伸ばして枕元の照明を消す。窓から差し込む太陽の光にはかないっこない。入り江が今どんな季節なのか、わかっている。この場所のほとんど丸一年間を見てこられたことに、心地良い満足感を覚える。入り江は一日として同じ姿を見せない。潮流の変化、予測不能な天候、それに砂浜に捨てられるゴミさえも、入り江の姿を絶えず変えていく。今日の海は昨晩の雨のせいで水かさが増していて、重たい雲の下、砂は灰色で水分を多く含んでいる。今ではキャラバンパークにテントがひとつもなくて、ベッサンの固定式のトレーラーハウスと、シーズン終わりの割引を利用するためにやってきている旅行客のキャンピングカーが片手で数えられるほど停まっているだけだった。じきにキャラバンパークは閉鎖される。入り江は再び、私だけのものになる。

ボーは猛スピードで走っていって、浜辺に駆け下りる。潮が満ちている。ボーは海に飛び込み、冷たい波に向かって吠えている。私は声を出して笑う。ボーは今ではコリーというよりスパニエルに近い。ティーンエイジャーのような少々長すぎる脚と、尽きることがあるのかと疑ってしまうほどのものすごいエネルギーを持っている。

崖の上を見渡すけれど、そこにはだれもいない。私はがっかりして胸がうずくに任せるが、すぐにそれを振り払う。パトリックに会うことを期待するなんてばかげている。私たちがこの浜辺で会ったのは、あのとき、ただ一度だけだったのだから。それでも、どうしてもそんな考えが頭をもたげる。

文字を書くのに適した砂地を見つける。冬のあいだには勢いが衰えるのだろうという気がしているものの、今のところ、ビジネスはうまくいっている。注文がはいるたびに喜びが湧き上がり、メッセージの背景にある物語を想像しては楽しんでいる。顧客のほとんどが海になんらかのつながりを持っていて、注文した写真を受け取ったあとにメールをくれる人がたくさんいる。写真がとても気に入ったと伝えてくれる人もいれば、子ども時代に浜辺でどんなふうに過ごしたかについて、あるいは家族と海岸で休日を過ごすためにいかにして貯蓄をしたかについて教えてくれる人もいる。どこの浜辺かと訊いてくる人もいるけれど、決して返信はしない。

仕事に取りかかろうとすると、ボーが吠える。顔を上げて見ると、ひとりの男性が私たちのほうに向かって歩いてきているのがわかる。息が苦しくなる。でもその人は片手をあげて挨拶してくる。彼だ。パトリックだ。私は顔がほころぶのを隠すことができない。心臓がドキドキしているけれど、恐怖からではない。

「ここで君に会えたらいいなと思ってたんだ」パトリックは私のそばに到着するまえから話しはじめる。「弟子なんていかがですか？」パトリックは、今日はブーツを履いていない。コーデュロイのズボンに湿った砂がついている。防水ジャケットの片方の襟が立っていて、私はそれを後ろになでつけたい気持ちを抑える。

「おはようございます」私は言う。「弟子？」

パトリックは浜辺の大部分を包もうとするように、左腕で弧を描く仕草をする。「君が仕事をするのを手伝おうかと思って」

パトリックが私をからかっているのかどうか、私には判断できない。私は何も答えずにいる。

パトリックは私の手から枝を取ると、待ち構えるようにその場に立ち、空っぽの砂地をじっと眺めた。私は急にうろたえる。「見ているより難しいんですよ」私は気まずさをごまかすように真剣な口調で言う。「写真には足跡ひとつ残しちゃいけないし、それに素早く作業しなくちゃならない。そうでないと潮が満ちて、すごく近くまで来ちゃいますからね」

私の人生におけるこの部分を共有したいと言ってくる人に、これまで出会ったことがなかった。芸術はいつだって別室に閉じ込められるもので、私がひとりでやることだった。実際の世界には属さないものであるかのように。

「わかった」パトリックの顔には集中の色が浮かんでいて、その表情に私の心は動かされる。結局のところ、これは砂に書かれるメッセージにすぎないのだ。

私は注文を読み上げる。「シンプルで素敵な言葉。〝ありがとう、デイヴィッド〟」

「なるほど――具体的には、〝何を〟ありがとうなんだろうね？」パトリックは砂の上に身を乗り出して、最初の文字を書こうとする。「猫に餌をやってくれてありがとう？　命を救ってくれてありがとう？　私があの郵便配達員と浮気してしまったというのに、結婚してくれてありがとう？」

私は口元が引きつる。「フラメンコを教えてくれてありがとう」私は真面目なふりをしながらパトリックに加わる。

「上等なキューバ産の葉巻のセレクションをありがとう」

「当座貸越期間を延長してくれてありがとう」

「ありがとう……」パトリックは腕を伸ばして最後の文字を完成させようとしたところでバランスを崩し、まえにつんのめってしまい、書いた文字の真ん中に片方の足をしっかり踏み込むことでなんとか真っすぐ立つことができていた。「ああ、なんてこった」そして後ろに下がると、台無しになったメッセージを眺めてから、申し訳なさそうに私を見る。

私は思わず吹き出してしまう。「見ているより難しいって言ったでしょ」

パトリックは私に枝を返して言う。「君の優れた芸術的スキルには降参だ。足跡がつかなくたって、僕の努力はひどく素晴らしいってわけじゃない。文字の大きさが全部違ってる」

「勇気ある試みだったわ」私はパトリックにそう伝える。それから辺りを見回してボーを探し、もてあそぶのに夢中になっているカニから離れるよう呼びかける。

「これはどう？」パトリックが言う。私はパトリックが砂の上に書いたメッセージに目をやる。〝ありがとう〟の文字をもう一度書いてみたのだろうと思いながら。


お酒は？


「さっきよりは」私は答える。「でもこれって、注文の――」そこで私は話すのをやめる。ばかみたい。「ああ、そういうこと」

「〈クロス・オーク〉でどう？　今晩？」パトリックはわずかに言いよどむ。彼も緊張しているのだ。それに気づいて、自信が湧く。

私はためらったけれど、それもほんの数秒だけ。胸の高鳴りを無視して答える。「ぜひ」


その日の残りの時間、私は自分の性急さを後悔して過ごした。そして夕方にはあまりの不安から震えていた。うまくいかないシナリオを数えたり、パトリックがこれまで私に言ったことをすべて思い返して警告サインを探したりする。パトリックは見た目ほど率直な人間だろうか？　そんな人などいるのだろうか？　ペンファッチまで行って動物病院に電話をかけてキャンセルしようかとも考えるけれど、自分にそんな勇気がないのはわかっている。時間を潰すためにお風呂にはいる。お湯をあまりに熱くしているせいで肌がピンク色に変わっている。それからベッドに腰を下ろして何を着ていけばいいのか考える。最後にデートをしたのはもう十年もまえのことで、私は習慣から逸脱することが苦手だ。ベッサンは今でも衣装だんすの整理を続けていて、もう体に合わなくなった服を私にくれている。ほとんどが私には大きすぎるけれど、濃い紫色のスカートをはいてみると、ウエスト部分をスカーフで結ばなければならないものの、そんなに悪くはない気がする。歩くたびに脚が触れ合うなじみのない感覚と、太ももの辺りで揺れ動く布地を楽しみながら、私は部屋を歩き回る。少女だったころの自分がかすかに蘇(よみがえ)る。でも鏡を見ると、スカートの裾は膝までしかなくて、その下から両脚が大胆に伸びていることに気がつく。私はスカートを脱いで、丸めて、衣装だんすの後ろに投げる。そして代わりに、今さっき脱いだばかりのジーンズを手に取る。それから清潔なトップスを見つけて、髪の毛をとかす。一時間まえとまったく同じような格好だ。まさにいつもどおりの格好。出かける準備に何時間もかけていたあの少女のことを思った。音楽がかかっていて、バスルームには化粧道具が散らばっていて、空気中には香水が漂っていた。あのころ、現実の人生がどんなものであるか、想像もつかなかった。

キャラバンパークまで歩いていく。そこでパトリックと会うことになっていた。出かける直前になって、私はボーを連れていくことに決めていた。ボーがいれば、今朝の強がりがわずかにでも戻ってくる気がする。キャラバンパークに着くと、パトリックが開けっ放しの店のドアのそばに立っているのが見える。ベッサンが戸口に寄りかかってパトリックと話をしている。ふたりが笑っているのを見て、自分のことを話しているのではないかと考えずにはいられない。

ベッサンが私を見つける。パトリックがこっちを振り返って、近づいていく私にほほ笑む。最初、パトリックが頬にキスをしてくるんじゃないかと思ったけれど、パトリックは挨拶をしながらそっと私の腕に触れただけだった。心の中にある恐怖が顔にも出ているのだろうかと不安になる。

「お行儀よくね、おふたりさん！」ベッサンはにやにやと笑いながら言う。

パトリックは笑った。それから私たちは村に向かって歩き出す。パトリックは会話を続けるのが上手で、患者たちの妙な行動については誇張して話しているに違いないと思いながらも、彼のその話術をありがたいと思う。そして村に着くころには、私の緊張はわずかに和らいでいた。

〈クロス・オーク〉の経営者はデイヴ・ビショップというヨークシャー出身の男性で、私より数年早くペンファッチにやってきたばかりだという。デイヴと奥さんのエマは、今ではすっかり地域になじんでいて――ほかのペンファッチの人たちと同じように――みんなの名前と、みんなの仕事を知っている。このパブの中にはいったことはなかったが、ボーを連れて小さな郵便局に向かう途中で通りかかって、ディヴに挨拶したことがあった。

静かにお酒を飲むことができるかもしれないという期待は、ドアに足を踏み入れた瞬間に消え去ることになる。

「パトリック！　往診なのかな？」

「またロージーを診(み)にきてもらいたいんだ。まだ調子が悪くてさ」

「親父(おやじ)さんはどうしてる？　ウェールズの気候をひどく恋しがっちゃいないかい？」

矢継ぎ早の会話が、バーという閉ざされた空間と相まって、私を不安にさせる。ボーのリードをつかむと、べたべたした手のひらの中で革が滑るのが感じられる。パトリックはみんなに対して二言三言、返すけれど、立ち止まって話し込んだりはしない。片方の手を私の背中に添えて大勢の人のあいだを縫って進み、バーカウンターまで私を誘導する。腰のくびれの部分にパトリックの手の熱を感じる。パトリックがその手を離してカウンターの上で腕を組んだとき、私はほっとすると同時にがっかりもした。「何にする？」

パトリックが先に注文してくれたらいいのにと思った。私は冷えた瓶のラガービールが飲みたいと思いながら、パブを見渡して、ビールを飲んでいる女性がいるかどうか確認する。

ディヴがそっと咳をする。「ジントニックを」私は慌てて答える。ジンなんて今まで飲んだことがないのに。決断のできなさは今に始まったことではない。でも一体いつから始まったのか、それは思い出せない。

パトリックはドイツビールのベックスを注文する。私はグラスの外側に水滴ができるのを眺める。

「それで、あんたが〈ブライン・ケディ〉を借りてる写真家か？　一体どこに隠れてるんだろうって話してたのさ」

そう話しかけてきた男性はイエスティンと同じぐらいの年齢で、頭にツイードのキャップをかぶり、頬ひげともみあげがつながっている。

「ジェナだよ」パトリックが言う。「ビジネスを立ち上げていたんだ。だから君たちみたいな前科者と酒を飲んでる暇がなかったんだよ」

男の人は笑う。私は顔を赤らめて、私の隠遁生活を簡単に説明してくれたパトリックに感謝する。パトリックと私は隅にあるテーブルに着く。私たちに注がれている視線と、今では飛び交っているはずの噂が気になったけれど、しばらくすると、みんな自分たちの酒を再び飲みはじめた。

私は多くを話しすぎないよう注意する。ありがたいことにパトリックは話題が豊富で、興味深い地元の歴史について断片的に話してくれる。

「生活するには素晴らしいところね」私は言う。

パトリックは長い脚をまえに投げ出す。「そのとおりだね。小さいころはそんなふうに感じなかったけど。子どもっていうのは、美しい田舎の風景とか、地域のつながりとか、そういうもののありがたさを理解できないだろう？　よく両親に、スウォンジーに引っ越しさせてくれって延々と文句を言っていたよ。そうすれば自分の人生が一変して、突然すごい人気者になって、素晴らしい社会生活とたくさんのガールフレンドが手に入るって信じ込んでいたんだ」そこでにっこり笑って続ける。「でも両親は、引っ越すってアイディアを受け入れてはくれなかった。そして僕は地元の総合制中等学校（コンプリヘンシブスクール）に行った」

「ずっと獣医さんになりたかったの？」

「まだよちよち歩きのころからね。自分のぬいぐるみを全部玄関ホールに並べては、母にひとつずつ台所に持ってこさせたらしい。そうすればその子たちの手術ができるからって」パトリックは顔全体を生き生きと動かしながら話す。笑みがこぼれる直前、目尻にしわが寄る。

「Aレベルをぎりぎりのところで合格して、リーズ大学に進んで、獣医学を学んだ。そこでようやく、喉から手が出るほど欲しがっていた生活を手に入れたんだ」

「それからたくさんのガールフレンドも？」私が言うと、パトリックはにやりとする。

「ひとりか、ふたりかな。でも、あれほど必死でウェールズから逃げ出そうとしていたはずなのに、ウェールズがひどく恋しくなってね。卒業後はリーズの近くで仕事に就いたんだけど、ポート・エリスの診療所でパートナーシップが導入されたとき、そのチャンスに飛びついた。母も父もそのころには少し歳を取りはじめていたし、自分自身、早く海のそばに帰りたくてたまらなくなっていたんだ」

「ご両親はポート・エリスに住んでいたの？」私はいつも、両親と密接な関係を築いている人たちを不思議に思う。妬んでいるわけではなくて、ただ想像ができないというだけ。もし父が家を出ていったりしなければ、何か違っていたのかもしれない。

「母はここで生まれたんだ。父は十代のころに家族とここに越してきて、母と結婚した。ふたりとも十九だった」

「お父さまも獣医さんだったの？」質問をしすぎているのはわかっている。けれどももし質問をやめれば、次は自分が答える番になってしまう。パトリックは気にする様子も見せず、郷愁に満ちた笑みをたたえて家族の歴史を話してくれている。

「エンジニアだった。もう退職したけど、ずっとスウォンジーにあるガス会社で働いていた。僕が救命ボートの乗組員のボランティアをやってるのは、父の影響なんだ。父はよく、日曜日の昼食の途中で急いで出かけていった。そうすると母が、みんなが無事に岸に上がってこられますようにって家族全員にお祈りをさせた。父は本物のスーパーヒーローなんだって思ったもんさ」パトリックはぐいっとひと口ビールを飲んで続ける。「昔の救命艇ステーションがペンファッチにあったころ――ポート・エリスに新しいのが建つまえ――の話だけどね」

「よく呼び出されるの？」

「そのときどきによるかな。夏のほうが頻繁だよ、キャラバンパークが人でいっぱいのときね。崖は危険です、満潮時には泳がないでください、って書いた標識がいくつあったって意味がないんだ——みんなそのことを気に留めないんだから」パトリックの表情が急に真剣になる。「入り江で泳ぐときは、気をつけて——底流は恐ろしいから」

「泳ぐのが得意じゃないの」私は言う。「まだ膝の上までもはいってない」

「はいらないほうがいい」そう言ったパトリックの目には力がこもっていて、私はその目を怖いと感じた。私は落ち着かない気持ちで椅子の上でもぞもぞと腰を動かす。パトリックは視線を落として、ビールをひと口たっぷりと喉に流し込む。「潮の流れは」そして静かに言う。「人を溺れされるから」

私は頷き、決して泳がないと約束する。

「妙な話だけど、一番安全に泳げるのは、陸からずっと遠く離れた場所なんだ」パトリックの目が明るくなる。「夏にボートを出して、入り江から離れたところまで行って、深い海の中に真っすぐ飛び込むのは最高だよ。嫌でなければいつか連れていくよ」

それは何気ない提案にすぎない。それでも私は身震いする。パトリックと——というよりだれとでも——海の真ん中にふたりっきりにされるなんて、考えただけでひどく恐ろしい。

「水って、思ってるよりも冷たくないものだよ」私の戸惑いを間違って解釈したパトリックは言う。パトリックが話すのをやめると、気まずい沈黙が訪れる。

私は身をかがめて、テーブルの下で眠っているボーをなでる。そして何か話すことを考えようとする。「ご両親は今でもここに住んでいるの？」そしてようやく質問を絞り出す。私はずっとこんなにつまらない人間だっただろうか？　大学時代、場の盛り上げ役だったころのことを思い返してみる。私が何かを言うと、友人たちは頭をのけぞらせて笑っていた。今では、ただ会話をするだけがこんなに難しい。

「数年前にスペインに引っ越したんだ。幸運な人たちだよ。母が関節炎を患っていてね、温暖な気候のほうが母の関節にはいいんだと思う――まあとにかく、それが母の言い訳なんだけど。君のほうは？　ご両親はご健在？」

「そうとも言えないかな」

パトリックが怪訝（けげん）な顔をしたので、ただ「いいえ」と答えれば良かったと気がつく。私は深呼吸をする。「母とはずっと、あまり仲が良くなくて」私は言う。「私が十五歳のとき、母が父を家から追い出したの――私はそのことでずっと母を許していない」

「お母さんなりの理由があったはずだよ」パトリックはそこに一考の余地があると感じているようだが、私はなおも自分の主張を守ろうとする。

「父は素晴らしい人だった。母は父にはふさわしくなかったの」

「じゃあ、お母さんには会ってもいないの？」

「会ってたわ、何年もずっと。でもあることが原因で仲違（なかたが）いして。私が……」私はそこで思いとどまる。「仲違いしたの。数年前に姉から手紙がきて、母が亡くなったと知らされた」

パトリックの目に同情の色が浮かんだけれど、私はそれに気づかないふりをする。何もかも台無しにしてしまった。パトリックがなじんできたはずのきちんとした環境に、私はなじまない。パトリックは、私を飲みになど誘わなければ良かったと思っているはずだ。このまま過ごしてもお互いにとってさらに居心地の悪い雰囲気になるだけ。話の種も尽きてきたし、これ以上は話すことが思いつかない。私はパトリックの頭の中にあふれているはずの質問に怯(おび)える。どうしてペンファッチに来たのか。ブリストルを去った理由はなんだったのか。どうしてひとりきりでここにいるのか。パトリックは社交辞令で尋ねてくるだろう。真実を知らないほうがいいとは知らずに。私が真実を話すことができないとは知らずに。

「そろそろ帰らないと」私は言う。

「もう?」パトリックは、顔には出さなかったもののほっとしたに違いない。「まだ早いよ——もう一杯飲むか、何か食べよう」

「いいえ、本当に、行かないと。お酒、ありがとう」パトリックに、また会おうと提案する必要性を感じさせるまえに、私は立ち上がる。でも同時にパトリックも椅子を後ろに引く。

「家まで送るよ」

頭の中で警鐘が鳴る。どうして私についてきたがるんだろう? パブの中は暖かいし、店内には友達だっている。まだビールも半分残っているし。頭ががんがんしてくる。コテージがどれほど隔絶されているかを考える。パトリックが帰ることを拒んだとしても、だれにも声が届かないことを考える。パトリックは、今は親切で正直な人間に見えているかもしれない。それでもいかに瞬時に物事が変化しうるか、私は知っている。

「いいの。でもありがとう」

私は地元の人たちの集団を押し分けて進む。彼らが私のことをどう思うかなんて気にもかけず。パブを出て角を曲がるまでは、なんとか走らずにいたけれど、キャラバンパークへ続く道を、そして家へと続く海岸の小道を疾走する。ボーは急なスピードの変化に驚きながら、私の足元についてくる。凍えるような空気に肺が痛くなるけれど、私はコテージに着くまで足を止めない。着くと、また鍵を回すのに苦戦する。ようやく家の中にはいることができると、勢いよく閂(かんぬき)をかけて、ドアにもたれかかる。

心臓がドキドキしていて、なかなか呼吸を整えることができない。今になってみたら、私が怯えていたのはパトリックなのかどうかさえよくわからない。頭の中で、毎日のように私を襲うパニックとパトリックがごちゃ混ぜになってしまっている。自分の直感はもう信じられない――もう何度も失敗してきた。一番安全なのは、距離を置くことなのだ。

15

レイはブラインドを通してはいってくる朝日から逃れようと、寝返りをうって枕に顔を埋めた。少しのあいだ、心に重くのしかかっている感情がなんであるか特定できずにいた。しかすぐに気がついた。罪悪感だ。一体、何を考えていたのだろう？　レイはこれまで、マグスを裏切ろうと思ったことなど一度もなかった――十五年間の結婚生活の中で、ただの一度だってなかった。昨晩の出来事を頭の中で再現した。自分がケイトを誘惑したのだろうか？　その考えを打ち消す間もなく、ケイトが苦情を訴えるかもしれないという考えが頭をもたげた。しかしすぐに、そんなことを考えた自分を嫌悪した。ケイトはそんな女性ではなかった。それでもやはり、心配が罪悪感を脇へ押しやらんばかりに膨れていた。

隣から聞こえる規則正しい呼吸音が、起きているのは自分だけだとレイに教えていた。レイは隣で寝息を立てる布団の山を見ながら、そっとベッドから這い出た。布団がマグスの頭の辺りまで引き上げられている。もしマグスにばれるようなことがあったら……考えるだけでも耐えられなかった。

立ち上がろうとすると、布団がわずかに動いた。レイは凍りついた。卑怯ではあるが、マグスと会話をすることなく、こっそり部屋を出られたらと考えていた。いつかはマグスと向き合わなければならない。それでも今は、何が起こったのかを理解するために数時間必要だった。

「何時？」マグスが眠そうな声で言った。

「六時を過ぎたところ」レイはささやいた。「今日は早く仕事に行くよ。事務処理の遅れを取り戻さないと」

マグスは低くうなってからまた眠りについた。レイはそっと安堵のため息をついた。レイはできるだけ早くシャワーを浴びて、それから三十数分後にはもうオフィスに着いていた。そしてドアを閉めきって、黙々と事務作業に取りかかった。そうすることで起きてしまった出来事を取り消すことができるかのように。幸運なことに、ケイトは捜査に出て不在だった。

昼休憩になると、レイは危険を冒してスタンピーと一緒に食堂まで足を延ばした。ふたりは空いているテーブルを見つけた。レイは〝ラザニア〟と銘打ってはあるものの、ラザニアとはほとんど類似点のない料理の皿をふたつテーブルに運んだ。警察署の調理員モイラは、〝日替わりメニュー〟の文字の隣に、愛情を込めてイタリアの国旗を描いていた。そしてレイたちが注文する際には、きらきらした笑顔で笑いかけてきた。それを目にしていたレイは今、男らしさを示すべく、ものすごい量の料理をなんとかたいらげようとしていた。起きたときからレイを苦しめている、執拗な吐き気を気にかけないよう努めながら。モイラは大柄な女性で、年齢不詳で、カーディガンを脱ぐときに銀白色の薄片を飛ばす原因になっている皮膚疾患をよそに、いつも元気だった。

「大丈夫かい、レイ？　何か気になることでも？」スタンピーは昼食の残りをフォークでかき集めながら言った。鉄の胃袋に恵まれたスタンピーは、モイラの料理に耐えられるだけでなく、積極的に味わっているようだった。

「平気だよ」レイは答え、スタンピーがそれ以上その話題に触れようとしないことに胸をなでおろした。顔を上げると、ケイトが食堂にはいってくるのが見えた。レイはもっと早く食べるべきだったと後悔した。スタンピーが立ち上がると、椅子の金属脚が床をこすった。

「またオフィスで、ボス」

スタンピーを呼び戻すもっともらしい理由を思いつくこともできず、ケイトが席に着くまえに昼食を残して立ち去ることもできず、レイは無理に笑みを浮かべた。「やあ、ケイト」レイは火照りが顔全体に広がるのを感じた。口の中がからからに乾いていた。レイは唾を飲み込んだ。

「どうも」ケイトは椅子に座ってサンドイッチの包みを剝がした。レイの感じている気まずさには気づいていない様子だった。

ケイトの表情が読み取れず、吐き気がさらにひどくなった。レイはモイラの怒りのほうがまだましだと判断して皿を脇に押しやった。そして周囲を見回して、だれも聞いていないことを確かめた。

「昨日の夜のことだけど……」レイは自分が無骨なティーンエイジャーであるかのように感じながら話しはじめた。

ケイトはレイが話し終えるのを待たずに口を開いた。「ごめんなさい。どうかしちゃってたんだと思います――大丈夫ですか？」

レイは息を吐き出した。「まあな。君は？」

ケイトは頷いた。「少し恥ずかしいかな、正直言うと」

「君が恥ずかしいと思うことは何もない」レイは言った。「おれは絶対に――」

「絶対に起こってはいけないことだったんです」ケイトは言った。「でも、ただのキスです」そしてレイに向かってにこりと笑い、サンドイッチをひと口かじって、チーズとピクルスを口いっぱいに頬張って話しつづけた。「素敵なキスでしたけど、ただのキスです」

レイはゆっくりと息を吐き出した。万事うまくいくだろう。起こってはならない出来事だった。マグスに知られるようなことがあれば破滅的だった。しかし、すべて問題ない。ふたりとも大人なのだから、これも経験だと考えて何事もなかったようにやっていくことができるだろう。レイは十二時間経ってようやく、エネルギーに満ち溢れた、生き生きとしただれかとキスをすることがどれほど良いものだったかを思い出すことを自分に許した。再び顔が熱くなるのを感じて、咳払いをしてそんな考えを追い払った。

「君が大丈夫なら」レイは言った。

「大丈夫です。本当に。ボスに対する苦情を申し立てたりしませんよ。もしそれを心配しているんだとしたら」

レイは真っ赤になった。「何言ってるんだ！　そんなこと、頭をかすめもしなかったさ。ただ、なんていうかその、おれは結婚してるし、その――」

「それに、私には付き合ってる人がいる」ケイトはぶっきらぼうに言った。「ふたりとも状況は理解しています。だから忘れましょう、いいですよね？」

「ああ」

「それで」ケイトは急に実務的な口調になった。「ボスを探しにきた理由なんですけど、ジェイコブ・ジョーダンの事件のアニバーサリー・アピールをすることについて、ボスの意見を聞きたいと思ったんです」

「もう一年経つのか？」

「来月。ものすごい反応を期待することはできないでしょうけど、もしだれかが話してくれれば、少なくともなんらかの情報を得ることはできるかもしれません。それに、ようやく良心をすっきりさせる覚悟ができた人間がいる可能性だってあります。あの車を運転していた人間を知っている人がいるはずです」

ケイトの目は輝いていて、その顔にはレイがよく知っている決然とした表情が浮かんでいた。

「やってみよう」レイは言った。この提案に対して警視監がどんな反応をするか想像してみた。レイのキャリアに良い影響を与えないということはわかっていた。それでも、アニバーサリー・アピールというのは良い考えだった。未解決事件に対してときおり使われる方法で、警察はまだ完全に諦めたわけではないと伝えることによって、被害者家族を安心させるという意味合いもあった――実際には、その事件の捜査はもう積極的には行われていなかったとしても。試してみる価値はあった。

「良かった。今朝の仕事のことで、仕上げておきたい書類がいくつかあるんです。午後に集まって、アピールの計画を立てることにしましょうか？」ケイトは食堂を出るところでモイラに向かって元気よく手を振った。

昨晩の出来事を忘れ去ることのできるケイトの能力がうらやましかった。自分の首にしっかりと巻きついてきたケイトの両腕を思い出すことなくケイトの顔を見ることが、レイにはできなかった。レイは残したラザニアを紙ナプキンで隠して、ドアのそばに置かれたラックに皿を積み重ねた。「最高だったよ、モイラ」そして配膳口のまえを通りながら言った。

「明日はギリシャ料理だよ！」モイラが後ろから呼びかけた。

忘れずサンドイッチを持ってこよう、レイはそう心に刻んだ。

ケイトがノックせずにオフィスのドアを開けたとき、レイは電話中だった。レイが忙しいと気づいたケイトは声を出さずに口を動かして謝罪し、部屋から出ようとした。しかしレイは座るよう身ぶりで合図した。ケイトはそっとドアを閉めて、低い椅子のひとつに腰を下ろしてレイの電話が終わるのを待った。ケイトは机の上に置かれたマグスと子どもたちの写真にちらっと目をやった。新たな後悔が波のように襲ってきて、レイは必死で警視監との会話に集中しようとした。

「それは本当に必要なことなの、レイ？」オリヴィアは言っていた。「だれかが情報を提供する可能性はわずかだわ。私が心配しているのは、それをすることで、子どもが死んだ事件に対してまだだれも投獄されていないという事実に注目が集まるだけじゃないかということ」

あの子の名前は、ジェイコブです、レイは心の中で、一年ほどまえに少年の母親が口にした言葉をそのまま繰り返してオリヴィアに伝えた。自分の上司は本当に、見かけと同じくらいに冷淡な人間なのだろうか。

「それに、正義を求めて吠えたてている人もいないんだから、もう一度すべてを引っかき回す必要はないんじゃないかと思うけど。ほかにやるべきことが山積しているんじゃないの。間近に迫った警部への昇任試験とか」

何を意味しているのかは明白だった。

「クレストン団地の薬物の件を、あなたに任せようかと考えていたところなの。でももし、あなたが過去の事件をより重要視したいと言うんだったら……」〈ブレイク作戦〉は成功だった。警視監がさらに大きな仕事という餌をレイの目のまえにちらつかせてきたのは、ここ数週間でこれが初めてではなかった。一瞬レイの心は揺らいだが、そこでケイトと目が合った。ケイトはじっとレイを見つめていた。ケイトと仕事をしていると、若かりしころ、なぜ自分は警察官になることを決めたのかを思い出すことができた。レイは仕事に対するかつての情熱を取り戻していた。これからは、上司の気に入ることではなく、正しいことをしていこう。

「どっちもできます」レイは断固とした口調で言った。「アピールを行います。それが正しい選択だと思います」

少しの沈黙ののち、オリヴィアが口を開いた。「ポスト紙に記事をひとつ、それから道路脇に情報提供の看板をいくつか。それだけです——どれも一週間以内になくすこと」オリヴィアはそう言って電話を切った。

ケイトは心配そうにペンで椅子の肘掛けをこつこつ叩きながら、レイが話し出すのを待った。

「さあ、始めよう」レイは言った。

ケイトは満面に笑みを浮かべた。「さすがです。警視監、すごく怒ってました？」

「そのうち諦めるよ」レイは言った。「警視監はただ、自分は認めてないってことを知らせておきたいだけさ。そうしておけば、もしこの作戦が失敗に終わって国民の信頼が失墜したときにも、自分は正しかったって言うことができるから」

「それってちょっとひねくれてますよ！」

「それが上級管理職ってもんだ」

「それでもボスは昇任したいんですか?」ケイトの目は輝いていた。レイは笑った。

「永遠にこの地位にはいられないさ」レイは言った。

「どうして?」

レイは、昇任を左右する政治を無視して、単純に目のまえの仕事に――レイが愛している仕事に――没頭することができたらどんなにいいだろうと思った。「大学に行かせなきゃならない子どもがふたりいる」レイは少し考えてからそう答えた。「とにかく、おれはあんなふうにはならないさ。現場に出るのがどんなだったか、忘れたりはしない」

「その言葉、思い出させてあげますね。ボスが警視監になって、私にアニバーサリー・アピールを行うことを禁止したときには」

レイはにやりと笑った。「ポスト紙にはもう話してある。スージー・フレンチは、おれたちがポスト紙のアニバーサリー特集記事に乗っかることを喜んでる。目撃証言や情報の呼びかけとか……その他、諸々(もろもろ)。彼らはジェイコブの生い立ち調査を行うみたいだが、君にはスージーに電話をかけて、アピールの詳細と電話番号を伝えておいてほしい。それから警察の正式な見解として、情報提供者とは内々に話をしたいと考えていることも伝えておいてくれ」

「わかりました。母親についてはどうしましょう?」

レイは肩をすくめた。「彼女なしでアピールを行うしかないだろうな。ジェイコブの学校の校長と連絡を取って、新聞に話してくれる気があるかどうか確かめてほしい。これまでとは違った視点から報じるのもいいだろう、もしそれが可能なら。ジェイコブが学校で作った美術の作品を持ってるんじゃないか？　絵だとか、そういうものを。アピールで進展があるかどうか様子を見て、それから母親の捜索を始めよう——彼女は地上からぱっと姿を消してしまったみたいだから」

レイは、ジェイコブの母親の動向にもっとよく注意を払わなかったＦＬＯに対してひどく腹を立てていた。彼女がいなくなったのは驚くべきことではなかった。レイの経験上、身近な人を亡くした被害者遺族のほとんどが、ふたつのうちどちらかの反応をした。決して引っ越しをしないという誓いを立てて、部屋をそのままの状態にして聖堂か何かのようにする人もいる。あるいは、住んでいた部屋ときっぱりと決別する人もいる。実際には世界全体が変わってしまったというのに、何事もなかったかのように日々生きていくと考えることに耐えられなくなるのだろう。

ケイトがオフィスを去ったあと、レイはまだ壁のコルクボードに留めたままにしてあるジェイコブの写真をじっと見つめた。写真の端が少し丸まっていた。レイは写真を丁寧にコルクボードから外すと、真っすぐになるように手で伸ばした。それからその写真を、マグスと子どもたちの写真のはいったフォトフレームに立てかけた。ここにあるほうが目につきやすい。

アニバーサリー・アピールは最終手段だった。そしてそれは成功しそうにない試みだった。それでも、少なくともなんらかの抵抗にはなる。もしアピールがうまくいかなければ、そのときは書類を保管に回し、まえに進もう。

16

台所のテーブルに置いたノートパソコンのまえに座る。冬のあいだアトリエでよく着ていた、ぶかぶかのケーブル編みのセーターの中に、抱えた膝を包み込む。キッチンストーブのすぐそばに座っているのに体が震えている。袖を引っ張って手まで隠す。まだ昼食の時間にもなっていないけれど、自分のために大きなグラスに赤ワインを注いでいた。検索エンジンに打ち込んで、そしてためらう。見ることで自分を苦しめていたのは、もう何ヶ月もまえのこと。見たってなんの助けにもならないかもしれない——助けになることなどない——でも今日というこの日に、彼のことを思わずにいられるだろうか？

ワインをひと口飲んで、リターンキーをクリックする。

すぐに画面は、事故に関する記事で溢れかえった。ジェイコブへの伝言板や賛辞もある。どのテキストリンクも色が変わっていて、訪問済みであることを示している。

でも今日は、私の世界が崩壊してからちょうど一年経った今日は、ブリストル・ポスト紙のオンライン版に新しい記事が載っている。

私は押し殺したような泣き声をもらす。あまりにきつく拳を握りしめているせいで、関節が白くなっている。短いその記事を貪るように読んだあと、もう一度、最初に戻って読み直す。進展はなかった。捜査の手がかりも、車に関する情報もなく、ただ警察が今も運転手の捜索を続けていることを思い出させる内容だった。運転手は危険な運転によって死を引き起こした。その言葉に気分が悪くなり、私はインターネットを閉じる。パソコンの壁紙に設定している入り江の写真でさえも、気持ちを落ち着かせてはくれない。パトリックとデートをした日以来、海岸には下りていない。完成させなきゃならない注文がいくつもあるけれど、自分の振る舞いをひどく恥じていて、浜辺でパトリックに出くわしてしまったらと考えるとたまらなくなる。デートの次の日、目が覚めると、あんなに怯えていたことがばからしく思えて、勇気を出してパトリックに電話をかけて謝ろうとした。でも時間が経つにつれて怖気(おじけ)づき、今ではあの日からもう二週間近くが経過していた。パトリックからの連絡もない。突然、胸が悪くなる。ワインをシンクに流して、ボーを連れて海岸の小道を散歩することにする。

もう何キロも歩いたような気がする。岬を回って、ポート・エリスに近づいている。眼下に灰色の建物が見える。救命艇ステーションに違いない。私はしばらく立ち止まって、そこに配置されたボランティアの人たちが救う命に思いを馳せる。ポート・エリスに続く道を早足で進みながら、どうしてもパトリックのことを考えてしまう。なんの計画もないまま、ただ歩きつづけて村に着いた。そして動物病院に向かって進んでいく。ドアが開いて、頭の上で小さなベルが鳴って初めて、自分は一体何を言おうとしているのだろうと気づく。

「どうなさいましたか？」まえに来たときと同じ受付係だ。とはいうものの、カラフルなバッジがいくつもついたネックストラップがなければ、私は彼女のことを覚えていなかっただろう。

「少し、マシューズ先生に会えますか？」何か理由を考えなくてはと思ったけれど、受付係の女性は理由を訊いてこなかった。

「すぐ戻りますね」

私は待合室でぎこちなくたたずむ。待合室には女性がひとりいて、小さな子どもと、籐のかごの中に入れられた何かと一緒に座っている。ボーがそっちへ行こうとリードを引っ張り、私はそこからボーを引き離そうとリードを引く。

数分後、足音が聞こえてきてパトリックが姿を現した。パトリックは茶色いコーデュロイのズボンとチェックのシャツを着ていて、頭をかきむしっていたのかと思うほど髪がぼさぼさだった。

「ボーに何かあった？」パトリックは丁寧に対応してくれるけれど、その顔に笑みはない。私の決意がわずかに揺らぐ。

「違うの。あなたと話ができたらと思って。少しだけでも」

パトリックはためらっている。〝ノー〟と答えるに違いない。頬が火照り、受付係の私たちに向けられた視線を強く感じた。

「はいって」

私はパトリックのあとについて、彼が最初にボーを診察してくれた部屋にはいる。パトリックは流し台に寄りかかり、何も言わない——話しやすい雰囲気を作ってくれる気はないらしい。

「私その……その、謝りたかったの」目の奥に刺すような痛みを感じて、泣くなと自分に命じる。

パトリックは苦笑いを浮かべる。「振られたことならこれまでにもあったけど、いつもはこんなに早くは」パトリックの目つきが少し和らいだのを見て、私は恐る恐る少し顔をほころばせる。

「ごめんなさい」

「何かまずいことしたかな？　それとも、何か言った？」

「違うの。全然、そういうことじゃないの。あなたは……」なんとかふさわしい言葉を探そうとするけれど、見つかりそうにない。「私が悪いの。こういうことが苦手で」

少し間を置いてから、パトリックは私に向かって笑みを見せる。「たぶん、練習が必要なんだ」

私は思わず笑う。「たぶんね」

「ねえ、あとふたり患者を診たら、今日はそれで終わりなんだ。僕が夕飯を作ってごちそうするっていうのはどうかな？　こうして話してるあいだも、スロークッカーでキャセロールがぐつぐつ煮えてるんだ。ふたりで食べるには充分すぎるほどある。ボーにだって分けてやれるくらいさ」

もしここで断れば、私はもう二度とパトリックに会うことはないだろう。

「ぜひ」

パトリックは腕時計を見る。「一時間後に、またここで会おう——それまでひとりで平気？」

「平気。どっちにしても、村の写真を撮っておきたかったから」

「良かった。じゃあ、またすぐあとで」パトリックの笑みがさっきより大きくなって、目の端にしわが寄る。パトリックに送られて部屋を出ると、受付係と目が合う。

「すべて解決しました？」

彼女は、私がどうしてパトリックに会いたがっていたと考えているのだろう？　でもそんなことはどうでもいい。私は勇敢だった。一度は逃げ出してしまったかもしれないけれど、戻ってきた。そして今夜、私の神経質な一面を見ても私から遠ざかったりしないくらいに私のことを好いてくれている男性と夕食を共にするのだ。

時計を頻繁に確認しても、時間が早く過ぎるわけではない。ボーと一緒に村を何周か回ると、ようやく診療所に戻る時間になった。診療所の中にはいるのは嫌だったから、パトリックが防水ジャケットを着て、満面に笑みを浮かべて出てきたのを見たときはほっとした。パトリックがボーの耳をなでて、それから私たちは診療所から一本向こうの通りにある、小さなテラスハウスまで歩く。パトリックに案内されて居間にはいると、ボーはすぐに暖炉のまえに寝転がる。

「ワインは？」

「いただこうかな」私は座ってみたけれど、なんだか落ち着かなくて、すぐにもう一度立ち上がる。床のほとんどが絨毯で覆われているその部屋は、小さいけれど居心地が良い。暖炉のまえの床の左右に肘掛け椅子が置かれている。どちらがパトリックの椅子なのだろう――どちらかがもう一方よりも頻繁に使われているという感じはしない。小さなテレビは部屋にふさわしいように思えるが、両方の肘掛け椅子の後ろの壁のくぼみにはめ込まれたふたつの本棚は巨大だ。私は頭を傾けながら本の背表紙を読んでいく。

「本が多すぎるんだ」パトリックがワインのグラスをふたつ持って戻ってくる。手の置き場に困っていた私は、喜んでグラスをひとつ受け取る。「本当はいくらか処分しなきゃならないんだけど、結局は手放せなくってね」

「私、読書は大好き」私は言う。「でもここに引っ越してきてからは、ほとんど本を手に取っていないの」

パトリックは片方の肘掛け椅子に腰を下ろす。私はパトリックの合図を受けてもう一方の椅子に座り、グラスの脚を触る。

「写真家になってどのぐらい経つの？」

「本当は、写真家じゃないの」私はそう答えたものの、自分のその正直さに驚く。「彫刻家なの」そして庭のアトリエに思いを馳せる。粉々になった陶器、完成して配送の準備が整っていた彫刻の破片。「少なくとも、まえは彫刻家だった」

「もう彫刻はしない？」

「できないの」私は言葉に詰まり、左手を開いて指を伸ばす。手のひらから手首にかけて、怒りに満ちたような傷痕の残る皮膚が続いている。「事故にあって。もう手は使えるようになっているんだけど、指先で何も感じられなくて」

パトリックは低い息を吐き出す。「かわいそうに。どうしてそんなことに？」

突如として、一年前のあの夜のことがフラッシュバックする。私はそれを押しやって、自分の中に閉じ込める。「見た目ほどひどくないの」私は言う。「もっと気をつけていれば良かった」パトリックのことを見ることができない。パトリックはうまく話題を変えてくれる。

「お腹空いた？」

「ぺこぺこ」台所から漂ってくる香りにお腹が鳴っている。私はパトリックのあとについて、驚くほど大きな部屋にはいる。部屋には、壁一枚分の長さがあるパイン材の食器棚が置かれている。「おばあちゃんのものだったんだ」パトリックがスロークッカーの電源を切りながら言う。「おばあちゃんが亡くなったあとは両親が使ってた。でもふたりは数年前に海外に移住しちゃったから、僕が受け継いだんだ。ばかでかいだろ？　ありとあらゆるものが詰め込んである。間違ってもドアは開けないように」

私はパトリックがキャセロールを慎重にスプーンですくって二枚のお皿に注ぐのを眺める。飛び散ったグレイビーソースをティータオルの角で拭くと、もっと大きな汚れが皿に広がる。パトリックは熱々のお皿をテーブルまで運び、ひと皿を私のまえに置く。「僕が作り方を知ってるのは、ほとんどこれだけなんだ」そしてすまなさそうに続ける。「おいしかったらいいけど」それからキャセロールをスプーンで少しすくって金属製のお皿に入れる。ほとんど同時に、ボーが小走りで台所にはいってきて、パトリックが自分のためにお皿を床に置いてくれるのを辛抱強く待つ。

「まだだぞ、相棒」パトリックはそう言うと、フォークを使って餌皿の中で肉をひっくり返して冷ましてやる。

私は笑みを隠すために下を向く。動物にどう接しているかを見れば、その人のことがよくわかるもので、パトリックには好意を抱かずにはいられない。「おいしそう」私は言う。「ありがとう」最後にだれかにこんなふうに面倒をみてもらったのは、いつのことだっただろう、もう覚えていない。料理をするのも、片づけをするのも、家事をするのも私だった。私は長い時間をかけて幸せな家庭を築こうとしてきたけれど、結局は、それは私ひとりを中に残したまま轟音(ごうおん)とともに崩れ去った。

「母のレシピなんだ」パトリックは言う。「うちに来るたびに、僕のレパートリーを増やそうとする——自分がいないと、僕も父さんみたいに、ピザとフライドポテトばかり食べると思ってるんだろうね」

私は笑う。

「秋がきたら、一緒になって四十年になるんだって」パトリックが言う。「想像できないよ。できる?」

できなかった。「結婚したことはあるの?」

パトリックの目から光が消える。「いいや。結婚するかもしれないと思ったことはあった。でも、そうはならなかった」

短い沈黙が流れる。私が理由を訊くつもりがないとわかってパトリックの顔に安堵の表情が浮かんだように見えた。

「君は?」

私は深呼吸する。「少しのあいだ、結婚してたことがあるの。でも結局、お互いに求めるものが違っていた」そしてそんな控えめな表現に思わず笑みを浮かべる。

「〈ブライン・ケディ〉ではすごく孤独だろ？ 嫌じゃないの？」

「むしろ好きなくらい。住むには美しいところだし、ボーがいるから」

「近くに家がなくて、寂しくならない？」

私は眠れない夜のことを思った。叫び声を上げながら目を覚ましても、なだめてくれる人はだれもいない。「ほとんど毎日のように、ベッサンに会っているから」私は答える。

「ベッサンが友達だと心強いよね。彼女とは、ずっとまえからの知り合いなんだ」

パトリックとベッサンはどれほど親しいのだろう。パトリックは、ベッサンとふたりで、パトリックのお父さんの許可なくお父さんのボートを勝手に借りて入り江に漕ぎ出したときの話を始める。

「数分で見つかってね。父が腕組みをして海岸に立っていて、その隣にはベッサンの親父さんが立ってるのが見えた。すごく大変なことをしてしまったってわかってたから、僕たちはボートに居座りつづけた。そして父さんたちは浜辺に立ちつづけた。もう何時間ってくらい長い時間ね」

「それでどうなったの？」

パトリックは笑った。「もちろん、僕たちが諦めたよ。岸まで漕いで戻って、自分たちの行動の報いを受けた。ベッサンのほうが僕よりだいぶ年上だから、ほとんどの責任はベッサンにあるってことにされたけど、僕も二週間、外出禁止をくらったよ」

パトリックがわざとらしくその罰を悲しむように頭を振るのを見て、私は笑う。パトリックが少年だったころが想像できる。髪の毛は今みたいにぼさぼさで、頭の中がいたずらでいっぱいで。

空のお皿が下げられ、カスタードソースのかかったアップルクランブルがたっぷりはいった深皿が運ばれた。温かいシナモンの香りによだれが溢れそうになる。私はバターたっぷりのクランブルのトッピングを避けるようにして、カスタードを口に運ぶ。そして失礼な印象を与えないようにお皿の中をスプーンでつつく。

「好みじゃない？」

「おいしいわ」私は答える。「ただ私、あまりデザートを食べないの」ダイエットの習慣はそう簡単にやめられるものではない。

「損してるよ、君」パトリックは自分の分のアップルクランブルを数口で食べ終える。「でも、僕が作ったわけじゃないんだ——職場の女の子が作ってくれて」

「ごめんなさい」

「本当に、気にしないで。少し冷ましたら、ボーが平らげてくれるよ」

ボーの耳が、自分の名前に反応してピンと立つ。

「可愛い犬だよ」パトリックは言う。「それに幸運な犬でもある」

私は同意するように頷く。でも今では、ボーが私を必要としているのと同じくらい、私もボーを必要としていた。運が良かったのは私のほうだ。パトリックは片方の肘をテーブルについて、カップのように丸めた手のひらに顎をのせ、もう片方の手でボーをなでている。リラックスしていて、満足している。秘密や苦悩のない男性。

パトリックが顔を上げて、じっと自分を見つめている私の視線に気づく。私が気まずさを覚えてそらした視線の先、台所の隅っこに、もうひとつ本棚があった。「まだ本があるの？」

「どうにも我慢できなくてね」パトリックは笑いながら答える。「そこにあるのは料理の本がほとんど。母が長年にわたって僕にくれつづけるんだ。犯罪小説も少し混ざってるけど。プロットがちゃんとしたものであれば、なんでも読むよ」

パトリックはテーブルを片づけはじめる。私は椅子に深く腰をかけてパトリックを見る。

お話をしてあげましょうか、パトリック？

ジェイコブの、それから事故のお話を。一からやり直す以外に、生きていく方法が見つけられなかったという理由で逃げ出したお話を。起こってしまった事実から解放されることが絶対にないと知りながら、毎晩、泣き叫ぶお話を。

そのお話をしましょうか？

パトリックが私の話に耳を傾けている姿が想像できる。私がブレーキの甲高い音について、ジェイコブの頭がフロントガラスを打つ音について話すにつれて、パトリックの目は大きく見開かれていく。パトリックがテーブル越しに手を伸ばしてきて、私の手を握ろうとしてくれたら。でも私は、彼に手を握らせることができない。想像の中でさえできない。理解できるよ、そう言ってほしい。これは君の責任じゃない、だれにでも起こりうることなんだ、と。でもパトリックは頭を左右に振ってテーブルから立ち上がり、私を突き放す。パトリックは嫌悪感を抱いている。拒絶。

パトリックには絶対に話せっこない。

「大丈夫?」パトリックが訝しむように私を見ている。一瞬、パトリックには私の心が読めるのかもしれないと思う。

「素敵な食事だったわ」私には選択肢がふたつある。パトリックに背を向けるか、あるいは真実を隠し通すか。パトリックに嘘はつきたくないけれど、彼がいなくなるのは耐えられない。壁の時計を見る。「もう帰らないと」私は言う。

「またシンデレラみたいに逃げちゃうの?」

「今日は違うわ」私は顔を赤らめるけれど、パトリックは笑っている。「ペンファッチ行きの最終バスが九時に来るの」

「車はないの?」

「運転が好きじゃなくて」

「送ってくよ。ワインを少し飲んだだけだから――どうってことないさ」

「自分で帰りたいの、本当に」

パトリックの目に激しい怒りの色が浮かんだのを見たような気がした。

「明日の朝、浜辺で会うのはどう？」私は言う。

パトリックはくつろいだ様子でほほ笑む。「いいね。もう一度君に会えて本当に良かった
――訪ねてきてくれて嬉しかったよ」

「私も」

パトリックが私の荷物を持ってきてくれる。私がコートを着るあいだ、私たちは狭い玄関ホールに立つ。肘を動かすスペースがほとんどないうえに、パトリックとあまりに接近しているせいで手元がぎこちなくなり、私はファスナーを上げるのに手間取る。

「ほら」パトリックが言う。「やってあげる」

私はパトリックの手がふたつの金具を丁寧に合わせてファスナーを押し上げるのをじっと見つめる。体が不安にこわばる。けれどパトリックは私の顎の手前で手を止めると、首にマフラーまで巻いてくれる。「さあ、できた。家に着いたら、連絡くれない？　僕の番号を教えるから」

私はパトリックの気づかいに戸惑う。「そうしたいんだけど、電話を持ってないの」

「携帯電話を持ってないの？」

パトリックの信じられないという表情を見て、思わず笑いそうになる。「そうなの。コテージに電話回線はあって、インターネットに使っているんだけど、電話はつないでいないの。私なら平気よ、約束する」

パトリックは私の肩に手を置くと、私が反応する間もないうちに顔を近づけてきてそっと頬にキスをする。パトリックの息が顔にかかる。私は急に不安を覚える。

「ありがとう」私は言う。その言葉が不適切だっただけでなく、いたって平凡な言葉だったにもかかわらず、パトリックは私がまるで何か特別なことを言ったかのようにほほ笑んでくれる。多くを求めてこない人と一緒にいるというのは、なんと居心地が良いのだろう。

ボーのリードをクリップで留めてから、私たちはさよならを言う。パトリックが私とボーを見ているのはわかっている。突き当たりまで来て振り返ってみると、パトリックがまだドアのところに立っているのが見えた。

17

レイが朝食のテーブルに着いていると、携帯電話が鳴った。ルーシーはガールスカウトのブラウニー部門の料理バッジを取得するべく励んでいるところだったが、彼女はそのバッジを、本来よりもはるかに重要に捉えているようだった。焦げたベーコンとゴムのように硬い卵を慎重に両親の皿に移すルーシーの口の端からは、舌の先が突き出ている。トムは友達の家に泊まりにいっていて、昼ごろまで戻らない予定だった。マグスが、トムに友達ができるというのはどんなに素晴らしいことかと話してきたとき、レイは自分もそう思うと同意したが、内心では、激しくドアを開け閉めする音や怒鳴り声から解放された家の平和を楽しんでいるだけだった。

「おいしそうじゃないか、お嬢さん」レイはポケットから携帯電話を引っ張り出して、画面をのぞいた。

それからマグスを見て言った。「仕事だ」レイは〈ファルコン作戦〉――クレストン団地の薬物事件はそう命名された――について新たなことがわかったのかもしれないと考えた。警視監はさらに一週間、レイのまえに餌をちらつかせたのち、どの仕事よりも〈ファルコン作戦〉に重点を置くようにという断固たる指示とともにようやくその餌をレイに与えた。警視監はアニバーサリー・アピールについては言及しなかった。する必要がなかった。

マグスはルーシーをちらりと見た。ルーシーは皿の上に料理を並べることに没頭していた。

「朝食は食べていって。お願い」

レイはしぶしぶ赤いボタンを押して着信を拒否した。留守番電話に転送された。そしてベーコンと卵にフォークを刺した途端、家の電話が鳴った。マグスが電話に出た。

「あら、おはよう、ケイト。緊急なの？　朝ごはんの途中なんだけど」

レイは突然、居心地が悪くなったように感じた。何かしていないと落ち着かず、携帯電話をスクロールしてメールを確認した。一瞬マグスのほうを見やると、その肩のこわばりだけで彼女が邪魔を歓迎していないことが伝わってきた。どうしてケイトは自宅に電話をかけてきたのだろう？　それも日曜日に？　レイはなんとか電話口からケイトの声を聞こうと耳を澄ました。しかし何も聞こえてこなかった。ここ数日間レイを苦しめていた、あの吐き気が戻ってきた。レイは熱意のない目でベーコンと卵をじっと見つめた。

マグスが何も言わずにレイに受話器を渡してきた。

「おはようございます」ケイトは、レイの内なる葛藤をよそにはつらつとした声で言った。

「何してます？」

「家族の時間ってとこかな。なんだ？」レイは自分に注がれているマグスの視線を感じていた。そのために自分がいつになくぶっきらぼうな対応をしていることに気づいていた。

「邪魔してごめんなさい」ケイトは素っ気なく言った。「でも明日まで待ちたくないだろうと思って」

「どうした？」

「ひき逃げ事件のアニバーサリー・アピールに反応がありました。目撃者が見つかりました」

それから三十分後、レイはすでにオフィスにいた。

「それで、何がわかった?」

ケイトは警察照会センターから届いたメールを印刷したものに目を通していた。

「ある男性からの情報で、事故が起こったのとほぼ同時刻に、常軌を逸した運転をしている赤い車に遭遇して動揺したとのことです」ケイトは言った。「男性は通報しようと思いながらも、結局していなかったようです」

レイはアドレナリンがほとばしるのを感じた。「最初に目撃情報の呼びかけを行ったときに連絡してこなかった理由は?」

「地元の人間じゃないんです」ケイトは答えた。「妹さんの誕生日のために訪れていて——日付をはっきりと覚えているのはそのためです——その日のうちにボーンマスに帰っていたので、ひき逃げ事件については何も知らなかったようです。とにかく、昨日の夜に妹さんからの電話でアニバーサリー・アピールについて聞かされたとき、ようやくすべてを理解したんだそうです」

「信用できそうな男か?」レイは訊いた。目撃者というのは予測不可能な存在だった。細部までしっかりと覚えている目撃者もいる——そうかと思えば、自分の着ている服の色を答えるのに、一度確認してからでないと答えられない、しかもそれでも間違っているような目撃者もいる。

「さあ――まだ話せていないので」

「なんで話せてないんだよ？」

「今、九時半ですよ」ケイトは言った。防衛本能から口調がきつくなっていた。「情報がはいってきたのは、ボスに電話をかけた五分ほどまえです。ボスが自分で話をしたいかと思ったんです」

「悪い」

ケイトは肩をすくめてレイの謝罪を受け流した。

「それから、電話をくれたとき、不快にさせるようなしゃべり方をしていたら謝りたい。なんだか少し、わかるだろ、落ち着かなくて」

「うまくいってます？」

含みのある質問だった。レイは頷いた。

「大丈夫だ。ただ気まずくて、それだけさ」

一瞬、ふたりの目が合った。すぐにレイが目をそらした。

「よし、じゃあ、目撃者に来てもらおう。車に関して彼が知っていることを、何もかも詳しく話してもらおう。メーカー、色、ナンバープレートの番号――運転していた人間の特定につながることならなんでもいい。この事件、もうひとチャンスありそうだな。今回はうまくやろう」

「なんの手がかりもないじゃないか！」レイは苛立ちを隠そうともせず、オフィスの窓のまえを行ったり来たりしていた。「運転手が何歳ぐらいだったかも、黒人だったのか白人だったのかもわからないなんてな――くそっ！　男だったか女だったかさえ答えられなかったじゃないか！」レイは乱暴に頭をかきむしった。そんなふうに刺激すれば、良い考えがひらめきでもするかのように。

「視界が悪かったんです」ケイトはレイに思い出させるように言った。「彼は自分の車をコントロールすることに集中していたんですよ」

レイは寛大になれる気分ではなかった。「ちょっとした雨にそれほど影響を受けるんだったら、奴は道路に出るべきじゃないな」レイはどさりと椅子に座り込むと、音を立ててコーヒーをすすった。そしてコーヒーが冷え切っていることに気づいて顔をしかめた。「近いうちに必ず、コーヒーを一杯、最後まで飲むからな」レイは不満そうにつぶやいた。

「フロントガラスにひびのある」ケイトはメモを読みながら言った。「一九九一年式のフォード・シエラ。フィエスタか、フォーカスの可能性も。少なくとも、それだけはわかりました」

「まあ、何もわからないよりはましだな」レイは言った。「始めよう。君には、ジェイコブの母親を探すことを優先してもらいたい。おれたちがこの事件でだれかを逮捕できたとして、いや、逮捕したときには、おれたちは息子さんのことを諦めたわけじゃないってことを彼女に伝えてあげたい」

「わかりました」ケイトは言った。「アピールの件で学校に電話したとき、校長先生とうまく話せました。今からもう一度電話をかけてみて、もう少し詳しく聞いてみます。だれかが母親と連絡を取っているはずですよね」

「車の件はマルコムに任せようと思う。それから、警察全国コンピュータ(PNC)でブリストル・ナンバーのフィエスタとフォーカスを照会してみる。昼をおごるよ。食べながら書類に目を通そう」

レイは、モイラが楽観的に〝パエリア〟と称して提供していた料理の残りを脇へ押しやって、目のまえの書類の山に片手をのせた。「九百四十二か」そして口笛を吹いた。

「この地域だけでその数です」ケイトは言った。「もしもこの辺りを通過していっただけの車だったとしたら？」

「少しでも数が絞れないか見てみよう」レイは印刷したリストを折りたたみ、それをケイトに渡しながら言った。「ナンバープレート(ANPR)自動認識システムで、このリストを確認してみてくれないか。ひき逃げ事件の三十分前から三十分後までってとこか。その時間帯に、このリストのうちどれだけの車が道路を走っていたかを確認して、拾っていこう」

「近づいてきましたね」ケイトは目を輝かせながら言った。「そんな気がします」

レイはにやりと笑った。「先走りすぎないようにしよう。今、ほかにどんな仕事を抱えてる？」

ケイトは指を折って仕事を数えた。「コンビニ〈ロンディス〉の強盗事件に、アジア人タクシー運転手を狙った連続暴行事件、それから交代制勤務のほうから、性的暴行の可能性のある事件が回ってきています。ああ、それから来週、二日間の〝多様性トレーニング〟を受けるんでした」

レイは鼻を鳴らした。「多様性の責任から、自分自身を解放してやったらどうだ。それから、ほかの仕事は一旦おれに回してくれ。もう一度、別の奴に振り分けるよ。君にはフルタイムでひき逃げ事件の捜査に当たってもらいたい」

「今回は、正式に？」ケイトは片方の眉を上げながら言った。

「完全に、公明正大に」レイは笑いながら答えた。「ただし、残業はほどほどにな」

18

バスがポート・エリスに着くと、パトリックがすでに私を待っていた。私たちはここ二週間、毎朝、浜辺で会っていた。午後の休みを一緒に過ごさないかとパトリックが提案してくれたとき、私は戸惑った。でもそれも一瞬だけ。一生ビクビクしながら生きていくことはできない。

「どこに行くの？」手がかりを求めて辺りを見回しながら訊く。パトリックの家は反対方向にあるし、村のパブは立ち止まらずに通り過ぎた。

「すぐにわかるよ」

私たちは村を出て、海に向かう道を下りていく。歩いていると手が触れ合う。パトリックの指が、私の指に絡まる。全身に電気が走り、私はパトリックの手に自分の手を委ねる。

私がパトリックと一緒の時間を過ごしているという噂は、驚くべき速さでペンファッチ中に広まった。昨日、村の店でイエスティンに出くわした。

「アラン・マシューズの息子と付き合ってるんだってな」イエスティンは、口元の歪んだ笑いを浮かべながら言った。「パトリックか、いい男だよ。いいのをつかんだな」私は顔が赤くなるのを感じた。

「玄関ドアはいつ見にきてもらえますか？」私は話題を変えるためにそう尋ねた。「調子が良くないんです。錠が固くて、鍵がぜんぜん回せないことがあるんです」

「そのことについて心配する必要はないさ」イエスティンは言った。「この辺りじゃ、だれも何も盗みにはいったりしない」

イエスティンが、そもそもドアに鍵をかけていることで私を変人だと思っていることを知っていたから、私は答えるまえにひと呼吸ついた。「それでもやっぱり、直してもらえると安心できるんです」

そのときイエスティンは、コテージまで来て錠を直すともう一度約束してくれた。でも昼ごろに私が家を出ようとしたとき、イエスティンが来ていた様子はうかがえず、戸締りをするのに丸十分はかかった。

道はだんだん細くなっていって、その細い道の終わりに海の波がうねるのが見える。水は灰色で容赦なく、いきり立つ波が空中に白い水しぶきを飛ばしている。カモメの群れが風に吹きつけられて入り江付近に追いやられながら、目眩がしそうなほど何度も繰り返し円を描きながら飛んでいる。私はようやくパトリックが私をどこへ連れていこうとしているのかに気づく。

「救命艇ステーション！　中にはいれるの？」

「そういうこと」パトリックは答える。「もう動物病院は見ただろう？　この場所も見てみたいかなと思ってね――どうやら僕は、診療所にいるのとほとんど同じくらい長い時間をここで過ごしてるみたいだ」

ポート・エリスの救命艇ステーションは、古くて背の低い建物で、上にそびえる監視塔がなければ、工業用の建物と見間違えそうだ。監視塔の四枚の窓は空港の管制塔を思わせる。

私たちは建物の正面にある、巨大な青い引き戸のまえを通り過ぎる。パトリックが隅のほうにある、もう少し小さなドアの横に設置されている灰色のキーボックスに暗証番号を入力する。

「さあ、来て。案内するよ」

中にはいると、汗と海の匂いがした。衣類に染みつく、ぴりっとするような独特の強い匂い。ボートハウスの大部分は、〈船舶〉と呼ばれているとパトリックが教えてくれた、明るいオレンジ色の複合艇に占拠されている。

「ハーネスラインでボートと自分の体をつないでおくんだけど」パトリックは言った。「天気が悪いときには、ボートの中にいることしかできないこともあるんだ」

私はボートハウスの中を歩き回る。ドアにいくつかの掲示物がピンで留めてある。設備リストには、毎日点検が済んでいることを示すチェックマークが丁寧につけられている。壁には、一九一六年に命を落とした三人のボランティアを追悼するプレートがかかっている。

「操舵手P・グラント、乗組員ハリー・エリスとグリン・バリー」私は声に出して読む。

「なんてひどい」

「彼らは、ガウアー半島沖で遭難した蒸気船の救助に向かっていたんだ」パトリックは私の隣に並び、私の肩に腕を回して言う。私の顔を見たに違いない、すぐにこう続ける。「今とは時代が違ったんだ――今、僕たちが持っている装備の半分も持っていなかったんだ」

パトリックは私の手を取り、ボートハウスを出て小さな部屋へと私を連れていく。そこでは青いフリースを着た男の人がコーヒーをいれていた。男の人は生涯を野外で過ごす人特有の、浅黒いなめし革のような肌をしている。

「やあ、デイヴィッド」パトリックが言う。「こちらはジェナだ」

「ロープのほどき方の手ほどきかな？」デイヴィッドはそう言いながら私に向かってウィンクする。私はそのお決まりなのであろう冗談に笑う。

「救命艇について、ちゃんと考えたことなんて今までなかった」私は言う。「そこにあるのが当然だと思ってた」

「おれたちの頑張りがなきゃ、救命艇をこの先もずっとここに置いておくことはできないんだ」デイヴィッドはスプーンに山盛りの砂糖を、濃そうなコーヒーに入れてかき混ぜながら言う。「ここの運転資金はボランティア組織の王立救命艇協会（RNLI）によって支払われてる。政府じゃないんだ。だからおれたちは常に資金集めをしなきゃならない。もちろん、ボランティア集めだってやらなきゃならない」

「デイヴィッドはここの運用管理者なんだ」パトリックが言う。「彼がこのステーションを運営してる――僕たちを管理してる」

デイヴィッドは笑った。「当たらずとも遠からず、だな」

電話が鳴る。だれもいない乗務員室で電話の音が大きく鳴り響く。デイヴィッドはひと言断って部屋を出る。数秒後、デイヴィッドが戻ってきて、フリースのファスナーを下ろしながらボート室に走っていく。

「カヌーがロッシリ湾沖で転覆した」デイヴィッドはパトリックに向かって大声で言う。「父親と息子の行方がわからなくなってる。ヘレンがグレイとアレッドに連絡したところだ」

パトリックはロッカーを開けて、もつれた黄色いゴムと赤い救命胴衣、それから紺色の防水服を引っ張り出す。「ごめん、ジェナ。行かないと」そしてジーンズとスウェットシャツの上から防水服を引っ張り上げる。「鍵を持っていって、うちで待ってて。あっという間に戻るから」パトリックの動きは素早く、私が答えるよりはやくボート室に走っていってしまう。それとちょうど同時に、ふたりの男性が準備を万端に整えた姿で引き戸を大きく開けて駆けてくる。数分後には、四人の男性が救命艇を水面に下ろし、難なくボートに飛び乗っていた。乗組員のうちのひとり――どの人かは、はっきりわからない――が紐を引いて船外機を始動させる。ボートは浜辺から飛び出し、荒い波の上を跳ねていく。

私はその場に立ち、オレンジ色の点がだんだん小さくなっていき、やがて灰色の波に飲み込まれてしまうのを眺める。

「速いでしょ？」

振り返ると、ひとりの女の人が乗務員室のドアに寄りかかっていた。五十歳は優に超えているのだろう、黒い髪の毛に白髪が混じっている。柄物のブラウスを着ていて、片方の胸元にRNLIのバッジをつけている。

「ヘレンよ」女の人は言う。「私の仕事は、電話を受けたり、ここを見にきた人を案内したり、そんなところかしら。パトリックの彼女ね」

私はその打ち解けた態度に顔を赤らめる。「ジェナです。あんまり速くて目が回っています。出発するまでに、十五分もかかってないんじゃないかな」

「十二分と三十五秒」ヘレンはそう言いながら、明らかに驚いている私を見てにこりと笑う。「すべての救助要請と、レスポンスタイム（通報を受けてから現場に到着するまでの時間）を記録しておかなくちゃならないの。ボランティア全員が、ここから数分圏内に住んでいるわ。グレイはこの通りの先に住んでいるし、アレッドは目抜き通りで肉屋をやっているの」

「アレッドさんが呼び出されたら、お店はどうなるんですか？」

「店のドアに看板を下げるの。この辺の人たちはわかってるからね――もう二十年もやってるんだもの」

私は向き直って海を見る。ボートはもう一艘も見えない。遠くのほうに、巨大な船が一隻、見えているだけ。重たい雲が低く垂れ込め、水平線を消し去っていた。空と海がひとつの大きな灰色の渦と化していた。

「みんな無事戻ってくる」ヘレンが静かに言う。「心配するのをやめることなんてできないけど、あなたもそのうち慣れるわ」

私は不思議に思ってヘレンを見る。

「デイヴィッドは私の夫なの」ヘレンが説明してくれる。「退職したあと、夫は家よりもこのステーションで過ごす時間のほうが長くなったの。それで思ったの。勝てないんだったら、加わっちゃおうって。最初はね、要請を受けて出ていってしまう夫を見るのがすごく嫌だった。家で行ってらっしゃいって見送るのと、実際に彼らがボートに乗り込むのを見るのは別物だった……それに今みたいな天気になるとね――ほら……」そしてぶるっと身震いする。

「でも戻ってくるの。いつだって戻ってくる……」

ヘレンは私の腕に手を置く。年上の女性の思いやりに感謝した。

「気づくことができるんじゃないですか？」私は言う。「どれほど……」そこで私は口をつぐむ。自分の心の内だけでさえ、認めるのが怖くて。

「どれほど戻ってきてほしいと願っているかってことに？」ヘレンはそっとつぶやく。

私は頷く。「はい」

「ステーションの残りの場所も案内しましょうか？」

「ありがとう、でもやめておきます」私は答える。「パトリックの家に戻って、帰ってくるのを待とうかな」

「いい奴よ」

ヘレンは正しいのだろうか。どうして〝いい奴〟だとわかるのだろう。私は丘を登りながら、二、三歩ごとに振り返る。オレンジ色のボートが見えることを願って。でも何も見えない。不安で胃が痛む。何か良くないことが起きる。私にはわかる。

パトリックの家にひとりでいるのは妙な感じがする。二階に行って部屋を見て回りたいという誘惑と戦う。何かすることを求めて、ラジオをつけて地元の放送局に合わせる。そしてシンクに高く積み上がっているお皿を洗うことにする。

「ロッシリ湾から一・五キロほど離れたところでカヌーが転覆し、乗っていた男性と、その息子で十代の少年が行方不明になっています」

ラジオに雑音が入って音が割れる。チューニングを回して、もっとうまく電波を受信できる位置を探す。

「地元住民の通報により、ポート・エリスの救命艇が出動していますが、これまでのところ、行方不明になっているふたりの救助はまだできていないとのことです。このニュースについては、のちほど改めてお伝えします」

風が木々を激しく打ちつけ、木々はふたつに折れんばかりだ。家からは海が見えない。その事実を喜ぶべきなのだろうか。あるいは、救命艇ステーションまで歩いていって、あの小さなオレンジ色の点が見えるのを待ちたいという衝動に屈するべきなのだろうか。

食器を洗い終え、ティータオルで手を拭きながら台所を歩き回る。食器棚には書類が高く積まれていて、そのだらしなさがなぜだか私を落ち着かせる。食器棚の扉に手をかけると、頭の中でパトリックの声が聞こえてきた。

間違ってもドアは開けないように。

そこにしまってある、パトリックが私に見られたくないものとは一体なんなのだろう？　パトリックが今にでもはいってくるんじゃないかという気がして、後ろを振り返る。それからためらうことなく扉を開ける。途端に何かが落ちてきて、私ははっと息をのみながらとっさに手を出し、花瓶をつかむ。タイル張りの床に落ちて粉々になってしまうのを防ぐことができた。その花瓶を無秩序に置かれたガラスの食器のあいだに戻す。食器棚の中から、重ねてしまってあるリネン布の、かび臭いラベンダーの香りがかすかに漂ってくる。邪悪なものなど何もない。ただ思い出のコレクションが詰まっているだけ。

扉を閉めようとしたとき、テーブルクロスの山のあいだから飛び出している、銀色のフォトフレームの縁が見えた。私はそれをそっと引き抜く。そこにはパトリックが写っている。写真の中のパトリックは、きれいに並んだ白い歯をした、短いブロンドの髪の女性に腕を回している。ふたりは、カメラに向かってではなく、互いの顔を見ながら笑っている。この女性はだれなんだろう？　どうしてパトリックはこの写真を隠していたんだろう？　パトリックが結婚を考えたと言っていたのは、この人のことなんだろうか？　私は写真がいつ撮られたものかがわかる手がかりを探しながら、写真をじっと見る。パトリックは今と変わらないように見える。この女の人はパトリックにとって過去の人なのだろうか。それとも、今でもパトリックにとって大切な人なのだろうか。秘密を持っているのは、私だけではないのかもしれない。私はフォトフレームをテーブルクロスのあいだにしまい、食器棚の中のものを最初に見たとおりに戻して、扉を閉める。

私は台所を行ったり来たりする。落ち着かない状態でいることに嫌気がさしてきて、紅茶をいれる。そしてテーブルに着いてそれを飲む。

雨が刺すように顔に叩きつけてくる。目がかすみ、影のような輪郭だけが視界に広がっている。風の音でエンジン音がほとんど聞こえない。それでも、あの子がボンネットにぶつかる音、アスファルトの上に叩きつけられる音は聞こえてくる。

そして突然、気がつく。目に溜まっている水は、雨ではなく、海水だ。聞こえているのは、車のではなく、救命艇のエンジン音だ。叫び声は私のものだけれど、私を見上げるその顔――束になった濡れたまつ毛が、深いプールのようなふたつの目を取り囲んでいる――は、ジェイコブの顔ではなく、パトリックの顔だ。

「ごめんなさい」そうつぶやく。でも実際に声に出して言っているのかはわからない。「そんなつもりは――」

だれかの手が私の肩を揺さぶり、強引に眠りから引き離そうとしている。戸惑いながら、組んだ腕から顔を上げる。四角い木のテーブルの表面は、私の吐く息でまだ温かい。台所の冷たい空気が顔を打つ。電気の強烈な光に目を細め、腕で顔を隠す。

「やめて！」

「ジェナ、起きて。ジェナ、夢を見てるんだよ」

ゆっくりと腕を下ろして目を開けると、そこにパトリックがいて、私の椅子のまえでひざまずいていた。口を開けてみるけれど、しゃべることができない。悪夢のせいで気分が悪く、パトリックがそこにいてくれる安心感に圧倒されている。

「なんの夢を見ていたの？」

私は言葉をつなぎ合わせる。「私は、その――よくわからない。怖かったの」

「もう怖がらなくていいよ」パトリックはそう言いながら、私のこめかみに張りついた湿った髪の毛をなでつけ、両手で私の顔を包む。「ここにいるよ」

パトリックの顔は真っ青で、髪の毛は雨に濡れ、まつ毛にも滴(しずく)がついている。いつもは光に溢れているパトリックの目が、今は空虚で、暗い色をしている。パトリックは打ちひしがれているように見えた。その理由を考えることなく、私は身を乗り出してパトリックの唇にキスをする。パトリックは両手で私の顔を包んで、情熱的にそれに応える。それから急にその手を離して、自分の額を私の額にくっつける。

「捜索を打ち切ったんだ」

「打ち切った？ ふたりはまだ行方不明のままっていうこと？」

パトリックは頷く。感情の重さが目に溢れるのがわかった。パトリックは膝を折ったまま、踵の上にどっしりと腰を下ろす。「夜明けがきたらまた海に出る」パトリックは抑揚のない調子で言う。「でも、もう、だれも気づかないふりはできない」それから目を閉じ、私の膝に頭をのせて、手放しで泣いた。多くの警告をよそに自信満々にカヌーを出した父親と、その十代の息子のために、泣いた。

私はパトリックの髪をなで、自分の涙がこぼれ落ちるに任せる。私は、海でひとりぼっちでいる少年を思って泣いた。少年の母親を思って泣いた。夜毎私を襲う夢を、ジェイコブを、愛しい息子を思って、泣いた。

19

遺体が打ち上げられたのは、クリスマスイヴの日、パトリックとほかの乗組員たちが捜索をやめてから何日も経ってからのことだった。私は無邪気にも、いなくなったふたりはいずれ一緒に見つかるだろうと思っていた。潮の流れは完全に予測不可能であるという事実に、そろそろ私も気づいていいころだ。最初に息子が流れ着いた。さざ波の立つ海が、ロッシリ湾に彼の体をそっと運んだ。海はあまりに穏やかで、そこから一キロ以上離れた海岸に流れ着いた父親の体に無残な傷を負わせた犯人であるとはとても思えないほどだった。

連絡を受けたとき、私たちは浜辺にいた。パトリックが険しい表情で歯を食いしばっているのを見れば、それが良い知らせでないことはわかった。パトリックは私を守ろうとするかのように、私から少し離れた所に立ち、海を見つめながら静かにディヴィッドの話を聞いていた。電話が終わってからもパトリックはその場に立ち尽くし、答えを求めるかのように水平線をじっと見つめていた。私はパトリックのそばに行き、その腕に触れる。パトリックは驚いて跳び上がる。まるで私がそこにいることをすっかり忘れていたみたいに。

「ごめんなさい」適当な言葉を必死で探して、私は言う。

「ある女の子と付き合っていたんだ」パトリックは海を眺めながら話しはじめる。「大学で出会って、リーズで一緒に住んでいた」

パトリックが何を話そうとしているのかわからないけれど、私はじっと耳を傾ける。

「僕がここに戻ってきたとき、彼女も一緒に連れてきた。本当は、彼女はここに来たくはなかったんだ。でも僕たちは離れているのが嫌で、それで彼女が仕事を辞めて、僕と一緒にポート・エリスに来てくれて、一緒に住むようになった」

私は自分が邪魔者であるかのような居心地の悪さを感じる。もうやめて、そんな話を私にしてくれなくていい、そう伝えたかった。でもパトリックは話すのをやめることができないようだった。

「真夏のある日、僕たちは口論をした。いつもと同じ喧嘩だった。彼女はリーズに戻りたいと言っていて、僕はここに残って診療所を立ち上げたいと言った。彼女は怒って出ていって、サーフィンをしに海岸に行った。でも離岸流に巻き込まれて、二度と戻ってこなかった」

「そんな、パトリック」喉の奥が苦しくなる。「そんなひどいことって」

パトリックはようやく私のほうを見て言った。「次の日、彼女のサーフボードが打ち上げられた。でも僕たちには彼女の体が見つけられなかった」

「〝僕たち〟って」私は言う。「あなたも探しに出たの？」それがどれほど辛いことだったか、私には想像もできない。

パトリックは肩をすくめる。「みんな探しに出たんだ。それが仕事だからね」

「そうかもしれないけど……」私は言葉に詰まる。パトリックが彼女を探しにいったのは当然のこと――探さないわけがあるだろうか？

私はパトリックを抱きしめる。パトリックは私に寄りかかり、私の首に顔を埋める。パトリックの人生は完璧だと思い込んでいた。パトリックが見せている、愉快でおおらかな人格が、彼のすべてだと思い込んでいた。でも、パトリックが戦っている亡霊は、私の亡霊と同じくらいに生々しい。私は今、人生で初めて、私が相手を必要とするのと同じくらい私を必要としている人と一緒にいる。

私たちはゆっくり歩いてコテージに向かう。パトリックは、車から取ってくるものがあるからコテージで待っているように私に告げる。

「なんなの？」私は興味津々で訊く。

「すぐにわかるよ」パトリックの目に輝きが戻っていた。人生におけるそれほどまでに深い悲しみに対処しうるパトリックの能力に私は驚く。過ぎ去った歳月がパトリックに強さを与えたのだろうか。いつの日か、私も同じようにそんな強さを身につけたい。

　戻ってきたパトリックは、何気ない様子で、肩にクリスマスツリーを担いでいた。昔はクリスマスの日がどれほど楽しみだったか、そんなことが思い起こされて、悲しみで胸がぎゅっと痛む。子どものころ、イヴと私は儀式のような厳格なルールに従ってツリーの飾りつけをした。最初にライト、次にティンセル、それから飾り玉（ボーブル）を厳か（おごそ）かに配置して、最後に、ツリーのてっぺんでぐらぐらと動く、使い古されてぼろぼろの天使をのせる。自分の子どもたちと今でもこの伝統に従っているイヴを想像する。

　この家にクリスマスツリーは欲しくない。クリスマスの飾りつけは子どものためのものだし、家族のためのものだ。でもパトリックはどうしてもと言う。「もう持っては帰れないよ」そしてツリーを引っ張りながらドアをくぐり、松葉で床に傷をつける。それから天然の木でできたスタンドにツリーを乗せ、真っすぐ立っているかどうか確認する。「それに、クリスマスだからね。ツリーがなくちゃ」

「でも飾るものを何も持ってないの！」私は抗議する。

「バッグの中を見てみて」

パトリックの濃紺色のリュックを開けると、そこにぼろぼろの靴箱がはいっていて、蓋が分厚いゴム紐で留められていた。蓋を開けてみると、そこに一ダースの赤いボーブルがある。古くなって、ガラスにひびがはいっている。

「わあ」私はささやく。「すごくきれい」ボーブルをひとつ持ち上げてみると、その玉は私の顔を映しながら、何度も、何度も、回転する。

「おばあちゃんのものだったんだ。彼女の古い食器棚にはなんでもしまってあるって言ったろ？」

私はパトリックの家で食器棚を探り、パトリックと女の人が写っている写真を見つけたことを思い出して顔を赤らめる。今思えば、あの女の人が海で溺死した人なのだろう。

「素敵だわ。ありがとう」

私たちは一緒にツリーに飾りをつける。パトリックは小さな電球のたくさんついたストリングライトを持ってきていて、私は枝のあいだにかけるリボンを見つけた。ボーブルは十二個しかないけれど、玉が互いに光を反射し合って、まるで流れ星のようだ。私は今この瞬間の幸せを永遠に保存しておけたらと願いながら、松の木の香りを吸い込む。

ツリーの飾りつけが終わると、私はパトリックの肩に頭をもたせかけて座る。そしてガラスに反射した光が、踊りながら壁に模様を描くのを眺める。パトリックは、私の手首の肌が露出しているところを、円を描くように指でなぞる。もう何年も感じていなかった安らぎを感じる。顔を上げてパトリックにキスをする。私の舌がパトリックの舌を見つける。目を開けると、パトリックの目も開いていた。

「二階に行こう」私はささやく。自分がどうして今、この瞬間に、それが欲しくなったのかわからない。でもパトリックと一緒にいることを、体が求めている。

「本当にいいの？」パトリックは少し体を引いて、私の目を真っすぐに見つめてくる。

私は頷く。確信がない。よくわからない。でも確かめてみたい。何か違っているか、知っておく必要がある。

パトリックは私の髪に手を走らせながら、私の首に、頬に、そして唇にキスをする。それから立ち上がり、私の手を取ってゆっくりと階段のほうへと私を導く。そのあいだもずっと、親指で私の手のひらをさすりながら。ほんの一瞬でさえ私をなでるのをやめたくないとでもいうように。狭い階段を上る私の後ろから、パトリックが両手をそっと私の腰に添えてついてくる。心臓の高鳴りを感じる。

暖炉からも、台所の温もりからも離れていて、寝室は寒い。でも私の身を震わせるのは、気温ではなく、予感だ。パトリックはベッドに座り、優しく私を引き寄せて、自分の隣に横たわらせる。そして私の顔にかかる髪の毛を後ろになでつけ、その指を私の耳の後ろに、そして首に走らせていく。神経が高ぶる。自分がどれほど刺激に乏しく、退屈で、積極性に欠けるかを思った。そのことに気づいたあとでも、パトリックは私と一緒にいたいと思ってくれるだろうか。それでも今、私はパトリックをひどく求めている。腹部に渦巻くこの欲望はまったく未知のもので、だからこそ余計に興奮が高まる。私はパトリックに体を近づける。あまりに近づきすぎて、もう吐き出される息がどちらのものかもわからない。触れるぎりぎりまで唇を近づけながらキスをせず、唇を触れ合わせながら味わうことなく、そんなふうにして私たちは、一分間、横たわったままでいる。パトリックが、私から決して視線をそらさないようにしながら、ゆっくりと私のシャツを脱がせていく。

これ以上、我慢ができない。私はボタンを外してジーンズを下に押しやり、見境のない性急さで蹴って脱ぐ。そしてぎこちない手つきでパトリックのシャツのボタンを外す。私たちは激しいキスをしながら服を脱ぎ捨て、パトリックは裸に、そして私はTシャツとパンツだけになる。パトリックが私のTシャツの裾をつかむ。私は小さく頭を振る。

一瞬、間ができる。私はパトリックが構わず押し切るだろうと思っていた。しかしパトリックは少しのあいだ私の目をじっと見つめ、それから頭を下げて、柔らかい綿の上から私の胸にキスをする。パトリックが下へ動くにつれて、私は体をのけぞらせ、パトリックの唇の感触に身を委ねる。

パトリックが手を伸ばして枕元の照明を消そうとしているのを見たというより感じたとき、私は眠りに落ちそうになっていた。

「つけておいて」私は言う。「お願い」パトリックはわけを訊かない。その代わりに、両腕で私を包み込んで額にキスをしてくれる。

目が覚めてすぐに、何かが違うと感じた。眠りから覚めたばかりで頭がぼーっとしていて、何が違っているのかすぐにはわからない。自分の隣に重みを感じるのは妙な気がしたものの、違和感の正体は、だれかと一緒にベッドで横になっているという事実ではない。本当に眠ることができたという実感こそが、違和感の正体だった。顔がほころび、ゆっくりと笑みが広がる。自然に目覚めることができた。叫び声で夢から引きずり出されることもなく、キーッというブレーキ音も、頭がガラスを打ちつける音も聞こえなかった。一年以上ぶりに、事故の夢を見ない夜を過ごした。

起きてコーヒーをいれようかと考えてはみたものの、ベッドの温もりに誘われて、もう一度布団の中に潜り込む。そしてパトリックの裸の体を抱きしめる。パトリックの体の側面を、下に向かって手を滑らせていく。お腹の硬さとももの強さを感じる。両脚のあいだが渦巻くような感覚を覚えて、触れられることを欲して疼く自分自身の体の反応にまた驚く。パトリックの体がわずかに動く。パトリックは目を閉じたまま、少しだけ顎を上げて私にほほ笑む。

「ハッピークリスマス」

「コーヒー飲む?」私はパトリックの肩にキスをする。

「あとでね」パトリックはそう言って、私を布団の中に引きずり込む。

私たちは昼までそうしてベッドにいた。お互いの体を楽しんだり、甘くてべたべたするカシスジャムをつけた、柔らかいロールパンを食べたりしながら。パトリックはコーヒーのお代わりを取りに階下(した)に行く。そして昨晩クリスマスツリーの下に丁寧に並べたプレゼントを持って戻ってきた。

「コート!」私はパトリックから手渡された、柔らかそうで、下手(へた)くそな包装が施されたプレゼントの包み紙を破りながら大声を上げる。

「あんまりロマンチックじゃないけど」パトリックは決まり悪そうに言う。「どんな天気だって浜辺に行くんだから、あの古くてくたびれたレインコートをいつまでも着ているわけにはいかないだろう。凍えちゃうよ」

私はすぐに袖を通してみる。厚みがあって暖かく、防水だ。それに深さのあるポケットに、フードもついている。コテージに越してきたときに玄関ポーチにかかっていて、今でもずっと着させてもらっているコートに比べると、百万倍もいい。

「私を温めてくれて、水から守ってくれるなんて、最高にロマンチックだと思うけど」私はそう言ってパトリックにキスをする。「すごく気に入った。ありがとう」

「ポケットの中にもあるから」パトリックが言う。「プレゼントってほどのものじゃないけど——君に必要なものかなと思って」

私はポケットに手を入れて、携帯電話を取り出す。

「使わないまま家に置いてあった古い電話なんだ。おしゃれなものじゃないけど、まだ使える——これがあれば、電話をかけるたびにわざわざキャラバンパークまで行かなくてもよくなるしね」

私が電話をかける相手はパトリックしかいないと言おうとして、それこそがパトリックの言わんとしていることなのかもしれないと気づく。私と連絡が取れない状況が嫌なのかもしれない。そのことについてどんなふうに感じるべきか、よくわからない。でも私はパトリックにお礼を言って、常に電源を入れておく必要はないのだからと自分に言い聞かせる。

それからパトリックはふたつ目のプレゼントを渡してくれる。深い紫色の包装紙できれいに包まれていて、リボンもついている。「こっちは自分で包装してないんだ」パトリックは必要もないのにそう告白する。

丁寧に包装紙を広げると、細長い箱が出てくる。私はその箱にふさわしいと思われる敬意を示しながらそれを開ける。中には、貝殻の形をした真珠母貝（マザー・オブ・パール）でできたブローチがはいっている。光を受けたブローチは、表面を玉虫色にちらちらと輝かせている。

「ああ、パトリック」私は圧倒される。「美しいわ」そしてそのブローチを新しいコートに留める。私は自分の用意したものを恥ずかしく思いながら、パトリックのために描いた鉛筆画を差し出す。それはポート・エリスの海岸を、救命艇を――出ていくのではなく、無事に海岸に戻ってくる救命艇を――描いたものだった。

「すごく才能があるよ、ジェナ」パトリックはよく見えるように、額にはいった絵を持ち上げながら言う。「こんな海辺にいたんじゃもったいない。個展を開くべきだよ――そして名前を世に広めるんだ」

「無理よ」私はそう言うけれど、理由には触れない。代わりに、散歩に出ようと提案する。新しいコートを試してみるために。それからボーを海岸に連れていってあげるために。

海岸は人気(ひとけ)がなく、潮は引ける限り遠くに引いていて、広大な白い砂浜だけが一面に広がっている。雪を含んだ雲が崖の上空に重く垂れ込めていて、海の深い青色を背景に、より白く見えている。カモメの群れが頭上を旋回していて、その悲しげな鳴き声が静けさの中で響いている。波がリズミカルに砂浜を打ちつけている。

「足跡を残すのももったいないくらい」歩きながら、私はパトリックの手を握る。カメラを持ってこなかったのは今回が初めてだ。私たちは海の中にはいっていき、凍えるように冷たい海の泡がブーツの先を覆うに任せる。

「母はよく、クリスマスの日に海で泳いでいた」パトリックは言う。「そのことで父と喧嘩してたよ。父は、潮の流れがどれほど危険になるかを知っていたから、母に、無責任なことをするなって怒ってた。でも母は、プレゼントをすべて開け終わるとすぐに、タオルを持って泳ぎにいっちゃうんだ。家族はみんなそれを面白がって、そばで眺めながら母を応援するんだ」

「変なの」私は海で溺れた女性のことを考えていた。パトリックはどうしてそんな悲劇があったあとでも海の近くにいられるのだろう。ボーが波に向かって突進して、海水が押し寄せるたびに嚙みつこうと顎を動かしている。

「君は？」パトリックが訊く。「家族のおかしな伝統はない？」

私は少し考えてみる。子どものころ、どれほど興奮してクリスマス休暇を迎えたかを思い出すと、思わず笑みがこぼれる。「そういうのはないけど」ようやく私は話し出す。「家族で迎えるクリスマスがすごく好きだったな。うちの両親は、十月からクリスマスの準備を始めていたの。食器棚とか、ベッドの下とかに、わくわくするようなプレゼントが隠されて、家中がプレゼントでいっぱいになるの。父が家を出てからも同じようにやったけど、まったくの別物になっちゃった」

「お父さんを探そうとしたことはあるの？」パトリックが、私の手を握る手に力を込める。

「うん。大学生のときに。お父さんを見つけ出して、新しい家族がいることがわかった。手紙を書いたけど、過去は過去のままにしておくのが一番いいっていう返事がきた。胸が張り裂けるようだった」

「それはひどいな」

私は気にしていないように装って肩をすくめる。

「お姉さんとは仲がいいの？」

「まえはね」私は石を拾い、水面に向かってそれを投げて跳ねさせようとする。でも波が速すぎる。「父が出ていったあと、イヴは母に味方したの。私は父を捨てたことで母にひどく腹を立てていた。それでも私とイヴはお互いのことを気にかけていた。でも、もう何年も会ってない。何週間かまえにイヴにカードを送ったけど、イヴがそれを受け取ったかどうかはわからない——イヴが今も同じところに住んでいるのかさえわからないから」

「喧嘩したの？」

私は頷く。「イヴは私の夫を嫌っていたの」このことを口に出すなんて、軽はずみだったかもしれない。恐怖で肩に震えが走る。

「君は好きだったの？」

おかしな質問だ。私は話すのをやめて、考える。あまりにも長いことイアンを憎んでいた。恐れていた。「好きだったこともあった」ようやく、私は答える。イアンがどれほど魅力的だったかを思い出してみる。不器用で失敗ばかりで、低俗なユーモアしか持ち合わせていない男子学生たちと、どれほど違って見えたかを。

「離婚したのはいつごろなの？」

私はパトリックの間違いを指摘しない。「ずっとまえ」私は片手いっぱいに石をつかみ、ひとつずつ海に投げていく。愛されている、大切にされている、そう感じられなくなってからこれまでの年数を数えるように。「ときどき、彼は戻ってくるんじゃないかと思ったりするの」私は小さく笑ったけれど、その台詞は自分自身にさえ空虚に響いた。パトリックは気づかうように私を見つめる。

「子どもはいなかったの？」

私は腰を屈（かが）めて小石を探すふりをして言う。「彼は欲しがってなかったから」煎じ詰めて言えば、それは事実とかけ離れているというわけではなかった。イアンは息子と一切関わりを持とうとしなかった。

パトリックが私の肩に腕を回す。「ごめん。質問しすぎたね」

「いいの」その言葉に嘘はなかった。パトリックといると安心できる。私たちはゆっくりと浜辺を歩く。足元は氷のせいで滑りやすく、私は自分を包み込むパトリックの腕をありがたく感じる。パトリックには、思っていた以上に多くのことを話してしまった。でも、すべてを話すわけにはいかない。すべて話してしまえば、パトリックはいなくなるだろう。そして私が転落していくのを止める人は、だれもいなくなるだろう。

20

レイは楽観的な気分で目を覚ました。クリスマス休暇を終えたばかりだった。休暇中、二度ほどオフィスに立ち寄って仕事を家に持って帰ったことはあったものの、どう考えても休みを取ったのは正解だった。ケイトに任せたひき逃げ事件の捜査の進捗状況が気になった。九百台ほどリストアップされた、ブリストル・ナンバーの赤いフォードのフォーカスかフィエスタのうち、ANPRに検知されたのはわずか四十台あまりだった。画像は九十日後に削除されていたものの、登録番号のリストが残っていた。ケイトはすべての車の登録所有者を割り出して、ひき逃げ事件があった日の彼らの動きを確認しようとしていて、ここ四、五週間、猛烈な勢いでこの作業を進めていた。しかし結果はなかなかついてこなかった。正式な事務処理が行われないまま売却される車もあれば、転居先の住所を残さずに引っ越す登録所有者もいる――それを考慮すれば、ケイトがこれまでにリストから除外できた数はおどろくほど多いと言えた。一年のうちのこの時期だったことを考えればなおのこと。クリスマスの祝日が終わった今こそ、突破口が期待できるはずだった。

レイはトムの寝室のドアから顔を出した。山になった布団の下から、トムの頭のてっぺんだけが見えていた。レイはそっとドアを閉じた。レイの新年の楽観的な気分は、息子のところまでは届いていないらしかった。トムの態度は悪くなる一方で、校長から正式な警告が二度出されていた。次に警告が出されれば停学ということになっていたが、レイには、すでに出席日数よりもサボった日数のほうが多く、学校に行くこと自体を明らかに嫌っている生徒に対して取るには、それはなんともばかげた制裁に思えた。

「ルーシーはまだ寝てるの？」レイが台所に行くと、先にいたマグスが訊いた。

「ふたりとも」

「今夜は早く寝させないと」マグスは言った。「あと三日で学校が始まるんだから」

「きれいなシャツってあったかな？」

「どれも洗ってないってこと？」マグスはそう言って家事室(ユーティリティルーム)に姿を消し、アイロンをかけたシャツの山を腕にかけて戻ってきた。「だれかさんがいい仕事したわ。今晩、ご近所さんと飲みに行くから忘れないでね」

レイは不満げにうなった。「行かなきゃならないのか？」

「そうね」マグスはレイにシャツを手渡した。

「年明け二日目に近所の集まりなんて、だれがやるんだよ？」レイは言った。「こんな時期にパーティなんて、どうかしてる」

「エマが、クリスマスから新年を迎えるまではみんなすごく忙しいだろうからって。祝祭が終わったところで景気づけの一杯になるだろうって」

「ならないね」レイは言った。「クソ面倒なイベントでしかない。いつだってそうだ。奴らがおれに話したがることといったら、制限速度三十キロのところで三十七キロ出したら捕まった、学校の近くでもないのに、こんなのは法を歪曲した茶番でしかない、ってことだけなんだ。結局はひどい警察バッシングに転じるのさ」

「話題を見つけようとしているだけよ、レイ」マグスは気持ちを抑えながら言った。「みんながあなたと過ごす時間って、そんなにないから――」

「至極真っ当な理由があるからね」

「――だから、あなたと話すことっていったら、あなたの仕事のことしかないのよ。そんなにきつくあたらないであげて。そんなに嫌だったら、話題を変えたらいいじゃない。世間話でもしたら」

「世間話なんて大嫌いだね」

「そう」マグスは不必要なまでに力を込めてフライパンをカウンターに叩きつけた。「だったら来なくていいわ、レイ。実際、そんな不機嫌な態度で参加するくらいなら、最初から来ないほうがあなたのためだし」

自分を子どものように扱って話すのはやめてもらいたかった。「行かないなんて言ってないだろ。ただ、退屈だろうなって言っただけだよ」

マグスは振り返ってレイと向き合った。マグスの顔からは苛立ちの表情が薄れ、代わりに落胆の表情が浮かんでいた。「人生って、刺激的なことばかりじゃないのよ、レイ」

「新年おめでとう、おふたりさん」レイはＣＩＤのオフィスにはいっていき、スタンピーの机にクオリティ・ストリートの缶を投げるように置いた。「クリスマスと正月に仕事をしてもらった埋め合わせになるかなと思って」祝日のあいだ、オフィスは必要最小限の人員で稼働することになっていて、今回はスタンピーが貧乏くじを引いていた。

「元日の午前七時からの勤務を埋め合わせるのに、チョコレート菓子ひと箱じゃ足りないね」

レイはにやりと笑った。「どっちみち、深夜のパーティに参加するには歳を取りすぎてるじゃないか、スタンピー。マグスもおれも、大晦日の夜は真夜中を待たずに寝ちゃってたよ」

「私はまだ疲れが残ってる気がします」ケイトがあくびをしながら言った。

「いいパーティだったか？」レイは訊いた。

「覚えている限りは」ケイトは笑った。レイはうらやましさが込み上げるのを感じた。ケイトのパーティでは、スピード違反やらポイ捨てやらといった、くだらない会話が展開されることはないのだろう。そんな会話こそが、その晩レイを待ち受けているものだったが。

「今日はどんな仕事が待ってる？」

「いいニュースがありますよ」ケイトが言った。「車のナンバーがわかりました」

レイの顔がほころんだ。「ようやくだな。それが正しいって確信は？」

「かなりあります。ひき逃げ事件のあと、その車両は一度もANPRに検知されていません。道路税の期限が切れているにもかかわらず、車の未使用を宣言するSORNへの申請もなされていません。車両はすでに捨てられたか、燃やされたかしているんじゃないかと。登録されている住所は、ビューフォート・クレセント、ジェイコブがひかれた場所から八キロほど離れたところになっています。昨日、スタンピーと私で行ってきましたが、家は空っぽでした。賃貸物件のようなので、スタンピーが今日にでも土地登記所に連絡して、家主が住人の転居先の住所を知っているかどうか確認する予定です」

「でも名前はわかってるんだろ？」レイは湧き上がる興奮を抑えることができなかった。

「名前はわかっています」ケイトはにやりと笑った。「警察全国コンピュータ（PNC）になんの記録もありませんし、有権者登録もされていません。ネット上でも何も見つかりませんでした。でも今日はやりますよ。公共事業会社に、データ保護の権利を放棄してもらいました。クリスマスも終わったので、そろそろ電話がかかってくるころでしょう」

「ジェイコブの母親についても進展があったよ」スタンピーが言った。

「素晴らしいね」レイは言った。「おれは有給休暇をもっと頻繁に取ったほうが良さそうだな。母親と話は?」

「電話番号がないんだ」スタンピーが言った。「ケイトがようやく、母親を知っていたセント・メリーズの臨時教師に連絡をつけることができた。どうやら、事故のあとジェイコブの母親はだれもが自分を責めていると感じていたらしい。彼女は罪悪感に苛まれていたうえに、運転手が罰を受けずに済まされている事実に憤慨していたようで……」

「〝罰を受けずに済まされている〟?」レイは言った。「おれたち警察は、何もしないでくつろいでたか?」

「聞いたことを繰り返してるだけさ」スタンピーは言った。「とにかく、彼女はすべての関係を断ち切って、再出発するためにブリストルを去った」スタンピーはそう言いながらファイルを指で叩いた。そのファイルは、レイが最後に見たときからさらに数センチ分厚くなっているように見えた。「地元警察からのメールを待っているところだが、今日中に住所がわかるはずだよ」

「よくやった。法廷で争う場合に備えて、母親を味方につけておくのはとても重要なことだ。反警察的な何者かが、検挙に一年以上もかかっているのはどういうわけかって新聞なんかにまくし立てるのだけは避けたいからな」

ケイトの電話が鳴った。

「CID、エヴァンス巡査です」

レイが体の向きを変えて自分のオフィスに向かおうとしたそのとき、ケイトはレイとスタンピーに向かって大きく手を振ってきた。

「すごい！」ケイトは電話に向かって言った。「本当に感謝します」

そして自分の机の上に置かれたA4のレポート用紙に、ものすごい勢いで殴り書きをした。

数秒後に電話を切ったあとも、ケイトの顔はほころんだままだった。

「運転手の居場所がつかめました」ケイトはそう言いながら、メモを書き込んだ紙の端を誇らしげにひらひらと振った。

スタンピーの顔にも珍しく笑みが浮かんだ。

「ブリティッシュ・テレコムからでした」ケイトは椅子の上で上下に跳ねるようにしながら言った。「個人データへのアクセス権限を解除して、電話帳に掲載されていない登録者を調べてもらった結果、住所が特定できたんです！」

「どこなんだ？」

ケイトはレポート用紙の一番上のページを破ってスタンピーに渡した。

「お見事だ」レイは言った。「早速、向かおう」そして壁にかかっている金属製のキャビネットから車の鍵の束をふたつつかみ取ると、ひとつをスタンピーに投げた。スタンピーは巧みにそれを受け取った。「スタンピー、ジェイコブの母親に関する情報をまとめたファイルを持っていってくれ。地元の警察署に行って、電話を待ってはいられないと伝えるんだ——

今すぐに彼女の住所が必要だ。母親を見つけるまで戻ってくるなよ。そして見つけたら、だれも罰を受けずに済まされてなんていないと、確実に彼女に伝えておくように――警察は、ジェイコブを死に追いやった人間に裁きを受けさせるために、できることはすべてやっているって。ケイトとおれは、運転手にわっぱをかけにいく」レイは一瞬動きを止め、もうひと束の鍵をケイトに向かって投げた。「考えてみたら、運転してもらったほうがいいんだ。今夜の予定はキャンセルしないとだな」

「どこか素敵なところに行く予定でした？」ケイトは訊いた。

レイはにやりと笑った。「嘘じゃない、ここにいたほうがましだよ」

21

ドアをノックする音に跳び上がる。もうそんな時間？　写真を編集していると、あっという間に数時間が経ってしまう。ボーは耳をぴんと立てるけれど、吠えない。私はドアに向かう途中でボーの頭をくしゃくしゃとなでる。そして閂を外す。

「玄関のドアに鍵をかけるのは、この海辺の住人で君くらいじゃないかな」パトリックは穏やかな口調で不満をこぼす。そして家に足を踏み入れ、私にキスをする。

「大きい市に住んでたときの習慣かな」私は受け流すように答える。そしてもう一度閂をかけてから、ドアに鍵をかけるのに苦戦する。

「イエスティンはまだ直してくれてないの？」

「どんな人か知ってるでしょう」私は答える。「なんとかするって、ずっと言ってくれてはいるんだけど、実際に直しにきてくれたことはまだ一度もないの。今日の夕方に来るって言ってたけど、あんまり期待してない。イエスティンはそもそも私が鍵をかけたがってることをばかげてるって思ってるんでしょう」

「まあ、それも一理あるね」パトリックはドアに寄りかかって大きな鍵を握ると、力ずくで錠に押し込む。「最後にペンファッチで強盗があったのは、一九五四年じゃないかな」パトリックは笑いながらそう言うけれど、私はその冗談を聞き流す。パトリックは知らない。パトリックと一緒じゃないとき、私が夜中に家を歩き回っていることを。外で音が聞こえはじめるとともに目を覚ますことを。悪夢には襲われなくなったものの、恐怖はまだ消えていない。

「アーガのそばで温まって」外は寒さが非常に厳しくて、パトリックは凍えているように見える。

「しばらくはこんな天気が続くよ」パトリックは私の勧めに従って、年季のはいったアーガのキッチンストーブにもたれかかる。「薪は充分あるの？　明日、持ってこようか」

「イエスティンにもらった薪で数週間は大丈夫そう」私は答える。「イエスティンは月はじめに家賃を取りにくるんだけど、決まってトレーラーに山のような薪を積んできてくれるの――お金は取らないの」

「いい奴だよ。イエスティンと僕の父親は昔からの知り合いでさ――昔はよく、ふたりで夜通しパブで飲んでいたよ。こっそりうちに帰ってきて、ふたりそろって、母に酔ってないふりをするんだ。今でもそんなに変わってないんじゃないかな」

私はそれを想像して笑う。「イエスティンのこと、好きよ」それから冷蔵庫からビールを二本取り出して、ひとつをパトリックに渡す。「それで、夕飯のお楽しみ食材は何かしら？」

今朝、パトリックは電話をかけてきて、夕飯を持ってきてくれると言っていた。玄関のドアのそばに置いたままにしてある保冷バッグの中には、何がはいっているのだろう。

「今日、患者さんのひとりから感謝の印にって送られてきたんだ」パトリックはそう言うと、保冷バッグのファスナーを開けて中に手を入れる。そしてまるでウサギを取り出すマジシャンのように、暗藍色のロブスターを引っ張り出す。ロブスターは気だるそうに私に向かってはさみを振っている。

「やだ、すごい！」私は思わず喜んだけれど、考えられるメニューを思って怖気づく。あまり複雑なものに挑戦したことはこれまでになかった。「ロブスターでお会計をすませる患者さんってたくさんいるの？」

「驚くほどね」パトリックは答える。「キジとか、ウサギで支払う人もいる。直接渡してくれる人たちもときどきいるんだけど、仕事に行ったらドアのまえに何かが置いてあるってこともよくあるよ」パトリックはにやりと笑って続ける。「それがどこから来るのか、正確に知ろうとしないほうがいいってことを学んだよ。税務署の人間にキジで支払いをするわけにはいかないけど、幸いうちには、帳簿に記せる患者さんも、診療所を続けていくのに充分なぐらいいるからね。治療費が取れないからって理由で、病気の動物を拒否することはできないよ」

「心優しい、お人好しさん」私はそう言いながらパトリックの体に腕を回し、そっとその唇にキスをする。

「しーっ」私から体を離しながら、パトリックが言う。「これまで築き上げてきた、僕のマッチョなイメージを台無しにしないでもらいたい。それに、僕はふわふわのウサギの皮を剥いだり、ロブスターを熱湯に入れられないほどやわじゃないぞ」そしてアニメの悪役がするような大げさな高笑いをする。

「ばかね」私はパトリックを見ながら笑う。「料理方法はわかってるんだよね。私はさっぱりだから」そして警戒するようにロブスターを見る。

「見て学んでいただきたいですね、お嬢さん」パトリックは片方の腕からティータオルを垂らして、大げさにお辞儀をしてみせる。「ご夕食はすぐにお出しします」

アーガのコンロにかけたお湯が沸くのを待つあいだ、私は一番大きな片手鍋を探し、パトリックはロブスターを安全に保冷バッグの中に戻して、ファスナーを閉じる。私はシンクに水を溜めてレタスを洗う準備をする。私たちは打ち解けた沈黙の中で作業を続ける。ボーがときおり、自分の存在を私たちにさりげなく思い出させるように、ふたりの脚のあいだを縫うように歩いていく。気が楽で、脅威を感じない。私は顔をほころばせて、パトリックの顔を盗み見る。パトリックはソース作りに没頭している。

「大丈夫?」私の視線に気づいて、パトリックは木製のスプーンを鍋に置く。「何考えてるの?」

「別に」私はサラダに向き直って答える。

「なんだよ、教えてよ」

「私たちのこと、考えてたの」

「それなら教えてくれなくちゃ!」パトリックは笑いながら言う。そしてシンクに手を伸ばし、手を濡らして私に水滴を飛ばしてくる。

私は悲鳴を上げる。抑えることができない。頭が私を説得する間もないまま、これはパトリックだ――パトリックがふざけているだけだ――と理解するまえに、私は飛ぶようにパトリックから離れ、両腕で頭を抱える。直感的で本能的な反応だった。鼓動が速まり、手のひらが汗でじっとりする。空気が私の周りで渦を巻き、一瞬、私は、今でないとき、ここでない場所に連れ去られる。

張り詰めた静寂が訪れる。私はゆっくりと体を起こし、真っすぐに立つ。心臓が胸郭を激しく打っている。パトリックは両手を脇に下ろしていて、その顔に驚愕（きょうがく）の表情が浮かんでいる。私は声を出そうとするけれど、口が乾燥していて、パニックの感覚がまだ喉に残っている。パトリックを見ると、困惑と罪悪感がその顔に浮かんでいる。説明しなくちゃならない、それはわかっている。「本当にごめんなさい」私は言う。「私……」私はうろたえて両手で顔を覆う。

パトリックが一歩、私に近づく。そして私を抱きしめようとするけれど、私はパトリックを押しのける。自分の反応を恥じているだけでなく、突如として襲ってきた、すべて話してしまいたいという衝動と戦っているのだ。

「ジェナ」パトリックがそっと話し出す。「どうしちゃったの?」

ドアを叩く音がして、私たちは顔を見合わせる。

「出るよ」パトリックはそう言ってくれたけれど、私は首を振る。

「イエスティンだと思う」私は話題がそれたことをありがたく思う。そして指で顔をこする。

「すぐに戻るね」

ドアを開けた瞬間、何が起こっているのかはっきりと理解した。

求めていたのは、逃げること、それだけだった。事故以前に歩んできた人生は私じゃない別のだれかの人生だと思い込み、私ももう一度幸せになることができるんだと、自分をごまかしてきた。見つけられたら自分はどんな反応をするのだろう、よくそんなことを考えた。連れ戻されるときには、どんな気持ちがするのだろう。抵抗するのだろうか。

警察が私の名前を口にしたとき、私はただ頷くだけだった。

「はい、私です」私は答える。

男性は私より年上で、短く切った黒い髪をしていて、渋い色のスーツを着ている。親切そうな人。どんな人生を送っているのだろう。妻は、子どもは、いるのだろうか。

彼の隣に立つ女性が、少しまえに出る。若く見える。黒っぽい巻き毛が顔の周りに垂れている。「巡査のケイト・エヴァンスです」彼女はそう言うと、革製の手帳を開いて、光を放つ金属のバッジを見せてくる。「ブリストル警察の犯罪捜査課です。危険運転致死傷罪、および、事故後に運転を停止せずに現場から立ち去った罪で逮捕します。何も話さなくても結構ですが、取り調べの際に話しておかなければ、のちに法廷に出たときに証拠として採用することができず、あなたの弁護に不利になる可能性もあります……」

私は目を閉じてゆっくりと息を吐き出す。だれかのふりをするのを、やめるときがきた。

第二章

22

最初に君を見たとき、君は学生会館の隅に座っていた。君は僕に気づかなかった、そのときはまだ。僕は目立っていたに違いないのに。学生の集団の中で、唯一スーツを着ていたんだから。君は友達に囲まれて涙を拭いながら大笑いしていた。僕はコーヒーを持って隣のテーブルに座り、新聞をめくりながら君たちのやりとりに耳を傾けた。いかにも女の会話らしく、話題が不可解に行ったり来たりしていた。そのうち、僕は新聞を置いて、ただただ君を観察することにした。君たちがみんな美術科の学生で、その年が君たちにとって大学最後の年だということがわかった。君たちが落ち着き払った自信を持ってカウンターを占拠し、部屋の反対側にいる友人たちに向かって大声で呼びかけ、ほかの人たちがどう思うかなどおかまいなしで笑っている様子を見れば、すぐに想像がつくことだった。僕が君の名前を知ったのはそのときだった。ジェナ。その名前を聞いて僕は少々失望した。ゴージャスな髪と青白い肌を持つ君には、ラファエル前派のような上品さが漂っている。だから君の名前には、もう少し古典的なものを想像していたんだ。例えばオウレリア、エリノアというのもいい。それにしても、君がグループの中で一番魅力的であることは疑う余地もなかった。ほかの子たちはみんな、生意気すぎる。あまりに見え透いている。君も彼らと同じ年齢に違いない――僕より少なくとも十五歳は年下だ――が、そのときでさえ、君の顔からは成熟さが見て取れた。君はだれかを探しているようにカウンターを見回した。僕は君に向かってほほ笑んだ。でも君は僕を見なかった。僕は数分後に始まる講義のために席を立たなければならなかった。

僕は外部講師として六回の講義を行うことに同意していた。それは大学とビジネス界を融合させようという活動の一環だった。講義は簡単だった。学生の半分は眠っているか、残りの半分は熱心に参加していて、起業家精神について僕が口にするあらゆる言葉を一心に聞いていた。大学に通ったことのない僕のような人間にとっては、悪くない経験だった。驚いたことに、経営学の講義を受講する女子学生はたくさんいた。講義の初日、僕は講堂にはいりながら彼女たちと視線を交わすのを忘れなかった。僕は目新しい存在だった、そう思う。学校にいる男の子たちより年上で、教授や講師たちよりは若い。スーツはハンドメイドで、体にぴったりと合ったシャツの袖口には純銀のカフスボタンが輝いている。白髪はなかったし――当時はまだ――ジャケットで隠さなければならないような、中年のだらしない尻もしていなかった。

話すとき、僕はあえて文の途中で間を置くようにしていた。そしてそこで女子学生に――それも毎週、別の学生に――目配せをした。彼女たちは僕に見つめられて顔を赤らめ、僕が講義を続けると、ほほ笑みを見せてから目を伏せた。彼女たちが講義後に居残るためにどんな嘘の理由を考えつくのかと想像するのは楽しかった。彼女たちは、僕が本などをまとめて講堂を去るまえになんとかして僕に接触しようと躍起になっていた。僕はテーブルの縁にもたれかかるようにして座り、片方の手で体を支えながら身を乗り出して彼女たちの質問を聞き、その目をのぞき込んだ。僕が彼女たちをデートに誘うつもりがないことがわかると、その目に浮かんでいた希望の光が薄れていくのだった。あの子たちは僕の興味を引かなかった。君のようには。

次の週、君はまた友人たちと同じ場所にいた。僕が君のテーブルのそばを通り過ぎようとしたとき、君は僕を見てほほ笑んだ。儀礼的にではなく、顔全体で思いきり笑っていた。君は明るい青色のタンクトップを着ていて、その下から黒いブラジャーのストラップやレースが見えていた。それから、ぶかぶかのカーゴパンツを腰のところで引っかけるようにしてはいていた。日に焼けた滑らかな肉が、トップスとパンツのあいだからわずかにはみ出ていた。君はそのことに気がついているのだろうか。気づいているのだとしたら、どうしてそれをそのままにしておくのだろう。

君たちの会話は授業の話から恋愛の話に移った。君たちは男と呼んでいるが、僕から言わせれば男の子の話だ。君の友達は声を潜めて話していたから、僕は耳を澄まさなければならなかった。一夜限りの情事や軽はずみな戯れの話が次々に語られるなか、君からも同じような話を聞くことになるのを、僕は心の準備をして待った。でも君に対する僕の判断は正しかった。君から聞こえてくるのは、玉のような笑い声と、友人たちに対するユーモアのある皮肉だった。君は彼女たちとは違っていた。

その週、僕はずっと君のことを考えていた。昼休みになると、君にばったり会えることを期待して大学の構内を歩き回った。君の友人のひとり——背が高くて、髪を染めている子——を見つけて、しばらくその子の後ろを歩いてみた。でもその子は図書館に姿を消した。僕は中までついていって、君と会うことになっているのかどうか確かめることはできなかった。

四回目の講義の日、僕は早めに大学に着いた。努力が報われて、僕はひとりで座る君を見つけた。前回、前々回、僕が君を見たときと同じテーブルに君は座っていた。君は手紙を読んでいて、泣いているのがわかった。マスカラが取れて目の下に滲(にじ)んでいた。君は信じないだろうが、君はそのほうがずっと美しかった。僕はコーヒーを持って君の座るテーブルに近づいた。

「ここに座ってもいいかな?」

君は手紙をバッグの中に押しやった。「どうぞ」

「まえにもここで会ったことがあるよね」僕は君の向かいの席に腰を下ろしながら言った。

「そうでしたっけ? ごめんなさい、覚えてない」

僕は君がそれほど簡単に忘れてしまったことに苛立ったが、君は気分を害していたんだ、きっと冷静に考えられなかったのだろう。

「少しのあいだ、この大学で講義を行っているんだよ」教える立場にいるというだけで学生たちの心を即座に惹きつけることができるという事実に、僕は早い段階で気づいていた。それが〝口添え欲しさ〟のためなのか、単純に、ようやく十代を抜け出したばかりの男子学生との比較からなのかはわからなかった。でも、このやり方が失敗に終わったことはまだなかった。

「本当に？」君は目の色を変えた。「学科は？」

「経営学だよ」

「ああ」君の目から輝きが消えた。僕は怒りが爆発しそうになるのを感じた。これほど重要なことについて、深く考えることなく興味なしと判断するなんて。君の得意とする芸術なんてものでは、家族に充分な衣食を与えることも、町を再生することもできない。

「講義をしてないときは、どんなお仕事をしてるんですか？」君は尋ねた。

君にどう思われるかなんて気にするべきじゃなかったのに、突如として、君を感心させることが僕にとって重要なことのように思われた。「ソフトウェア会社を経営しているんだ」僕は言った。「世界中にソフトを販売していてね」ダグについては触れなかった。ダグの株保有比率が六割で、僕のが四割だったのに。そして〝世界中に〟というのは、現在のところアイルランドを意味しているのだということについては明言を避けた。事業は拡大しつつあった——君に話したことで、前回銀行に融資の申し込みに行った際に、銀行の支店長に話さなかったことは何ひとつなかった。

「君は最終学年にいるんだよね?」僕は話題を変えた。

君は頷いた。「私は——」

僕は片方の手をあげた。「言わないで。僕に当てさせて」

君は笑ってゲームを楽しんだ。僕は君が着ているストレッチ素材のストライプのワンピースや、髪の毛に巻きつけているスカーフに視線を走らせて、時間をかけて考えるふりをした。あのころ君は今よりも太っていて、乳房の膨らみが胸元の素材を引き伸ばしていた。乳首の輪郭が浮かび上がっていた。君の乳首の色は薄いのだろうか、黒っぽいのだろうか、僕はそんなことを考えていた。

「美術を専攻しているのかな」ようやく僕は言った。

「当たり!」君は驚いているようだった。「どうしてわかったの?」

「君は芸術家っぽいからね」あたかもそれが明白であるかのように僕は言った。

君は何も言わなかったけれど、君の頰骨の高いところが色づいた。そして君は顔がほころぶのを抑えることができないようだった。

「イアン・ピーターセンです」僕は手を差し出して、君と握手をした。君の肌の冷たさが指から伝わってきた。僕は普段よりも少しだけ長めに握手を続けた。

「ジェナ・グレイです」

「ジェナ」僕は繰り返した。「珍しい名前だね。愛称？」

「ジェニファーです。でも、ジェナ以外の名前で呼ばれたことがなくって」君は投げやりに笑った。最後に流れた涙の跡はもう消えていた。それと同時に、僕の心をひどく惹きつけた、あの脆さも消えていた。

「君が少し動揺していたのに気づいてしまったんだけど」僕は、開いたままの君のバッグに押し込まれている手紙を指さして訊いた。「何か悪い知らせでもあったの？」

瞬時にして君の表情が曇った。「父からなんです」

僕は何も言わなかった。ただ首をわずかに傾けて待った。女性というのはたいてい、だれかに促されずとも自らの抱えている問題について語るものだ。君も例外ではなかった。

「父は私が十五のときに出ていって、それから一度も会ってないんです。先月、父の居場所を突き止めて手紙を書いたんです。でも、父は知りたくないって。自分には新しい家族がいて、〝過去は過去のままにしておくのが一番いい〟って返事がきました」君は指で二重引用符を表すジェスチャーをして皮肉るような雰囲気を漂わせたが、その辛さを隠すことはできていなかった。

「ひどいな」僕は言った。「君に会いたがらない人間がいるなんて、想像もできないよ」

すぐさま君は穏やかになり、そして顔を赤らめた。「損してるのは、父のほうね」そう言いながらも、君はまた目を潤ませて、テーブルに視線を落とした。

僕は身を乗り出した。「コーヒーでも飲む?」

「ぜひ」

テーブルに戻ると、君の周りに友人グループが合流していた。そのうちのふたりの女の子には見覚えがあったが、僕の知らない三人目の女の子と、長髪で耳にピアスをした男の子もひとりいた。すべての椅子が塞がってしまったから、僕は自分が座るために別のテーブルから椅子をひとつ取ってこなければならなかった。僕は君にコーヒーを渡して、君が友人たちに、自分は今、会話の途中だったのだと説明してくれるのを待った。でも君はコーヒーのお礼を言ってから、君の友人たちを僕に紹介しただけだった。彼らの名前なんて、すぐに忘れてしまったが。

君の友人のひとりが僕に何か質問をしてきたけれど、僕は君から目をそらすことができなかった。君は長髪の男と学年末の課題について熱心に話をしていた。君の髪の毛が顔に落ちてきて、君はその髪をうるさそうに耳の後ろにかけた。僕の視線を感じたに違いない。君は僕のほうに振り向いた。君の詫びるような笑みを見て、僕はすぐに、君に免じて君の友人たちの僕に対する無礼を許した。

僕のコーヒーは冷めてきていた。最初に席を立って、僕のいなくなったあとで僕の話をされるのは避けたかったものの、あと数分で講義を始めなければならなかった。僕は立ち上がって、君が気づくまで待った。

「コーヒー、ありがとう」

僕は、また会えるかどうか君に訊きたかった。でも君が友人たちに囲まれているというのに、どうやって訊くことができる？

「また来週？」そんなことは僕にとってはどうでもいいことなんだというふりをして、僕は言った。でも君はすでに友人たちのほうに向き直っていて、その場をあとにする僕の耳には、君の笑い声が響いていた。

その笑い声のせいで、僕は次の週にそこを訪れるのをやめた。翌々週に再会したとき、君の顔に安堵の表情が浮かんでいた。その表情が、距離を置いたのは正解だったと物語っていた。このときはもう、座っていいかと尋ねることはせず、ただコーヒーをふたつ――君には砂糖をひとつ入れたコーヒーを――持っていった。

「どうやって飲むのが好きか、覚えててくれたんだ！」

僕は、そんなことはなんでもないというように肩をすくめたが、君と会ったあの日、僕は日記にそれを書き留めておいた。いつもそうしていたように。

あのとき僕は、君にいろいろな質問をして、君のことをもっとよく知ろうとしていた。そして君は、水分を求める葉のように、君自身を僕のまえに広げていった。君は自分の描いた絵を見せてくれた。僕は相当数のページにわたる、独創性にかける作品に目を通し、それを並外れた作品だと評した。君の友人たちがやってきたから、僕は椅子をもっと用意しようと席を立った。でも君は彼らに、今取り込み中だからあとで合流すると告げた。その瞬間、君に対して抱いていたあらゆる心配が消え去った。僕は君をじっと見つめた。君が視線をそらし、顔を紅潮させてほほ笑むまで。

「来週は会えない」僕は言った。「今日が最後の講義なんだ」

君の顔に落胆の色が浮かんだのを見て僕は心打たれた。

君は口を開いて何か言おうとして、言わずにやめた。僕は期待して待った。僕から誘っても良かったが、君の口から聞くほうがいい。

「今度、飲みにいきません？」君は言った。

僕は少し間を置いてから答えた。そんなことは考えもしなかった、とでもいうように。

「夕飯はどうかな？　街に新しいフレンチ・レストランがオープンするんだ――今週末にでも、行ってみようか？」

君のあからさまな喜びようは愛らしかった。僕はマリエのことを思った。マリエがいかにすべての物事に対して冷淡であったか、サプライズにまったく動じず、人生に退屈していたかを思った。以前はそれが年齢のせいだなんて思ったこともなかったが、おしゃれなレストランでの夕食を思い描いて君が見せた子どもっぽい喜びを目にすると、若い子を求めたことが間違いじゃなかったと思えた。まだそれほど世慣れしていない若い子を。もちろん、君が完全に無垢だなんて思ってはいなかったけれど、少なくとも君はまだ、世を拗ねたり、懐疑的になったりはしていなかった。

僕は学生寮に君を迎えにいった。君の部屋のまえを通り過ぎる学生たちの好奇の眼差しは無視した。君が上品な黒いワンピースで出てきたのを見たときは嬉しかった。君の長い脚は厚手の黒いストッキングに包まれていた。君のために車のドアを開けると、君は驚いてはっとした。

「癖になっちゃいそう」

「きれいだよ、ジェニファー」僕がそう言うと、君は笑った。

「だれからもジェニファーって呼ばれたことがないから」

「嫌かい？」

「いいえ、別に。ただ変な感じがするだけ」

レストランは、以前読んだ大絶賛の論評には値しなかったが、君がそのことを気にかけている様子はなかった。君がチキンとソテーしたジャガイモの料理を注文すると、僕は君の選択について意見を述べた。「体重が増えることを気にしない女性はなかなかいないよね」そしてにこりと笑って見せた。僕は別にそんなことを気にしているわけではない、とでもいうように。

「ダイエットはしないの」君は言った。「人生は短すぎるわ」でも君はチキンの上にかかったクリーミーなソースは食べたけれど、ジャガイモは残した。ウェイターがデザートのメニューを持ってきたとき、僕はそれを断った。

「コーヒーだけで結構」君の顔に失望が浮かぶのが見てとれたが、脂肪たっぷりのデザートなんて、君には不必要だった。「卒業したら何をするつもりなの?」僕は訊いた。

君はため息をついた。「どうかな。いつかギャラリーを開きたいと思ってるけど、今はとりあえず、仕事を探さなきゃ」

「アーティストとして？」

「言うほど簡単だったらいいんだけど！　私は主に彫刻をしてるの。作ったものが売れないかって考えてるんだけど、それはつまり、生活するためにまえの仕事——バーでの仕事か、棚出しの仕事かな——にまた戻らなきゃならないってこと。結局はママのところに戻ることになりそう」

「お母さんとは仲がいいの？」

君は子どもがするように鼻筋にしわを寄せた。「あんまり。ママはお姉ちゃんとすごく仲がいいの。でも私とママは、心から意見が合うと思えたことが一度もない。パパがさよならも言わずに出ていったのは、ママのせいよ」

僕はふたりのグラスにワインを注いだ。「お母さんは何をしたの?」

「ママはパパを追い出したの。ママは謝ったけど、私にも人生がある、これ以上こんな人生を送ることはできない、そう言ってた。そしてそれ以来、そのことについて話すことを拒否していた。私が経験した中で、一番、自分勝手な行動だと思う」

君の目に苦悩の色が浮かんでいるのを見て、僕は手を伸ばして君の手にそっと触れた。

「お父さんに返事は書くつもり?」

君は頭を激しく左右に振った。「手紙の中で、パパはかなりはっきりと言ってた、放っておいてほしいって。ママが何をしたかは知らないけど、私たちに二度と会いたくないと思うほどひどいことだったのよ」

僕は君の指に自分の指を絡ませ、君の親指と人さし指のあいだの滑らかな肌を親指でなでた。「親を選ぶことはできない」そして言った。「悲しいことにね」

「あなたはご両親と仲がいいの?」

「ふたりとも亡くなっているんだ」僕はその嘘をあまりに頻繁に使いすぎていて、自分でもほとんど信じてしまっているくらいだった。でもそれが嘘ではないという可能性だってあった——僕には知る由もなかったが。南へ越してきたとき、僕は彼らに住所を教えなかった。それに、僕がいなくなったことで彼らが眠れぬ夜を過ごすなどとは、とうてい思えなかった。

「残念ね」

君は僕の手をぎゅっと強く握り、同情から目を潤ませた。脚の付け根辺りがかき乱される感覚を覚えて、僕はテーブルに視線を落とした。「もうずっと昔のことだよ」

「私たちには共通点があるってことね」君はそう言って、勇ましい笑みを見せた。僕のことを理解していると思い込んでいる笑みだった。「私たちふたりとも、父親が欠けている（ミッシング）」君がその曖昧な言葉を、物理的にそばにいない（ミッシング）の意味で使ったのか、恋しく思っている（ミッシング）の意味で使ったのか、あるいはその両方を表現するために意図的に使ったのかはわからなかった――どちらにしても、君は間違っていた――けれど、僕は君に、僕のことを理解したと思わせておいた。「お父さんのことは忘れるんだ、ジェニファー」僕は言った。「君はそんな扱いを受けるべき人じゃない。いないほうが君のためなんだよ」

君は頷いたけれど、僕の言葉を信じていないのはわかった。そのときはまだ。

君は僕に部屋に上がっていくように言ったが、僕は学生の狭い部屋で、欠けたマグカップで安いコーヒーを飲みながら一時間過ごすことを望んではいなかった。君を僕の家に連れて帰りたかったけれど、家にはまだマリエのものが置いてあった。君がそれを嫌がるのは目に見えていた。それに僕は、これはいつもとは違うと感じていた。一夜限りの関係など求めていなかった。君が欲しかった。

僕は君を部屋まで送った。

「結局、騎士道は地に堕ちてはいなかったってことね」君はそんな冗談を言った。

僕は軽く会釈をした。君が笑ったのを見て、僕は君を幸せにできたことをばかばかしいくらいに喜んだ。

「本物の紳士にデートに連れていってもらったことなんて、これまでなかった」

「それじゃあ」僕はそう言うと、君の手を取って僕の唇に一瞬だけ近づけた。「これを習慣にしなくちゃね」

君は顔を紅潮させ、唇を噛んだ。そしてほんのわずかに顎を上げて、キスされるのを待った。

「ゆっくり休んで」僕はそう言うと、君に背を向けて車に向かって歩き出した。途中、振り返って君の顔を見ることはしなかった。君は僕を欲しがっていた――それはあまりに明白だった。でもまだ充分じゃない。もっと強く、僕を欲しがるんだ。

23

レイはジェナ・グレイの感情の欠如に圧倒されていた。憤怒の叫びもなく、激しい否認も、後悔が押し寄せる様子もなかった。ケイトが逮捕状を読み上げるあいだ、レイはジェナの顔を注意深く観察していた。しかしそこには、安堵のように見える表情がちらりと浮かんだだけだった。レイはまるで両脚が下半身から切り離されてしまったような、妙な落ち着かなさを感じた。一年以上かけてジェイコブを殺した犯人を探してきたが、ジェナ・グレイは、レイが想像していた犯人像から大きくかけ離れていた。

ジェナはきれいというよりむしろ、際立って美しかった。鼻はほっそりとしていながら長く、青白い肌にはたくさんのそばかすがあって、そのそばかすがところどころでつながっていた。緑色の目はわずかに上がっていて、猫のような印象を与えていた。そして暗いとび色の髪の毛が肩の辺りで揺れていた。化粧をしておらず、ぶかぶかの衣類で体の線は隠されていたものの、細い手首やすらりとした首を見れば、華奢な体型であることがわかった。

ジェナは荷物をまとめるのに少しだけ時間をくれないかと尋ねた。「今、うちに友達が来てるんです――説明しなくちゃ。一、二分、ふたりだけにしてもらえませんか？」あまりに小さな声だったため、レイはその声を聞くために前かがみにならなければならなかった。

「申し訳ないけれど、それはできない」レイは言った。「一緒に行かせてもらいます」

ジェナは唇を噛み、一瞬動きを止めたが、後ろに下がってレイとケイトをコテージの中に入れた。ひとりの男性が、ワインのはいったグラスを手に台所に立っていた。ジェナの顔に欠けていた感情があるとしたら、それは、レイがジェナの恋人だろうと想像したその男性の顔に大きく描かれていた。

これほど小さい部屋であれば、彼のところまで会話が届いていたとしても不思議ではない、レイは雑然とした部屋を見回しながらそう思った。暖炉の上にきれいに一列に並べられた石が、埃をかぶっていた。そして暖炉のまえに敷かれた深紅のラグには、ところどころに小さな焦げ跡が残っていた。ソファは万華鏡のような色使いのブランケットで覆われていて、それが部屋を明るく見せるつもりで置かれているのだろうということが想像できた。しかし照明は薄暗く、コテージの天井は低かった。ソファやテーブルが置かれたその部屋と台所の中間に設えられた照明器具から発せられる光を遮るために、レイでさえも頭を下げなければならなかった。こんな場所に住んでいるなんて。どこからも遠く離れていて、暖炉の火の甲斐なく凍えるほど寒い。なぜジェナはこの場所を選んだのだろう、レイは考えた。ここに隠れることは、ほかのどんな場所に隠れるよりもましな選択肢だと思ったのだろうか。

「パトリック・マシューズさんです」ジェナは懇親会か何かの最中であるかのようにそう言った。それからレイとケイトに背を向けた。すぐにレイは、自分が侵入者であるかのように感じた。

「警察の人たちと一緒に行かなくちゃならないの」ジェナの言葉は歯切れがよく、口調には抑揚がなかった。「おととし、恐ろしいことが起こって、私はそれを正さなきゃならないの」

「何が起こってるんだ？　この人たちは君をどこに連れていくの？」

この男はジェナのしたことについて本当にまったく何も知らないのか、あるいは嘘の名人なのか、レイは思った。「彼女をブリストルに連行します」レイはまえに進み出て、パトリックに名刺を渡しながら言った。「彼女はそこで事情聴取を受けることになります」

「明日にしてもらうことはできないんですか？　朝になったら、僕が彼女をスウォンジーまで送ります」

「マシューズさん」レイの我慢は限界に達していた。ペンファッチに到着するまでに三時間、それから〈ブライン・ケディ〉にたどり着くまでにさらに一時間かかっていた。「おととしの十一月、五歳の男児が車にはねられて命を落としました。その車は停まることなく立ち去りました。残念ですが、これは明日まで待てるような事件ではありません」

「でも、その事件とジェナに、どんな関係があるっていうんです？」

一瞬、沈黙が流れた。パトリックはまずレイを見て、それからジェナを見た。そしてゆっくりと首を振った。「嘘だ。何かの間違いに決まってる。そもそも君は、運転をしないじゃないか」

ジェナはパトリックの視線を受け止めて言った。「間違いないの」

その声に潜む冷淡さに、レイは背筋に悪寒が走るのを感じた。レイはこの一年ずっと、瀕死の子どもを放置して走り去ることができるほどの冷酷な人間とはどんな人間なのかと想像してきた。その人物と実際に顔を突き合わせている今、レイはプロフェッショナルでありつづけようと必死に戦っていた。そしてそれは自分だけではないとレイにはわかっていた。仲間たちも自分と同じように、冷静に対処するのが難しいと感じるはずだった。性犯罪者や児童を虐待する人間に対して、礼儀正しく接しなければならないのが困難であるのと同じように。ケイトに目をやると、彼女も同じように感じているのが見て取れた。できるだけ早くブリストルに戻ったほうがいい。

「もう出発しなければなりません」レイはジェナに言った。「留置場に到着したら、あなたは事情聴取を受けることになります。そこで、何があったのかを警察に話す機会が、あなたに与えられます。それまでは事件について話すことは許されていません。いいですか？」

「はい」ジェナは椅子の背もたれに引っかけてあった小さなリュックサックを手に取った。そしてパトリックを見た。「ここに残って、ボーの面倒をみてくれない？　これからどうなるかわかったら、電話をしようと思うから」

パトリックは頷いたが、何も言わなかった。彼は何を思っているのだろう。知っていると思い込んでいた人間に、ずっと嘘をつかれていたことに気づくというのは、どんな気分がするものなのだろう？

レイはジェナの手首に手錠をかけ、きつく締まりすぎていないことを確認した。そのあいだも、ジェナはほんのわずかな反応さえも見せなかった。一瞬、ジェナの手のひらに瘢痕があるのが見えた。しかしジェナが手を握ると、それは見えなくなってしまった。

「あいにく車はかなり遠いところに停めてあります。キャラバンパークから先は、車で来られませんでした」

「そうですよね」ジェナは言った。「道路は、ここから八百メートルほど先で途切れていますから」

「そんなに近いですか?」レイは言った。ケイトとふたりで時間をかけて小道を進んできたときには、もっと長い距離だったように感じた。レイは車のトランクの中に懐中電灯がぽつんと置かれているのを見つけていたが、電池が切れかかっていて、数メートル歩くごとに振って明かりをつけ直さなければならなかった。

「電話ができるようになったらすぐに連絡して」ジェナが外へ連れ出されるのを見て、パトリックが言った。「それから、事務弁護士に依頼するように!」パトリックはジェナたちの後ろから呼びかけたが、夜の闇がその言葉を飲み込み、ジェナはそれに答えなかった。

キャラバンパークへの小道をつまずきながら進む三人組の姿は、なんとも不格好だった。ジェナが協力的であったことがレイにはありがたかった。ジェナは華奢だったものの、背はレイと同じくらい高かったし、レイたちに比べてはるかにその道を良く知っていた。レイは完全に方向感覚を失っていて、自分たちが崖の端にどれほど近いところにいるのかさえ不確かだった。ときおり波の砕ける音がとても大きな音で聞こえてきて、レイは水しぶきが頬に当たるのではないかと感じた。キャラバンパークに到着すると、何事もなくここまで来られたことにレイは安堵した。レイがジェナのために覆面のコルサの後部座席のドアを開けると、ジェナは何も言わずに車に乗り込んだ。

レイとケイトは話をするために車から数メートル離れたところまで移動した。

「彼女、まともだと思います？」ケイトが言った。「かろうじてふた言ほどしゃべっただけですよ」

「さあな。ショックを受けてるのかもしれない」

「おそらく逃げおおせたと思ってたんでしょうね、これまでずっと。どうしたらそんなに冷酷になれるんでしょう？」ケイトは首を振った。

「まずは、彼女が何を語るか聞こうじゃないか」レイは言った。「彼女を吊るし上げるのはそれからだ」ついに運転手を特定できたというあの高揚感のあと、逮捕は奇妙にも拍子抜けだった。

「きれいな子だって殺人者になり得るってわかってますよね？」ケイトは笑いながら言った。そして返事を待たずに、レイの手から車の鍵を取って車に向かって大股で歩いていった。

帰りの車中は退屈だった。高速道路M４は数珠つなぎの渋滞で、のろのろと走りつづけるしかなかった。レイとケイトは声を落として、当たり障りのない話題について話した。署内政治について、新車について、〈ウィークリー・オーダー〉に掲載されていた、重大犯罪に関わる仕事の求人広告について。レイはジェナが眠っているものと思っていたが、車がニューポートに差しかかったところでジェナが口を開いた。

「どうやって私を見つけたんですか？」

「それほど難しくはありませんでしたよ」レイが答えずにいると、ケイトが言った。「ご自身の名前で、ブロードバンドのアカウントを取得しましたよね。念のため、それが正しい場所なのか、あなたの家主さんにも確認しました――家主さんのおかげで、とても助かりました」

レイは後ろを振り返り、ジェナがこの話をどんな様子で受け止めているのかを確認しようとした。しかしジェナは窓の外のひどい渋滞を眺めているだけだった。彼女が完全にくつろいでいるわけではないことを示す唯一のものは、膝の上で握りしめられている拳だった。

「辛かったでしょうね」ケイトは続けた。「あなたのしてしまったことを抱えながら生きるというのは」

「ケイト」レイは注意するように言った。

「もちろん、ジェイコブの母親にとってはもっと辛いはず……」

「もうよせ、ケイト」レイは言った。「明日の取り調べまで待つんだ」レイが警告するような視線をケイトに投げかけると、ケイトは挑戦的な視線を返した。長い夜になりそうだった。

24

暗いパトカーの車内で、私は泣くことを自分に許した。熱い涙が、握りしめた拳に落ちる。女性刑事が、私に対する軽蔑をほとんど隠そうともせずに話しかけてくる。不当な扱いを受けているというわけではないけれど、それでも受け入れるのは容易ではない。ジェイコブの母親を忘れたことなど一度もない。彼女の喪失を――私の喪失とは比べものにならないほど大きな喪失を――忘れたことなど一度もない。私は自分のしてしまったことで、自分をひどく嫌っている。

泣いていることを知られないように、深く、安定した呼吸をするように努める。これ以上、彼らの注意を引きたくない。彼らがイエスティンの家のドアをノックするところを想像すると、恥ずかしさで頬が燃えそうだ。私がパトリックと付き合っているという噂は、驚くほどのスピードで村中に知れ渡った。噂好きのひとびとは、最新のこのスキャンダルをもう入手しているかもしれない。

私が警察と一緒に台所に戻っていったときのパトリックの眼差し、あれほど悲惨なものはない。パトリックの顔に、〝裏切り〟という文字がはっきりと浮かんでいた。三メートルもの巨大な文字で書かれているかと思われるほど、はっきりと。私について信じていたことすべてが嘘だった。それも、許されぬ罪を隠蔽するための嘘だった。パトリックの眼差しを非難することはできない。だれかと親密になるなんて——だれかが親しく接してくれるのを受け入れるなんて——ばかなことをしてしまった。

車はもう、ブリストル郊外にはいっていた。考えを整理しなくては。きっと私は取調室に連れていかれるのだろう。そして弁護士を呼ぶよう勧められる。警察が質問をしてきて、私はできる限り冷静に答える。私は涙を流さない、そして言い訳もしない。警察は私を起訴して、私は裁判にかけられる。それでおしまい。ついに裁きが下される。そんなふうに進められるのだろうか？　よくわからない。私の持っている警察の知識なんて、探偵小説か新聞記事から拾い集めたものだけ——まさか自分がフェンスの向こう側の人間になるなんて、想像したこともなかった。新聞の山を想像してみる。顔のしわ一本一本まで見えるくらいに拡大された、私の顔。殺人者の顔。

ジェイコブ・ジョーダンの死亡事故に関与した疑いで、女が逮捕されました。

新聞が私の名前を載せるかどうかはわからないけれど、名前を載せなくとも、記事として取り上げるのは確かだ。胸に手を当てて、心臓が手のひらを打つのを感じる。熱があるみたいに体が熱くて汗ばんでいる。すべてが明るみに出される。

車は速度を落として、魅力に欠ける灰色の建物に囲まれた駐車場にはいっていく。周囲を取り囲むオフィスビル群と違っていることを示す唯一のものは、正面玄関の上に飾られた、エイボン・アンド・サマセット警察の紋章だ。女性刑事が手慣れた様子で二台のパトカーのあいだの狭い空間に車を滑り込ませる。それから車を降りて、私の席のドアを開ける。

「平気ですか？」そう訊いた刑事の声は、今では少し穏やかになっている。さっき私に投げつけた辛辣な言葉を後悔しているのかもしれない。

私は、悲しくなるほど感謝して頷く。

ドアをいっぱいに開け放つだけのスペースがないし、手首に手錠をされた状態で外に出るのは容易ではない。結果として生じるぎこちなさのせいで、より恐怖を感じるし、混乱する。これが手錠をかけることの真の狙いなのだろうか。たとえ私が今ここで逃げ出したとしても、どこへ行くというのだろう？　裏庭は高い塀で囲まれていて、電気柵が出口をふさいでいる。ようやく真っすぐに立つことができるようになると、エヴァンス巡査が私の二の腕をつかんで車から離れるよう私を誘導する。エヴァンス巡査は手に力を込めていなかったけれど、腕をつかまれるという行為そのものが私を息苦しくしていて、その手を払いのけたいという衝動をどうにか抑えなければならない。エヴァンス巡査に連れられて金属製のドアのところまで行くと、男性刑事がボタンを押してインターホンに向かって話しはじめる。

「スティーヴンス警部補。ゼロ・ナイン、女性ひとりを連行」

がちゃりと音が鳴って重い扉が開く。私たちはくすんだ白い壁に囲まれた大きな部屋へとはいっていく。背後で、丸一分は耳に残りそうなほど大きな音を立てて扉が閉まる。天井に設えられた騒々しい空調設備の甲斐なく、部屋の空気はよどんでいる。部屋の中心部から奥に向かって入り組んだ迷路のように続いている、壁に囲まれた小部屋のどこからか、何かを打ちつける音が一定のリズムで響いてくる。部屋の隅に灰色の金属製のベンチが置かれていて、そこに二十代と思しき若い男性が座っている。しきりに爪を噛んでは、噛みちぎったものを床に吐き捨てている。男は裾の擦り切れた青色のジャージのズボンにスニーカーを履き、なんのロゴだかわからないロゴ入りの汚らしい灰色のスウェットシャツを着ている。彼の体から放たれる不快な臭いに喉の奥が苦しくなり、私は自分の目に浮かんでいるはずの恐怖と哀れみの入り混じった表情を見られまいと顔をそらす。

でも遅すぎた。

「よく見えるか、あ？　かわいこちゃんよ」男は、少年のような、高くて鼻にかかる声でそう言った。私は視線を戻して男を見るが、何も言わない。

「こっち来て、おれのブツをよく見てみな。見たいんならな！」そして男は自分の股間をつかんで笑う。その割れるような笑い声は、灰色で陰鬱な場所には似つかわしくなかった。

「やめろ、リー」スティーヴンス警部補がそう言うと、男は薄ら笑いを浮かべて、また壁にぐったりと背中をもたせかける。そして自分の発言をさも可笑しそうにくすくす笑う。

エヴァンス巡査がまた私の腕をつかみ、私の皮膚に爪を食い込ませたまま私を連れて部屋を横切り、背の高い机のまえに立つ。パソコンの背後に押し込められるように座っている制服姿の警察官がいる。巨大なお腹のせいで、白いシャツがはち切れんばかりだ。警察官はエヴァンス巡査に頷いてみせたけれど、私のことはちらりと見るだけだった。

「詳細は？」

エヴァンス巡査が私の手から手錠を外した瞬間、さっきよりうまく呼吸ができるようになった気がした。私は手首に残る赤い溝をこすり、ズキズキするその痛みに屈折した喜びを感じる。

「巡査部長、こちらはジェナ・グレイです。二〇一二年十一月二十六日、フィッシュポンズの住宅街でジェイコブ・ジョーダンが車にはねられ、運転手は停車せず走り去りました。事故を起こした車は、赤のフォード・フィエスタと特定されています。登録番号はJ634OUP、登録されている所有者はジェナ・グレイ。本日、ウェールズのペンファッチ近くにあるコテージ〈ブライン・ケディ〉に赴き、十九時三十三分、危険運転致死傷罪の容疑、および、交通事故現場にて運転を停止しなかった疑いでジェナ・グレイを逮捕しました」

留置場の隅に置かれたベンチから低い口笛が聞こえてくる。スティーヴンス警部補はリーのほうを向いて警告するような視線を投げる。「奴はそもそもここで何をしてるんだ？」そしてだれにというわけでなくそう訊く。

「準備書面を待ってるんです。あっちへ行かせます」留置場の管理官である巡査部長は、振り向くことなく大声で叫ぶ。「サリー、ロバーツを二房に戻してくれないか？」机の背後にあるオフィスから、がっちりとした体格の女性看守が出てくる。ベルトから大きな鍵の束がぶら下がっている。看守は何か食べていて、ネクタイについたくずを手で払う。看守はリーを留置場の奥へと連れていく。角を曲がるところでリーは私のほうを振り向き、嫌悪の表情を浮かべる。私が子どもを殺したと知られたら、刑務所でもこんなふうなのだろう。周囲の囚人たちは顔に嫌悪の表情を浮かべるのだろう。私が通ると、みな顔を背けるだろう。実際には、それどころじゃなく過酷なはず。そんな考えに私は下唇を嚙む。恐怖で胃が締めつけられて、ここへきて初めて、自分はこれに耐え得るのだろうかと不安になる。もっとひどい状況を乗り越えてきた、私は自分にそう言い聞かせる。

「ベルト」留置場管理官が透明のプラスチック袋を手に、私にそう言う。

「なんですか?」管理官は私がここの規則を知っているかのように話すけれど、私はもうすでに、どうしていいのかわからなくなっている。

「ベルトだよ。外して。何かアクセサリーは?」管理官は苛立ちはじめている。私はベルトの金具を外し、ジーンズの輪からベルトを引き出す。そして袋の中に入れる。

「いいえ、アクセサリーは何も」

「結婚指輪は?」

私は首を振る。でも無意識に、薬指にかすかに残る指輪の跡を触っている。エヴァンス巡査が私のバッグを調べている。そこには特に個人的なものは何もはいっていないはず。それでもやはり、強盗が家を荒らし回っているのを眺めているような気分がする。生理用タンポンがカウンターの上に転がされる。

「これは必要ですか？」エヴァンス巡査は淡々とした口調で訊いてくる。スティーヴンス警部補も留置場管理官も何も言わない。私は怒りで顔がかっと熱くなる。

「いいえ」

エヴァンス巡査はそれをプラスチックの袋に入れてから、私の財布を開け、中にはいっている数枚のカードを取り出し、硬貨を脇のほうに並べる。レシートや銀行のカードに紛れて、淡い青色のカードがそこに並べられたことに気づいたのは、そのときだ。部屋が急に静かになったように思えて、心臓が肋骨を打つ音が聞こえてきそうだ。エヴァンス巡査をちらりと見ると、彼女は書くのをやめて真っすぐに私を見つめてきた。巡査の目を見ていたくはないけれど、視線を落とすこともできない。触らないで、私は心の中でつぶやく。お願いだから、触らないで。エヴァンス巡査はおもむろに、わざとらしい動きでそのカードを手に取って観察する。私に何か訊いてくるはず。けれど巡査はそのカードのことを所持品表に書き込むと、残りの持ち物と一緒に袋の中に入れる。私はゆっくりと息を吐き出す。

留置場管理官の言葉に集中しようとするけれど、次から次へと列挙される規則と権利に私は溺れていく。いいえ、私がここにいることはだれにも知られたくない。いいえ、事務弁護士はいらない……。

「本当にいいんですか?」スティーヴンス警部補が割ってはいってくる。「ここにいるあいだは、無償で法的なアドバイスを受ける権利が与えられているんですよ。ご存じでしょうが」

「事務弁護士はいりません」私は静かに答える。「私がやりました」

沈黙が流れる。三人の警察官たちは視線を交わし合う。

「ここに署名を」留置場管理官が言う。「ここと、ここ、それからここにも」私はペンを手に取り、黒い太字で書かれたXマークの横に名前を書き殴っていく。留置場管理官がスティーヴンス警部補を見てから口を開く。「すぐに取り調べを始めますか?」

取調室にはむっとするような空気が流れていて、たばこの臭いがこもっていた。壁には、剝がれかけてはいるものの〝禁煙〟と書かれたステッカーが貼ってあるというのに。スティーヴンス警部補は私の座るべき席を手ぶりで示す。椅子をテーブルに引き寄せようとしたけれど、椅子は床に固定されている。テーブルの表面に、だれかがボールペンで彫った下品な罵りの言葉がいくつも刻まれている。スティーヴンス警部補がすぐそばの壁に設置されている黒い箱のスイッチを入れると、甲高い音が響いた。スティーヴンス警部補は咳払いをする。

「二〇一四年一月二日木曜日、二十二時四十五分、ブリストル警察署、第三取調室。私は警部補431、レイ・スティーヴンス。ともに取り調べを行うのは、巡査3908、ケイト・

エヴァンス」スティーヴンス警部補はそこで私を見る。「録音のために、名前と生年月日をお願いできますか？」

私は唾を飲み込み、口がちゃんと動くよう準備をする。「ジェナ・アリス・グレイ。一九七六年八月二十八日生まれです」

スティーヴンス警部補は、私を圧倒せんばかりに次々と言葉を投げかけてくる。私にかけられた疑惑の深刻さ、このひき逃げ事件が被害者家族に、そして地域全体にもたらした影響などについて。でも彼が私に話していることで、私の身に覚えのないことは何もない。彼の言葉が、私がすでに抱えている罪の重さをさらに重くすることはない。

ついに私の話す番がきた。

私はテーブルの、ふたりの中間あたりに視線を落としたまま、静かに話しはじめる。中断されないことを願いながら。話すのは、一度きりにしたい。

「長い一日でした。私はブリストルの反対側で展覧会を開いていて、とても疲れていました。雨が降っていて、視界が良くありませんでした」私はゆっくりとした、落ち着いた口調を保つ。事故がどのようにして起こったかを説明したいと思うけれど、自己弁護をしているような印象は与えたくない――そもそも、あの悲惨な出来事に擁護されるべき余地などないのだけれど。このときがきたら自分はなんと説明するのだろう、何度も繰り返し想像してきた。でも実際に今その瞬間に立たされると、言葉というものが不器用で偽善的に思える。

「彼は、突然、現れました」私は続ける。「道路にはだれもいなかったはずなのに、次の瞬間には、もう彼がいたんです。道路を走っていたんです。青い毛糸の帽子に、赤い手袋をはめた小さな男の子が。間に合いませんでした。何をするにも、手遅れでした」

過去の脅威が私を呑み込もうとしている。私は両手でテーブルの縁をつかんで自分自身を現在につなぎ止めておこうとする。甲高いブレーキ音が聞こえる。濡れたアスファルトを擦る、焦げたゴムの、鼻を突く匂いがする。ジェイコブがフロントガラスにぶつかってきたとき、ほんの一瞬だったけれど、彼は私の目のまえにいた。手を伸ばせば、ガラス越しにその顔に触れることができそうなくらい近くにいた。でも彼はすぐに私から遠ざかるように体を回転させ、空中に飛ばされ、そして道路に叩きつけられた。そしてそこで初めて、私はジェイコブの母親を見た。動かなくなった少年に覆いかぶさるようにしながら脈を探していた。脈がないとわかると、母親は悲鳴を上げた。原始的なその声は、彼女の周囲の空気を彼女から完全に奪い去った。ぼやけたフロントガラスの向こうを、私は恐怖に身を震わせながら見ていた。少年の頭の下に血の海が広がっていった。やがてヘッドライトに照らされた濡れたアスファルトが、赤色にちらちらと輝きはじめた。

「なぜ車を停車させなかったんですか？　外に出なかったのはどうして？　救助の要請は？」

私は取調室に意識を引きずり戻し、スティーヴンス警部補を見つめた。彼がそこにいるのを忘れるところだった。

「できませんでした」

25

「停まれたに決まってるじゃない！」ケイトはそう言いながら、自分の机と窓のあいだの短い距離を行ったり来たりした。そしてまたレイのところに戻ってきた。「あの人、冷淡すぎます――見てるとぞっとする」

「座ってくれないか？」レイはコーヒーを飲み干してあくびをかみ殺した。「君を見てると、もっと疲れるよ」レイとケイトがしぶしぶ取り調べを中断させ、ジェナに眠る時間を与えたのは、真夜中を過ぎてからだった。

ケイトは腰を下ろした。「どうしてこんなに簡単に降参するんだと思います？　事故から一年以上も経った今になって」

「さあな」レイは自分の椅子の背にもたれかかり、脚をスタンピーの机の上に乗せて言った。「何かおかしいところがある気がするんだよ」

「例えば？」

レイは頭を左右に振った。「単なる直感さ。疲れてるのかもしれない」CIDのオフィスのドアが開いて、スタンピーがはいってきた。「遅かったな。霧の街（ロンドン）はどうだった？」

「慌ただしいね」スタンピーは言った。「あんなところに住みたがる連中の気が知れないよ」

「ジェイコブの母親の説得は？」

スタンピーは頷いた。「すぐにでもファンクラブを立ち上げたいと思うほど支持してくれているわけじゃないらしいが、味方にはなってくれている。ジェイコブが死んだあと、彼女は地域の人たちから多くの批判が浴びせられていると感じていたようだ。外国人だということで色眼鏡で見られているだけでも充分辛かったというのに、この事故が状況をさらに悪化させることになった」

「家を出たのは？」ケイトが尋ねた。

「葬儀のすぐあとだ。ロンドンに大きなポーランド人のコミュニティがあって、アニヤはそこで、複数の世帯が共同で暮らしてる家に住むひとたちのところに身を寄せていたらしい。行間を読んで考えるに、彼女に就労の資格があったかどうかは大いに疑わしい。彼女の居場所を追跡するのが困難だったのは、そのせいもあるな」

「彼女、快く話してくれたのか？」レイは両腕をまえに伸ばして指の関節を鳴らした。ケイトは不快そうに顔をしかめた。

「ああ」スタンピーは言った。「それどころか、ジェイコブのことを話せる人間が現れてくれて安堵した、という印象を受けたよ。彼女、祖国の家族にも話していないらしいからね。あまりに恥ずかしいんだそうだよ」

「恥ずかしい？　彼女が自分を恥じる理由なんてどこにあるっていうんだ？」

「複雑な事情があるのさ」スタンピーは言った。「アニャは十八のときにイギリスに来た。どうしてこの国に来ることになったかについてはあまり話したがらないんだが、とにかく、グリーソーン工業団地の会社で現金払いの清掃員として働くことになった。そしてその会社で働いていた男のひとりといい仲になって、気づいたときには妊娠していた」

「それで、彼女はもうその〝パパ〟とは一緒じゃない？」ケイトは確認するように訊いた。

「ご名答。どうやらアニャの両親は、娘が未婚のまま子どもを生むんじゃないかと恐れて、ポーランドに帰ってくるようアニャに強く言った。しかしアニャは拒否したんだな。自分ひとりでやれるということを証明したかった、そう言っていたよ」

「そして今、自分自身を責めている」レイは首を振った。「かわいそうに。現在の年齢は？」

「二十六だ。ジェイコブが亡くなったとき、これは家族の話に耳を傾けなかった自分への罰なんだと思ったそうだよ」

「そんなのって悲しすぎます」ケイトは両膝を抱えるようにして静かに座っていた。「彼女のせいじゃない――彼女があの忌々（いまいま）しい車を運転していたわけじゃない！」

「もちろん、そう伝えたよ。でも彼女はあらゆることに関して、かなりの罪の意識を抱えて生きている。とにかく、警察がある人物を拘留して、起訴されることになるだろうと伝えておいたよ――君たちふたりがやるべきことをしっかりやってくれていれば、の話だがね」そう言ってスタンピーはケイトを横目で見やった。

「今、私を挑発するのはよしてくださいね」ケイトは言った。「もう遅いし、私のユーモアのセンスはすでに職務離脱してますから。折よく、私たちもグレイの供述を得ましたよ。でもう時間も遅いので、グレイは朝までベッドの中です」

「それこそまさに、私がこれからしようとしていることだな」スタンピーは言った。「ボスのお許しが出れば、だがね。いいかな?」そしてネクタイを解いた。

「君もおれも、どっちもだ」レイは言った。「さあ、ケイト、今夜はこのくらいにするんだ。朝になったらもう一度やってみよう。グレイに車の在り処を吐かせることができるといいな」

三人は裏庭まで一緒に歩いた。先に車に乗り込んだスタンピーは、片手をあげて敬礼しながら巨大な金属製の門をくぐっていった。そしてレイとケイトは、ほとんど真っ暗な闇の中にふたりきりで残された。

「長い一日だったな」レイは言った。疲れていたにもかかわらず、急にこのまま家に帰りたくないような気がしてきた。

「はい」

ふたりの距離は近かった。ケイトの香水の匂いがかすかに感じられて、レイは心臓が激しく鼓動するのを感じた。もしも今ケイトにキスしてしまったら、もう後戻りはできない。

「じゃあ、おやすみなさい」ケイトはそう言ったが、動かなかった。

レイはケイトから一歩離れると、ポケットに手を入れて車の鍵を探った。「おやすみ、ケイト。ゆっくり休んでくれ」

レイは車で警察署をあとにしながら、息を吐き出した。越えてはならない一線に、接近しすぎていた。

あまりに接近しすぎた。

レイがベッドに倒れこんだのは午前二時を過ぎたころだった。そしてアラームによって再び仕事に引き戻されるまでに、ほんの数秒しか経っていないように感じられた。ケイトのことが頭から離れず、途切れ途切れにしか眠ることができなかった。朝のブリーフィングのあいだも、ケイトのことを頭から追い出すのに必死だった。

午前十時、ふたりは食堂で会った。レイは、ケイトも自分のことを思いながら夜を過ごしたのだろうかと考えた。しかし次の瞬間には、そんなことを考えた自分を内心たしなめた。最近の自分はどうかしている。忘れるんだ、早いに越したことはない。

「夜更かしするには歳を取り過ぎてるよ」レイは食堂の列に並びながら言った。ふたりが並ぶ列の先には、動脈硬化を引き起こすその性質から、〝危険食〟の名で知られているモイラのモーニング・スペシャルが待っていた。レイは、ケイトが否定してくれることを半ば期待したが、すぐに、そんなことを考えたのがばかばかしく思えた。

「私は、もう交代制勤務に就かなくていいことに、ただただ感謝してます」ケイトは言った。

「午前三時のあのグロッキーな感じ、覚えてます？」

「ああ、忘れると思うか？　必死で眠気と戦って、アドレナリンを出しつづけるためにカーチェイスをしたくてたまらなくなるんだよ。もう二度とごめんだね」

ふたりは、ベーコンとソーセージ、卵、豚の血のソーセージと揚げパンの乗ったお皿を、だれもいないテーブルに運んだ。ケイトは食べながらブリストル・ポスト紙を読んだ。「いつもどおりの、なんとも機知に富んだ内容ですね。地方議員選挙に学園祭、犬の糞への苦情」ケイトが新聞を脇に置くと、一面に掲載されているジェイコブの写真がふたりを見上げた。

「今朝は、グレイから新しい情報を引き出せたか？」レイは言った。

「昨日と同じ説明をしていました」ケイトは言った。「少なくとも、主張に一貫性があることはわかりましたよ。でも、車は今どこにあるのか、停車させなかったのはなぜかという質問には、一切答えようとしません」

「まあ、幸いなことに、おれたちの仕事は何が起こったかを突き止めることで、なぜ起こったのかを突き止めることじゃない」レイは念を押すように言った。「起訴手続きを開始するには充分だ。あとはCPSに任せて、正式に起訴されるかどうか待とうじゃないか」

ケイトは考え込むような表情を見せた。

「どうした?」

「ボスが昨日、何かおかしいところがある気がするって言ったとき……」ケイトの声は次第に小さくなった。

「言ったとき?」レイは続きを促した。

「私も同じように感じていたんです」ケイトは紅茶をひと口飲むと、そっとテーブルの上に置いた。そしてそこに答えを見出そうとするかのように、マグカップの中をじっと見つめた。

「作り話をしていると思うか?」

それはときどき起こることだった——とりわけ今回の事件のように、世間の注目を集める事件の場合には。だれかが出頭してきて自白をする。しかし取り調べの中盤まできて、この人物の犯行であるはずがないということが明らかになる。彼らの供述には極めて重要な事実——意図的にマスコミに公開していない事実——が欠けている。そしてそこから供述全体が崩壊する。

「作り話っていうんじゃないんです、そうじゃない。結局は、車なんですよ。それに彼女の供述、アニヤ・ジョーダンの説明とほとんどぴったり一致するんです。それってなんて言うか……」ケイトは椅子の背にもたれかかってレイを見た。「取り調べで、グレイが事故の衝撃をどんなふうに説明してたか、覚えてますよね?」

レイは頷き、話を続けるよう促した。

「彼女、ジェイコブの外見について、すごく詳しく話していました。何を着ていたか、どんなバッグを持っていたか……」

「記憶力がいいんだろう。そういう情報っていうのは脳に焼きつけられるものなんだろうと思ったよ」レイはあえてケイトに反論するような意見を述べた。警視なら――そして警視監なら――なんと言うのだろうと想像しながら。しかし内心では、前日にも彼を悩ませていた、何かが腑に落ちないという感じを拭い去れずにいた。ジェナ・グレイは何かを隠している。

「タイヤ痕から、車が速度を落とさなかったことはわかっています」ケイトは続けた。「グレイは、ジェイコブが〝突然〟現れたと言っていました」ケイトは指で引用符を作りながら言った。「もしもあの事故がそれほど瞬時に起こったのなら、グレイはどうしてそれほど多くを見ることができたんでしょう？　反対に、もしも事故がそれほどの速度で起こったわけではなく、彼女がジェイコブに気づいて、彼の着ているものを確認するだけの時間があったのだとしたら、どうしてグレイはジェイコブをひくことになってしまったんでしょう？」

レイは少しのあいだ何も言わなかった。ほとんど眠っていないはずであるにもかかわらず、ケイトの目は輝いていて、その顔には決然たる表情が浮かんでいた。「つまり？」

「まだ彼女を起訴したくありません」

レイはおもむろに頷いた。完全な自白を得たあとに容疑者を釈放する。警視監は激怒することになるだろう。

「車を見つけたいんです」

「何も変わらないさ」レイは言った。「得られるものといったら、ボンネットに付着したジェイコブのDNAと、ハンドルに残るグレイの指紋くらいだろう。すでにわかっていること以上の情報は得られないよ。それよりもおれは、グレイの携帯電話を探したいと思ってる。グレイはだれとも連絡を取りたくなかったから、ブリストルを出るときに捨てたと言ってたけど——証拠になるからという理由でそれを捨てていたとしたら？ グレイが事故の直前、直後にだれに電話をかけたのか、おれはそれが知りたい」

「つまり、グレイを保釈するってことですよね」ケイトは訝しげな表情でレイをじっと見つめた。

レイはためらった。ジェナ・グレイを起訴する道を選ぶほうが楽だとわかっていた。朝の会議で称えられ、警視監からよくやったと背中を軽く叩かれるだろう。しかし、目に見えている以上の何かが潜んでいるはずと知りながら起訴することが、自分にはできるのだろうか？ 証拠が示しているものと、直感が示しているものは別だった。

レイはアナベル・スノーデンのことを思った。父親が誘拐犯を探してくれと警察に訴えているあいだも、その父親のアパートで生きていた少女。レイの直感は正しかった。それなのに、レイはそれを無視した。

ジェナ・グレイを二、三週間保釈すれば、より正確な全体像を描くことができるだろう。彼女を裁判にかけるときに、調べ残したことが何ひとつない状態にしておくことができるだろう。

レイはケイトに向かって頷いた。「彼女を保釈しよう」

26

ファーストデートのあと、僕は一週間ほど君に連絡しなかった。久しぶりに電話をかけたとき、君の声から不安を読み取ることができた。君は、自分がサインを読み違えたんじゃないかと戸惑っていたよね。デートで自分は間違ったことを言ってしまったか、間違った服を着ていってしまったか……。

「今晩、予定はある?」僕は訊いた。「また君を誘いたいと思って」話しながら、僕は自分がどれほど君に会いたがっているかを感じていた。また君と話すまで一週間待つというのは、思っていた以上に難しいことだった。

「とっても嬉しいんだけど、今晩はもう予定があって」君は残念がるようにそう言ったけれど、僕にはそんなのが使い古された戦術だとわかっていた。付き合いたてのころに女性が仕掛けてくるゲームなんて、多少の振り幅はあれど、どれも見え透いている。君が友人たちとデート後の分析を行ったことは疑いようもない。そして君の友人たちは、庭先のフェンスに寄りかかりながらだべる中年女のように、やたらと君にアドバイスをしたに違いない。あんまり必死な態度を見せないほうがいいわ。お堅いふりをするのよ。電話がきたら、忙しいふりをしたらいいわ。

退屈だし、子どもじみている。「それは残念だ」僕は軽い感じでそう答える。「パルプのコンサートチケットを二枚もらったから、君も行ってみたいかなと思ったんだけど」

君は躊躇（ちゅうちょ）した。僕の勝ちだと思ったけれど、君の意志は固かった。

「本当に、今日は行けない。ごめんなさい。〈アイス・バー〉で女子会をするって、サラと約束しちゃったの。彼氏と別れたばっかりで、私までサラを落ち込ませるわけにはいかない」

説得力のある言い訳だった。まえもって用意しておいた嘘なのだろうか。僕は黙り、ふたりのあいだに沈黙が流れるままにした。

「明日の夜だったら空いてるんだけど？」君は語尾を上げて質問するように言った。

「残念だけど、明日は予定があるんだ。また別の機会にでも。楽しい夜を」僕は電話を切り、それからしばらく電話の横に座っていた。目尻の筋肉が小刻みに収縮した。僕は苛立ちながら目尻を擦った。君がゲームを仕掛けてくるなんて思わなかった。君がその必要があると思っていることにがっかりした。

その日はそれ以降、そわそわとして落ち着かなかった。僕は家中を掃除して、すべての部屋からマリエのものを拾い集め、寝室に積み上げた。思っていたよりたくさんあった。でも今さらマリエに返すなんて、とてもできない。あとでごみ捨て場に持っていくつもりで、すべてをスーツケースに押し込んだ。

七時にビールを一本飲み、もう一本飲んだ。ソファに座り、コーヒーテーブルに足をのせた。テレビからはあほらしいクイズ番組が流れていた。僕は君のことを考えていた。君の寮に電話をかけてメッセージを残そうかと真剣に考えた。そして結局は君が部屋にいることを知って驚くことになる、そんなところまで想像したりして。でも三本目のビールを飲み終わるころには、考えが変わっていた。

僕は〈アイス・バー〉まで車を走らせ、入り口からそう遠くないところに車を停めた。そして店内にはいっていく客たちを眺めながら、しばらく車の中に座っていた。女の子たちのスカートは、これ以上短くできないくらいに短かったが、そこに目が向いたのは単なる好奇心からにすぎなかった。僕は君のことを考えていたんだ。君がもうすでにこれほどまでに僕の心を占めているという事実が、そして君が僕に本当のことを言っているかどうかということが、突如としてこれほどまでに重要に思えるようになったという事実が、僕を動揺させた。君を見つけるためにバーの中にはいっていくことを想像した。店内の人混みをかき分けて進むけれど、君の姿は見えない。君は部屋に戻っていて、ベッドに座り、値引きされたワイン片手にメグ・ライアンの映画を見ているのだから。でも僕が求めているのはそういう現実じゃない。男に捨てられた惨めな友人との女子会を楽しむ準備を整えた君が、僕の横を通り過ぎていく姿を見たいんだ。僕が間違っていたという確証が欲しいんだ。それはなんとも新鮮な感覚で、笑えてくるほどだったよ。

車を降りてバーの中にはいった。ベックスを注文して、満員の店内をどうにかすり抜けていく。だれかがぶつかってきて靴にビールがかかったが、僕は君を探すことにあまりに必死で、謝罪を要求する暇もなかった。

そして僕は君を見つけた。君はカウンターの端っこに立って、バーの店員に向かって無駄に十ポンド紙幣をひらひらと振っていた。店員たちは、先に並んでいた四人の客たちの対応に追われていた。そこで君は僕を見た。一瞬、君は無表情で、僕のことがわからないようだった。それでもすぐに君は笑みを見せた。でもそれは僕が最後に見たあの笑顔とは違い、もっと警戒するような笑顔だった。

「ここで何してるの？」僕が人だかりを押し分けて君の元まで行くと、君は言った。「パルプのコンサートに行ってるんじゃなかったの？」君はあまり僕と話したくないような素ぶりを見せた。女性はサプライズが好きだと口では言うが、実際には、まえもって知っておきたいんだ。そうすれば準備を整えておけるから。

「会社の同僚にあげたんだ」僕は答えた。「僕自身はそれほど好きってわけじゃないからね」

君は、僕が君のせいで予定を変更したと知って、ばつが悪そうだった。「でも」君は続けた。「だからって、どうしてここに？　この店、来たことあるの？」

「偶然、友達に会ってね」僕は先を見越して買っておいたベックスビール二本を持ち上げて言った。「カウンターに注文に来たんだけど、そうしたらもう相棒の姿が見えなくてね。うまくひっかけたんだろう！」

君は笑った。僕はビールを一本、差し出した。「こいつを無駄にするわけにはいかないよね？」

「私、本当に戻らないと。ふたり分のお酒を買っていくことになってるの――対応してもらえたら、の話だけど。サラがあっちでテーブルを取っておいてくれてるの」君はそう言って部屋の隅のほうに目をやった。髪の毛を染めた背の高い女の子が小さなテーブルに着いていて、二十代半ばと思しき男と話していた。少し見ていると、男は前かがみになって女の子にキスをした。

「一緒にいるのは？」僕は訊いた。

君は一瞬、間を置いてから、ゆっくりと頭を左右に振った。「ぜんぜん知らない人」

「君の友達は、元彼のことで本当に傷ついているみたいだね」僕は言った。君は笑った。

「それで……」僕はもう一度、ビールを差し出した。君はにやりと笑ってからビールを受け取ると、それを僕のビールにカチンと当てた。それからぐいっとひと飲みすると、瓶を口から離しながら下唇を舐めた。君が意図的に挑発しているのがわかって、僕のモノは硬くなった。君は挑むように、僕から視線を外さずに、もうひと口、ビールを飲んだ。

「うちにおいでよ」僕は唐突に言った。サラの姿はもうなかった。おそらく、新しい男と消えたのだろう。あの子がこんなにも軽いということが、あの男には気にならないのだろうか。

君は僕を見つめたまま、わずかにためらった。それから小さく肩をすくめてから、僕の手に手を滑り込ませてきた。バーは人で溢れかえっていて、僕は君を失ってしまわないように君の手をしっかりと握りしめながら人混みをかき分けて進んだ。僕についてこようとする君の熱意は、僕を興奮させもしたし、幻滅させもした。考えずにはいられなかった。君はどれほど頻繁にこういうことをやるのだろう。どんな男とやるのだろう。

僕たちは〈アイス・バー〉のむせ返るような暑さを抜け出して、通りに出た。急に冷気を浴びて君は身震いした。

「コートを持ってこなかったの？」

君は首を振った。車に向かって歩きながら、僕は着ていたジャケットを脱いで君の肩にかけてあげた。君は僕を見て嬉しそうにほほ笑んだ。僕は自分自身の心の温かさを感じた。

「運転していいの？」

「平気だよ」僕は素っ気なく答えた。僕たちはしばらく無言のまま車に乗っていた。君のスカートは、座席に座るときにまくれ上がったままになっていた。僕は伸ばした左手を君の膝の上あたりに置き、指で内ももに触れた。君の脚が動いた。ほんのわずかではあったものの、僕がその手を君の太ももから膝小僧へ移動させるのに充分な動きだった。

「今夜の君は、目を見張るほど素敵だよ」

「本当にそう思ってる？　ありがとう」

僕は君の膝から手を離してギアを切り替えた。それからまた君の脚に手を置いて、その手を数センチ上のほうへ滑らせた。君の肌をそっとなでながら。今度はもう、君は動かなかった。

部屋に着くと、君は居間を歩き回って、目につくものを次々に手に取って眺めた。僕はそれを不快に感じて、できるだけ早くコーヒーをいれた。意味のない儀式だ。君は欲しいと答えたが、僕も君も、飲み物なんて欲しくないんだ。僕がコーヒーをガラス張りのテーブルの上に置くと、君は体を半分、僕のほうに向けた姿勢でソファの僕の隣に座った。僕は君の髪の毛を耳の後ろにかけ、少しのあいだ両手で君の顔を包み込んだ。それから顔を近づけてキスをした。君は即座に反応した。君の舌が僕の口を探り、両手が僕の背中や肩をなでる。僕はキスをしながら、ゆっくりと君を後ろに倒していった。君が僕の真下に横たわるまで。君の脚が僕の脚に絡みついてくる。これほど欲しがっていて、これほど反応の良い人間とベッドを共にするのはいいものだ。マリエはあまりに冷めていて、ときには完全にそこにいないかのように感じられるほどだった。体は反応するくせに、心は空っぽだった。

僕は片手を君の脚の下のほうから上へ向かって滑らせていき、内ももの肌の柔らかさと滑らかさを感じた。指先がレースに触れる。君は唇を僕の唇から引き離して、僕の手から逃れるようにソファの上で体をくねらせた。

「ゆっくり」君は言ったけれど、顔に浮かぶ笑みを見れば、それが本心ではないことがわかった。

「無理だよ」僕は言った。「君は魅力的すぎる――我慢できない」

君の顔がピンク色に染まった。僕は片方の腕で自分の体を支えて、もう一方の手で君のスカートをウエストのところまでめくり上げた。そしてゆっくりと、一本の指を君の下着のゴムの中に走らせていく。

「私――」

「しーっ」僕はキスをしながら言った。「台無しにしないで。君はだれよりも愛らしいよ、ジェニファー。君は僕をすごく興奮させる」

君も僕にキスしてきた。そして君は偽るのをやめた。君だって、僕と同じくらい僕を欲しがっていた。

27

ブリストルからスウォンジーまでは電車で約二時間かかる。海が見たくて見たくてたまらないけれど、与えられた孤独と、ひとりで考える時間を、喜んで受け入れる。留置場では一睡もしなかった。考えが頭の中を次々と駆け巡り、そうするうちに朝を迎えた。目を閉じたら再び悪夢に襲われるんじゃないかと思うと怖かった。だから私は眠らないようにして、薄いプラスチックのマットレスに座り、廊下のあちこちから聞こえてくる叫び声や何かが打ちつけられる音を聞いていた。今朝、看守がシャワーを浴びていいと言ってきた。シャワーといっても、女性棟の隅っこに設えられた、コンクリートで囲われた一角にすぎないのだけれど。タイルは濡れているし、毛の塊が排水口を覆っていて、蜘蛛（くも）がうずくまっているみたいだった。私はシャワーを断った。留置場の部屋の腐敗臭がまだ服に染みついている。

もう一度、あの女の刑事と、少し年配の男の刑事から取り調べを受けた。ふたりは私の沈黙に苛立っていたけれど、私はあれ以上、詳しく話すつもりはなかった。

「私があの子を殺しました」私は繰り返した。「それだけじゃだめですか？」

ふたりはそのうち諦めて、受付のそばに置いてある金属製のベンチに私を座らせて、留置場管理官と何やら小声で話していた。

「あなたを保釈します」やがてスティーヴンス警部補がそう言った。私は呆然として彼の顔を見た。そして、あと数週間、自由が与えられるのだと知ってひどく安堵している自分を後ろめたく思った。

カーディフ駅で、通路の向かい側に座っていた女性がふたり、電車から降りた。ふたりは買い物袋に気を取られて、コートを忘れていくところだった。ふたりのいなくなったあとには、今日のブリストル・ポスト紙が残されていた。読みたい気持ちとそうでない気持ちが半々に入り乱れたまま、私はそれに手を伸ばした。

それは一面に掲載されていた。ひき逃げ事件の運転手逮捕。

自分の名前を探しながら記事に目を通す。呼吸が速くなる。そして名前が載っていないことがわかると、ほっとして小さなため息がもれる。

二〇一二年十一月、フィッシュポンズで五歳の男児ジェイコブ・ジョーダンが車にはねられて死亡した事件で、三十代の女性がひき逃げの疑いで逮捕された。女性は保釈されており、来月、ブリストル中央警察署に出頭することになっている。

この新聞がブリストル中の家庭に届いているのだ。家族はみな頭を左右に振って、子どもたちをぎゅっと抱き寄せる。もう一度、記事を読んでみる。私の住んでいる場所の特定につながるような情報が本当に書かれていないかどうか、確認したい。それから私は、記事が内側になるように新聞を丁寧に折りたたんだ。

スウォンジーのバスターミナルでごみ箱を見つけて、コーラの缶やらハンバーガーの包み紙やらの下に新聞をねじ込む。新聞のインクが手についてしまった。擦って落とそうとするけれど、私の指は黒く染まってしまっている。

ペンファッチ行きのバスは遅れていて、ようやく村に着いたときには、もう暗くなりかけていた。郵便業務も取り扱う雑貨店がまだ開いていたので、私は少し食料品を調達していこうと考えて、買い物かごを手に取る。店の両端にカウンターがふたつあって、どちらのカウンターの対応もネリース・マドックが請け負い、十六歳の娘が学校後にお店を手伝っている。食料雑貨店のカウンターで封筒を買うことはできないし、郵便局のカウンターでツナ缶や袋入りのりんごを買うこともできない。ネリースがレジに鍵をかけて、一方のカウンターからもう一方のカウンターに移動するのを待たなければならない。今日は娘さんが食料品カウンターの後ろにいる。私は買い物かごに卵、牛乳、果物を詰め込んで、ドッグフードを手に取り、カウンターに商品を置く。そして少女に笑いかける。いつもはなかなか気さくな子なのに、今日は読んでいた雑誌から目を上げただけで何も言わない。ちらりと私を見て、またカウンターの上に視線を落とした。

「こんにちは?」不安が高まって、挨拶が質問のようになってしまう。

入り口のドアの上部についている小さなベルが鳴って、見たことのある年配の女性が店にはいってきた。少女は立ち上がって隣の部屋に向かって呼びかける。少女がウェールズ語で何か言うと、数秒後にネリースがやってきて一緒にレジの後ろに立った。

「こんにちは、ネリース。これ、お願いします」私は言う。ネリースの顔は娘の顔と同じくらい無表情で、ふたりが喧嘩でもしたのかと思った。でもネリースは私を見ないようにして、私の後ろに並んでいる女性に声をかける。

「アラ・イー・アイヒ・ヘルプ・キー？」

ふたりは会話を始める。ウェールズ語は私にとって相変わらず外国語だけれど、ときどき私に向けられる視線とネリースの顔に浮かぶ嫌悪を見れば、ふたりがどんなことを話しているのかはすぐにわかる。私のことを話しているのだ。

女性が私の後ろから手を伸ばしてきて新聞のお金をネリースに渡すと、ネリースはレジに打ち込む。それからネリースは私の買い物かごを持ち上げると、カウンター裏の自分の足元にどさりと落とす。そして売り場をあとにした。

頬が火照り、顔が火傷しそうなほど熱い。私はお財布をバッグにしまって体の向きを変える。あまりに必死で店の外に出ようとするあまり、陳列棚にぶつかってグレイビーミックスの袋をばらばらと落としてしまう。非難を表す舌打ちの音を聞きながら、私はようやくドアをねじ開ける。また別のだれかと会ってしまうことを恐れて、私はわき目もふらず早足で村を通り抜ける。キャラバンパークに着くころには、こらえきれず泣いていた。店の窓のブラインドが上がっていることから、ベッサンが店内にいることがわかる。でも立ち寄って顔を見せるわけにはいかない。コテージへと続く小道を進む途中で、キャラバンパークの駐車場にパトリックの車が停まっていないことに気がつく。どうして彼の車がそこにあると思ったのだろう——警察署からパトリックに連絡はしなかったのだから、私が戻ってくることを知っているはずはない。それでも、そこに車がなかったという事実が、私の心を不安にする。パトリックはコテージに残ってくれたのだろうか。それとも、私が警察に連れていかれたあとすぐにコテージを出たのだろうか。もう私との関係は、一切断ち切りたいと思っているのだろうか。私に背を向けることは簡単だったとしても、ボーを見捨てることは彼にはできないはず。その事実に慰めを見出す。

玄関ドアが赤く染まって見える。それが沈みゆく太陽がもたらす目の錯覚などではないと気づいたとき、私はすでに鍵を手にしていた。ドアを赤く染めているのはペンキで、草の束を使って、ドアにぞんざいに書き殴られているのだ。足元には草の束が放置されている。その言葉は急いで書かれたらしく、玄関前の階段にはペンキが飛び散っている。

出ていけ！

私をじっと見ている何者かを見つけられることを半ば期待して辺りを見回す。でも夕闇が近づきつつあり、一メートル先も見ることができない。私は身震いして鍵と格闘する。気まぐれな錠に対応する忍耐力はもう残っていなくて、苛立ちのあまり思い切りドアを蹴る。乾いたペンキの欠片（かけら）が飛び散るのを見て、もう一度ドアを蹴る。抑圧されていた感情が、突然、理不尽な怒りとなって噴出する。そうなれば当然、錠を開ける作業がさらに困難になる。やがて私は怒るのをやめて、木製のドアにおでこをくっつけて寄りかかり、再び鍵に挑戦することができるくらいになるまで心が落ち着くのを待つ。

コテージは寒々としていて、私を迎え入れてくれている感じがしない。まるで村と一丸となって、私を追い出そうとしているみたい。ボーの名前を呼ぶまでもない。ボーがここにいないことはわかっている。キッチンストーブに火がつくかどうか確かめるために台所に行くと、テーブルの上にメモを見つける。

ボーは診療所の犬小屋にいます。戻ったらメールください。　P

ふたりの関係が終わったことが、充分に伝わってきた。思わず涙が込み上げてくるけれど、目をきつく閉じて涙が頬にこぼれないようにする。この道を選んだのは自分で、自分はこれからその道を進まなければならない、そう自分に言い聞かせる。

パトリックの素っ気のなさを真似たテキストメッセージを送ると、仕事のあとでボーを連れていくという返信がくる。だれか別の人に頼んでボーを届けるつもりなのかもしれない、そう半ば期待していた。だからパトリックに会えるとわかり、待ちきれないような、怖いような気持ちがする。

パトリックが来るまでに二時間ある。外はもう暗いけれど、ここにはいたくない。もう一度コートを着て、外に出る。

夜の海辺というのは、なんとも不思議だ。崖の上にはだれもいない。私は波打ち際まで歩き、浅瀬に立つ。波の先端が足元に届くたびに、数秒間、ブーツが波に消える。もう一歩まえに進むと、海がズボンの裾を濡らす。足元から徐々に湿っていく。

私は歩きつづける。

ペンファッチの砂浜の傾斜は緩やかで、傾斜が急に大きくなる大陸棚の外縁までは、百メートルかそれ以上、平坦な海底が続いている。私は地平線を眺めながら、一歩、また一歩と脚をまえに出していく。砂が足に吸いついてくる。水は膝の高さを超えて、手にしぶきを飛ばしてくる。イヴと海で遊んだことを思い出す。海藻でいっぱいのバケツを抱えて、白く泡立つ波の先端を飛び越えたっけ。凍えるほど寒くて、太ももに絡みついてくる水に息が止まりそうになる。それでも私は脚を動かしつづける。もう何も考えていない。ただ歩いている。海に向かって歩いている。轟音(ごうおん)が聞こえてくる。海から聞こえてきているのだとしたら、それは警告なのか、それとも私を招いている声なのだろうか。進むのが困難になってきた。波は胸の高さまできていて、私は海の重みに逆らうようになんとか脚を交互にまえに引きずり出す。そこでバランスを崩す。足が何もない空間を踏み、滑って水面下に潜り込む。泳ぐなと自分に言い聞かせるけれど、その声は無視され、両腕が自らの意思でばたばたと動く。突然、パトリックが頭をよぎる。私の捜索を余儀なくされるパトリックは、岩に叩きつけられて魚についばまれたその体が岸に打ち上げられるまで、私を探しつづけなければならない。顔を平手打ちされでもしたかのように、私は激しく頭を振って、喘ぐように空気を吸い込む。私にはできない。自分の犯した過ちから逃げ出すことに一生を費やすことはできない。パニックに陥って、海岸を見失い、弧を描くように回りながら手足をばたつかせる。やがて雲が移動して、浜を見下ろす崖が月に照らし出される。私は泳ぎはじめる。大陸棚を踏み外してから、ずいぶんと遠くに流されてしまっていた。下に向かって脚を蹴って足場を探すけれど、凍りつくような冷たい水のほかには何も感じられない。波をかぶり、口いっぱいにはいり込んでくる海水にむせ返り、咳をして呼吸をしようとすると吐き気が込み上げてくる。濡れた服が体を海に引きずり込もうとするし、編み上げのブーツを脱ぐことができない。ブーツの重みで体がさらに下に引っ張られる。

　腕は痛いし、胸は苦しい。でもまだ頭ははっきりしている。私は息を止めて水中にもぐり、波を切るように素早く両手を動かして水を押し分けるようにして進む。息を吸うために顔を上げると、岸に少し近づいている気がした。私は同じ動きを、何度も、何度も繰り返す。足を下方に蹴ると、ブーツのつま先に何かが当たったような気がした。さらにひとかき、もうひとかき両腕を動かし、蹴るように膝を伸ばす。今度は足が固い地面を踏んだ。私は泳いで、走って、海から這い出る。海水が肺に、耳に、目にはいっている。乾いた砂浜にたどり着くと、四つん這いになって、一度しっかりと体を支える。それから立ち上がる。制御できないほどに体が震えている。寒さから。そして、自分がこんな許されざる行為を犯しうるのだという気づきから。

コテージに着くと、服を脱いで、その服を台所の床に放置する。それから二階に行って乾いた暖かい服を重ね着して、階下に戻って火をつける。パトリックの足音は聞こえなかったけれど、ボーの吠える声が聞こえて、私はドアがノックされるのを待たずにドアを押し開けた。そしてボーに挨拶するために、そしてパトリックに再び会うことの戸惑いを隠すためにしゃがみこむ。

「はいっていかない?」ようやく立ち上がり、私は言う。

「戻らないと」

「一分でいいの。お願い」

パトリックは少しためらったけれど、部屋にはいってドアを閉める。パトリックは座る素ぶりを少しも見せなかった。私たちは一分か二分、そうして立ち尽くした。そのあいだ、ボーはふたりのあいだの床に寝そべっていた。パトリックは私を見ずに奥の台所に目をやる。びしょ濡れの服からしみ出た水が、そこに水たまりを作っていた。かすかな戸惑いに表情を曇らせたけれど、パトリックは何も言わなかった。それで私は気づいた。彼が私に対して抱いていた感情は、もう跡形もなく消えてしまっているのだと。どうして服がずぶ濡れなのか、自分がプレゼントしたコートさえもびしょ濡れになっているのはどういうわけなのか、そんなことはパトリックにはもうどうでもいいことなのだ。パトリックの頭を占めているものは、私が彼からひた隠しにしていた、あの恐ろしい秘密だけなのだから。

「ごめんなさい」充分ではなくとも、心からの言葉だった。

「何に対して？」パトリックはそう簡単には私を許さない。

「嘘をついていたことに対して。あなたには伝えるべきだった、私が……」私が最後まで言えずにいると、パトリックが代わりに言った。

「人を殺したってことを？」

私は目を閉じる。目を開けると、パトリックは立ち去ろうとしていた。

「どうやって伝えればいいか、わからなかったの」早く話そうと焦っているせいで、言葉たちが先を競うように出てくる。「あなたがどう思うか、それが怖かった」

パトリックは頭を左右に振る。私のことをどう理解すればいいのかわからないみたいだった。「ひとつだけ教えて。あの少年を残して、走り去ったの？　事故が起こってしまった、それは理解できる。でも、停まって助けを呼ぶことなく、走り去った？」パトリックの目が答えを求めて私の目を見つめている。私に出すことのできない答えを求めて。

「そう」私は言う。「そう、走り去ったの」

パトリックは、私が思わず一歩あとずさってしまうほどの勢いでドアを開け放つ。そして行ってしまった。

28

最初のその夜、君は泊まっていった。僕はふたりを布団で包み込み、君のそばに横たわって君が眠るのを見ていた。穏やかで、安らかな顔をしていた。皮膚が薄く、透けるようなまぶたが、ぴくぴくとわずかに動いていた。君が眠っているあいだは、僕は自分を偽らずにいられた。僕がどれほど君に夢中かということを君に気づかれることがないようにと、距離を置く必要がなかった。君の髪の匂いを嗅ぎ、唇にキスをして、僕にかかる君の柔らかな吐息をじっくり感じることができた。眠っている君は完璧だった。

君はまだ目も開けないうちにほほ笑んだ。そして誘われることなしに僕に手を伸ばしてきた。僕は仰向け(あおむ)けになり、君の求めるまま愛し合った。めずらしいことに、僕は朝、自分のベッドに他人がいることを嬉しく思った。そして君を帰したくないと感じていることに気づいた。もしもそれがばかげたことでなかったとしたら、その瞬間、その場で、僕は君に愛していると伝えていただろう。でも僕はそんなことはせず、代わりに、君に朝食を作らせ、それからもう一度ベッドに連れ戻した。そうすれば僕がどれほど君を欲しがっているか、君に伝わるはずだから。

君がまた僕に会いたいと言ったとき、僕は嬉しかった。これでもう、次に君に電話をかけるタイミングを見計らって、ひとりで悶々と一週間を過ごす必要がなくなる。僕は君に、君が決定権を握っていると思わせておいた。そしてその晩、僕たちは再び一緒に出かけた。それから二日後の夜にもまた出かけた。ほどなくして、君は毎晩泊まりにくるようになった。

「君のものをうちに置いていったらいいよ」ある日、僕は言った。

君の驚いたような表情を見て、僕はルールを破ってしまったことに気づいた。関係を先に進めるべきは男のほうではなかったのだ。それでも、毎日仕事から帰ると、水切りかごに残された逆さまのマグカップを見て、君は確かにここにいたのだということを思い知らされた。そしてその非永続性に不安を感じた。君がここに戻ってくる理由など何もなかった。君をここにつなぎとめておくものは何もなかった。

その夜、君は小さなバッグを持ってうちに来た。そして新しい歯ブラシをバスルームのコップに立てて、僕が君のために空けておいた引き出しに洗濯済みの下着を入れた。朝、仕事に行くまえに、僕は紅茶を運んで君にキスをした。オフィスまでの運転中、僕は唇に残る君を味わった。そして自分の机に着くと、家に電話をかけた。電話に出た君のこもった声を聞けば、君がまたベッドに戻って眠っていたことがわかった。

「どうしたの？」君は言った。

君の声をまた聞きたくなっただけ、だなんてとても言えなかった。

「今日はベッドを整えておいてくれる？」僕は言った。「君は一度だってしたことがないから」

君は笑った。僕は電話なんかかけるんじゃなかったと思った。家に帰ると、僕は靴も脱がずに真っ先に二階に駆け上がった。大丈夫だった。君の歯ブラシはまだそこにあった。

僕は君のために衣装だんすにスペースを設けた。少しずつ、君はそこに服を増やしていった。

「今日は泊まらないから」ある日、君が言った。僕はベッドに腰かけてネクタイを結んでいて、君はベッドに座って紅茶を飲んでいた。髪の毛はもつれていて、昨日の夜の化粧がまだ目の周りに残っていた。「クラスの男の子たちと飲みにいくの」

僕は何も言わず、濃紺色のネクタイに完璧な結び目を作ることに意識を集中させていた。

「構わない、よね？」

僕は振り返って君を見た。「僕たちが学生会館で出会ってから、今日でちょうど三ヶ月だって知っていた？」

「本当に？」

「今晩、〈ル・プティ・ルージュ〉の席を予約しておいたんだ。僕が最初のデートで君を連れていったレストランだよ？」そう言って僕は立ち上がり、ジャケットを着た。「事前に君の予定を確認しておくべきだったよ。そんなくだらない記念日を、君が覚えているわけがなかったよね」

「覚えてるよ！」君は紅茶を置いて、布団を脇へ押しやった。そして這うようにしてベッドを越えてきて、僕のそばにひざまずいた。君は裸で、君が僕の体に抱きついてくると、君の胸の温度がシャツ越しに感じられた。「あの日のことなら何もかも覚えてる。あなたがどれほど紳士的だったか、自分がどれほどあなたにまた会いたいと思ったか」

「君に渡したいものがあるんだ」出し抜けにそんな言葉が口をついた。〝それ〟がベッド脇のテーブルにまだはいっていることを願った。引き出しを手探りで探すと、奥のほう、コンドームの袋の下に〝それ〟はあった。「どうぞ」

「これって、もしかしてあれ？」君は歯を見せて笑いながら、鍵を宙で振った。そういえば、マリエのキーホルダーを外そうなどとはこれまで考えもしなかった。銀色のハートが、光の中でくるくる回っていた。

「毎日ここに来るんだ。鍵を持っていたほうがいい」

「ありがとう。私にとっては、すごく意味のあることだよ」

「仕事に行かないと。今夜は楽しんでくるんだよ」僕は君にキスした。

「待って、キャンセルする。せっかく予約してくれたんだもん――レストランに食べにいきたい。それに、これももらえたから」君はそう言って、鍵を目の高さまで持ち上げた。「仕事から戻ってくるころには、ここで待ってるね」

車で仕事へ向かうあいだに頭痛は少し治まった。それでも痛みが完全に消えたのは、〈ル・プティ・ルージュ〉に電話をして、その晩の席を予約できたあとだった。

家に帰ると、君は約束どおり待っていた。挑戦的なまでに体のラインが強調され、日焼けした長い脚があらわになるドレスを着ていた。

「どう？」君はその場でくるりと回ってから、片手を腰に置いて立ち、僕に向かってほほ笑んだ。

「素敵だよ」

僕の声の抑揚のなさは聞き逃しようがなかったらしく、君はポーズをやめた。君の肩がわずかに落ちて、片方の手が落ち着かなげにドレスのまえでそわそわと動いた。

「ぱつぱつすぎる？」

「そんなことないよ」僕は言った。「ほかにはどんな服があるの？」

「ぱつぱつすぎなんでしょ？　昨日はいてたジーンズと、まだ着てないトップスは一枚しかないの」

「それで完璧だよ」僕はそう言って君に近づき、キスをした。「君の脚にはズボンのほうがよく似合う。それに、あのジーンズをはいた君はすごく素敵だよ。急いで着替えておいで。夕飯のまえに一杯飲みにいこう」

君に鍵を渡したことは間違いだったかもしれないと心配したけれど、君は家事をするという真新しさに魅力を感じているようだった。仕事から帰ると、ほとんど毎日、家に焼きたてのケーキやローストチキンの香りが漂っていた。君の料理の腕前はいたって普通だったけれど、少しずつ上達しつつあった。君の作ったものが口に合わないときは、僕はそれを残した。すると君は、よりうまく作れるように必死になった。ある日、君がペンとメモ用紙をそばに置いて料理本を読んでいるのを見かけた。

「ルー・ソースって何？」君は訊いた。

「知るわけないだろ」その日は大変な一日で、僕は疲れていた。

君はそれに気づいていないようだった。「ラザニアを作りたいの。瓶入りのソースを使わないで、一から自分で。材料は全部そろってるんだけど、このレシピ、外国語で書いてあるみたいによくわかんなくて」

僕は調理台に並んだ食材を眺めた。つやつやの赤いパプリカ、トマト、人参、牛のひき肉。野菜は青果店の茶色い紙袋にはいっていて、ひき肉もスーパーではなく肉屋で買ったもののようだった。君はその日の午後ずっと、これを準備するのに時間を費やしていたに違いない。

何が引き金になったのかはわからない。でも僕は君のその楽しみを台無しにしたくなった。君の顔に浮かぶ自信のせいかもしれないし、君がとてもくつろいでいるように見えたせいかもしれない。君はとても安心していた。安心しすぎていた。

「そんなにお腹が空いていないんだ」

君の表情が曇った。途端、僕の気は晴れた。絆創膏（ばんそうこう）を剝がしたときのような、あるいは煩（わずら）わしいかさぶたをむしり取ったときのような、そんな気分だった。

「ごめん」僕は言った。「いろいろと大変だった？」

「ううん、いいの」君はそう言ったけれど、気分を害したのは明らかだった。君は本を閉じた。「また今度、作るよ」むっとしながら夜を過ごされるのはごめんだと思ったけれど、君はすぐに気分を切り替えたようで、君の好きな安物のワインのボトルを開けた。僕は自分のグラスに指一本分のウイスキーを注いで、君の向かい側に座った。

「来月、卒業なんて信じられない」君は言った。「あっという間（ま）だったな」

「卒業後に何をするか、あれから考えた？」

君は鼻にしわを寄せた。「あんまり。夏を休暇に当てて、旅行でもしようかな」

君が旅に出たがっているなんて初耳だった。だれがそんな考えを君に吹き込んだのだろう。君はだれと行くつもりでいるのだろう。

「一緒にイタリアに行くのはどうだろう」僕は言った。「君をヴェニスに連れて行きたいな。君はそこの建築物が気に入るだろうね。驚くほど素晴らしいアートギャラリーもいくつかある」

「すごく素敵だろうな。サラとイジーが一ヶ月間、インドに行く予定なの。私も二週間くらいふたりと一緒に回ろうかとも思うし、インターレイルパスでヨーロッパを鉄道で旅するのもいいかな」君は笑った。「ああ、どうしたらいいんだろう。全部やってみたい。そこが問題なの！」

「もう少し待ったほうがいいと思うね」僕はグラスに残るウイスキーを指でぐるぐる回しながら言った。「結局、みんな夏のあいだに旅に出る。そして戻ってきたら、みんな同時に就職活動を始める。ほかの子たちが遊び回っているうちに、ひと足早く始めるべきだよ」

「そうかもしれない」

君は納得していなかった。

「君が大学を卒業したあとのことを考えていたんだけど、正式にここに引っ越してくるのがいいんじゃないかな」

君の片眉が上がった。興味をそそられたのかもしれなかった。

「理にかなっていると思うけど。どのみち君はもう実質的にここに住んでいるわけだし、君が探しているような類の仕事じゃ、ひとりで住む部屋を借りることなんて到底できないだろう。そうなれば、汚い共同アパートに住むしかなくなる」

「少し実家に戻ろうって考えてたの」君は言った。

「お母さんとまだ関わりを持とうとしているなんて驚きだな。君がお父さんに会えないようにしていた人だっていうのに」

「そんなに悪い人じゃないよ」君は言ったけれど、少し自信をなくしているのがわかった。

「僕たち、ふたりでうまくやっていると思うけど」僕は言った。「どうして変える必要があるんだろう? 君のお母さんはここから一時間以上、離れたところに住んでいる――僕たちはもうほとんど会えなくなるよ。僕と一緒にいたくない?」

「もちろんいたいよ!」

「ここに引っ越してきたら、お金の心配をする必要はなくなるよ。公共料金は僕が持つから、君は作品集を完成させて、彫刻を売ることに専念できる」

「でも、それって公平じゃない――私のほうからも何か提供できなくちゃ」

「少し料理をしてくれればいいんじゃないかな。それから、部屋をきれいな状態にしておくことに協力してくれたら。でも本当に、何もやらなくたっていいんだ。毎朝、君と一緒に目を覚ますことができて、仕事から帰ったときに君が待っていてくれたら、それだけで充分だよ」

君の顔に笑みが広がった。「本当に?」

「これほど何かに確信を持っているのは、人生でこれが初めてだよ」

君は夏学期の最後の日に越してきた。壁に貼ってあったポスターをすべて剝がし、持ち物はサラに借りた車に詰め込んできた。

「残りのものは、来週末に母から送ってもらう」君は言った。「待って、もうひとつ車に残ってるの。あなたへのちょっとしたプレゼント。ふたりへの、かな」

君はドアを飛び出していって、車の助手席側のドアを開けた。足元に段ボール箱が置いてあった。君がその箱をあまりに慎重に運ぶものだから、中には壊れやすいものがはいっているに違いないと思った。でも君から箱を受け取ってみると、陶磁器やガラス製品にしては軽すぎると感じた。

「開けてみて」君は興奮しきった様子で言った。

段ボール箱の蓋を持ち上げると、小さな毛の塊が僕を見上げていた。「猫だ」僕はぶっきらぼうに言った。僕は動物の魅力とやらを理解できたことが一度だってなかった。家飼いの犬や猫は特に。奴らは、家中に毛をまき散らして、散歩や愛情や友情まで要求してくる。

「子猫だよ!」君は言った。「こんなに美しい生き物ってほかにいないでしょ?」それから君は箱の中からそれをすくい上げると、胸に抱いた。「イヴの猫が知らないうちに子猫を生んだの。みんなよそにあげちゃったんだけど、イヴが私のためにこの子を残しておいてくれたの。ギズモって呼ばれてるの」

「僕の家に子猫を連れてくるまえに、僕の許可を得ようとは考えなかった?」僕は口調を和らげようともしなかった。君はすぐに泣き出した。それはなんとも感傷的で見え透いた戦術で、僕の怒りはさらに増した。「ペットを飼うまえに、じっくり考えるようにっていう広告を見たことがないのか？　ものすごい数の動物が捨てられるのも不思議じゃないな——君みたいに衝動的に飼うことを決める人間のせいだよ」

「あなたもこの子が気に入ると思ったの」君はまだ涙を流しながら言った。「あなたが仕事でいないあいだ、この子が私の友達になってくれると思ったの——私が絵を描くのを見ていてくれるかもって」

僕は怒るのをやめた。僕が家を空けるあいだ、その猫が君の気晴らしになるのかもしれないと気づいたのだ。君を満足させるためなら、猫くらい我慢できるだろう。

「絶対に僕のスーツに近寄らせないように」僕はそう言うと、二階に行った。階下に戻ると、台所に猫用のベッドとフードボウルがふたつ、それからドアのそばに猫用のトイレが置いてあった。

「この子が外に行けるようになるまでだから」君は言った。君は用心深い目をしていた。君に自制心を失ったところを見せてしまったことを後悔した。僕が子猫をなでてやると、君は安堵のため息をもらした。君は僕のそばに寄ってきて、両腕を僕の腰に巻きつけてきた。

「ありがとう」そして僕にキスしてきた。いつもなら、そのままセックスにつながるようなキスの仕方で。僕が極めて優しく君の肩を下に向かって押すと、君は文句も言わずにひざまずいた。

君は子猫に執着するようになった。猫の餌、おもちゃ、それから忌々しいトイレまでもが、家を片づけたり夕飯の支度をしたりするよりも面白くなったらしかった。僕との会話と比べると、はるかに面白いらしかった。君は紐のついたぬいぐるみのネズミを床で引っ張ったりしながら、夜のあいだずっと猫と遊んで過ごした。日中は自分の作品集を作っていると言っていたけれど、僕が仕事から帰ると、君の仕事道具がまえの日と同じ状態で居間に散らばっていた。

君が越してきて二週間ほど経ったある日、家に帰ってきた僕は台所のテーブルの上にメモを見つけた。

サラと出かけてきます。先に寝てて!

その日はいつもと同じように、二度か三度、君と会話をする機会があった。それなのに君は、外出について少しも触れようとしなかった。食べる物も何も用意されていなかった。おそらく君はサラと食べるつもりで、僕が何を食べるかなんてことには関心を持たなかったのだろう。僕は冷蔵庫からビールを取り出した。猫がミャーと鳴いて僕のズボンをよじ登ろうとしてきた。そして僕の脚に爪を立てた。脚を振ると、それは床に落ちた。僕はそれを台所に閉じ込めてテレビをつけた。でも集中できなかった。僕の頭の中を満たしていたのは、最後に君とサラが一緒に外出した日のことだった。サラはなんという速さで、会ったばかりの男と消えたことか。そして君は、なんと安易に僕の家についてきたことか。

先に寝てて。

僕は、ひとりきりで座って夜を過ごすために、君に一緒に住もうと提案したわけじゃない。僕はもうすでに、ある女に裏切られてばかを見ていた——もう二度と同じような扱いを受けるつもりはなかった。ミャーミャーという鳴き声はずっと続いていた。僕はもう一本ビールを取りに席を立った。台所のドアの向こうから、猫の鳴き声が聞こえてきていた。僕が勢いよくドアを押し開けると、猫は床を滑っていった。その光景はなんとも滑稽で、一瞬、気分が良くなった。でもそれも、居間に戻って、君が散らかしていった床を再び目にするまでのあいだだけだった。君は部屋の一角にものを積み上げるという、なんともいい加減な方法で片づけたつもりになっていたらしかったが、広げられた新聞紙の上には粘土の塊が置きっぱなしだったし——新聞紙のインクがフローリングに写っていることは疑いようもなかった——濁った物質がいっぱい詰まったジャムの瓶が、大きなトレイの中に積み重ねてあった。

猫が鳴いた。僕はビールを勢いよく流し込んだ。テレビでは野生生物のドキュメンタリー番組をやっていて、僕はキツネがウサギを八つ裂きにするのを見ていた。音量を大きくしても、まだ猫の鳴き声が聞こえてきた。その鳴き声は僕の頭の中でねじ曲がって、やがてひと鳴きごとに僕の中の怒りを少しずつ助長させた。気づいたときには強烈な怒りが込み上げていて、もう自分で制御できる範囲を超えていた。僕は立ち上がって台所に向かった。

君が帰ってきたのは真夜中過ぎだった。僕は空のビール瓶を片手に、台所の暗がりに座っていた。君がいやに慎重に玄関のドアを閉めるのが聞こえてきた。それから君はブーツのファスナーを下ろし、つま先で玄関ホールを抜けて台所にはいってきた。

「楽しかった？」

君は大声を上げた。僕が君にあれほど腹を立てていなかったら、君の驚きようを見て笑えたかもしれなかった。

「よしてよ、イアン。死ぬほどびっくりした！　こんな暗いところに座って、何してるの？」君が電気のスイッチを入れると、ちかちかしながら蛍光灯がついた。

「君を待っていたんだよ」

「遅くなるって言ったでしょ」

その声にはわずかに不明瞭なところがあって、どれだけ飲んできたのだろうと訝しんだ。

「パブのあと、みんなでサラの家に行ったの。それで……」君は僕の表情に気づくと話すのをやめた。「どうしたの？」

「僕が起きて待っていれば、君が自分で見つけずにすむと思ったんだ」僕は言った。

「見つけるって何を？」急に酔いがさめたようだった。「何があったの？」

僕は床の猫用トイレが置いてある辺りを指さした。猫が微動だにせず、うつ伏せになっていた。それはその数時間のあいだに硬直していて、片脚が上を指した状態で宙に浮いていた。「ギズモ！」君は両手で口を押さえた。吐き気を催すのかもしれないと思った。「嘘でしょ！何があったの？」

僕は立ち上がって君をなだめた。「わからない。仕事から帰ってきたら、この子が居間で吐いていたんだ。どうしたらいいのかネットで検索してみたんだけど、三十分も経たないうちに死んでしまったよ。本当に残念だよ、ジェニファー。君がどれほど彼のことを愛していたか、わかっているよ」

君は泣いていた。きつく君を抱きしめる僕のシャツで涙を拭いながら泣いていた。「私が出かけるときは、なんともなかったんだよ」君は僕の顔に答えを探そうとするように僕の顔を見上げた。「どうしてこんなことになってしまったのか、わからない」

僕からさっと身を離したところを見ると、君は僕の顔に浮かぶためらいの表情を捉えたに違いなかった。「え？　どういうことなの？」

「いや、大したことじゃない」僕は言った。「これ以上、君を追い込みたくはない」

「教えてよ！」

僕はため息をついた。「僕が帰ってきたとき、この子は居間にいたんだ」

「いつもと同じように、台所に入れてドアを閉めておいたけど」君はそう言ったけれど、すでに自分自身を疑いはじめているのがわかった。

僕は肩をすくめた。「僕が帰ってきたとき、ドアは開いていたよ。ギズモは君の作品のそばに置いてある仕事道具の山から引っ張ってきた新聞を、ズタズタに引き裂いて遊んでいたらしい。でも僕が見たときには、すっかり別の物に夢中になっていたよ。あの赤いラベルの貼ってあるジャムの瓶に何がはいっているのかは知らないけど、瓶の蓋が開いていて、ギズモはそこに鼻を突っ込んでいた」

君は青ざめた。「塑像に使う釉薬（ゆうやく）だよ」

「有毒なの？」

君は頷いた。「炭酸バリウムがはいっているの。すごく危険なものだから、いつも、いつも必ず、安全なところにしまっているの。信じられない、私のせいだ。かわいそう、かわいそうなギズモ」

「ダーリン、自分を責めちゃいけないよ」僕は君を両腕で包み込んでしっかりと抱き寄せると、髪の毛にキスをした。たばこの煙の臭いがした。「事故だったんだ。君はいろいろやろうとしすぎていたんだよ。道具を広げているあいだは、家にいて、塑像を完成させるべきだったんだ――サラだって、それは理解してくれるはずだろう？」君は僕に体重を預けた。むせび泣きが落ち着いていった。僕は君のコートを脱がせて、君のバッグをテーブルに置いた。

「おいで。二階に連れていってあげよう。明日の朝、僕が君より早く起きて、ギズモを処理してあげるよ」

寝室で、君は静かだった。僕は君に歯磨きをさせて、顔を洗わせた。それから電気を消してベッドにはいった。君は子どもみたいに僕に体を寄せてきた。君に強く必要とされている感じが僕は好きだった。僕は円を描くように君の背中をなで、君の首にキスを始めた。

「今夜はしなくてもいい？」君は言った。

「気が紛れるよ」僕は言った。「君の気分を良くしてあげたい」

君は僕の下でじっと横たわっていて、僕がキスをしてもなんの反応も示さなかった。僕は君の中に押し入り、強く突いた。反応を――どんな反応でも構わなかった――誘発したくて。でも君は目を閉じたまま、一切、音を立てなかった。君は僕から楽しみをすべて奪った。君の身勝手さは、君をさらに激しく突く理由を僕に与えただけだった。

29

「それは？」レイはケイトの後ろに立ち、ケイトが両手でひっくり返しているカードをのぞき込んだ。

「グレイが財布の中に持っていたものです。私がこれを取り出したとき、グレイの顔がかなり青ざめたんです。そこにはいっていたのを見て、すごく驚いたみたいでした。このカードの正体を突き止めようと思ってます」

それは一般的な名刺のサイズのカードだった。淡い青色で、ブリストルの中心部の住所が二行にわたって書かれているほかは、文字は何も書かれていなかった。レイはケイトの手からそのカードを取ると、親指と人さし指のあいだに挟んでこすった。

「すごい安っぽいカードだな」レイは言った。「このロゴに心当たりは？」カードの上部に、不完全な〝8〟がふたつ、一方がもう一方を包み込むような形で、黒で印字されていた。

「まったく。見覚えがありません」

「この住所で調べても、警察の情報システムでは何も出てこないってところだろうな」

「データベースには何も。有権者登録リストにも引っかかりませんでした」

「グレイが昔使っていた、仕事用の名刺ってことは？」レイはもう一度ロゴをじっと眺めた。

ケイトは首を振った。「私がこれを手に取ったときのグレイの反応から判断すると、違うでしょうね。そのカードがグレイに何かを思い出させたんです――私に知られたくない、何かを」

「よし、だったら行こう」レイはそう言うと、壁にかかっている金属製のキャビネットに大股で歩み寄り、車の鍵の束を取り出した。「それを解決する唯一の方法だ」

「どこに行くんです？」

レイは返事をする代わりに青色のカードを掲げた。ケイトはコートをつかんでレイのあとを追った。

＊

グランサム・ストリート一二七番地を見つけるまでには、しばらく時間を要した。魅力的とは言いがたい赤レンガ造りの一棟二軒住宅が、果てしなく続くかと思われるほど連なって建っていた。それぞれの家に番号が振られていたが、そこに使われている奇数の番号は、隣り合う偶数の番号よりも不可解なほど大きな数だった。レイとケイトはしばらく建物の外に立ち、低木の生い茂った前庭と、窓という窓に引かれている灰色っぽいカーテンをじっと眺めた。近くの庭にマットレスが二枚置いてあって、警戒心の強い猫の休憩所になっていた。レイとケイトが玄関ドアに続く通路を進むと、猫がミャーと鳴いた。隣接するほかの家々にはポリ塩化ビニルを用いた安価なドアが設えられているなか、一二七番地の建物のドアは丁寧に塗装された木製のドアで、のぞき穴もついていた。ドアに郵便受けはなく、代わりに、ドアのそばの壁に金属製の郵便ボックスが設置されていて、その入り口には南京錠が取りつけられていた。

レイはベルを鳴らした。ケイトはジャケットのポケットに手を入れて警察手帳を取り出そうとしたが、レイがケイトの腕に手を置いた。「出さないほうがいい」レイは言った。「ここにだれが住んでいるか、わかるまではな」

タイル張りの床を踏む音が聞こえてきた。足音が止まった。レイはドアの中央についている小さなのぞき穴を真っすぐ見つめた。どのようなテストが行われたにせよ、ふたりはそれに合格したらしかった。数秒後、ドアの鍵が開く音が聞こえてきた。ふたつ目の鍵が回ったあと、ドアが十センチメートルほど開き、チェーンで止まった。過剰なまでに安全対策を取っていることから、レイは年配の人間が住んでいるのだろうと想像した。しかしドアの隙間から顔をのぞかせたのは、レイとほとんど同じくらいの年代の女性だった。柄物のラップワンピースの上に紺色のカーディガンを着ていて、淡い黄色のスカーフを首に巻いて結び目を作っていた。

「どのようなご用件ですか?」

「友人を探しているんです」レイは言った。「名前はジェナ・グレイ。この通りに住んでいたんですけど、どの家に住んでいたのかどうしても思い出せなくて。彼女をご存じだったりしませんよね?」

「残念ですけど」

レイが女性の肩越しに家の中をのぞこうとすると、女性はわずかにドアを閉め、レイと目を合わせて、レイから視線をそらさないようにした。

「こちらには長くお住まいですか?」ケイトは女性が話したがらないでいるのを無視して訊いた。

「長いと言えますね」女性は、はっきりとした口調で答えた。「では、そろそろよろしいでしょうか……」

「お邪魔してしまい申し訳ありませんでした」レイはケイトの腕をつかんで言った。「さあ、行こう、ハニー。電話をかけてみるよ――それで彼女の住所がわかるかな」レイはそう言って、女性にも見えるように携帯電話を掲げた。

「でも――」

「何はともあれ、ありがとうございました」レイはそう言ってケイトを肘で軽く突いた。

「そうね」ようやくレイのサインに気づいたケイトは、そう答えた。「電話をしてみます。お時間いただいて、ありがとうございました」

女性はしっかりとドアを閉めた。鍵がひとつ、またひとつとかけられる音が聞こえてきた。レイは家から完全に見えなくなるところにくるまで、自分の腕をケイトの腕に絡ませていた。ふたりの距離の近さを強烈に意識しながら。

「何に気づいたんですか？」車に乗り込みながらケイトが言った。「グレイが住んでいた場所ですか？　それとも、あの女性が、話してくれた以上のことを知っているとか？」

「ああ、彼女は何か知っている、それは間違いない」レイは言った。「彼女が身につけていたもの、気づいたか？」

ケイトは少し考えてから答えた。「ワンピースと、落ち着いた色のカーディガン」

「ほかには？」

ケイトは困ったように首を振った。

レイが携帯電話のボタンを押すと、画面がぱっと明るくなった。レイはそれをケイトに渡した。

「彼女の写真を撮ったんですか？」

レイはにやりと笑った。レイは手を伸ばして写真を拡大して、女性の巻いていた黄色いスカーフの結び目を指さした。そこには小さな丸いマークが見えた。

「ピンバッジだよ」レイはそう言って、もう一段階、写真を拡大した。すると、ようやくそこに見えてきた。ふたつの〝8〟のように見える黒い太線が、ひとつの〝8〟がもう一方に抱えられるような配置で描かれていた。

「カードにあった記号！」ケイトは言った。「やりましたね」

「どういう形にせよ、ジェナ・グレイがこの家となんらかの関わりを持っていたことは間違いない」レイは言った。「でも、どんな？」

30

なぜ君がそれほどまでに僕を君の家族に会わせたがっているのか、僕には理解ができなかった。君は母親をひどく嫌っていたし、イヴとは週に一度くらいのペースで話をしていたのに、彼女がブリストルまで来ようとしたことは一度もなかった。イヴが君に会いたがるたびに、君がわざわざオックスフォードまで出かけていかなきゃならないのはなぜなんだ？　それでも君は、小さな良い子ちゃんのように、のこのこと出かけていった。そして僕をひと晩——それ以上のこともあった——ひとり家に残して、巨大化しつつあるイヴの腹を褒めそやし、イヴの金持ちの夫におべっかを使っていたに決まっているんだ。君が一緒に行こうと誘ってくるたびに、僕は断った。

「みんなそのうち、私があなたっていう人がいるっていう作り話をしてると思うんじゃないかな」君は言った。君は冗談を言っているんだと示すように笑顔を見せたが、その声には必死さが潜んでいた。「クリスマスはあなたと過ごしたいよ——去年はあなたがいなかったから、何か物足りない感じだった」

「だったら僕とここで過ごせばいい」それはなんともシンプルな選択だった。どうして僕だけじゃ充分じゃないんだ？

「でも家族とも一緒にいたいの。泊まる必要だってないの——ランチに顔を出せればいいんだから」

「それで酒も飲まないって？　大層なランチになりそうだな！」

「私が運転する。お願い、イアン。私、どうしてもあなたをみんなに見せびらかしたいの」

君はもうほとんど懇願していた。君の化粧は以前に比べるとだんだん薄くなってきていたが、その日の君は口紅をつけていた。僕は懇願する君の唇の赤い曲線を見ていた。

「わかったよ」僕は肩をすくめた。「でも次のクリスマスは、君と僕とふたりきりだ」

「ありがとう！」君は顔を輝かせて僕に抱きついてきた。

「何かプレゼントを持っていかないとね。彼らがどんなに裕福かを考えたら、ちょっとした冗談みたいなものになるけど」

「もう考えてあるの」君はあまりに喜んでいて、僕の棘(とげ)のある言葉に気づいていなかった。

「イヴはいつだってバスオイルを欲しがってるし、ジェフはスコッチを持っていけば喜ぶの。本当に、それで問題ないよ。あなたもイヴたちを気に入るはずだから」

僕にはそうは思えなかった。〝レディ・イヴ〟のことならもう充分すぎるほど君から聞かされていて、彼女がどういう人間であるか、僕なりに判断を下していた。それでも、彼女の何がそれほど君を夢中にさせるのかを確認するという意味では、非常に興味が引かれたことも確かだった。きょうだいと離れ離れでいることに喪失感を感じたことなど、あったためしがない。だから君があれほど頻繁にイヴと電話で話すのが癪(しゃく)に障った。君がイヴと電話をしているときに僕が台所にはいっていくと、君は急に話すのをやめることがあった。そんなときは、ふたりで僕の話をしていたのだということがわかった。

「今日は何をしていたの？」僕は話題を変えた。

「すごくいい一日だった。職人たちが集まるランチに出席してきたの。〈スリー・ピラーズ〉っていうネットワーキング・グループが開いてたんだけど、クリエイティブ産業で仕事をする人たちのためのグループなの。私みたいな人たちがこんなにたくさんいるんだってわかって、驚いちゃった。みんな自宅に小さなオフィスを構えて仕事をしてるんだ。それか台所のテーブルとか……」そう言いながら君は申し訳なさそうな表情で僕を見た。

そのころにはもう、台所で食事をするのが不可能になっていた。テーブルの上に、絵の具や粘土のくず、描き殴った絵が常に散らばっているせいだった。君のものがそこら中に落ちていて、そこはもはや僕がくつろげる場所ではなくなっていた。家を買ったときには小さいとは思わなかったし、マリエがいたときだって、ふたりで暮らすのに充分な空間があった。マリエは君よりおとなしかった。君ほど熱意に満ち溢れていなかった。ある意味では、一緒に住みやすい人間だった。嘘をつくという点を除けば。でも僕は嘘にどう対応するべきかを学んだし、もう二度と同じ状況に陥るのはごめんだった。

君はまだランチの話をしていた。僕はなんとか君の話に集中しようとした。

「それで、私たち六人だったら、家賃を払えるんじゃないかって話になったの」

「なんの家賃？」

「共同アトリエの家賃。自分ひとりで借りるのは無理だけど、ほかの人たちと協力して払うんだったら、講師料としてもらってるお金で足りそうだから。そうすれば私もちゃんとした窯を持つことができるし、ここにあるもの全部、あなたの目のまえからなくすことができるから」

君が教えることで少しでも収入を得ているなんて、僕は知らなかった。僕は君に、陶芸の講座を開くよう提案したことがあった。スズメの涙ほどの金でしか売れない像を作っているよりも、そっちのほうが合理的な時間の使い方だと思ったから。収入があるのであれば、ビジネス・パートナーシップみたいなものへの参加に合意するまえに、僕の住宅ローンの支払いに少しでも貢献すると申し出てくれるものと思っていた。結局のところ、君はずっと無家賃で生活していたんだから。

「原理的には素晴らしいアイディアのようだけど、だれかが抜けることになったらどうするんだい？　その子の分の家賃を、だれが余計に払うことになるんだい？」そういうことについて、じっくり考え尽くしたわけではないことがわかった。

「でも作業をする場所が必要なんだよ、イアン。教えるのもそれはそれでいいんだけど、それを一生やっていたいわけじゃない。私の彫像も売れはじめてるの。もっと早く作ることができて、もっとたくさん注文を受けることができれば、これをちゃんとしたビジネスにすることができると思うの」

「だけど、どれだけ多くの彫刻家やアーティストがそれをやっていると思う？」僕は言った。「そのことに対して、現実的な目を持つ必要があるってことさ——わずかばかりの小遣いをもたらす、趣味以上のものにはなり得ない可能性だってあるんだから」

　君は真実を聞くのが好きじゃないんだ。

「でも協力して働けば、お互いに助け合うことができると思うの。アヴリルのモザイクは私が作るような作品とよく調和するし、グラントの油絵は、ほかに類を見ないくらい素晴らしい。大学時代の友達に参加してもらうのもすごくいいかな。もうずいぶん長いこと、だれからも連絡はないんだけど」

「問題だらけだな」僕は言った。

「そうかもしれない。もう少し、ちゃんと考えてみる」

　君がもう決意を固めていることが僕にはわかった。この新たな夢のために、僕は君を失うことになる。「ねえ」僕は、胸に潜む不安を声に出さないようにして言った。「だいぶまえから、引っ越しをしようかと考えていたんだ」

「そうなの？」君は疑うような表情を見せた。

　僕は頷いた。「外に充分なスペースがある家を探して、庭に君のアトリエを建てよう」

「私だけのアトリエってこと？」

「窯を置いてね。好きなだけ汚すことができるよ」

「私のためにしてくれるの？」君の満面に笑みが広がった。

「君のためなら、なんだってするよ、ジェニファー。知ってるだろう」

それは本当だった。君を囲っておくためなら、僕はなんだってやった。

君がシャワーを浴びていると、電話が鳴った。

「ジェナいます？　サラです」

「やあ、サラ」僕は言った。「ジェナなら今、友達と遊びにいっているよ。さっきの電話のあと、ジェナから折り返しの電話はなかった？　君の伝言は伝えておいたんだけど」

しばし沈黙が流れた。

「ありませんでした」

「そう。じゃあ、君から電話があったと伝えておくよ」

君がまだ二階にいるあいだに、僕は君のハンドバッグの中を調べた。これといって変わったものは何もなかった。レシートが示していた場所は、君が僕に行ったと報告していた場所と同じだった。煮えたぎるように高ぶっていた神経が落ち着いていくのを感じた。いつもの習慣で、僕は君の財布の札入れを確認した。札入れは空っぽだったものの、指先が何か分厚いものに触れるのを感じた。より注意深く調べてみると、札入れの裏地に切れ目がはいっていることに気がついた。そしてその中に、小さく折りたたまれた紙幣が数枚、押し込まれていた。僕はそれをポケットにしまった。もしそれが生活費で、安全に保管しておくためにしまい込んであったのであれば、君は僕にその金を見なかったかと訊いてくるはずだった。もしも訊いてこなければ、君が僕から何かを隠していることがわかる。僕の金を盗んでいることが。

君はその金について、一度も尋ねてこなかった。

君が僕を置いて逃げた日、僕は君が家を出ていったことにさえ気づかなかった。僕は君が帰ってくるのを待っていて、待ちくたびれてベッドにはいろうとしたところで初めて気がついた。君の歯ブラシがなくなっていた。スーツケースを確かめにいったけれど、スーツケースはどれもそのまま残っていて、小さなバッグがひとつなくなっているだけだった。そいつは君に、必要なものを買ってやろうと言ってきたのか？　そいつは君に、欲しいものはなんでも買ってやろうと言ってきたのか？　その見返りに君は、何を差し出したんだ？　胸くそが悪くなる。だけど、僕のほうが君を手放したんだ。おまえなんていないほうがましだ、僕はそう自分に言い聞かせた。君が警察に駆け込んで、奴らが虐待と呼ぶに違いないところの行為を訴えたりしない限りは、どこへでも好きなところに逃げればいい。君のあとを追いかけることだってできたけど、そんなことはしたいとも思わなかった。わかるか？　君なんてもう、欲しくなかったんだ。それに今日のブリストル・ポスト紙のちっぽけな記事さえなかったら、このまま君を放っておいたさ。名前こそ載ってはいなかったものの、僕がこれを読んで君だと気づかないとでも思ったか？

警察が君の生活について、人間関係について尋ねているところを想像してみた。警察は君を試して、誘導尋問する。君は泣き出して何もかも話してしまう。君は崩壊して、間もなく警察が僕のところにやってくる。そして奴らにはなんの関係もない問題について質問してくるんだ。そして僕を、いじめっ子、乱暴者、妻虐待者呼ばわりする。僕はそのどれにも当たらない。僕が君に与えたもので、君が求めなかったものなんて何もない。

今日、僕がどこに行ったかわかるか？　ほら、当ててみるんだ。無理か？　オックスフォードに、君の姉を訪ねにいったんだよ。君の現在の居場所を知っている人間がいるとしたら、彼女しかいないと思ったんだ。家は五年まえとほとんど変わっていなかった。今でも、非の打ちどころなく刈り込まれた月桂樹が玄関ドアの両側に置かれていた。そしてあの神経を逆なでする呼び鈴は、今でも玄関ドアについていた。

僕の顔を見るとすぐに、イヴの顔から笑顔が消えた。

「イアン」イヴは抑揚のない調子で言った。「驚いたわ」

「ひさしぶりだね」僕は言った。イヴはこれまで、僕に対する良いとは言いがたい評価を、面と向かって僕に伝えてきたことがなかった。「暖かい空気が全部、逃げてしまうよ」僕はそう言いながら、玄関ホールの黒と白のタイルに足を踏み入れた。イヴは僕に道をあけるよりほかなかった。イヴのそばを通り過ぎるとき、僕はイヴの胸に腕を擦りつけていった。そして居間にはいった。イヴは僕のあとからちょこちょこと小走りにやってきて、この家の主人（あるじ）は自分なんだということを僕に示そうとしていた。なんとも哀れな。

　僕は、イヴがひどく嫌がることをわかっていながらジェフの椅子に座った。イヴは僕の向かい側に座った。僕にはイヴが心の中で葛藤していることがわかった。何をしにここへ来たのかと僕に訊きたくてたまらない様子だった。

「ジェフはいないの？」僕は訊いた。イヴの目に何かが浮かんだのがわかった。そして気づいた。イヴは僕に怯（おび）えているのだ。その考えは妙に僕を興奮させた。レディ・イヴはベッドの上ではどんな感じなのだろうかと想像したのは、そのときが初めてではなかった。彼女も君と同じように、受け身なんだろうか。

「ジェフは子どもたちを連れて街に行ったわ」

　イヴは椅子の上で腰の位置を変えた。僕はイヴが耐えられなくなるまで、ふたりのあいだに沈黙が流れるままにした。

「どうしてここに来たの？」

「ちょっと通りかかっただけだよ」僕は大きな居間を見渡して言った。僕たちが最後に来たときから模様替えをしたようだった――君の気に入りそうな部屋だ。君が台所に使いたいと言っていた、退屈な白亜色を選んでいたよ。「長いこと会わなかったね、イヴ」

　イヴは同意するようにわずかに頷いたものの、返事をしなかった。

「ジェニファーを探しているんだ」僕は言った。

「どういうこと？　まさか、ついにあなたの元を去ったなんて言うんじゃないでしょうね」

イヴは、これまで僕が見たこともないほどの熱意をもって言葉をほとばしらせた。

そこに込められた皮肉は無視して僕は言った。「別れたんだ」

「あの子、大丈夫なの？　どこに住んでるの？」

イヴは厚かましくも君を心配していたよ。君に対してあれほどひどいことを言ったあとで、だ。偽善者ぶった性悪女(ビッチ)が。

「君のところには駆け込んでこなかったということかな？」

「どこにいるのか知らないわ」

「へえ、本当に？」最初、僕はイヴを信じていなかった。「でも君たちふたりはとても仲がいい——だいたい察しがつくんじゃないのかな」目尻の筋肉が痙攣(けいれん)してきた。僕は目尻を擦って止めようとした。

「もう五年間、話もしてないのよ、イアン」イヴはそう言って立ち上がった。「もう帰ったほうがいいわ」

「この五年間、ずっと連絡がなかったって言うのかい？」僕は脚を伸ばして背もたれに体を預けた。いつ帰るかは、僕が決める。

「なかったわ」イヴは言った。僕は一瞬、イヴの視線が炉棚に向けられたのを見逃さなかった。「さあ、もう帰って」

暖炉はガスストーブに偽物の石炭が飾られたタイプのもので、これといって特徴はないように見えた。白く塗られたマントルピースの上にはキャリッジクロックが飾られていて、その両側にポストカードや招待状などが数枚立てかけてあった。

すぐに、彼女が僕に見られたくないと思っているものがわかった。ジェニファー、あんなにわかりやすいものを送るまえに、もう少し慎重に考えるべきだったな。それはそこにあった。金色の縁取りを施された招待状に紛れて、それだけが浮いていた。崖の上から撮られた砂浜の写真。砂の上には、Lady Eve(レディ・イヴ)と刻まれていた。

僕は立ち上がって、イヴに案内されるままに玄関に向かった。腰を折ってイヴの頬にキスすると、イヴは僕から身を遠ざけようとした。僕は、嘘をついたことで彼女を壁に叩きつけてやりたいという衝動を必死でこらえていた。

イヴがドアを開けた。僕は鍵を探すふりをして見せた。「置いてきたに違いない」そして言った。「すぐ戻るよ」

僕はイヴを玄関ホールに残して居間に戻った。そしてそのポストカードを手に取って裏返した。でも、期待していた住所はそこには書かれていなかった。見覚えのある汚い字で、イヴに向けた感傷的なメッセージが書いてあるだけだった。君はよく、僕にちょっとした手紙を書いてくれた。そして枕の下やブリーフケースに忍ばせておいてくれた。どうしてしなくなったんだ？　喉の筋肉がこわばった。僕は写真を観察した。どこにいる？　僕の中の緊張が、今にも爆発せんばかりだった。僕はカードを半分に引き裂くと、それをまた半分に引き裂いた。それからもう一度、引き裂いた。すぐに気分が良くなった。ばらばらになったカードの破片をキャリッジクロックの後ろに押しやったちょうどそのとき、イヴが居間にはいってきた。

「あったよ」僕はポケットを叩きながら言った。

イヴは部屋を見回した。部屋の中で、何か置き場所が変わっているものはないか、それを確かめているのは明らかだった。見ればいい、僕は思った。そして見つければいい。

「また会えて嬉しかったよ、イヴ」僕は言った。「またオックスフォードに来るときには、必ず顔を出すよ」僕は玄関に引き返した。

イヴの口が開いたけれど、言葉は出てこなかった。だから僕が代わりに言った。

「楽しみにしているよ」

＊

家に帰ると、僕はすぐにインターネットで検索を始めた。海辺を三方から取り囲む高い崖や、不吉な雲に覆われた灰色の空には、どう見てもイギリス的なところがあった。僕は〝イギリス　海辺〟で検索して、出てきた画像のページをスクロールしていった。何度も、何度も〝次のページ〟をクリックした。でも見つかるのは、旅行ガイドに使われている、笑顔の子どもたちでいっぱいの砂浜の写真ばかりだった。〝イギリス　崖のある海辺〟に変えて検索し直した。そしてまたページをスクロールしていった。見つけるよ、ジェニファー。君がどこへ行こうとも、僕は君を見つけるよ。

そして君を迎えにいくよ。

31

ベッサンが私のほうに向かって大股で歩いてくる。耳まですっぽり隠すようにしてニット帽をかぶっている。ベッサンはまだ私から少し離れたところにいるうちから話しはじめる。賢いやり方だ。ベッサンが何を言っているのかは聞こえないけれど、話しかけられているのに立ち去ることはできない。私はそこに立ち、ベッサンが私のところまで来るのを待った。

ボーと私のふたりきりで、崖の上と波打つ海を避けるようにしながら草地を歩き回っていた。あまりにも恐ろしくて、もう海に近づくことができない。とはいうものの、私が恐れているのは海ではなく、自分の心なのだけれど。自分の気が変になっていくのがわかる。でもどれだけ歩いても、逃れることはできない。

「上に見えたの、あんただと思ったんだ」

キャラバンパークはここからかろうじて見えるくらいだ。私なんて、丘の斜面に見えている点にすぎなかったはず。ベッサンの笑みは今でも嘘がなく、温かい。最後に私たちが会話したときから何ひとつ変わっていないみたい。でもベッサンは、私が保釈中の身であることを知っているはずだ。村中が知っている。

「散歩しようと思ってたんだ」ベッサンは言った。「一緒にどう?」

「散歩なんて、したことないでしょ」

ベッサンの口元がわずかに引きつる。「だったら余計に、私がどんだけあんたに会いたいと思ってたかってことの証明になるんじゃないかな」

私たちは歩調を合わせて歩く。ボーは見えないウサギを追いかける遊びを延々と続けながら、少し先を駆けていく。よく晴れた清々しい日で、歩いていると、吐き出す息が白く見える。もうすぐ正午だというのに、朝降りた霜のせいで地面はまだ固く、春はまだ先なのだと感じられる。保釈後、カレンダーの日付を消すのが習慣になっていて、再び裁判所に出頭する日にちには大きな黒いバツ印をつけてある。あと十日残されている。留置場で渡された説明によると、公判が始まるまで少し待たなければならないことがあるらしい。それでも、ペンファッチに次の夏が訪れるのを見届けることはできそうにない。この先、何度逃すことになるのだろう。

「もう聞いたと思うけど」私はこれ以上、沈黙に耐えられなくなって口を開く。

「聞かないってのは難しいね、ペンファッチじゃ」ベッサンは苦しそうに呼吸をしていた。

私は少し歩くペースを落とす。「だからって、私が噂をすごく気にするかっていうと、それはまた違うんだけど」ベッサンは続ける。「私はむしろ、本人から直接聞きたいと思ってね。でも、あんたが私を避けてるって印象を強く受けたから」

私は否定しない。

「話してくれない？」

本能的に〝ノー〟と答えるものの、すぐに、本当は話したがっている自分がいることに気づく。私はひとつ、呼吸をする。

「男の子を殺したの。その子の名前は、ジェイコブ」

ベッサンのほうから小さな音が聞こえた――息が吐き出される音かもしれないし、首を振る音かもしれない――けれど、ベッサンは何も言わない。崖に近づいたところで、私は一瞬、海に目をやる。

「暗くて、ずっと雨が降っていた。あの子が見えたときには、もう遅かった」

ベッサンは長い息を吐き出す。「事故だった」

それは質問ではなかった。私は彼女の忠誠心に心打たれた。

「そう」

「でも、それだけじゃないんでしょう？」

ペンファッチの噂製造機は優秀だ。

「そう、それだけじゃない」

崖の頂上にやってきた。私たちは左に折れて、入り江に向かって歩きはじめる。私はなんとか重い口を開く。

「停まらなかったの。あの子と母親を道路に残して、車で走り去ったの」ベッサンを見ることができない。ベッサンは数分間、何も話さずにいた。そしてようやく再び口を開いたとき、その言葉は核心をついていた。

「どうして？」

それは答えるのが最も難しい質問だった。でも今、ここでなら、ありのままを伝えることができそうだ。「怖かった」

そこでようやく私はベッサンの顔を盗み見た。でもその表情を読み取ることはできない。ベッサンは海を見つめていた。私は足を止め、ベッサンのそばに立つ。

「私のやったことで、私を憎む？」

ベッサンは悲しげな笑みを浮かべる。「ジェナ、あんたはひどいことをした。そして残りの人生、ずっとそれを償いながら生きていく。それで充分、罰になるんじゃない？」

「お店で、私には何も売ってくれないの」食料品が手にはいらないことを愚痴るなんて、なんて卑しいんだろう。でも、屈辱は、私が思っていた以上に私を傷つけている。

ベッサンは肩をすくめる。「おかしな連中なんだよ。移住者が嫌いで、彼らを攻撃する理由をひとつでも見つけたときにはね、もう……」

「どうしたらいいのか、わからない」

「無視するんだね。この村以外で買い物をして、毅然と振る舞うんだ。この問題は、裁判所とあんたのあいだで解決する問題。ほかのだれの問題でもない」

私はベッサンに感謝の笑みを向ける。ベッサンの現実的なものの見方はとても心強い。

「昨日、猫を一四、動物病院に連れていかなきゃならなかったんだ」ベッサンはさりげなく話題を変える。

「パトリックと話した？」

ベッサンは足を止めて、私のほうを見る。「あんたになんて声をかけたらいいか、わからないでいるよ」

「最後に会ったときは、うまく対応していたように見えたけど」パトリックの声の冷たさ、コテージを去るときに見せた、感情を欠いた目が思い出される。

「パトリックは男だよ、ジェナ。単純な生き物さ。話してごらん。私に話してくれたように、パトリックにも話してみるんだよ。あんたが自分のしたことをどれだけ悔やんでいるか、パトリックも理解するはずだよ」

子どものころ、パトリックとベッサンがどれほど親しくしていたかを思った。そしてほんの一瞬だけ、ベッサンは正しいのかもしれないと思えた。まだパトリックとやり直すチャンスがあるかもしれない、と。でもベッサンは、パトリックがどんな目で私を見ていたか、それを知らない。

「無理だよ」私は言う。「もう終わったの」

入り江まで来た。男女のカップルが海のそばで犬を散歩させながら歩いている。彼らを除けば、そこにはだれもいなかった。潮が満ちてきていて、砂を舐めながら這うように内陸に進んでくる。一羽のカモメが浜辺の真ん中に立ち、カニの殻をつついている。ベッサンにさよならを言おうとしたそのとき、砂の上、迫りくる潮のすぐそばにある何かが私の視線を捉えた。目を細めてもう一度、見てみる。打ち寄せる波が砂の表面を覆ってしまって、そこに書かれている文字を読むことができない。また波が打ち寄せて、それを完全に消してしまった。でも絶対にそこに何か書かれていた。それは確かだった。突然、寒気がしてきて、私はコートの上から体を抱きしめる。背後の小道から音が聞こえた気がして振り返ってみる。でもそこには何もない。私は海岸の小道に、崖の頂上に、それからまた浜辺に視線を走らせる。イアンがいる？　どこかに？　私を見ている？

ベッサンは不安そうに私を見る。「何？　どうしたの？」

ベッサンに目を向けるけれど、私の目にはベッサンが映らない。文字が見える。砂の上に見たのか、頭の中に見たのか、定かではない文字が。白い雲が私を取り囲んでいるように感じられる。耳の奥で血管が脈打ち、海の音がほとんど聞き分けられないくらいになった。

「ジェニファー」私はそっとつぶやく。海が、滑らかな砂の上をさらさらと流れている。「ジェニファー？」ベッサンは視線を落として砂を見る。「ジェニファーってだれのこと？」

唾を飲み込もうとするけれど、水分が喉にまとわりつく。

「私のこと。私がジェニファーなの」

32

「残念だけど」レイは言った。レイはケイトの机の端に腰を下ろして、ケイトに一枚の紙を渡した。

ケイトは紙を机の上に置いたが、見ようとはしなかった。「CPSが起訴を決めたんですか？」

レイは頷いた。「ジェナ・グレイが何かを隠しているという説を裏付ける証拠が何もない。これ以上、起訴を遅らせるわけにはいかないんだ。グレイは今日の午後に出頭することになってる。来たら、彼女を起訴する」レイはケイトの顔をちらりと見た。「君は頑張ったよ。証拠以上のものを見ようとした。それこそまさに良い刑事がやることだ。でも良い刑事は、引きどきもわかってるものだ」

レイは立ち上がると、ケイトの肩をそっとつかんでからその場をあとにした。残されたケイトはCPSの決定に目を通しはじめた。釈然としなかった。しかしこれが本能に従って行動することに伴うリスクだった——本能がいつも正しいわけではなかった。

二時に受付のベルが鳴って、ジェナの到着を告げた。レイはジェナの身柄登録手続きをしてから、ジェナを壁際にある金属製のベンチに座らせ、そのあいだに起訴状の準備をした。ジェナの髪の毛は後ろでポニーテールにまとめられていて、高い頬骨と、透き通った青白い肌があらわになっていた。

レイは留置場管理官から印刷された起訴状を受け取って、ベンチに歩み寄った。「あなたは二〇一二年十一月二十六日、危険運転によってジェイコブ・ジョーダンを死亡させました。一九八八年道路交通法第一条に違反した容疑で、あなたを起訴します。さらに、車を停車させて事故を報告する義務を怠ったことから、一九八八年道路交通法第一七〇条二項に違反した容疑でも起訴します。何か言いたいことはありますか?」レイはジェナの顔に恐怖やショックなど、なんらかのサインがないかと注意深く観察したが、ジェナは目を閉じて首を振るだけだった。

「ありません」

「明日の朝、ブリストル治安判事裁判所に出頭するまでのあいだ、あなたを再拘留します」待ち構えていた看守がまえに進み出てきたが、レイが止めた。

「おれが連れていく」レイはジェナの腕の、肘よりわずかに上あたりをつかんで、女性棟へ連れていった。ふたりが独房棟を進んでいくと、そのゴムの靴底の音を聞きつけて、耳障りな要求が次々に発せられた。

「たばこ吸いにいってもいい？」

「あたしの準備書面、もう届いてる？」

「ブランケットをもう一枚ください」

留置場管理官の領域に干渉すべきではないとわかっていたレイは、その声を無視した。やがて声は小さくなり、不満げなぼやきとなった。レイは七番のまえで止まった。

「靴を脱いでください」

ジェナはブーツの紐を解くと、両足のつま先を使ってブーツからかかとを滑らせるようにして足を出した。そしてドアの外にブーツを置くと、光沢のある灰色の床にキラキラと光る砂がブーツから落ちた。ジェナがレイを見ると、レイはだれもいない独房に向かって頷いた。ジェナは独房にはいり、青色のプラスチックのマットレスの上に座った。

レイがドア枠に寄りかかって言った。

「何を隠しているんだ、ジェナ？」

ジェナは反射的にレイのほうに顔を向けた。「どういう意味？」

「どうして走り去ったんだ？」

ジェナは答えなかった。ジェナが顔にかかる髪の毛を払うと、手のひらを横切るようにして走るひどい傷痕が再びレイの目に留まった。火傷かもしれない。あるいは、なんらかの産業事故か。

「その傷はどうしたの？」レイはジェナの傷痕を指さしながら言った。

ジェナは質問を避けるように視線をそらした。「法廷では、どんなことが待ってるんですか？」

レイはため息をついた。ジェナ・グレイからはこれ以上、何も引き出すことができない、それだけは明らかだった。「明日は冒頭手続きだけだ」レイは言った。「公訴事実の認否が問われて、そのあとでこの件は刑事法院（クラウンコート）に送られる」

「それから？」

「判決が言い渡される」

「刑務所にはいるんですか？」ジェナは目を上げてレイを見た。

「おそらく」

「どのくらいの期間？」

「最長で十四年」レイはジェナの顔にようやく恐怖が広がるのを見た。

「十四年」ジェナはレイの言葉を繰り返した。そして唾を飲み込んだ。

レイは息を凝らして待った。一瞬、あの夜どうしてジェナが停まることなく走り去ったのか、その理由が聞けるような気がした。しかしジェナはレイから顔を背け、固く目を閉じて青いプラスチックのマットレスに横たわった。

「少し眠れるか、横になってみます」

レイはそこに立ったまま少しのあいだジェナを見ていた。それから独房をあとにした。重たい扉の閉まる音が、背後で響いた。


「お疲れさま」レイが部屋にはいったところで、マグスがレイの頬にキスをした。「ニュースで見たわ。あの事件、諦めなくて正解だったね」

いまだにジェナの態度にもやもやとした違和感を拭えずにいたレイは、曖昧な返事をした。

「警視監は結果に満足してる?」

レイはマグスのあとについて台所に行った。マグスはビターエールの缶を開けて、レイのためにグラスに注いだ。

「喜んでたよ。当然、アニバーサリー・アピールはすべて彼女の考えだった、ってことになったけど……」レイは一瞬、皮肉っぽい笑みを見せた。

「それで平気なの?」

「まあね」レイはそう言うと、ビールをひと口飲んでからテーブルに置き、満足げにため息をついた。「仕事の手柄がだれのものになろうと構わない。適切な捜査が行われて、法廷で結論が出されさえすればね。それに」レイは続けた。「この仕事で一番頑張っていたのはケイトだから」

レイにも想像できていたはずだが、マグスはケイトの名前を聞いてわずかに不機嫌になったように見えた。「裁判でグレイにはどういう判決が下されると思う？」

「六年か、七年ってとこかな。裁判官がだれになるか、グレイを見せしめにするかどうかによっても変わってくるだろうな。子どもが巻き込まれた事件は、いつだって感情的な問題になるから」

「六年なんて短すぎるわ」レイには、マグスがトムとルーシーのことを考えているのがわかった。

「ところが、六年が長すぎるってこともあり得る」レイは半ばつぶやくように言った。

「どういう意味？」

「この事件、全体としてちょっと妙なところがあるんだ」

「どんなところが？」

「ジェナ・グレイの話には、彼女が白状している以上の何かが隠されているんじゃないかっておれたちは読んでる。でも、もう起訴してしまった。これでおしまいさ。ケイトには、できる限りの時間を与えたんだ」

マグスはレイに鋭い視線を向けた。「この事件って、あなたが指揮してるんだと思ってたけど。まだ何かあるはずって感じてたのは、ケイトだったの？　だからグレイを保釈したの？」

レイはマグスの口調の辛辣さに驚いて顔を上げた。「違うよ」レイはおもむろに言った。「グレイを保釈したのは、もう少し時間をかけることに妥当な根拠を見出したからさ。事実を立証して、正しい人間を起訴しようとしているっていう確信を得たいと思ったんだ」

「ご説明ありがとう、スティーヴンス警部補。その仕組みはわかってるわ。今は子どもたちの送り迎えをして、お弁当を作ることに日々を費やしているかもしれないけど、私だって昔は巡査だったの。ばか相手に話すように私に話すのはよして」

「ごめん。君の言うとおりだ」レイは降参だと言うように両手をあげてみせた。しかしマグスは笑わなかった。マグスは蛇口から出るお湯でキッチンクロスを洗い、きびきびとワークトップを拭きはじめた。

「ちょっと驚いてる、それだけだよ。ある女が、事故現場から逃走して、車を捨てて人里離れたところに身を潜めた。そして一年後に見つけられたとき、女はすべてを認めた。あまりにも出来すぎているように思えるんだ」

レイは苛立ちをこらえようと必死だった。長い一日だった。今レイが求めているのは、椅子に座ってビールを飲み、リラックスすることだけだった。「まだ何か隠された真実があるはずなんだ」レイは言った。「それに、おれはケイトを信じてる——優れた直感の持ち主だから」レイは顔が赤くなるのを感じた。少しケイトのことを擁護しすぎだろうか？

「そうなの？」マグスはきつい口調で言った。「それは良かった」

レイは大きく息を吐き出した。「何かあったのか？」

マグスは掃除を続けていた。

「トムか？」

マグスは泣き出した。

「なあ、マグス。だったらどうしてもっと早く言ってくれないんだ？ 何があった？」レイは立ち上がってマグスの肩に腕を回した。そしてマグスの体を自分のほうに向けさせると、マグスの手からそっとキッチンクロスを取った。

「万引きしてるんじゃないかと思うの」

圧倒されるほどの怒りが込み上げてきて、レイは一瞬、言葉を失った。

「どうしてそう思うんだ？」我慢の限界だった。学校をサボったり、思春期特有の癇癪（かんしゃく）のせいで家中を踏み鳴らすようにして歩き回るのも、仕方がない。でも万引きだって？

「さあ、どうしてかな」マグスは言った。「まだトムには何も言ってないんだけど……」マグスはレイの表情を認めて、警告するように片手をあげた。「それに言いたいとも思ってないの。本当のことがわかるまでは」

レイは深呼吸をした。「全部、話してくれないか」

「さっきトムの部屋を掃除してたの」──マグスは、思い出すだけでも耐えられないというように、一瞬、目を閉じた──「そしたら、ものがいっぱい詰まった箱がベッドの下に隠してあるのを見つけたの。箱の中には、iPodとDVDが何枚か、それから山のようなお菓子と、新品のスニーカーまではいってた」

レイは首を振ったが、何も言わなかった。

「トムがそんなお金を持ってないことは、わかってるの」マグスは言った。「だってトムは、今でも、壊した窓のお金を私たちに少しずつ返済しているところなんだもの。盗んだのじゃない限り、あんなもの全部を手に入れられるはずがない」

「素晴らしいじゃないか」レイは言った。「ついには警察のお世話になるってことだな。なんと立派に見えることだろうな、そうだろう？ 警部補の息子が万引きで捕まるなんてな」

マグスは落胆の表情でレイを見た。「思いつくのはそんなことだけなの？ あなたの息子が、この十八ヶ月間、ひどく悲惨な状態で過ごしているのよ。あんなにも幸せそうで、落ち着いていて、賢かった息子が、今は学校をずる休みして、盗みまで働くようになっているっていうのに、あなたの頭に真っ先に浮かぶことは、『これがおれの出世にどう響くか？』ってことなの？」マグスは途中で話すのをやめて、レイを拒絶するかのように両手をあげた。「今のあなたにはこの話はできない」

マグスはレイに背を向けてドアのほうへ歩き出した。それから振り返ってレイを見た。

「トムのことは私に任せてほしい。あなたが関わると、事態が悪化するだけだから。それに、あなたには心配すべきもっと大事なことがあるみたいだから」

階段を駆け上がる足音がして、すぐあとに寝室のドアが激しく閉まる音が聞こえた。レイは、今マグスのあとを追ってもなんの意味もないとわかっていた――マグスが話し合いをする気分でないことは明らかだった。出世はレイの頭に真っ先に浮かんだことではなく、頭に浮かんだ考えのひとつにすぎなかった。それに家にお金を運ぶ唯一の人間がレイであることを考えたら、マグスが出世の話を頭ごなしにはねつけるのは少々贅沢すぎる気がした。トムに関しては、マグスがそうしたいと言うのであればマグスに任せるつもりだった。正直なところ、レイにはどこから手をつけていいものか、まったくわからなかった。

33

ボーフォート・クレセントの新しい家は、まえの家よりもずっと大きかった。全額を住宅ローンで組むことができなかったから、僕はお金を借りて、あとは完済できるよう願うばかりだった。返済は厳しくなりそうだったものの、それだけの価値のある家だった。君のアトリエが建てられる広い庭があって、アトリエをどこに置くか話し合ったとき、君の目が輝いているのを僕は見た。

「完璧だよ」君は言った。「ここに、必要なものが全部置ける」

引っ越してきたその週、僕は仕事を少し休んで君のアトリエを建てはじめた。そのお返しに君は僕のためになんでもやってくれた。湯気の立った紅茶のはいったマグカップを庭の隅まで持ってきてくれたり、手作りのパンとスープはどうかと僕に呼びかけてくれたりした。その状態を終わらせたくなくて、僕は無意識のうちに作業のスピードを落とすようになっていた。毎朝、九時までには庭に出ていたのが、十時から作業に取りかかるようになった。昼食の休憩時間を長く取って、午後になるとアトリエの木の骨組みに腰かけて、君に呼ばれるまで時間が経過するのをただ待つようになった。

「こんなに暗いところで作業なんてできないよ」君は言うのだった。「それにほら、あなたの手、氷みたい！　家にはいって、温めてあげる」君は僕にキスをして、自分だけの作業場が持てることをどれほど楽しみに待っているか話してきた。それから、こんなに大切にされたことなんてこれまでなかった、僕のことを愛している、そう伝えてきた。

やがて僕は、室内の装飾は週末にすると約束して、自分の仕事に戻った。それなのに、仕事に復帰した初日、僕が家に帰ってみると、君は古くさい机をアトリエの中に引っ張り込んでいて、そこに釉薬や道具を広げていた。新しい窯が部屋の隅に置かれ、ろくろが部屋の中心部分を占拠していた。君は小さなスツールに座り、君の両手に包まれて回る粘土に神経を集中させていた。僕は窓から君を見ていた。君がほんのわずかに触れるだけで、壺が形作られていった。君が僕の存在に気づいてくれることを期待したけれど、君が顔を上げることはなかった。だから僕はドアを開けた。

「夢のようでしょ？」

それでもまだ、君は顔を上げて僕を見ようとしなかった。

「ここにいるの、大好きよ」君がペダルから足を離すと、ろくろの回る速度が落ちて、やがて止まった。「家にはいって、このシャツ、着替えてくるね。そしたら夕飯の用意をするから」君は汚れた両手が僕の服につかないように注意しながら、僕の頬に軽いキスをした。

僕はしばらくアトリエに立っていた。棚で埋め尽くそうと思い描いていた壁を見つめながら。君のために特別な机を作って、部屋のあの隅に置こうと計画していたのに。僕は一歩まえに進んで、ろくろのペダルを少しだけ足で踏んでみた。ろくろは急に回り出して、ほぼ一回転した。君の手に導かれなかった壺は、一方によろめき、そして自らの重みで潰れた。

それからというもの、僕は何日も君に会わなかったような気がした。君はアトリエに暖房を取りつけて、長い時間そこで過ごせるようにした。週末でさえ、夜明けとともに粘土の飛び散った服を着てアトリエに降りていくことがあった。僕は棚を作ってあげたけれど、作るつもりでいた机は、結局作らずじまいになってしまった。君が古道具屋で見つけてきたあのテーブルを見るたびに、僕はいつも苛立ちを覚えた。

僕たちがあの家に住みはじめて一年ほど経ったころだっただろうか、僕は仕事でパリに行かなくてはならなくなった。ダグが新たな顧客獲得につながるきっかけをつかんできて、僕らは、相手方がソフトウェアの大口注文をしたくなるような好印象を与えたいと考えていた。ビジネスはあまりうまくいっておらず、配当金の金額も、もらえる回数も、当初の約束を下回っていた。クレジットカードを使っていたから、君を夕飯に連れていったり、君に花を買ったりできたものの、返済はどんどん厳しくなる一方だった。パリの顧客が僕たちに安定を取り戻してくれるはずだった。

「私も一緒に行ってもいい？」君は訊いた。君が僕の仕事に興味を示したのは、そのときが初めてだったはずだ。「パリって大好き」

まえにマリエを会社のパーティに連れていったとき、ダグがマリエにいやらしい目つきを送っていたのを見たことがあった。そしてマリエもそれに応えるよう、色目を使っていた。そんな過ちを繰り返すつもりはなかった。

「休む間もなく仕事をすることになるんだ。君が楽しめるとは思えないな。僕がそんなに忙しくないときに一緒に行こう。それに、君には完成させなきゃならない花瓶がいくつも残っているんだろう」

君は何週間とも思われるほどの長い時間を使って、自分の作品のサンプルを持って市のギフトショップや画廊を回って歩いた。でも成果が出たのは二店だけで、どちらの店も、十数個かそこらの壺や花瓶を委託販売したいと言ってきた。君は宝くじにでも当たったかのように喜んで、ひとつひとつの制作に、かつてないほどの労力を費やしていた。

「時間をかければかけるほど、君の時間に対する報酬は少なくなるんだよ」僕は君に釘（くぎ）を刺したのに、僕のビジネス経験は君にとっては無用のようで、君は色つけや艶出し（つやだ）作業にたっぷりと時間をかけるのをやめなかった。


僕はパリに着くとすぐに君に電話をかけた。君の声を聞いた途端、急にホームシックに襲われた。ダグは顧客を夕食に連れていったが、僕は偏頭痛を訴えて部屋に残り、ルームサービスでステーキを頼んだ。そしてやはり君を連れてくれば良かったと考えた。美しいまでに整えられたベッドは、あまりに広くて魅力的に感じられず、僕は十一時にホテルのバーに下りていった。ウイスキーを注文してそのままカウンターに座った。そして最初のウイスキーがなくなるまえにもう一杯、注文した。君の携帯電話にメールを送ったけれど、君からの返信はなかった。おそらく君はアトリエにいて、僕からの着信に気づかなかったのだろう。


カウンターの僕の座る席からほど近いテーブルに、ひとりの女性がいた。女性は灰色のピンストライプのビジネス用のスーツを着ていて、黒いハイヒールを履いていた。隣の椅子にはアタッシュバッグが広げて置いてあった。書類に目を通していたらしかったが、顔を上げて僕の視線に気づくと、悲しげな笑みを見せた。僕は笑みを返した。

「イギリスの人でしょ」女性は言った。

「そんなにわかりやすい？」

女性は笑った。「私ぐらい頻繁に旅すれば、見分け方もわかるようになるわ」そして読んでいた書類を手に取ると、それをアタッシュバッグの中に落として、ばたんと蓋を閉めた。

「今日はもうたくさん」

そう言いながらも女性は席を立つ様子を見せなかった。

「ご一緒しても?」

「ええ、嬉しいわ」


計画していたわけではなかったものの、それこそまさに僕に必要なものだった。朝が来て、女性が体にタオルを巻きつけてバスルームから出てきたときになってようやく、僕は彼女の名前を訊いた。

「エマ」女性はそう答えたが、僕の名前は訊かなかった。彼女はどのくらい頻繁にこういうことをやるのだろう? 不特定の市の、不特定のホテルの部屋で。

女性が部屋を出ていくと、僕は君に電話をかけて、まえの日の報告を聞かせてもらった。ギフトショップのオーナーが花瓶をとても気に入ってくれたこと、それからどれほど僕に会いたいと思っているかを話してくれた。君は僕がいなくて寂しいと言い、離れ離れでいるのは嫌だとも言った。それを聞いて僕は体に安堵が浸透していくのを感じ、安全だという感覚を取り戻すことができた。

「愛してるよ」僕は言った。君がその言葉を必要としていることを僕は知っていた。君を満足させるには、僕が君のためにしてあげていることを見せるだけでは足りないんだ。僕が君を大切にしている様子を見せるだけでは。君は小さなため息をついた。

「私も愛してる」

どうやらダグは顧客との夕食に全力を注いだらしかった。朝の会議で交わしていた冗談から察するに、彼らはストリップクラブに行ったらしかった。正午までには商談が成立した。ダグは銀行に電話をかけて、我々の支払い能力が回復したことを伝えた。

僕はホテルの受付係にタクシーを呼ばせた。「最高の宝石店はどこに行けば見つかるかな?」

受付係の、事情はわかっていますと言わんばかりの笑みが、僕を苛立たせた。「女性へのプレゼントですね、旦那さま（サー）」

僕はそれを無視した。「一番いい場所は?」

男の笑顔が少し引きつった。「フォーブール・サントノーレ通りになります、旦那さま（ムッシュ）」

僕がタクシーを待つあいだも男はずっと配慮の行き届いた態度を崩さずにいたが、そのでしゃばった態度のせいで、僕はそいつにチップを払わなければならなくなった。タクシーを降りるまでずっと、その腹立たしさを拭い去ることができなかった。

僕はフォーブール・サントノーレ通りを端から端まで歩いて、ようやく、なんとも想像力に乏しい〈ミシェル〉という名前のついた小さな店で買い物をすることに決めた。黒いアクセサリートレイの上に、まばゆい光を放つダイヤモンドがちりばめられていた。時間をかけて選びたかったのに、地味なスーツを着た店員が僕について回り、手伝いを申し出たり、提案をしてきたりして、選ぶことに集中するのが困難だった。最終的に僕は一番大きいのを、君がとても拒否できないような指輪を選んだ。シンプルなプラチナの指輪に、スクエアセットのホワイトダイヤモンドが装飾してある指輪だ。僕はクレジットカードを手渡して、君はそれに見合った女性だと自分に言い聞かせた。

次の日の朝、僕は帰国した。革製の小さな箱がコートのポケットの中で、君に渡されるのを待ち焦がれていた。君を夕食に連れ出そうと頭では考えていたのに、玄関のドアを開けて、駆け寄ってきた君にきつく抱きしめられると、僕はもう一瞬も待つことができなくなった。

「結婚しよう」

君は笑った。でも僕の目に浮かぶ誠意を読み取ったのだろう、君は動きを止めて口に手をあてた。

「愛してる」僕は言った。「君と離れているなんて、僕には無理だ」

君は何も言わなかった。そして僕はたじろいだ。それは予定にはないことだった。僕は、君が僕に抱きついてきて、キスをして、涙を流したりするんじゃないかと想像していた。そして何よりも、君が〝イエス〟と言うのを期待していた。僕はポケットを探って宝石箱を取り出すと、君の手の中に押しつけた。「本気だよ、ジェニファー。いつでも僕のものでいてほしい。そうすると言ってくれ。僕のものになると言ってくれ」

君は小さく首を横に振ったけれど、箱を開けると、その瞬間に口を大きく開いた。「なんて言っていいのか」

「〝イエス〟と言うんだ」

しばし沈黙が流れた。君に断られるのかもしれないという恐怖が僕の胸によぎるほど長い沈黙だった。やがて君は「イエス」と答えた。

34

激しい金属音に跳び上がる。昨晩、スティーヴンス警部補が私の独房を去ったあと、私はじっと剝がれかけの壁の塗装を見つめていた。コンクリートの床からマットレスを通して伝わってくる冷たさを感じながら、うっかり睡魔に飲み込まれてしまいそうになるまで、ずっとそうしていた。ベッドの上で背筋を伸ばすと、手足が痛み、頭がガンガンした。

ドアのところでがたがたと音がしている。さっき聞いた金属音は、ドアの真ん中に設けられた四角い開口部(ハッチ)が開く音だったんだ。見ると、ハッチから手が出てきて、その手がプラスチックのトレイをこちらに突き出している。

「早くしろ、一日中これをやってるわけにはいかないんだ」

私はトレイを受け取って言う。「痛み止めをもらえませんか?」

看守はハッチのそばに立っていて、顔を見ることができない。見えるのは、黒い制服と、ばらばらにほつれたブロンドの髪の毛だけ。

「医者はここにはいない。裁判所に行くまで待つんだな」看守はそう言い終わるか終わらないうちにハッチの扉を引き上げていた。扉の閉じるガチャンという音が独房棟に響き渡る。そして重たそうな足音が遠ざかっていく。

私はベッドに腰かけて、紅茶を飲む。紅茶はいくらかこぼれていて、トレイを汚していた。紅茶はぬるくて甘ったるかったけれど、私は貪るようにそれを飲む。そういえば、昨日の昼食以降、何も食べていない。朝食は、電子レンジで温められる容器にはいった、ソーセージと豆だった。容器の端はプラスチックが溶けていて、豆には鮮やかなオレンジ色のソースがかかっている。私は与えられた食事を手つかずのまま容器に残し、空のコップをトレイに置いて、トイレに行く。そこには便座がなく、ボウルのような形をした金属製の小便受けと、ざらざらした紙が数枚置いてあるだけだった。私は看守が戻ってくるまえに急いで用を足す。

再び足音が聞こえてきたころには、私が残した食べ物はもう完全に冷たくなっていた。私の独房のまえで足音が止まり、次に鍵がジャラジャラと鳴る音が聞こえてくる。それから重たいドアが開けられると、二十歳そこそこの少女がそこに立っていた。黒い制服と脂ぎったブロンドの髪から、その少女が私に朝食を持ってきた看守だということがわかる。私はマットレスに乗せてあるトレイを指さしながら言う。

「すみません、食べられませんでした」

「だろうね」看守は鼻で笑いながら言う。「私だったら、どんなに飢えてても手をつけないよ」

受付に向かい合うようにして置かれた金属製のベンチに座り、ブーツを履く。私のほかに、三人がそこに集められていた。全員男性で、みんなジャージのズボンにフードのついた服を着ている。その服はどれもとてもよく似ていて、はじめ私は、彼らが何か制服のようなものを着ているのかと思った。三人は前かがみになって背中を丸め、壁に寄りかかるようにして座っている。私が疎外感を感じているなか、彼らは家にいるかのようにくつろいでいる。私は壁のほうに体を向けて、頭上に貼ってある無数の掲示に目を通してみるけれど、どれも理解できないものばかりだ。事務弁護士や通訳者、〝考慮される〟罪についての情報。これからどんなことが自分を待ち受けているのか、わかっているべきなのだろうか？　恐怖の波が襲ってくるたびに、自分のしたことを思い出す。そして私には怯える権利などないのだと自分に言い聞かせる。

三十分かそこら待つと、ようやくブザーが鳴る。留置場の管理を任されている巡査部長が、壁にかかっている監視カメラの画面を見上げる。画面いっぱいに、白い大型トラックが映し出されている。

「リムジンが来たぞ、おまえたち」巡査部長が言う。

私の隣にいる少年が舌打ちをして、何やら理解できない、理解したくもない言葉をつぶやく。

巡査部長はドアを開けて、男女ふたりの警備員を場内に入れる。「今日は四人だ、アッシュ」そして男性の警備員に向かって声をかける。「おい、マンチェスター・シティ、昨日はひどい負け方したんだよな」巡査部長は同情するようにゆっくりと首を振ってみせるものの、顔には大きな笑みを浮かべている。アッシュと呼ばれた男性は、気さくな態度で巡査部長の肩を叩く。

「そのうち運が向いてくるさ」男性はそう答えてから、初めて私たちのほうに目を向ける。「書類はそろってるんだな?」

男たちは引き続きサッカーの話をしている。女性の警備員が私のほうにやってくる。「あなた、大丈夫?」女性はそう声をかけてくれる。女性には、その制服には不釣り合いなふんわりとした母性的な雰囲気があって、私は泣きたいというばかげた衝動に駆られる。女性は私に立ち上がるように言ってから、手のひらを私の腕に、背中に、そして脚に走らせる。

それから私のウエストバンドの内側にぐるりと指を通し、シャツの上からブラジャーの中に何もはいっていないことを確認する。私はベンチに座る少年たちが肘で小突き合うのに気づいている。裸でいるのと同じくらいに無防備な状態であるように感じる。女性警備員は私の右手首に手錠をかけ、自分の左手首とつなぐと、私を外に連れ出した。

私たちは仕切りのついた大型トラックで裁判所に送られる。母がよくイヴと私を連れていってくれた農業見本市（カントリー・ショー）で見た、馬運搬車が思い出される。両手首には手錠がかけられていて、仕切られた空間の幅と同じ長さの鎖につながれているため、トラックが角を曲がるところでは、座面の小さなベンチから滑り落ちそうになるのをなんとかこらえなければならない。狭い空間が閉所恐怖症を引き起こし、私はすりガラスの窓から外を眺める。ブリストルの市（まち）の建物が、万華鏡の中の世界のような色と形で通り過ぎていく。車が曲がったり回ったりする動きを把握しようと試みるけれど、その揺れが車酔いを引き起こし、私は目を閉じて冷たいガラスに頭を押しつける。

私の動く独房は、治安判事裁判所の深部で動かない独房に取って代わられた。そこでは紅茶――今度は熱い紅茶だ――とトーストが提供され、トーストは私の喉の奥でマッチ棒のように粉々になった。私の事務弁護士は十時にやってくると教えられる。まだ十時にもなっていないなんて、そんなことがあり得るだろうか？　今日これまでで、一生を生きたような気がしている。

「グレイさんですか？」

事務弁護士は若く、冷淡そうな人で、自信を表すストライプ柄の高そうなスーツを着ている。

「事務弁護士は頼んでいません」

「法的代理人をつけなくてはなりませんよ、グレイさん。あるいは、ご自身で訴訟活動をされるか。ご自身での訴訟活動を希望しますか？」彼のつり上がった眉が、そんな選択肢を考えるなんて恐ろしく愚かな人間以外にはいないと物語っている。

私は首を振る。

「良かった。では、私の理解しているところでは、あなたは事情聴取の中で、危険運転により死亡事故を起こした罪、さらには停車して事故後の詳細な報告をすることを怠った罪、どちらの罪も認めていますよね。間違いありませんか？」

「はい」

弁護士は持ってきたファイルをがさがさと探りはじめ、赤いリボンを解いてそれをぞんざいにテーブルの上に投げる。彼はまだ、私の顔を見ていない。

「有罪を認めますか、それとも無罪を主張しますか？」

「有罪です」その言葉が宙を漂うように感じられる。その言葉を声に出して言ったのは、これが初めてだった。私は有罪だ。

弁護士は紙に何かを書き記す。ひと言を書くにしては長すぎる。彼の肩越しにのぞき込んで読んでみたくなる。「保釈請求の手続きをしておきます。認められる可能性は大いにありますよ。前科もありませんし、前回の保釈中も条件を遵守していましたし、期日どおりに出頭していますから……事件直後の失踪は不利に作用するかもしれませんが……精神衛生上の問題は何かありませんか？」

「ありません」

「残念だ。まあ、いいでしょう。ベストを尽くします。では、何か質問はありますか？」

山ほど、私は思った。

「何も」私は答えた。


「起立願います」

もっとたくさんの人がいるものと思っていたけれど、報道関係者に割り当てられた席だと廷吏から教えられた一画でノートを手に退屈そうに座っている男性以外、傍聴人はほとんどいない。私の事務弁護士は、私に背を向けた状態で部屋の真ん中に座っている。その隣には濃紺色のスカートをはいた若い女性が座っていて、彼に蛍光ペンを渡している。ペンを持つ女性の手の下には書類が置いてある。同じ長机の、彼らから一メートルほど離れたところに、ふたりとほとんど同じに見える別のふたり――検察側の事務弁護士たち――が座っている。

隣にいた廷吏に袖を引っ張られてようやく、立ったままでいるのは私だけだということに気がつく。やつれた顔をした毛髪の細い治安判事が到着すると、ついに裁判が始まった。心臓が激しく鼓動しているし、恥ずかしさのあまり顔が焼けるように熱い。傍聴席に座る数少ないひとびとが、博物館の展示物を見るかのような好奇の眼差しを私に向けている。まえに読んだことのある、フランスで行われていた公開処刑のことが思い出される。ひとびとの目につくように町の広場にギロチンが設置され、女性たちは編み針を動かしながら〝上演〟を待ったという。自分が今日の〝出し物〟であることに気づき、体中に寒気が走る。

「被告人は起立してください」

私はまた立ち上がり、自分の名前を訊かれると、それに答える。

「あなたの申し立ては？」

「有罪です」自分の声が弱々しく聞こえて、私は咳払いをする。もう話すよう求められてはいないけれど。

弁護士たちが冗長な言葉をぶつけ合いながら、保釈について議論を交わす。聞いていると頭がくらくらしてくる。

あまりに無謀な賭けです。被告人は逃走を図るでしょう。

被告人は保釈条件を遵守しました。引き続き、遵守することでしょう。

終身刑を視野に考慮すべきと考えます。

彼女の人生についても考慮すべきと考えます。

彼らは治安判事を介して互いの意見を伝えている。喧嘩中の子どもが親を介して会話をするように。彼らの言葉はやたらと感情的であるうえに、空っぽの法廷には不必要な、これ見よがしの身ぶり手ぶりまで添えられている。彼らは保釈について議論している。刑事法院での公判期日まで、私をこのまま刑務所に入れておくべきか、あるいは保釈して自宅で公判を待たせるべきか。私の弁護士が保釈を強く訴えているのを見ながら、私は彼の袖を引っ張って、私は保釈にはまったく興味がないのだと伝えたくなった。ボー以外に、家で私を待っている人などいないのだから。だれも私に会いたがってなどいないのだから。刑務所の中にいれば安全だ。それでも、私は両手を膝の上に置いて、何を思い描いてここにいるべきなのかわからないまま、静かに座っている。別にだれかに見られているわけではないけれど。私は目に見えない存在なのだ。弁護士たちの口論になんとかついていって、この言論戦を制するのはどちらか見極めようとする。でもすぐに、その芝居じみた戦いに心が折れてしまう。

法廷内が静かになると、治安判事が無表情のまま私を見つめてきた。私はあなたの法廷に普段連れてこられるような人たちとは違うんです、そう治安判事に伝えたいというばかげた衝動に駆られる。私はあなたと同じような家庭で育って、大学にも行きました。そこでパーティを開いたり、友達だっていました。かつて私は自信に満ち溢れていて、社交的でした。

おととしの事件以前は、一度だって法律に違反したことはありませんでした。起こってしまったことは、恐ろしい過ちなんです。でも治安判事は冷めた目をしている。私がどんな人間で、何度パーティを開いたかなどということは、彼にとってはどうでもいいことなのだ。私は彼の扉のまえで裁きを待つ犯罪者のひとりにすぎない。ほかの犯罪者となんら変わりはない。私は自分のアイデンティティがさらにもう一枚、剝ぎ取られるのを感じる。

「弁護人はあなたが保釈される権利を強く擁護しました、グレイさん」治安判事は言う。「再び失踪する可能性は月に飛んでいくよりも低い、そう保証しています」傍聴席からくすくす笑いが聞こえてくる。二列目に押し込まれるようにして座っている、魔法瓶を持ったふたりの高齢女性たちのほうから聞こえてくるらしい。現代版〝編む女たち〟だ。治安判事は満足の笑みをこらえるように口の両端を引きつらせる。「弁護人は、あなたが当初、この実に忌まわしい犯罪の現場から逃走したのは一瞬の狂気のせいであり、普段のあなたでは考えられないことであると述べています。したがって、あなたがこの過ちを繰り返すことはないと。私たち全員のためにも、グレイさん、弁護人が正しいことを祈っています」治安判事はそこで言葉を切った。私は息をひそめる。

「保釈を認めます」

私は、安堵からくるものと捉えられかねないため息をもらす。

報道関係者席から音が聞こえてきて、見ると、若い男性がノートを持って座席から滑るようにして出ていくところだった。男性はノートをジャケットのポケットにぐちゃっと押し込むと、ベンチのほうに向かって軽くお辞儀をしてから退出した。男性の出ていったあと、ドアが前後に揺れ動いた。

「ご起立ください」

治安判事が退廷すると、ガヤガヤという話し声が次第に大きくなる。私の弁護士が検察側の弁護士のほうに身を乗り出しているのが見える。ふたりは笑いながら何やら話している。それが終わると、弁護士は被告人席にやってくる。

「いい結果が出ましたね」彼はそう言いながら満面に笑みを浮かべている。「この件は刑事法院に送致され、三月十七日にそこで判決が下されることになりました――法律扶助や代理人の選択肢について伝えられるはずです。お気をつけてお帰りください、グレイさん」

独房で二十四時間過ごしたあとでは、自由に法廷を出ていくことができるというのは妙な感じがする。食堂に行って持ち帰りのコーヒーを買う。警察署でもらった紅茶よりももっと強い飲み物を口に入れたいと焦っていたせいで、舌を火傷する。

ブリストル治安判事裁判所への入り口の上部にはガラス屋根があって、その屋根が、たばこをひと吸いするごとに焦ったように言葉を交わし合う少人数の集団を小雨から守っている。階段を下りていくと、私と反対方向に向かって歩いてきた女性が私にぶつかってくる。コーヒーが締まりの悪い蓋からもれて、私の手にかかる。

「ごめんなさい」無意識にそう言っていた。立ち止まって視線を上げると、その女性も止まっていた。その手にはマイクが握られている。次の瞬間、ぴかっと強烈な光が放たれる。驚いて顔を上げると、七、八十メートルほど先にカメラマンが立っているのが見えた。

「刑務所にはいることについては、どのように考えていますか、ジェナ？」

「え？　私――」

マイクがあまりに顔の近くまで押しつけられて、唇を擦りそうなくらいだ。

「今日の有罪答弁を覆すつもりはない？　ジェイコブのご家族はどんなふうに感じていると思います？」

「私、はい、その私は――」

ひとびとがあらゆる角度から私を押してくる。なんと言っているのか私には聞き分けられないスローガンを繰り返している群衆の声に打ち勝つように、リポーターは大声で叫ぶように質問してくる。あまりにも騒々しくて、まるでサッカー競技場か、コンサートホールにいるみたいだ。息ができなくなって、体の向きを変えようとしたところで、反対方向に押しつけられる。だれかにコートを引っ張られてバランスが崩れて、また別のだれかに体をどさりと預ける。するとその人は私を手荒く押しやって、その場に立たせようとする。出来栄えが良いとはいえないプラカードが、小規模のデモ参加者たちの集団の頭上に掲げられている。プラカードを書いた人間は、書き出しを大きくしすぎていた。最後の数文字は、どうにか紙に収まるように無理やり詰めて書かれている。ジェイコブに正義を！

それだ。それが繰り返し聞こえてくるスローガンだ。

「ジェイコブに正義を！ジェイコブに正義を！」何度も、何度も繰り返され、自分の背後から、四方八方から聞こえてくるように思える。空間を探すように横を見るけれど、そこにも人がいる。コーヒーが私の手から滑り落ち、地面を打ったところで蓋が外れる。中の液体が私の靴に跳ね、それから階段を流れ落ちていく。私はまたよろめいて、一瞬、自分はこのまま階段を転がり落ちて、あの怒り狂った暴徒たちに踏みつけられてしまうんじゃないかと思った。

「クズが！」

怒りでねじ曲がった口と、巨大なフープイヤリングが左右に揺れるのを、私は見た。女性が喉の奥で原始的な音を立てたかと思うと、私の顔めがけて粘着質のものを吐き出してくる。すんでのところで顔を背けることができた。生温かい唾液が私の首に着地し、コートの襟の中を伝っていく。パンチをくらったのと同じくらい強烈なショックを受けて、私は声を上げて泣いた。そして腕を上げて顔を覆い、次の攻撃に備える。

「ジェイコブに正義を！ジェイコブに正義を！」

急に、だれかの腕が私の肩を抱いたのを感じて、体がこわばる。私は身をよじらせて、死に物狂いでその腕から抜け出そうとする。

「景色のいいルートで行きましょうか」

スティーヴンス警部補だった。私の背中をしっかりと支えながら階段を上がり、裁判所の中に誘導してくれる警部補の顔は険しく、決然たる表情が浮かんでいる。警備を通過したところでスティーヴンス警部補は私から手を離した。でも何も言わなかった。私も無言で彼のあとについていき、観音扉のドアを通って、裁判所の裏側に位置している静かな中庭に出る。スティーヴンス警部補は門を指して言う。

「そこを出るとバス停があります。大丈夫ですか？　だれか電話をかけておく人はいませんか？」

「平気です。ありがとうございます——あなたが来てくれなかったら、どうなっていたか」

そう言って私は、少しのあいだ目を閉じる。

「ハゲタカが」スティーヴンス警部補は言う。「マスコミは、自分たちは仕事しているんだと主張していますが、なんらかのネタを手に入れるまではやめないでしょう。抗議者たちに関しては——まあ、あの場所には、プラカードを持ったうす汚い奴らが常に数人集まっていると言っておきましょうか。こっちがいなくなれば別の奴らがやって来るって具合に。論点なんて、彼らにはどうでもいいことなんです。裁判所まえの階段には、その日の公判内容に抗議する人たちが必ずいるんです。個人的なものとして受け取る必要はありません」

「そう思えるといいです」私は不自然な笑みを見せる。それからスティーヴンス警部補に背を向けて歩き出そうとしたとき、スティーヴンス警部補が私を引き止める。

「グレイさん？」

「はい？」

「グランサム・ストリート一二七番地に住んでいたことはありますか？」

顔から血の気が引いていくのを感じる。なんとか笑みを作ろうとする。

「いいえ、刑事さん」私は用心して答える。「そこに住んでいたことは、ありません」

スティーヴンス警部補は考え込むように頷き、それから片手をあげてさよならを言った。門を通り過ぎながら、私は肩越しに後ろを振り返る。警部補はまだ同じ場所に立っていて、私を見ている。

スウォンジー行きの電車にはほとんど乗客がおらず、私はとても安心する。座席に深く沈み込んで目を閉じる。抗議者たちに出くわした衝撃から震えが止まらない。窓の外を眺めて安堵のため息をつく。ウェールズに帰ることができるんだ。

四週間。刑務所にはいるまでに四週間、残されている。想像もできないけれど、それでいて、これ以上ないくらいに現実味がある。ベッサンに電話をかけて、今夜、家に戻ると伝えておく。

「保釈されたの？」

「三月十七日まで」

「良かった、でしょ?」ベッサンは私の熱意の欠如に戸惑っているようだ。

「今日はもう、浜辺に行った?」私はベッサンに訊く。

「昼食どきに、犬を散歩させに崖の上を歩いたよ。どうして?」

「砂の上に、何かなかった?」

「普段と変わったものは何も」ベッサンは笑いながら答える。「何を期待してたの?」

私は安堵のため息をもらす。そもそも砂の上にあの文字なんてなかったんじゃないだろうか、そう考えるようになっていた。「なんでもないの」私は言う。「またあとでね」

*

ベッサンの家に着くと、ベッサンは私に、家に寄って何か食べていくように言ってくれた。でも楽しい時間を一緒に過ごす相手にはなれるはずもない私は、その誘いを辞退する。それでもベッサンは、何か家に持って帰りなさいと強く勧めてくるので、私は彼女がプラスチックの容器にスープを入れてくれるのを待つことにする。ようやくさよならのキスをしたのは、それから一時間ほど経ったあとだった。私はボーを連れてコテージへの小道を歩きはじめる。

悪天候のせいでドアが歪んでしまっていて、鍵を回すことも、開けることもできない。肩からドアに突進すると、わずかにズレを生じさせることができて、錠が解放されて鍵を回すことができるようになった。今や鍵は、メカニズムとは無関係にくるくると回転する。ボーが怒ったように吠え出したので、静かにするよう伝える。ドアを壊してしまったのかもしれないとも思ったけれど、もうどうでもいい。私が最初に鍵が動かないと訴えたときにイエスティンが直しにきてくれていれば、もっと簡単に済んでいたはず。今では、錠を開けるために日常的に私が鍵に無理やり力を込めているせいで、イエスティンの仕事が複雑になってしまっているに違いない。

私はベッサンにもらったスープを片手鍋に注いで、アーガのコンロにかける。そしてそのそばにパンを置く。コテージは寒くて、私は上に着るセーターを探す。でも下の階には何もなさそうだ。ボーは興奮していて、居間の端から端まで行ったり来たり駆け回っている。まるで二十四時間よりももっと長い時間、この場所から離れていたかのように。

今日は、階段がいつもと違う感じがする。でもどう違っているのか、それはわからなかった。コテージに帰ってきたとき、まだ外は完全には暗くなっていなかったはずなのに、今、階段の上にある小さな窓から光がはいってきていない。何かが光を遮っているんだ。

その正体に気づいたときにはもう、階段の一番上まで来てしまっていた。

「約束を破ったな、ジェニファー」

イアンが片膝を曲げ、靴の底で私の胸を力いっぱい蹴ってくる。手が木製の手すりから滑り落ち、私は仰向けに倒れる。そして背中を激しく打ちつけながら階段を落ちていき、最後に石の床に頭を打ちつける。

35

三日後には君は指輪をはずしていた。僕は君からパンチを食らったような気がしたよ。傷をつけてしまうことを心配している、君はそう言っていた。仕事をするのに頻繁にはずさなきゃならないから、そのうちなくしてしまうかもしれないとも言っていた。やがて君は指輪を細いゴールドのチェーンに通して首から下げるようになった。僕は君を買い物に連れ出して、結婚指輪を、君がいつでもつけておけるような平たくて飾りのない指輪を買った。

「これならつけていられるね」宝石店を出たところで、僕は言った。

「でも、結婚式は六ヶ月も先なんだよ」

道路を横断しながら、君は僕の手を握っていた。僕も君の手をきつく握りしめていた。

「婚約指輪の代わりということだよ。これがあれば、君は何かを指につけていられるだろ」

君は僕の意図を誤解した。

「私なら気にしないよ、イアン。本当に。結婚する日まで待っていられるから」

「だったら、君が婚約しているってことに、世間の人はどうやって気づくっていうんだい？」あやふやにはできなかった。僕は足を止めて、君の肩に両手を置いた。君は忙しそうに通り過ぎる買い物客を見回して、僕の手を振り落とそうとした。でも、僕の手はすかさず君の手を静止させた。「君が僕のものだって、どうやってみんなに知らせるっていうんだい？」僕は言った。「もし君が指輪をしていないんだとしたら」

僕は君の目の中に、見覚えのある表情を見た。かつてマリエの目に見た表情——反抗心と警戒心の入り混じった表情——だった。君の目にその表情を認めたとき、マリエの目にそれを認めたときと同じように、僕は苛立った。どうしたら僕を怖がることができるというんだ？　僕は自分の体がこわばっているのを感じた。君の表情が痛みで一瞬歪んだのを見て初めて、僕は自分の指が君の肩に深く食い込んでいることに気づいた。僕は両手を横に垂らした。

「僕を愛している？」僕は訊いた。

「そんなの、わかってるでしょ」

「だったら、どうして僕たちが結婚することを、みんなに知らせたいと思わない？」

僕はプラスチックの袋に手を入れて小さな箱を取り出すと、その箱を開けた。君の目からあの表情を消し去りたくて、僕は衝動的に腰を落として片膝をつき、開いた箱を君のまえに差し出した。通り過ぎる買い物客たちからざわめきが聞こえてきた。そして君は顔を真っ赤に染めた。ひとびとが立ち止まって僕たちを見つめるなか、周囲の動きは僕にはスローモーションに見えた。そして僕は、君は僕のものだという、はち切れんばかりの誇らしさを感じていた。僕の美しいジェニファー。

「僕と結婚してくれますか？」

君は圧倒されているようだった。「はい」

君の返答は、最初のときよりもはるかに早かった。胸の苦しさがたちどころに消滅した。僕は君の薬指に指輪を滑らせると、立ち上がって君にキスした。周りのひとびとから歓声が上がり、僕の背中を軽く叩くやつもいた。僕はにやけずにはいられなかった。最初からこれをやるべきだったんだ、僕は思った。君のために、もっとちゃんとした儀式を、お祝いをするべきだったんだ。君はもっと価値のある女性だったのだから。

僕たちは大勢のひとびとが行き交うブリストルの街中を、手をつないで歩いた。そのあいだ、僕は右手の親指で君の結婚指輪の金属をずっとさすっていた。

「今すぐ結婚しよう」僕は言った。「これから登記所に行こう。立会人になってくれるだれかを今ここで捕まえて。結婚するんだ」

「でも、結婚式は九月ってことで決まってるじゃない！　家族がみんな来るんだよ。それを待たずに結婚しちゃうなんてできないよ」

君は教会で大きな式を挙げるのは間違いだということにはいくらか納得していた。バージンロードを一緒に歩く父親もいないし、もうずっと会っていない友人たちのために無駄に金を使ってパーティを開く必要があるだろうか？　僕たちは、コートヤード・バイ・マリオネット・ホテルで民事婚を行って、そのあと、二十人ほどで昼食会を開くよう段取りをつけていた。僕はダグに付添人(ベスト・マン)を頼んでいたけれど、それ以外の招待客はすべて君側の客だった。僕は両親が僕たちのそばに立つところを想像してみようとしたけれど、頭に浮かんでくるのは、最後に会ったときの父の顔ばかりだった。失望。嫌悪。僕は頭を振ってそのイメージを追い払った。

君は頑(かたく)なだった。「今さら計画を変えることはできないよ、イアン。たった六ヶ月だもの――待ちくたびれるほど先じゃないよ」

それはそうだった。それでも僕は、君がピーターセン夫人になる日をずっと指折り数えていた。その日が来れば今より気が晴れる、今より確かな安心感が得られる、そう自分に言い聞かせていた。

結婚式の前夜、君はホテルの部屋でイヴと過ごすと言い張ったから、僕はパブでジェフとダグと過ごすという、気まずい夜に耐えなくてはならなかった。ダグは中途半端な試みながら、正式な〝独身さよならパーティ〟をしようとしていたらしかった。でも、明日に控える大切な日のために今日は早めに就寝することにしようと僕が提案したとき、だれも反対しなかった。

式の当日、僕はホテルのバーでダブルのウイスキーを飲みながら神経を落ち着かせていた。ジェフが僕の腕を軽く叩いて、僕を〝素晴らしい奴(グレート・チャップ)〟と呼んできた。僕たちに共通点なんて微塵（みじん）もないというのに。ジェフは僕と一緒に酒を飲もうとしなかった。そして式が始まる三十分まえ、紺色のつばのある帽子をかぶった女性がドアのところに到着すると、ジェフはその女性に向かって軽く会釈した。

「義理のお母さんに会う準備はできてるか？」ジェフは言った。「そんなに悪い人じゃない、本当さ」ジェフに会う機会はこれまでにわずかしかなかったものの、彼のわざとらしい陽気さがひどく癇に障ると僕は感じていた。それでもその日は、そんなジェフの態度が気晴らしになってありがたかった。僕は君に電話をかけたくなった。電話をかけて、君がちゃんと来てくれることを確認したかった。司式者のまえにひとり立つ僕を残したまま、君はいなくなってしまうんじゃないかと考えると、そして参列したひとびとのまえで恥をかくことになるんじゃないかと考えると、腹の中をかき乱すパニックを鎮めることができなかった。

僕はジェフと一緒にドアのところまで行った。君の母親が手を差し出してきたから、僕はその手を取り、彼女に体を寄せてその乾いた頬にキスをした。

「グレース、お会いできて嬉しいです。あなたのことはよく聞かされています」

君は、自分は母親にちっとも似ていないと言っていたけれど、君の高い頬骨が母親譲りだということがわかったよ。君は父親から、髪や瞳、肌の色を、そして芸術家の遺伝子を受け継いだのかもしれなかったけれど、無駄な贅肉のない体や警戒心の強い表情は母親から受け継いでいるんだ。

「私もそう言えればいいのだけれど」グレースは口角をほんのわずかに上げて言った。「ジェナの人生に何が起こっているのかを知りたければ、イヴに話をしなければならない状態なの」

僕は、理解していると受け取られるような表情を作って見せたけれど、僕だって君との会話の乏しさに翻弄されているひとりだった。飲み物を勧めると、グレースはシャンパンのはいったグラスを手に取った。「結婚を祝して」グレースはそう言ったものの、乾杯しようとはしなかった。

君は僕を十五分待たせた。それは君に与えられた権利なんだろうけど。ダグは結婚指輪をなくしたという芝居を打った。僕たちのパーティは、国中のありとあらゆるホテルで行われる、よくある結婚披露パーティとなんら変わりないように見えていたはずだ。でも君がバージンロードに登場した瞬間に、君ほど美しい花嫁はほかにいるはずもないことが証明された。君のドレスはシンプルなものだった。胸元がハート型にカットされていて、スカートはヒップラインにぴったりと沿っていて、膝の辺りから下は床にすとんと落ち、サテン特有のちらちらとした光を放っていた。君は手に白いバラのブーケを持っていて、カールさせたつややかな髪の毛を頭の上でまとめていた。

僕たちは並んで立った。登記官が式を執り行うのに耳を傾ける君を、僕はちらちらと盗み見た。誓いの言葉を述べるとき、君は僕の目を見つめた。ジェフもダグも、君の母親さえも、もう僕の眼中になかった。部屋に千人という人間が集まっていたとして、僕の目には君だけしか映らなかった。

「ここにあなた方が夫婦であると宣言します」

拍手がぱらぱらと聞こえてきた。僕は君の唇にキスをした。それから僕たちは振り返って、ふたりで一緒にバージンロードを歩いた。ホテルのバーの隅のほうに飲み物とカナッペが用意されていた。僕は君が部屋を歩き回って、賛辞の言葉を受けたり、指輪をはめた手を差し出しては称賛を受けたりするのを眺めていた。

「ジェナ、きれいに見えると思わない？」

いつの間にか、イヴが僕の隣に立っていた。「見えるんじゃない、実際にきれいなんだよ」イヴは頷いて僕の訂正を受け入れた。

イヴに顔を向けると、イヴはもう君を見ていなかった。僕をじっと見ていた。「あの子を傷つけたりしないでしょうね？」

僕は笑った。「人の結婚式の日に、なんて質問をするんだい？」

「当然、何より重要な質問だと思うけど？」イヴは言った。それからシャンパンをひと口すすってから僕をまじまじと見つめた。「あなたを見ていると、すごく父のことを思い出すの」

「それなら、ジェニファーが僕の中に見たのは、おそらくそれなんだろうね」僕は簡潔に答えた。

「おそらくね」イヴは言った。「あなたまであの子を失望させないでほしい、そう願っているだけ」

「君の妹を捨てるつもりなんてさらさらないよ」僕は言った。「まあ、君にはなんの関係もないことだけどね。ジェニファーは成人した女性だ。女好きの父親に腹を立ててる子どもじゃないんだ」

「父は女好きなんかじゃなかった」イヴは父親を擁護しようとしていたわけではなく、事実を述べようとしているだけのようだった。それでも僕の興味を引いた。僕はずっと、君の父親は別の女を作って君の母親を捨てたんだとばかり思っていたよ。

「だったらどうして家を出ていったんだい？」

イヴは僕の質問を無視した。「ジェナを大切にしてあげて――あの子は大事にされるに値する子だから」

僕はそれ以上、イヴのうぬぼれた顔を見ていることにも、上から目線のばかげた嘆願を聞いていることにも我慢ならなくなった。僕はイヴをバーカウンターに残して君のそばへ行った。そして君を抱き寄せた。僕の新しい妻を。

僕は君をヴェニスに連れていくと約束していた。君にヴェニスを見せてあげるのが待ちどおしかった。空港で、君は誇らしげに新しいパスポートを提出し、新しい名前が読み上げられるとにやりと笑った。

「変な感じ！」

「すぐに慣れるさ」僕は言った。「ピーターセン夫人」

僕が密かに座席をアップグレードしていたことを知ると、君は有頂天になり、提供されるサービスをすべて味わい尽くすと言い張った。飛行時間はたったの二時間だったというのに、君はアイマスクをしてみたり、映画のチャンネルをころころと替えたり、シャンパンを飲んだりしていた。僕はそんな君を眺めて満足していた。君がとても幸せそうにしていて、しかもそれが僕のおかげなんだという事実が、僕を満足させた。

乗り継ぎが遅れて、僕たちがホテルに着いたころにはもう遅い時間になっていた。シャンパンのせいで頭痛がしていたし、お粗末なサービスにうんざりして不満も感じていた。家に戻ったら乗り継ぎのフライトの代金を払い戻す要求をしよう、そう心に刻んでおいた。

「スーツケースを置いて、すぐに外出しようよ」ホテルの大理石張りのロビーに着くと、君は言った。

「二週間ここに泊まるんだ。ルームサービスでも頼んで、荷ほどきをしよう——朝まで待っても何も逃げたりしないよ。それに」僕は君の腰に腕を回して抱き寄せた。「今日は僕たちの結婚初夜だよ」

君はキスをしてきた。君の舌が僕の口の中に勢いよくはいってくる。ところがすぐに君は体を引き離して、僕の手をつかんだ。「まだ十時にもなってないんだよ！　いいでしょ、この辺りをぐるっと回って、どこかで一杯飲んで、そしたら今夜はもうそれまでにするって約束するから」

　フロント係は、僕たちの即興劇を面白がって眺めていることを隠そうともせずにほほ笑んだ。「恋人同士の喧嘩ですか？」それから僕の不快な表情をよそに、そう言って笑った。僕は、君がそいつと一緒になって笑っているのを見て愕然（がくぜん）とした。

「私の夫を説得しようとしてるところなの」――君はその言葉を言いながらにこりと笑い、僕に向かってウィンクしてきた。そうすることで何かが変わるとでも思っているかのように――「部屋を見るまえに、ヴェニスの町を散歩したほうがいいって。とっても美しいはずだから」君はそう言って、必要以上に長く目を閉じてまばたきをした。それで僕は気がついたんだ、君は少し酔っているんだと。

「ええ、美しいですよ、奥さま（シニョーラ）。それでも、あなたほどは美しくありません」フロント係はそう言って、ばかばかしく軽くお辞儀さえした。

　僕は君に目をやった。僕のほうを見てあきれたというように目を回すだろうと思っていたのに、君は顔を赤らめていた。君がおだてられて喜んでいるのがわかった。君は、このすけこましに、指にマニキュアをして、ボタンの穴に花を挿した、この油っぽい男にお世辞を言われて喜んでいたんだ。

「部屋の鍵を」僕は言った。そして君のまえに歩み出て、フロントのカウンターに身を乗り出した。わずかに間(ま)があったのち、フロント係は僕に紙製のカード入れを手渡した。そこには、クレジットカードと同じ大きさのカードキーが二枚はいっていた。

「良い夜を(ブォナ・セーラ)、旦那さま(シニョーレ)」

フロント係はもうほほ笑んではいなかった。

僕はスーツケースを運ぶ手伝いを断って、君に自分のスーツケースを引かせてエレベーターに乗った。そして三階のボタンを押した。エレベーターの中で、僕は鏡越しに君をじっと見ていた。「あの人、親切だったよね」君は言った。喉の奥で胆汁の味がした。空港ではすごくいい感じだった。飛行機の中もとても楽しかった。それなのに、ここにきて、君がすべてを台無しにした。君は話しつづけていたけれど、僕は聞いていなかった。僕は、君のにたにたと笑う顔を思い出していた。君がどんなふうに顔を赤らめて、奴にお世辞を言われるがままにしていたか、どんなふうにそれを楽しんでいたかを思い出していた。

僕たちの部屋は、絨毯を敷き詰めた廊下の一番奥にあった。僕はカードキーをリーダーに差し込んで、それから引き抜いた。開錠を知らせる音が聞こえるのをイライラしながら待った。僕はドアを乱暴に押し開けて自分のスーツケースを転がして中にはいった。僕の後ろでドアが閉まって、君の顔を打つかもしれないということは気にもかけず。部屋は暑かった――暑すぎた。窓は開かない構造になっていて、僕は襟元を緩めて空気を入れた。耳元で血管が脈打つように痛んでいた。君はまだしゃべりつづけていた。何事もなかったかのように、僕を辱(はずかし)めた事実などなかったかのように、くだらないことをしゃべりつづけていた。無意識のうちに拳が握り締められていた。指の関節がわなわなとこわばり、皮膚がぴんと張っていた。煮えたぎる怒りが胸の中に広がりはじめて、胸の隙間という隙間を埋め尽くし、肺が片側に追いやられる感じがした。君を見ると、君はまだ笑っていて、ペラペラとしゃべっていた。僕は拳を振り上げると、その拳を君の顔に激しく叩きつけた。

その直後、煮えたぎる怒りが弾(はじ)け散った。心に平穏が戻ってきた。セックスのあと、あるいはジムでひとセッション終えたあとにアドレナリンが放出されたときのように。頭痛が和らいで、目尻の筋肉の痙攣(けいれん)も治まった。君から、ぼこぼこという音と喉を締めつけられているような声が聞こえてきたけれど、僕は君を見なかった。僕は部屋を出るとエレベーターに乗ってフロントに戻り、カウンターのほうを振り向きもせずにまっすぐ通りに出た。やがてバーを見つけて、そこで二杯ビールを飲んだ。僕を会話に巻き込もうとするバーテンダーは無視しつづけた。

一時間後にホテルに戻った。

「氷をもらえるかな」

「はい(シー)、旦那さま(シニョーレ)」フロント係は一度姿を消してから、アイスペールを持って戻ってきた。

「ワイングラスはいかがなさいますか、旦那さま?」

「いや、いらない」

そのころにはもう、僕は落ち着きを取り戻していた。呼吸がゆったりとして一定だった。部屋に到着するのを遅らせるため、階段を使った。

ドアを開けると、君はベッドの上で体を丸めていた。ドアの音に気がつくと、君は体を起こしてベッドの端まで這っていき、ヘッドボードに体を押しつけた。ベッド脇のテーブルに、血のついたティッシュの山があった。顔をきれいにしようという君の努力もむなしく、君の上唇には乾いた血がこびりついていた。鼻筋から片方の目にかけて、すでにあざができはじめていた。君は僕を見て泣き出した。涙は血の色を吸収しながら顎まで伝っていき、そしてシャツに落ちた。落ちた涙はそこにピンク色の染みを作った。

僕はアイスペールをテーブルに置いた。そしてナプキンを広げ、その上に氷をのせて包んだ。それから君の隣に腰を下ろした。君は震えていた。僕は氷の包みをそっと君の肌にあてた。

「素敵なバーを見つけたんだ」僕は言った。「君の気に入ると思うな。この辺りを散歩して、明日の昼食に君が喜びそうな場所を何軒か見つけたよ。君の気が向いたらね」

僕が氷の包みを離すと、君は僕をじっと見つめた。大きく見開かれた目には警戒の色が浮かんでいた。君はまだ震えていた。

「寒いの？　ほら、これを巻いておいたらいい」僕はベッドの端っこからブランケットを引っ張って、それを君の肩にかけた。「疲れているんだよ、長い一日だったから」君の額にキスしたけれど、君はまだ泣いていた。君が僕たちの初夜を台無しにしたことが残念でならない。君はみんなと違うと思っていたのに。僕はもうこれ以上、あの発散にともなう快感を、喧嘩のあとに訪れるあの安らぎに満ちたこの上ない幸福感を、求めなくてよくなるのだと思っていたのに。僕はがっかりしたよ。結局、君も、ほかの奴らと同じだったんだ。

36

私は息をしようともがく。ボーが鼻を鳴らしながら私の顔を舐め、鼻を押しつけてくる。考えようと、動こうとするけれど、あまりの衝撃に呼吸が奪われ、立ち上がることができない。仮に体を動かすことができたとしても、私の中で何かが起こっていて、私の世界がぐるぐると回転しながらだんだんと小さくなっていくような感覚にとらわれている。突如として、ブリストルに引き戻される。今日はイアンはどういう機嫌で帰ってくるのだろう。夕飯を作っているけれど、それが顔に投げつけられる覚悟はできている。私はアトリエの床にうずくまり、雨のように降ってくる拳から頭を守ろうとしている。

イアンが、反抗的な子どもを戒めるかのように頭を左右に振りながら、慎重に階段を下りてくる。私はいつもイアンを失望させてきた。どんなに必死で考えてみても、イアンの期待に沿う言葉を言ったり、行動をとったりできたためしがなかった。イアンは柔らかい口調で話す。実際に彼の発する言葉を聞きさえしなければ、気づかいのできる人間だと勘違いすることだろう。でも今、私の体はイアンの声を耳にするだけで激しく震える。氷上に横たわっているかのように、激しく。

イアンは私のすぐそばに立ち——両脚で私の体をまたいで——私を見下ろす。そして私の頭からつま先に、気だるそうな視線を舐めるように這わせる。ズボンの脚の中央(センター)についている折り目(クリース)は、手が切れるかと思われるほどしっかりと線がつけられているし、ベルトのバックルは完璧に磨き上げられていて、私の怯えた顔がそこに確認できるほどだ。イアンは、自分のジャケットに何かがついていることに気づく。そしてほつれた糸を指でつまみ、床に落とす。ボーはまだ鼻を鳴らしている。イアンがボーの頭に思い切り蹴りを入れると、ボーは床の上を一メートルほど転がっていった。

「その子を傷つけないで、お願い!」

ボーは悲しげな鳴き声を上げたものの、立ち上がる。そして逃げるように台所に歩いていって、私の目の届かないところに行ってしまった。

「警察に行ったんだよな、ジェニファー」イアンが言った。

「ごめんなさい」ささやくような小さな声しか出せなくて、イアンに聞こえたかどうかわからない。でも、もし私が同じ言葉を繰り返せば、イアンは私が許しを求めて懇願しているのだと受け取って怒り出す。こんなにもあっという間にすべての感覚が戻ってきてしまうなんて不思議だ。哀れを誘うような姿を見せればイアンは激高する。その姿を見せることなく、言われたとおりに行動する、そんな綱渡りをしなければならない。何年ものあいだ、私はイアンの要求を正しく読み取ることよりも、読み誤ることのほうが多かった。

私は唾を飲み込む。「ごめん――ごめんなさい」

イアンは両手をポケットにしまい込んでいる。そしてゆったりとリラックスしているように見える。でも私はイアンを知っている。イアンがどれほど瞬時に――

「クソごめんなさいだって?」

一瞬のうちに、イアンは私の上にしゃがみこんでいた。イアンの両膝が、私の両腕を床に押しつける。「それですべて許されるとでも思ってるのか?」イアンは前傾姿勢になって、膝頭で私の上腕の筋肉をぐりぐりと踏みつける。舌を嚙むのが遅すぎた。私は苦痛の叫び声を上げてしまう。イアンはそれを聞くと、私の自制心のなさを嫌悪して口元を歪める。私は喉の奥に込み上げてきた胆汁を飲み下す。

「奴らに、僕のことを話したんだろ?」イアンの口の両端に白いものが溜まり、飛び散る唾が私の顔を濡らす。突然、裁判所の外で出くわした抗議者が脳裏に蘇る。たった数時間まえに起こったとは思えないほど、ずっと昔の出来事のような気がしているのに。

「話してない。話してないの」

またあのゲームが始まった。イアンが質問を投げかけてきて、私がそれを打ち返そうとするゲームが。まえは上手にプレイできていた。最初、私はイアンの目にかすかな配慮を見ることができたような気がしていた。イアンはラリーの途中で唐突に離脱して、すぐにテレビをつけるか、外出するかしたりしていた。でもいつしか私のスキルは衰えた。あるいは、イアンがルールを変えたのかもしれなかった。いつしか私は、毎回、判断を誤るようになった。今のところ、イアンは私の答えに満足しているように見える。イアンは出し抜けに話題を変える。

「だれかと付き合っているんだろ?」

「ううん、付き合ってない」私は即座に答える。嘘をつくことにならなくて良かった。イアンは信じてくれないだろうとはわかっているけれど。

「嘘つきが」イアンが手の甲で私の頬を叩く。鞭を打つようなパチンという鋭い音がして、イアンが再びしゃべり出すと、その声が耳の奥で響く。「だれかがウェブサイトの立ち上げを手伝って、だれかがこの場所を探すのを手伝った。だれだ?」

「だれでもない」私は答える。口の中で血の味がする。「自分でやったの」

「おまえはひとりじゃなんにもできないんだよ、ジェニファー」イアンは、顔が私の顔に触れるくらいまで体を前傾させて言った。私は動かないよう歯を食い縛る。私が怯えて体を縮こませるのを見るのを、イアンがひどく嫌っていると知っているから。

「まともに逃げることすらできなかったじゃないか、どうだ？　おまえが写真を撮ってる場所さえ割り出せたら、あとはおまえを見つけるのがどれだけ簡単だったか想像できるか？　ペンファッチの奴らは、見知らぬ人間が旧友を見つけるのに喜んで手を貸してくれたよ」

イアンがどうやって私を見つけたか、それを不思議に思うことさえなかった。イアンは私を見つけ出す、いつだってそれはわかっていた。

「そういえば、お姉さんに送ったカード、素敵だったよ」

何気なく発せられたその言葉が、二度目の平手打ちのような衝撃を私に与える。また目眩がしてくる。「イヴに何したの？」私の不注意のせいで、イヴと彼女の子どもたちに危害が及ぶようなことがあったら、私はこの先、一生、自分を許すことができない。今でもイヴのことを思っているとイヴに伝えたい、そのことばかりを考えていて、そうすることでイヴの身に危険が及ぶかもしれないなどとは考えもしなかった。

イアンは笑った。「どうして僕がイヴに何かしなくちゃならないんだ？　イヴに興味なんて微塵もない。おまえに興味がないのと同じくらいにな。おまえは哀れな、使い物にならないアバズレだ、ジェニファー。僕なしじゃ、おまえは〝無〟だ。〝無〟だよ。おまえは何者なんだ？」

私は答えない。

「言えよ。おまえは何者なんだ？」

喉の奥を血が流れていく。私は必死で、声を詰まらせることなく言葉を発しようとする。

「私は、なんでもない人間です」

イアンは笑い、体重を移動させる。私の腕にのしかかっていた重みがなくなり、腕の痛みがわずかに弱まる。イアンは私の顔に指を走らせる。指が頬を、それから唇をなでる。

次に何が起こるのか、わかっている。わかっているからといって、その苦痛が和らぐわけではない。イアンはゆっくりと私のボタンを外して、シャツを少しずつ脱がせていき、タンクトップを上に押し上げる。私の胸があらわになる。イアンが冷めた視線を私の体に走らせる。その目には、わずかばかりの欲望の色さえ浮かんでいない。それからイアンは自分のズボンのファスナーに手を伸ばす。私は目を閉じて、自分を無にする。動くことも、声を出すこともできない。声を上げたら、嫌だと言ったら、どうなるのだろう。一瞬、そんな考えが頭をよぎる。もしもイアンに抵抗したら、押しのけようとだけでもしたら、どうなるのだろう。でも私はそれをしない。これまで一度も、したことがなかった。だから結局、悪いのは私なんだ。

どのくらいそうして横たわっていたのかわからない。コテージはもう暗く、寒くなっている。私はジーンズを引き上げて、横向きになり、両膝を抱きかかえる。両脚のあいだに鈍い痛みがあって、湿っているのがわかる。おそらく血だろう。気を失ったのかどうか定かではないけれど、イアンが立ち去るのは覚えていない。

私はボーに呼びかける。もどかしいような沈黙が一瞬あったのち、ボーが警戒した様子でおずおずと台所から出てくる。尻尾を後ろ脚のあいだに挟み込み、耳を頭にぴったりとくっつけている。

「本当にごめんね、ボー」私はボーをなだめて、そばまで呼び寄せようとする。そしてボーに手を伸ばした途端、ボーが吠える。それも一度だけ――警告の鳴き声だった。ボーの顔はドアを向いている。必死で立ち上がると、鋭い痛みが全身を駆け巡って、私は顔をしかめる。ドアをノックする音が聞こえる。

私は部屋の真ん中で、腰を半ば屈めた姿勢で立ち尽くす。片手でボーの首輪を握りしめて。ボーは低いうなり声を上げるが、今度は吠えなかった。

「ジェナ？　そこにいるの？」

パトリックだ。

安堵が体を駆け巡るのが感じられる。ドアに鍵はかかっていない。ドアを開けた瞬間、パトリックの姿が目に飛び込んできた。思わず涙が込み上げてきて、私はそれをこらえなければならなかった。居間の電気は消したままにしてある。これだけの暗さがあれば、すでにあざができているはずの顔を隠すことができるだろう。

「大丈夫なの？」パトリックは言う。「何かあった？」

「私──私、ソファで寝ちゃってたんだと思う」

「君が戻ってきてるって、ベッサンに教えてもらったんだ」パトリックは言葉に詰まり、わずかに床に視線を落としてから、もう一度、私を見る。「謝りにきたんだ。君にあんな言い方するべきじゃなかったよ、ジェナ。ただ、あまりにもショックで」

「いいの」私はそう言いながら、パトリックの背後の暗い崖をじっと見つめる。イアンがどこかにいて、私たちを見ているかもしれない。私とパトリックが一緒にいるところを、イアンに見られるわけにはいかない──パトリックに危害が及ぶのは何としても避けないと。パトリックだけでなく、イヴだってそう。私にとって意味のあるすべての人たちも同じだ。

「それだけ？」

「はいってもいい？」パトリックはそう言って一歩まえに進み出るけれど、私は首を振る。

「ジェナ、何があった？」

「パトリック、あなたに会いたくないの」その言葉を発する自分の声が聞こえる。取り消したりはしない。

「君を責めたりしないよ」パトリックは顔をくしゃっと歪める。もう何日間もまともに眠っていない人のように見える。「僕が残酷な態度を取ったんだよね、ジェナ。どうやって償っていいのかわからない。君が何を……何が起こったのか聞いたとき、僕はすごくショックを受けて、まともに考えることができなかった。君のそばにいられなかった」

私は泣き出す。こらえることができない。パトリックが私の手を取る。その手を離さないで、そう思った。

「理解したいんだ、ジェナ。ショックを受けていないふりは――この状況を困難だと思っていないふりは――できない。それでも、何が起こったのか知りたいんだ。君のそばにいて、力になりたいんだ」

私は答えない。私に言うことができる言葉は、たったひとつしかないとわかっているのに。パトリックを危険から遠ざける方法は、ひとつしかないとわかっているのに。

「君が恋しいよ、ジェナ」パトリックは静かに言った。

「もう、あなたに会いたくないの」私はパトリックの手から自分の手を引き離して、その言葉をさらに後押しするような言葉を絞り出す。「もうあなたには、一切、関わりたくないの」

パトリックは私に殴られでもしたかのように、ふらりと一歩あとずさる。その顔から、さっと血の気が失せていく。「どうしてこんなことするんだ?」

「私がそうしたいから」嘘は拷問だ。

「僕が君をひとりにしたから?」

「あなたには関係ないの。何もかも、あなたには関係ないことなの。いいから放っておいて」

パトリックは私をじっと見つめる。私はパトリックの目を見つめ返し、パトリックが私の内に潜む葛藤を──私の目に表れてしまっているはずの葛藤を──読み取ることがないようにと祈る。ようやくパトリックは両手をあげて敗北を認め、私に背を向けた。

パトリックはよろめきながら小道を進み、やがて走り出す。

私はドアを閉めて、床にへたり込む。ボーをそばに引き寄せて、ボーの首輪に顔を隠すようにして声を上げて泣く。ジェイコブを救うことはできなかった。でも、パトリックを救うことならできる。

動くことができるようになるとすぐに、私はイエスティンに電話をかけて、壊れた錠を直してくれるようお願いする。「もう、少しも鍵を回すことができなくて」私は訴える。「完全に壊れてしまっていて、このドアじゃ、外部からの侵入を防ぐ役割を果たせないんです」

「それは無駄な心配だ」イエスティンは言う。「この辺りじゃ、だれも盗みにはいらないさ」

「直してもらわなきゃならないの！」私があまりに強い口調で要求したことに、私もイエスティンも驚いている。少しのあいだ、沈黙が流れる。

「すぐに行く」

一時間と経たずにイエスティンはやってきて、私の出した紅茶を断ってすぐに作業に取りかかった。イエスティンは自分にだけ聞こえるような静かな音で口笛を吹きながら、錠前を取り外し、装置に油をさし、それからもう一度、錠前を取りつける。それが終わると、どれほど滑らかに鍵が回るようになったかを私に見せてくれる。

「ありがとう」私は安堵感から泣き出しそうになる。イエスティンが怪訝そうに私を見る。私は着ていたカーディガンをさらにきつく体に巻きつける。まだらのあざが二の腕に広がっていて、あざの周囲は、吸い取り紙に滲むインクの染みのように、血が外側に向かって滲んでいる。マラソンを走り終えたあとのように体中が痛む。左の頬は腫れ上がっていて、歯が一本ぐらぐらしているのがわかる。顔の一番ひどい部分を隠すために、髪の毛を顔のまえに垂らしてある。

　イエスティンがドアに塗られた赤いペンキを見ているのに気づいた。

「きれいにします」私はそう言ったけれど、イエスティンは答えなかった。そしてさよならを告げる代わりに頷いて帰りかけたところで、思い直したかのようにこちらを振り返って私を見る。「小さい村さ、ペンファッチってのは」イエスティンはそう言う。「だれもが互いの事情を知ってる」

「そうみたいですね」私は言う。もしもイエスティンが、私が自己弁護することを期待していたのだとしたら、私はその期待を裏切ることになる。私は裁判所の裁きを受ける。村人の裁きは受けない。

「おれがあんただったら、人との付き合いを避けて過ごすよ」イエスティンは言う。「噂が忘れられるのを待つんだな」

「アドバイスに感謝します」私は硬い口調で言う。

ドアを閉めると、二階に上がってお風呂にお湯を溜める。そして火傷するほど熱いお湯の中に座り、きつく目を閉じる。そうすれば、肌に表れはじめている傷痕を見ずに済む。私の青白い肌の上では一見して繊細な模様のようにも見える、指の形をしたいくつもの小さなあざが、胸にも太ももにも残っている。過去から逃れられると思っていたなんて、私は愚かだった。どんなに速く走っても、どんなに遠くまで走っても、過去を振り切ることなんてできないのに。

37

「何か手伝いが必要なことは？」レイはそう申し出たものの、マグスがすべて準備を整えていることはわかっていた。マグスはいつだってそうだった。

「みんな終わったわ」マグスはエプロンをはずしながら言った。「チリとライスはオーブンにはいってるし、ビールは冷蔵庫、食後にはチョコレートブラウニーもあるし」

「素晴らしいね」レイはそう言って、決まり悪そうに台所をうろうろしていた。

「食器洗浄機から皿を取り出してくれててもいいのよ、もし何か仕事を探してるんだったら」

レイはきれいになった皿を取り出しながら、口論に発展しないような、当たり障りのない話題を考えようとしていた。

その晩開かれる〝親睦会〟を提案したのはマグスだった。ひとつの事件を見事に解決したことを祝うために何かしたい、マグスはそう言っていた。喧嘩をしたことに対して、マグスなりのやり方で謝罪の気持ちを表そうとしているのだろうか。

「繰り返しになるけど、今晩の夕食会を提案してくれてありがとう」沈黙が耐えがたくなるとレイは言った。食器洗浄機からカトラリートレイを持ち上げると、水がぽたぽたと床に落ちた。マグスはレイにキッチンクロスを手渡した。

「あなたが担当してきた事件の中でも、特に注目を浴びた事件のひとつでしょ」マグスは言った。「お祝いしないと」それからレイの手からキッチンクロスを取ると、それをシンクに放り込んだ。「それに、〈ナッグズ・ヘッド〉で、三人で夜を過ごすか、うちに来て食事とビールを楽しむかの二択なんだったら、そりゃあ……」

レイはその批判を甘んじて受け入れた。結局は、それこそが今夜の夕食会を計画した理由だったのだ。

ふたりは氷上を歩いているかのように互いの位置を意識しながら、台所の中を用心深く動いた。レイがソファで夜を過ごした事実などなかったかのように。息子が盗品の山を寝室に隠し持っていた事実などないかのように。レイは思い切ってマグスの顔を見たが、その表情を読み取ることはできなかった。そして静かにしているのが得策だと考えた。このところ、レイが言うことはことごとくマグスを苛立たせていたから。

マグスとケイトを比べるのは不公平だとはわかっていた、それでも、職場にいるほうが気が楽だった。レイはケイトが不機嫌になるのを見たことがないような気がしていて、ケイトと話すまえに頭の中で予行練習をする必要などなかった。マグスに難しい話題を切り出すまえには、その予行練習をするようになっていたのだったが。

ケイトを夕食会に誘う際、ケイトが来たいと思うかどうか、レイにはわからなかった。

「乗り気じゃなければ、別に構わないんだぞ」レイがそう言うと、ケイトは戸惑った表情を見せた。

「どうして私が——」そこでケイトは唇を噛んだ。「ああ、そういうことか」ケイトはレイと同じように深刻な顔を作ろうとしたが、うまくできず、代わりに目を輝かせた。「言いましたよね、もう忘れたって。ボスさえ平気なら、私は大丈夫ですよ」

「平気さ」レイはそう答えていたのだった。

平気だといいけど、レイは思った。マグスとケイトのふたりが同じ部屋にいることを想像すると、急に落ち着かなくなってきた。まえの晩、レイは眠ることができずにソファに横たわっていた。そして、マグスは自分とケイトがキスをしたことを知っていて、レイにそのことを伝えるつもりでケイトを招待したのではないかという考えが拭いきれずにいた。公場対決はマグスの流儀に反するとはわかっていたものの、これから衝突が起こるかもしれないと想像するだけで、冷や汗が出た。

「今日、トムが学校から手紙をもらってきたの」マグスが言った。あまりに唐突な話題の振り方だった。マグスは自分が仕事から帰ってきてからずっと、この話題を口にせずに我慢していたんじゃないだろうか、レイにはそんな気がした。

「内容は？」

マグスはエプロンのポケットから手紙を取り出して、レイに渡した。

スティーヴンスさまご夫妻

学校内で起こっている、ある問題につきまして、大事なお話がございます。校長室にお越しいただきたくお願い申し上げます。ご連絡いただけますと幸いです。

敬具

モーランド・ダウンズ中等学校校長　アン・カンバーランド

「やっときたな！」レイは手の甲で手紙をぴしゃりと叩きながら言った。「問題があるって学校が認めたわけだな？　ひどく時間がかかったもんだな」

マグスはワインを開けた。

「おれたちは最初からずっと――もうどれくらいになる？　一年か？――トムがいじめられてるって言ってきたんだ。それなのに奴らは、その主張を受け入れようともしなかったよな？」

マグスはレイを見た。一瞬、マグスの顔が歪んで、身構えた表情が消えた。

「どうして気づけなかったんだろう？」マグスは着ていたカーディガンの袖の中を探って、そこにあるはずのないティッシュを探した。「とんでもなく無能な母親だって気がする！」そしてもう一方の袖の中も探ってみるが、何も見つけられなかった。

「なあ、マグス、よすんだ」レイはハンカチを取り出すと、マグスの下まつ毛からこぼれ落ちる涙をそっと拭った。「君が気づけなかったわけじゃない。おれたちのどちらも気づいていたんだ。トムがあの学校に通いはじめたときからずっと、何かがおかしいって、おれたちにはわかってたんだ。そしてそれがわかった日からずっと、解決してくれって学校側にしつこく言ってきたんだ」

「でもそれを解決するのは学校の仕事じゃない」マグスは鼻をかんで言った。「親は私たちよ」

「そうかもしれない。でも問題はここで起こってるんじゃない、違うか？ 学校で起こってるんだ。ようやく学校側も認めたようだし、今度こそ何かしらはしてもらえるんだろう」

「そのことでトムの状況がもっと悪くならないといいけど」

「モーランド・ダウンズを担当してる地域警察補助員（PCSO）に頼むことだってできるんだ」レイは言った。「学校に立ち寄って、いじめについての講演をしてもらえないかってね」

「やめてよ！」

マグスの口調の激しさに驚いて、レイは動きを止めた。

「学校と協力して、問題を解決しましょう。何もかも警察が解決できるわけじゃない。今回だけは、このことを家族だけの問題にできない？ 職場では、トムのことを絶対に話さないでもらいたいの」

ちょうどそのとき、玄関のチャイムが鳴った。

「夕食会なんてできるのか？」レイは訊いた。

マグスは頷くと、ハンカチで顔を拭いて、そのハンカチをレイに返した。「平気よ」

レイは玄関ホールの鏡に映る自分を見つめた。肌が灰色にくすんでいて、疲れているように見えた。急に、ケイトとスタンピーを追い払って、マグスとふたりきりで夜を過ごしたくてたまらなくなった。しかしマグスは午後中ずっと料理をしていた――その努力を無駄にされることをマグスは喜ばないだろう。レイはため息をついてからドアを開けた。

ケイトはジーンズに、膝下まであるロングブーツを履いていて、上には黒いVネックの服を着ていた。その服装に特段華やかなところがあるというわけではなかったものの、ケイトは職場にいるときよりも若く、肩の力が抜けているように見えた。そんな全体の雰囲気がレイをかなり動揺させた。レイは一歩下がって、ケイトを玄関ホールに通した。

「夕食会なんて、素敵なアイディアですよね」ケイトは言った。「お招きいただき感謝します」

「どういたしまして」レイはそう言って、ケイトを台所へ案内した。「ここ数ヶ月、スタンピーと君は本当によくやってくれた。君たちの努力に対して感謝の気持ちを表したかっただけだよ」そこでレイはにやりと笑った。「本当のことを言うと、これはマグスの考えなんだけど――僕の手柄はこれっぽっちもない」

マグスは小さくほほ笑んで、レイのその言葉に同意を示した。「こんにちは、ケイト。ようやく会えたわね、嬉しいわ。うちはすぐわかった？」ふたりの女性は互いに顔を見合わせた。レイはふたりの対照的な姿に驚いた。マグスは服を着替えにいく時間もなく、着ていたスウェットシャツの胸元にはソースが飛び散っていた。マグスはいつもと同じように――温かくて、親しみやすくて、親切そうに――見えていたものの、ケイトの隣に並ぶと、どこかこう……レイは頭の中で言葉を選んだ。洗練されていないように見えた。レイは罪悪感を覚えてマグスのそばに歩み寄った。接近することで不誠実な心を浄化できるとでも思っているかのように。

「なんて素敵な台所なの」そう言いながらケイトは、台所の隅っこのほうに置かれている、ラックの上のブラウニーに目をやった。ブラウニーはオーブンで焼き上がったばかりで、上からホワイトチョコレートがかかっていた。ケイトは箱入りのチーズケーキを持ち上げて続けた。「デザートを持ってきたんですけど、手作りブラウニーのまえじゃ、霞(かす)んで見えますね」

「ご親切にありがとう」マグスはケイトのほうに歩み寄ると、ケイトからケーキの箱を受け取った。「ケーキって、自分以外のだれかが作ったもののほうがずっとおいしく感じるっていつも思うのよね、そう思わない？」

ケイトは感謝するように笑みを見せた。レイはゆっくりと息を吐き出した。今晩の夕食会は、恐れていたほど気まずいものにはならないかもしれない。それでも、スタンピーが早く来てくれるに越したことはなかった。

「さあ、飲み物は何がいいかしら？」マグスが言った。「レイはビールだけど、ワインのほうが良ければワインもあるわ」

「いいですね」

レイは二階に向かって叫んだ。「トム、ルーシー、下りてきて挨拶くらいしろ。無愛想な兄妹(きょうだい)だな」

どたどたという足音を立てながら、子どもたちが猛スピードで階段を駆け下りてきた。ふたりは台所にはいってきて、入り口のところで気まずそうにたたずんだ。

「こちらがケイトよ」マグスが言った。「パパのチームで仕事をしている見習い刑事さんよ」

レイはその嫌みにもとれる紹介に目を丸くしたが、ケイトは平静を保っているように見えた。

「あと二、三ヶ月です」ケイトは笑みを見せて言った。「そうすれば正式な刑事になれます。おふたりは、元気？」

「元気です」ふたりは声をそろえて答えた。

「あなたがルーシーね」ケイトは言った。

ルーシーは、そのブロンドの髪の毛は母親譲りだったが、それ以外は完全にレイだった。子どもたちはどちらもレイにそっくりだ、だれもがそう言った。しかしレイは、子どもたちが起きているあいだは、子どもたちのうちに自分と似ている点を見つけることができなかった——それぞれの個性が見た目に影響を与えすぎていた。それでも、眠っているあいだ、表情が動かないときには、子どもたちが自分の顔の特徴を受け継いでいるのだということを確認することができた。レイは、かつては自分も、今息子が顔に浮かべているような攻撃的な表情を浮かべていたことがあったのだろうかと考えた。トムはタイルに恨みでもあるかのように床をじっと睨みつけていた。表情と同じくらいの怒りを髪でも表現するかのように、髪の毛はジェルでつんつんに立ててあった。

「こっちがトムです」ルーシーは兄を紹介した。

「トム、こんにちはって言ったら」マグスは言った。

「トム、こんにちは」トムは床を見つめたまま、マグスの言葉を繰り返した。

マグスはひどく腹を立てて、ティータオルでトムを軽く叩いた。「ごめんなさいね、ケイト」

ケイトはトムに向かってにっこり笑った。トムは母親を見て、まだ自分をここにいさせるつもりなのか確かめようとした。

「ふたりとも！」マグスはイライラした様子で言った。それからサンドイッチをのせた皿からラップを外して、それをトムに渡して言った。「あなたたちは二階に行ってこれを食べていいわ。もし私たちみたいな年寄りと一緒にいたくないんだったらね」マグスが〝年寄り〟という言葉を口にしながら、わざとらしく怯えるようなふりをして目を大きく見開くと、ルーシーはくすくす笑った。トムはあきれたというように目を回した。そして一瞬のうちに、ふたりは二階に消えていった。

「いい子たちなのよ」マグスは言った。「たいていはね」マグスは最後の部分をあまりに小さな声で言ったため、自分自身に向かって言っているのか、自分以外の人間に向かって言っているのかわからなかった。

「いじめのことで、また何かありましたか?」

レイは心の内でうめき声を上げた。マグスを見ると、マグスは断固としてレイと目を合わせないようにしていた。レイは歯を食いしばった。

「私たちの手に負えないような問題は何も」マグスはきっぱりと言った。

レイは眉をひそめてケイトに視線をやって、マグスに気づかれないようにケイトに謝罪を伝えようとした。マグスはトムのことでひどく神経質になっている、そうまえもってケイトに知らせておくべきだったと後悔した。一瞬、気まずい沈黙が流れた。そのときレイの携帯電話が鳴って新着メッセージを伝えた。レイは喜んで携帯電話を取り出したが、画面を見た瞬間に心が沈んだ。

「スタンピーが来られなくなった」レイは言った。「お袋さんが、また転倒したって」

「お母さま、大丈夫なの?」マグスは訊いた。

「たぶんな——今、スタンピーは病院に向かってるところらしい」レイはスタンピーにメッセージを送ると、携帯電話をポケットにしまった。「ということで、今日は三人だけってことになるかな」

ケイトはレイを見てから、マグスを見た。マグスは顔を背けてチリコンカンをかき混ぜはじめた。

「あの」ケイトが言った。「また別の機会にしたらどうでしょう。スタンピーが来られるときにでも？」

「ばかなこと言うなよ」レイは、自分でも胡散臭いと思うような朗らかさで言った。「こんなにチリがあるんだぞ。だれかに手伝ってもらわなきゃ、全部食べきれないよ」それからマグスを見た。マグスがケイトの意見に賛成して、今晩の会をキャンセルしようと言うことを半ば期待していた。しかしマグスはチリコンカンを混ぜる手を止めなかった。

「そのとおりよ」マグスは快活な口調でそう言うと、レイに鍋つかみをふたつ渡した。「キャセロール鍋を運んでくれない？ ケイト、そこのお皿を持ってダイニングルームのほうにどうぞ」

席は決まっていなかったが、レイは無意識のうちに〝誕生日席〟に座った。そしてケイトがレイの左側の席についた。マグスはライスのはいった平鍋をテーブルに置くと、粉チーズとサワークリームの容器を取りに台所に戻った。そしてようやくケイトの向かい側に腰を下ろした。しばらくのあいだ三人は、料理を回して、自分たちの皿に料理を盛りつけるのに忙しくしていた。

落ち着いて食べはじめると、フォークやナイフが磁器に触れる音が会話のなさをいっそう際立たせた。レイは何か話題を見つけようと頭を働かせた。マグスはおそらく、レイとケイトが仕事の話をするのを聞きたがらないだろう。それでも、今はそれが一番無難な話題に思えた。しかしレイが話を切り出そうと決心するより早く、マグスがフォークを皿の横に置いて話しはじめた。

「ケイト、CIDはどう?」

「すごく気に入ってます。勤務時間は殺人的ですけど、仕事内容には満足です。ずっとやりたいと思っていた仕事ですから」

「そこの警部補の下で働くのは悪夢だって聞いたけど」

レイは睨むような目でマグスを見たが、マグスは愉快そうな笑みを浮かべてケイトを見ていた。その光景は、レイの内に広がる不安を和らげるのに何の助けにもならなかった。

「そんなにひどくはないですね」ケイトは横目でレイをちらりと見ながら言った。「ただ、奥さんが警部補のだらしなさにどうやって耐えているのか、そこは想像もつきません。警部補のオフィスときたら、それは不名誉なものですよ。飲みかけのコーヒーのカップがそこら中に置いてあるんです」

「あんまり忙しく働いてるせいで、一杯を最後まで飲みきる余裕がないからだろ」レイは反論した。自分が冷やかしのネタになるくらい、今の状況を考えれば安いものだ。

「はいはい、警部補はいつだって正しいですからね」マグスは言った。

ケイトは少し考えるふりをしてから言った。「そうですね、警部補が間違っているとき以外は」

マグスとケイトは笑った。レイは少しだけリラックスすることを自分に許した。

「家でも、四六時中〝炎のランナー〟を鼻歌で歌ってますか？」ケイトは訊いた。「職場でしているみたいに」

「さあ、どうかしら」マグスはさらりと答えた。「全然、家にいないから」

軽やかな空気が消え去り、三人はしばらく黙って食事を続けた。レイが咳払いをすると、ケイトが目を上げた。レイがケイトに向かって謝るようにほほ笑むと、ケイトは別にというように肩をすくめた。しかしレイは、視線を元に戻したときになって、マグスがふたりを見ていたことに気がついた。眉間にわずかにしわが寄っていた。マグスはフォークをテーブルに置くと、皿をテーブルの中央に向かって遠ざけた。

「仕事をしていたころが懐かしくないですか？」ケイトは訊いた。

だれもがマグスに同じ質問をした。マグスが今でも、あの書類仕事を、あの悲惨な勤務時間を、出ていく際に足を拭わなければならないような不潔な家々を、恋しがっていると答えるのを期待しているかのように。

「そうね」マグスはためらうことなく答えた。

レイは顔を上げた。「そうなの？」

マグスは、レイが発言した事実などなかったかのように、ケイトに向かって話しつづけた。

「正確に言えば、仕事自体が恋しいとは思わないけど、働いていたころの自分が恋しいわ。私にも、言うべきことがあったり、人に教えるべきことがあった」レイは食べるのをやめた。

マグスは昔からずっと、マグスのままだった。そしてこれからもマグスでいつづけるだろう。警察手帳を持っていようがいまいが、そのことは変わらない。そうではないだろうか？

ケイトは理解を示すかのように頷いた。レイはケイトの努力をありがたく思った。「いつか復帰しようと思っているんですか？」

「できると思う？　だれがあの二人組の面倒をみてくれるっていうの？」マグスは二階の寝室に向かって目だけを動かした。「もちろん、この人のこともだけど」そう言いながらマグスはレイを見たが、その顔は笑ってはいなかった。レイはマグスの目の表情を解読しようとした。「よく言うでしょ、立派な男の陰には……」

「確かに」レイは唐突に言った。静かな会話にはふさわしくない、あまりにも勢いの良い言い方だった。レイはマグスを見た。「君がすべてをまとめてくれてるんだ」

「デザート！」マグスは急にそう言って立ち上がった。「もう少しチリを食べるなら、あとにするけど。どうする、ケイト？」

「もういっぱいです、ありがとう。お手伝いしますよ」

「そこにいてちょうだい。すぐ終わるから。ここをきれいにしてから、ちょっと二階に行って、子どもたちが悪さしてないか見てくるわ」マグスはテーブルの上のものをすべて台所に運んだ。それから階段を駆け上がる軽快な足音が聞こえてきて、続いてルーシーの部屋から静かな話し声が聞こえてきた。

マグスが階段を下りてくる足音が聞こえてきた。再びふたりのまえに姿を現したマグスは、ブラウニーの皿とクリームジャグを手にしていた。

「悪い」レイは言った。「マグスの奴、どうしちゃったんだか」

「私ですかね？」ケイトは言った。

「いや、そんなふうに考えないでくれ。最近ずっと、妙な調子なんだよ。トムのことが心配なんだと思う」レイはケイトを安心させるように笑みを見せた。「きっとおれのせいさ――たいていのことはおれが悪いんだ」

「マグス、ごめんなさい」ケイトは席を立ちながら言った。「やっぱりデザートは遠慮しておきます」

「果物のほうがいい？　メロンがあるわよ、そっちのほうが良ければ」

「いえ、そうじゃないんです。ただ私、くたくたで。すごく長い一週間だったもので。でも素晴らしい夕食でした、ありがとう」

「そう、あなたがそう言うのなら」マグスはブラウニーを置いた。「グレイの事件のことで、あなたにお祝いを言ってなかったわ――レイがね、すべてあなたの頑張りのおかげだって言ってたの。こんなに早い段階で、履歴書に残せるような良い結果が出せたのね」

「まあでも、みんなの協力の賜物ですよ、本当に」ケイトは言った。「いいチームです」

ケイトがCID全体を意味して〝チーム〟という言葉を使ったのがレイにはわかっていた。

しかしケイトはレイを見ながらその言葉を言った。レイには、マグスの顔を見る勇気がなかった。

三人は玄関ホールに出た。マグスがケイトの頬にキスをした。「また遊びにきてね。会えて嬉しかったわ」レイは、妻の声に潜む偽善的な響きを聞き取ったのが自分だけであることを願った。レイはケイトに別れを告げてから、ケイトにキスをするべきか否か、一瞬戸惑ったが、しないほうが不自然だと判断して、できるだけ素早く済ませた。それでも自分に注がれるマグスの視線には気づかずにいられなかった。ケイトが背を向けて歩き出し、玄関のドアが閉まり、鍵がかかると、ようやくレイは安堵した。

「さて、このブラウニーの魅力には抗えないな」レイは陽気を装って言った。「少し食べる？」

「ダイエット中なの」マグスは言った。それから台所に行って組み込み式のアイロン台を引き出し、アイロンに水を入れて、温度が上がるのを待った。「スタンピーのために、チリとライスをタッパーに詰めて冷蔵庫に入れてあるから――明日、持っていってくれない？　ひと晩中、病院にいることになるんだったら、まともに食べられないでしょ。それに明日は料理をする気にもならないと思うわ」

レイは自分の席にあった器を持って台所へ行き、立ったままブラウニーを食べた。「それは親切に」

「スタンピーはいい人だもの」

「そうだな。おれはいい連中と仕事ができてるってことさ」

マグスは少しのあいだ黙り込んだ。ズボンを手に取り、アイロンをかけはじめた。マグスが再び口を開いたとき、その口調は何気ないものだった。しかしその手は、アイロンの先端を生地に強く押しつけていた。

「彼女、きれいね」

「ケイトか？」

「いいえ、スタンピーのこと」マグスは苛立った様子で言った。「そんなわけないでしょ、ケイトに決まってるでしょ」

「そうなのかもな。あんまりちゃんと考えたことはないけど」それはばかげた嘘だった――マグスはだれよりもレイのことをわかっていた。

マグスは片方の眉を上げた。それでも、マグスの顔が笑っているのを見てレイはほっとした。そして思い切って軽い冗談を言ってみた。「妬いてるのか？」

「これっぽっちも」マグスは言った。「むしろ、彼女がアイロンをかけてくれるんだったら、うちに越してきてもらってもいいくらいよ」

「トムのことを話してすまなかった」レイは言った。

マグスがアイロンのボタンを押すと、ズボンの上で蒸気が上がった。マグスはアイロンから目を離さずに言った。「あなたは自分の仕事に愛情を持っているのよね、レイ。そして私は、あなたが自分の仕事を好きでいることを嬉しく思ってる。仕事はあなたの一部だから。でもなんだか、私と子どもたちはその背景にいるみたい。私は見えていないんじゃないかって」

レイは反論しようと口を開いたが、マグスが首を振った。

「あなたは私と話をするよりもずっと長い時間、ケイトと話しているのよ」マグスは言った。「今夜、わかったわ——あなたたちふたりの結びつきが。私だってばかじゃない。だれかと長時間ずっと一緒に働くっていうのがどんな感じなのか、私も知ってる。一緒にいれば話をする、当然するわよね。でも、だからって、私と話ができなくなるってことはないはずよ」そしてもう一度蒸気を噴出させて、アイロンを強く押しつけながらボードの上でアイロンを行ったり来たりさせた。「死ぬ間際にベッドに横たわりながら、もっと仕事に時間を費やせば良かったと願う人なんて、どこにもいないのよ」マグスは続けた。「子どもたちは成長しているのに、あなたはそれを見逃してる。もうそんなに遠くない将来、子どもたちは私たちの元からいなくなる。そしてあなたは退職する。私とあなただけになるのよ。それなのに、私たちにはお互いにかける言葉も見つからなくなる」

それは違う、レイは思った。そう伝える言葉を探そうとしたが、言葉が喉の奥に詰まって出てこず、マグスの言葉を消し去ろうとするようにただ首を振ることしかできなかった。レイはマグスのため息を聞いたように思ったが、三度目の蒸気の音にすぎないのかもしれなかった。

38

ヴェニスでのあの晩以来、君は決して僕を許そうとしなかった。君の態度からあの用心深さが消えることはなく、もう二度と君自身を完全に僕に委ねようとはしなくなった。君の鼻筋からあざが消えて、もうすべてを忘れてもいいころになっても、君がまだそのことを考えていることに僕は気づいていた。君は何度も〝大丈夫だ〟と言っていたけれど、部屋を横切ってビールを取りに行く僕の姿を追う君の目の動きを見れば、僕の質問に答えるまえに君が発するためらいがちな声を聞けば、そうでないことがわかった。

僕たちは記念日に夕食に出かけた。僕はまえもって、チャペル・ロードにある古書店で彫刻家オーギュスト・ロダンの革装本を見つけていて、その本を、僕たちの結婚式の日からずっと捨てずに取っておいた新聞紙に包んだ。

「結婚一周年は〝紙婚式〟だよね」僕がそんなことを思い出させると、君の目が輝いた。

「最高のプレゼント！」君は新聞紙を丁寧に折りたたんで、本のあいだに、僕が〈ジェニファー、日ごとに愛しくなる君へ〉と書き込んだページに挟み込んだ。それから僕の唇に熱烈なキスをした。「あなたを愛してる、わかっているでしょ」君は言った。

　でもときどき、わからなくなることがあった。それでも、僕自身の君への思いに疑念を抱いたことは一度だってなかった。僕は君を愛しすぎていて、自分でも怖いくらいだった。その人を失わずにいるためならなんだってすると思えるほどにだれかを欲することがあり得るなんて、僕は知らずにいたよ。もし君を無人島に連れていって、あらゆる人間から遠ざけることが可能なのだとしたら、僕はそうしていただろう。

「社会人向けのクラスを新たにひとつ引き受けてくれないかって頼まれてるの」席に案内されると、君が言った。

「報酬はどんな具合なの？」

　君は鼻をくしゃっとさせた。「かなりひどい。でも、鬱病を患っている人たちに、補助金を交付する形で提供されるセラピーのクラスなの。本当にやりがいのあることだと思って」

　僕は鼻先で笑った。「かなり笑えるね」

「創造性に富んだ活動と人間の気分とのあいだには、強いつながりがあるんだよ」君は言った。「その人たちが立ち直る手助けができるっていうのは素晴らしいことだし、八週間だけなの。今、受け持ってるほかのクラスの合間に入れられるはずなんだ」

「君が自分の仕事をする時間が確保できるんだったら」そのころには、君の作品が市の五つの店に置かれるようになっていた。

君は頷いた。「大丈夫。定期注文はちゃんとこなせるし、それ以外の注文の数は、しばらくのあいだ制限することにする。でも念のために言っておくと、将来的にはずっとこんなふうに教えてばかりいたいわけじゃないの――来年は少し減らさないと」

「まあ、でもよく言うだろ」僕は笑いながら言った。「できる人間は、やればいい。できない人間は、教えればいい！」

君は何も言わなかった。

僕たちの料理が運ばれてきた。ウェイターは必要以上の時間をかけて君のナプキンを取ったり、ワインを注いだりした。

「仕事のために、私個人の口座を開いたほうがいいんじゃないかって考えてるの」君は言った。

「どうしてそんな必要がある？」だれが君にそんな入れ知恵をしたんだろう。なぜ君はそういう奴らに、僕たちの財布事情を相談したりしたのだろう。

「そうしておいたほうが、確定申告のときに楽なんじゃないかな。全額ひとつの口座にはいってたら、ほら、わかるでしょ」

「君の書類業務が増えるだけだろう」僕は言った。僕はステーキを半分に切って、僕好みの焼け具合になっているかどうか確かめた。それから脂肪の部分を丁寧に切り取って、皿の脇に除けた。

「それくらい構わないわ」

「いや、これまでどおり、すべて僕の口座にはいってくるほうが楽だね」僕は言った。「結局、家賃やら光熱費やらを払うのは僕なんだから」

「そうだね」君はリゾットをつついた。

「現金が必要なの？」僕は言った。「必要なら、今月もう少し生活費をあげようか」

「少し多くもらえると嬉しい」

「何に必要なの？」

「買い物に行こうかと思ってたの」君は言った。「少し新しい服を買おうかなって」

「一緒に行こうか。服を買うとき、君がどんなふうだか知っているからね――家に帰って着てみたらまったく似合っていないような服を選んできて、買ってきたものの半分は店に返すことになるんだ」僕はそう言って笑い、テーブル越しに手を伸ばして君の手を握りしめた。「仕事を休んで時間を作るから、その日を買い物の日にしよう。どこか素敵なところで昼食を取って、それから店を回ろう。好きなだけ僕のクレジットカードを切ったらいい。いいと思わない？」

君が頷いたのを見て、僕はステーキに集中した。それからもう一本、赤ワインを注文した。それを飲み終えるころには、僕たちはレストランにいる最後のカップルになっていた。僕は多すぎるチップをテーブルに置き、ウェイターが僕のコートを持ってくると、そのウェイターにもたれかかった。

「ごめんなさい」君は言った。「ちょっと飲みすぎちゃったみたいで」

ウェイターは礼儀正しくほほ笑んだ。僕は君と一緒に外に出るのを待ってから、君の腕をつかんで、親指と人差し指でその腕をつねった。「二度と僕の代わりに謝罪するな」

「ごめんなさい」君は言った。僕は君の腕を離して、代わりに手を握った。

家に着いたころにはもう遅い時間で、君はすぐに二階に上がった。僕は階段の電気を消してから君のあとを追ったけれど、君はもうベッドの中だった。僕が君の隣に横たわると、君は僕のほうを向いてキスしてきた。それから両手で僕の胸に触れ、その手を下に向かって滑らせていった。

「ごめんね。愛してる」君は言った。

僕は目を閉じて、君が布団の中に潜り込むのを待った。そんな行為が無意味だとわかっていながら。ワインを二本も空けたあとでは、君が僕を咥(くわ)えても興奮すらしなかった。僕はそのあともしばらく君にそれをやらせておいた。それから君の頭を押しやった。

「君じゃもうその気にならないんだよ」僕は言った。そして寝返りを打って壁のほうに顔を向け、目を閉じた。君は起き上がってバスルームに行った。眠りに落ちながら、君の泣く声を聞いた。

結婚した当初は、君を裏切って浮気するつもりなんてなかった。でも君はベッドの中で努力することを完全にやめてしまった。君は、よそに求めた僕を責めるのか？　もう一方の選択肢が、行為のあいだずっと目を閉じたままの妻との正常位だというのに？　僕は金曜日の仕事終わりに遊びに出かけ、ベッドを共にした行きずり相手を充分に楽しんだあと、日付が変わってから帰宅するようになった。君がそのことを気にしている様子は見られず、そのうち僕は家に帰ることをまったく気にしなくなった。土曜日の昼どきに家に帰ると君はいつもアトリエにいて、僕がどこでだれといたのか、一度も訊いてこなかった。どこまでやれば、君は浮気をしていることで僕を責め立てるのだろう。その限界を見極めるゲームのようになっていた。

ついに君が行動に出た日、僕はテレビでサッカーを見ていた。マンチェスター・ユナイテッドとチェルシーが試合をしていて、僕は冷えたビール片手にテーブルに足をのせて座っていた。君がテレビのまえに立った。

「どいてくれ——これからロスタイムにはいるんだよ！」

「シャーロットってだれ？」君は言った。

「なんのことだ？」僕は首を伸ばして、君の後ろを見ようとした。

「あなたのコートのポケットにはいってたレシートに書いてあるの。電話番号と一緒に。だれなの？」

マンチェスター・ユナイテッドが、試合終了のホイッスルが鳴る直前にゴールを決めると、テレビから喝采が聞こえてきた。僕はため息をつき、テレビを消そうとリモコンに手を伸ばした。

「これで満足か？」そしてたばこに火をつけた。それが君を激高させるとわかっていながら。

「外で吸うことはできない？」

「いや、できないね」僕はたばこの煙を君に向かって吐きながら言った。「ここは僕の家だからね。君の家じゃない」

「シャーロットってだれなの？」君は体を震わせながらも、僕の目のまえに立ちつづけていた。

僕は笑った。「見当もつかないな」それは本当だった。それがだれだか、まったく覚えていなかった。数いる女たちのうちのだれであっても不思議はなかった。「僕にひと目惚れした、どこかのウェイトレスかもしれない——僕はレシートを見ずにポケットに突っ込んだんだろうね」僕は言い訳するような素ぶりを見せず、軽い調子で答えた。君が言葉に詰まるのがわかった。

「僕のことを責めたりしているわけじゃないよね」僕が挑戦的な視線で君を見つめ返すと、君は目をそらしてしゃべらなくなった。僕は思わず笑うところだったよ。君を打ち負かすのはいかに簡単か。

僕は立ち上がった。君はタンクトップを着ていて、下にブラジャーをつけていなかった。胸の谷間が見えていて、生地の上に乳首の形が浮き出ていた。「そんな格好で外に出ていたのか?」僕は訊いた。

「買い物に行っただけ」

「乳首を見せた状態で?」僕は言った。「売春婦か何かとでも思われたいのか?」

君は両手を胸に回して隠そうとしたけれど、僕はその手を払いのけた。「見ず知らずの奴らには見せられるのに、僕には見せられないって? 君が尻軽女なのか、そうじゃないのか、決めるのは君じゃないんだよ、ジェニファー」

「尻軽なんかじゃない」君は静かに言った。

「僕の立っているところから見たら、そうは思えないな」僕はたばこを持つ手をあげて、たばこの先を君の胸に押しつけた。そして君の胸の谷間でたばこをもみ消した。君の悲鳴が聞こえたときにはもう、僕は部屋を出ていた。

39

朝のミーティングが終わって自分のオフィスに戻ろうと大股で歩き出したところで、レイチェルは受付係に呼び止められた。レイチェルは五十代の細身の女性で、こざっぱりとした鳥のような顔をしていて、銀色の髪の毛を非常に短く切っていた。

「今日はあなたが当直の警部補なの、レイ？」

「そうだけど」レイは訝しげに答えた。その質問のあとには決まって良くないことが続くことをレイは知っていた。

「イヴ・マニングという女性が受付に来ていて、健康で安全な生活が脅かされている可能性のある事案について報告したいとかで。妹さんのことを心配しているみたい」

「交代制勤務で対処できないのか？」

「みんな出払っているの。それにその女性、すごく心配していて。対応してくれる人が来るまで、もう一時間も待っている」レイチェルはそれ以上、何も言わなかった。言う必要がなかった。飾り気のない、ワイヤーフレームの眼鏡越しにレイをじっと見つめ、レイが正しいことをするのを待つだけで良かった。レイからすると、親切ではあるものの威圧感のある伯母に叱られているようなものだった。

レイチェル越しに受付を覗くと、ひとりの女性が携帯電話で何かやっているのが見えた。

「あの女性か？」

イヴ・マニングは警察署よりカフェのほうが似つかわしいような女性だった。艶のある茶色い髪をしていて、携帯電話を見るために頭を下げると、その髪が肩の辺りにはらはらと落ちた。着ている明るい黄色のコートにはとても大きなボタンが並んでいて、裏地は花柄だった。彼女の顔は赤らんでいたが、それは必ずしも彼女の心理状態を反映しているというわけではなかった。署内のセントラルヒーティングでは、北極か熱帯かのどちらかにしか温度を設定できないらしかった。そしてその日は明らかに熱帯の日だった。レイは、〝健康で安全な生活への脅威〟に関する訴えには警察官が対処しなければならないという慣例を、心の内で呪った。レイチェルが話を聞くことだって充分にできるはずだった。

レイはため息をついた。「わかった。だれか下に来させて、彼女の話を聞くよ」

満足したレイチェルは受付カウンターに戻っていった。

レイは上の階に戻り、自分の席にいるケイトを見つけた。「ちょっと受付に下りて、安全な生活への懸念に対処してきてくれないか？」

「交代制勤務で対処できないんですか？」

レイは、ケイトがしかめ面をしたのを見て笑った。「それはもう試した。行ってきてくれよ、長くても二十分ってとこだ」

ケイトはため息をついた。「絶対に〝ノー〟って言わないのを知ってて、私に頼んでるんですよね」

「だれにものを言ってるのか、考えて発言したほうがいいぞ」レイはにやりと笑った。ケイトはあきれたというように目を回したものの、恥じらうように、頬を可愛らしい具合に赤らめた。

「さあ、行くんだ。仕事はなんだ？」レイはレイチェルから受け取った紙をケイトに手渡した。「イヴ・マニング。階下で君を待ってる」

「わかりました。でも一杯おごってくださいね」

「構わないよ」レイはＣＩＤのオフィスを出ていくケイトに向かって大きな声で言った。レイが夕食会での気まずさを謝罪したとき、ケイトはそんなことは重要ではないというように肩をすくめただけだった。そしてそれ以降、ふたりがその話題に触れることはなかった。

レイは自分のオフィスに向かった。ブリーフケースを開けると、マグスがポスト・イットに書いたメモがスケジュール帳に貼ってあった。そのメモには、翌週に学校で行われることになっている面談の日付と時間が書かれていた。マグスは、レイが忘れないようにメモに赤色のサインペンで丸印をつけていた。レイはそれを、ほかの複数のポスト・イットと並べるようにパソコンの画面に貼りつけた。そのどれもが重要な情報を伝えているはずだった。

ケイトがドアをノックしたとき、レイはまだ未決書類を片づけている途中だった。

「止めないでくれ」レイは言った。「今、勢いに乗ってるんだ」

「安全な生活への懸念について伝えておきたいのですが？」

レイは動きを止めて、座るようケイトに合図した。

「何してるんですか？」ケイトはレイの机の上に積み重なる書類の山を見ながら言った。

「管理だよ。ほとんどがファイリング作業さ。それから、ここ半年間のおれの経費報告。事務課が、今日中に提出しないと承認しないって言ってきたんだ」

「ボスには個人秘書が必要ですね」

「おれに必要なのは、警察官としての仕事をすることだよ」レイは言った。「こんなクソみたいな仕事じゃなく。悪い。どうだったか教えてくれ」

ケイトはメモを見ながら言った。「イヴ・マニングはオックスフォードに住んでいますが、妹のジェニファーは夫のイアン・ピーターセンとブリストルに住んでいます。姉妹は五年ほどまえに仲違いして、それ以来、イヴは妹にも義理の弟にも会っていませんでした。それが二、三週間ほどまえ、ピーターセンが突然イヴの家にやってきて、妹の居場所を訊いてきたそうです」

「家出したのか？」

「どうやらそうみたいですね。数ヶ月まえに妹さんからポストカードが届いていたんですが、消印が判読できなくて、封筒は捨ててしまったようです。そしてつい最近、そのポストカードがばらばらに破られた状態で、炉棚に置いてある時計の後ろに隠されていることに気がついて、義理の弟が家に来たときにやったに違いないと確信したんだそうです」

「なんのためにそんなことを？」

ケイトは肩をすくめた。「さあ。マニングさんにもわからないようですが、それを見てどういうわけか胸騒ぎがしたんだそうです。それで妹を失踪人として届け出たいと」

「でも妹さんは行方不明ってわけじゃないだろ、どう考えたって」レイは腹を立てながら言った。「ポストカードを送ってきたんだとしたらな。ただ見つかりたくないってだけだろ。そのふたつのあいだには、明確な違いがある」

「私もそう言ったんです。いずれにせよ、報告書は書いておきました」ケイトはそう言って、手書きの報告書を数枚はさんだクリアファイルをレイに渡した。

「ごくろうさん。見ておくよ」レイは報告書を受け取ると、それを机に広がる書類の海の上に乗せた。「この山を片づけられれば、の話だけど。まだ飲みにいく気はあるか？　どうやらおれには必要みたいだ」

「楽しみにしてますよ」

「よし」レイは言った。「トムが放課後どこかに行くらしくて、七時に迎えに行くって約束したんだ。だからぱっと飲んで終わりってことになるけど」

「構いません。トムに友達ができたってことですか？」

「そうなんだろうな」レイは言った。「どんな友達なのか、おれに教えてくれるわけじゃないけど。来週、学校の面談に行ってもっと詳しいことがわかるといいんだが。でもそんなに期待してはいないさ」

「パブで反響板が必要だったら、遠慮なく私にぶちまけてください」ケイトは言った。「とは言っても、ティーンエイジャーについて私が何かアドバイスできるわけではありませんけどね」

レイは笑った。「正直なところ、ティーンエイジャー以外のことについて話せるっていうのがいいんだよ」

「それなら、喜んで気晴らしの相手になりますよ」ケイトはそう言って笑みを見せた。突然、彼女のフラットまで行ったあの晩の光景がレイの頭に浮かんだ。ケイトはあのときのことを考えることがあるのだろうか？ 訊いてみようかと思ったが、ケイトはすでに自分の机に戻っていくところだった。

レイはマグスにメールを送るために携帯電話を取り出した。そして画面を見つめたまま、マグスの反感を買わず、それでいて完全な嘘にはならない言い回しを考えようとした。真実を歪曲（わいきょく）する必要はどこにもないんだ、レイは思った。〝ケイトと酒を飲みに行く〟のは、〝スタンピーとビールを飲みに行く〟のと何ら違いがないはずだ。レイは、頭の中で響く、なぜそれが同じでないのかを事細かに説明する自分の声を無視した。

レイはため息をつき、何も入力しないまま携帯電話をポケットにしまった。何も言わないほうが楽だった。開いたままのオフィスのドアから、自分の机に着こうとしているケイトの頭のてっぺんが見えた。ケイトは確かに気晴らしを与えてくれる、レイは思った。ただ、それが正しい種類の気晴らしだという確信が持てずにいた。

40

世間に見られる危険を冒せるようになるまでに、二週間かかった。そのころには、腕に残る紫色の悲惨なあざが、淡い緑色にまで薄まっていた。私の青白い肌の上では打撲傷がどれほど強烈に見えることか、それを思い知らされてショックを受ける。二年前には、そんなあざが、髪の毛の色と同じように、私の体の一部であったのだけれど。

私はドッグフードを買う必要に迫られて、なんとか外出することを決める。ボーは家に残していくことにする。そうすればバスでスウォンジーまで行くことができる。そこまで行けば、穏やかな気候にもかかわらず首にマフラーを巻いて、床に視線を落としてスーパーマーケットを歩く女のことなど、だれも気に留めないだろう。キャラバンパークへと続く小道を進むけれど、だれかが自分を見ているという考えを振り払うことができない。ふと後ろを振り返ると、間違った方向に進んでいることに気づいて動転する。もう一度、方向を変えて進んでみても、そこにも何も見えてこない。同じ場所をぐるぐる歩いているし、目の中に複数の黒い点が現れて、私が見ようとする視線の先に腹立たしいほどしつこくついて回るせいで、まえが見えない。私はパニックに陥る寸前でふらふらと歩きつづける。強烈なまでの恐怖に胸が痛み、半分歩き、半分走りながら、固定式のトレーラーハウスと背の低いベッサンの店の建物が見えてくるところまでなんとかたどり着く。ようやく鼓動が落ち着きはじめ、私はどうにか自制心を取り戻す。今私が生きているこの人生に比べれば、刑務所にはいることが歓迎すべき代替案であると感じられるのは、こういうときだ。

ベッサンの店の駐車場はキャラバンパークに宿泊する人たちのために用意されたものだけれど、海辺に隣接する立地上、海岸の歩道を散歩する人たちにとっても魅力的な駐車場になっている。普段はそのことを気にしていないベッサンも、最盛期には〝無断駐車禁止〟と書かれた大きな看板を立てて、車からピクニック用の荷物を下ろす家族を見つけると店から出て警告しにいく。キャラバンパークが閉まっているこの時期には、犬の散歩に来た人たちや、寒さをものともしない丈夫な散策者たちの車がときおりここに停められている。

「もちろん、あんたも使って構わないからね」最初に会ったとき、ベッサンはそう言っていた。

「車は持っていないので」私は答えた。

私を訪れてくる人がいたらそこに停めて構わない、ベッサンはそう言った。でも、私の家を訪れる人がだれひとり——パトリック以外には——いないという事実については、何も言ってこなかった。パトリックはそこに彼のランドローバーを停めて、そこから歩いて私に会いにきていた。私はその思い出が根づいてしまうまえに頭から追い出そうとする。

そこには今、数台の車が停まっている。ベッサンの年季のはいったボルボに、見たことのないワゴン車、それに——私は目を細めて首を振った。そんなはずはない。私の車のはずがない。汗が出てきて、目にしているものを理解しようとして空気を飲み込む。フロントバンパーが割れていて、フロントガラスの中央に拳ほどの大きさの蜘蛛の巣状のひび割れがある。

私の車だ。

何もかも、つじつまが合わない。ブリストルを出るとき、私は車を置いてきた。警察に追跡されるからという理由からでなく——それも頭をよぎりはしたけれど——それを目にすることが耐えがたいという理由からだった。ほんの一瞬、警察が車を見つけて私の反応を確かめるためにここに持ってきたのかもしれないとも思って、私は駐車場を見渡す。武装警官が私めがけて飛び出してこないだろうか。

混乱状態に陥った私は、これがどれほど重要な意味を持つのか、そもそも意味などあるのか、判断できずにいる。でも何か意味があるはず。そうでなければ警察は、車をどうしたのかとあれほどしつこく訊いてこなかったはずだ。処分しなければ。かつて見た映画を思い出してみる。車を崖から落とすことは可能だろうか？　それとも火をつけるべき？　必要なのはマッチ、それからライターの燃料か、ガソリンのほうがいいのかもしれない——でも、どうしたらベッサンに見られることなく火をつけることなんてできるのだろう？

店のほうにちらりと目をやる。窓からベッサンの姿は見えない。私は深呼吸をして、駐車場を横切って車へ向かう。鍵はイグニッションに差し込んだままになっている。ためらうことなくドアを開け、運転席に座る。突如として、事故の記憶が強烈に襲ってくる。ジェイコブの母親の悲鳴が、そして私自身の恐怖に怯えた叫び声が聞こえてくる。体が震え出す。なんとか気持ちを落ち着けなければ。エンジンがかかり、私は猛スピードで駐車場を出ていく。今ベッサンが外を見ていたとしても、私の姿は見えないだろう。見えるのは、車と、ペンファッチへ向かって走り出した車のあとに立ち込める砂埃ばかりだろう。

「またハンドルを握れて嬉しいか？」

イアンの声は抑揚がなく、冷淡だ。急ブレーキをかけると、私の手がハンドルの上で滑り、車が急に左に向きを変えた。片方の手をドアのハンドルにかけたとき、その声がCDプレイヤーから流れてきていることに気がついた。

「車で走るのが恋しくなっているところじゃないかと思ったんだ、違うか？　おまえに車を戻してやったけど、礼には及ばない」

イアンの声には速効性がある。すぐさま私は自分がちっぽけな存在になったように感じて、座席の中で萎縮する。このまま消えてしまうんじゃないだろうか。両手が熱くてべとべとする。

「結婚の誓いを忘れたのか、ジェニファー？」

私は片手を胸に当てて、張り裂けんばかりに鼓動する心臓を上から押さえつけようとする。

「僕の隣に立って、死がふたりを分かつまで、僕を愛し、敬い、従うことを誓ったはずだ」

イアンは私を嘲っているのだ。何年もまえに私が歌うような調子で述べた誓いの言葉を、そのときの私とは対照的な冷淡な声で述べている。イアンはまともじゃない。今ならそれがわかる。彼が実際にどんなことまでやってのけるかを知らないまま、同じベッドで何年間も眠ってきたのだと考えると、身の毛がよだつ。

「警察に駆け込んで、おまえから見た真実だけを伝えるっていうのは、僕の栄誉にはならないよな、ジェニファー？　僕のいないところで奴らに説明しようなんて、僕に忠実じゃない。これだけは覚えておけ。僕は、君が僕に求めたものだけを、君に与えてきたんだ……」

もうこれ以上、聞いていられない。カーステレオのボタンを叩きつけると、CDが不快なほどのろのろと出てくる。私はCDをスロットから乱暴にひっぱり出す。半分に割ろうと思うけれど、曲げることができず、私は叫び声を上げる。自分の歪んだ顔がピカピカと光る表面に映り込む。私は車から飛び出して、CDを生け垣に向かって力いっぱい投げつける。

「放っておいて！」私は悲鳴を上げる。「放っておいて！」

私は半狂乱になって危険な運転をしながら、背の高い生け垣に沿って、ペンファッチから郊外に向かって車を走らせる。体が激しく震えていて、ギアを切り替えることが不可能だ。ギアをセカンドに入れたままの状態で走ると、車から抗議の泣き声が上がる。イアンの言葉が頭の中で何度も繰り返される。

死がふたりを分かつまで。

道路の少し前方に崩れかけの納屋があって、近くにはほかに家があるように見えない。私はでこぼこの農道を進んでいく。近づいてみると、納屋には屋根がなく、剝き出しの梁が空に向かって伸びているように見える。一方の端のほうにタイヤの山があり、錆びついた機械の数々が集められている。ここでいい。私は納屋の奥のほうまで車ではいっていき、隅に車を停める。床に折り重なった防水シートが置いてあって、引きずりながら広げると、折り目に溜まっていた悪臭を放つ水が降りかかってくる。私は防水シートを車にかぶせる。危険を伴うけれど、濃い緑色の防水シートをかぶった車は納屋の一部と化した。しばらくのあいだ手つかずの状態で放置されていたように見える。

家への長い道のりを歩きはじめると、初めてペンファッチに着いた日のことが思い出される。あの日、この先何が起こるのか、私にはわかっていなかった。逃げてきた過去よりもずっと不確かだった。今は、この先に何が待ち受けているのかわかっている。ペンファッチで過ごす時間はあと二週間。そのあとはブリストルに戻って判決を受ける。そうなれば、もう安全だ。

少し先にバス停がある。でも私は足を止めず歩きつづける。自分の歩くリズムで自分を安心させながら。だんだんと心が落ち着いてくる。イアンはゲームを楽しんでいる、それだけのこと。私を殺すつもりなら、コテージに来たときにそうしていたはず。

コテージに着いたころには夕方近くになっていた。暗い雲が頭上に広がっている。私は防水ジャケットを着るためだけにコテージにはいると、すぐにまた外に出てボーに呼びかける。それからボーを走らせるために浜辺に下りていく。海のそばまで来ると、再び息をすることができた。何よりもこの海が恋しくなるのだろう。

だれかに見られているという強烈な感覚に襲われて、私は海に背を向けて振り返ってみる。こちらを向いて立っている人影を崖の上に認めて、心臓をわしづかみにされるような恐怖を覚える。鼓動が速まる。ボーを呼んで首輪に手を置くけれど、ボーは大きな鳴き声を上げると、私を振り切って砂浜を駆けていく。そして空を背景に輪郭だけが映し出されているその男性の立つ崖の上へと続く小道に向かっていく。

「ボー、戻ってきて！」

ボーは私の声を気にも留めずに走っていく。でも私はその場から動くことができない。ボーが砂浜の終わるところまでたどり着き、軽々と小道を駆け上がっていったところで、ようやく人影が動く。その男の人はかがみ込んでボーをなでる。その瞬間、あの懐かしい動きが蘇ってくる。パトリックだ。

パトリックに最後に会ったときのことを思うと、会うことをもっとためらっていいはずなのかもしれない。でも、心に広がる安堵感があまりに大きくて、自分で意識するより先に、私の体はボーが砂に残していった足跡を辿り、彼らのところに向かっていた。

「元気？」パトリックが訊く。

「元気」私たちはよそよそしい態度で、互いに当たり障りのない話題をぐるぐると繰り返す。

「留守電を残したんだけど」

「知ってる」私はそれを全部、無視していた。最初のいくつかは聞いていたものの、私のせいで苦しんでいるパトリックの声を耳にすることに耐えられなくなって、残りの伝言は聞かずにすべて消去した。そしてそのうち、携帯電話の電源を切ることにした。

「君が恋しいよ、ジェナ」

パトリックの怒りであれば、理解もできたし、受け入れるのが簡単だった。でも今、パトリックは静かで、そして懇願している。私の決意が崩壊しそうになる。私はコテージに向かって歩き出す。「あなたはここにいるべきじゃない」そして周囲を見回して、だれかに見られていないか確認したいという気持ちをなんとか抑える。私たちが一緒にいるところをイアンに見られているかもしれないと思うと、恐ろしくてたまらない。

顔に雨粒が落ちてきて、私はフードをかぶる。パトリックが私と並んで歩く。

「ジェナ、話をしてくれないか。逃げるのはやめてくれ！」

逃げる、それは私がこれまでの人生でずっとやってきたことだ。だから言い訳はできない。

稲光が走り、雨が激しく降ってきた。私は思わず息をのむ。空があまりに急に暗くなったせいで、自分たちの影が見えなくなる。ボーは地面に体を押しつけるようにして伏せて、耳をぺったりと倒している。私たちはコテージに向かって走る。私がドアをねじ開けるのと同時に、頭上で雷鳴が轟く。ボーは私たちの足元を駆け抜けて、二階へと飛んでいく。そして私が呼びかけても下りてこない。

「ボーが大丈夫か、様子を見てくるよ」パトリックは階段を上っていく。私は玄関のドアに閂をかけてから、一分ほど遅れて二階に上がる。パトリックは私の寝室の床にいた。ぶるぶると震えるボーを両腕に抱えている。「この子たちはみんな同じなんだ」パトリックはかすかに笑みを浮かべて言う。「神経過敏なプードルも、筋骨隆々のマスティフも——みんな雷と花火が大嫌いなんだ」

私はパトリックとボーのそばにひざまずいて、ボーの頭をなでる。ボーはかすかに鼻を鳴らす。

「これは何？」パトリックが言う。見ると、ベッドの下から木箱が突き出ていた。

「私の」私はとっさにそう答え、箱を思い切り蹴ってベッドの下に戻す。

パトリックは目を丸くしたけれど何も言わなかった。そして決まり悪そうに立ち上がると、ボーを抱えたまま階段を下りていく。「ボーのためにラジオをつけてあげるといいかもしれない」パトリックはそう教えてくれる。その話し方は、獣医が飼い主に話すような話し方で、いつもの習慣でそうなってしまうのか、それとも本当にもうたくさんだと思ったのか、私にはわからなかった。でもボーをソファに下ろし、ブランケットでボーの体を包んでから、かすかに聞こえる程度の音量でクラシックＦＭを流すと、パトリックは再び話しはじめる。その声は、さっきよりも穏やかになっている。

「君の代わりにボーの面倒をみるよ」

　私は唇を噛む。

「君が行くとき、ボーをここに置いていっていいよ」パトリックは続ける。「僕に会ったり、話したりする必要はないから。ここに置いていってくれたら、迎えにくるよ。ボーはうちで預かるから、君が……」そこでパトリックは言葉を切る。「君がいないあいだ」

「何年もいないかもしれない」私はそう言ったものの、最後のほうは声が震えていた。

「流れに身を任せよう」パトリックは前かがみになって、私の額にこれ以上ないほど優しいキスを何度かくれる。

　台所の引き出しから合鍵を取り出してパトリックに渡すと、パトリックはそれ以上ひと言も言わずにコテージを出ていく。私は、私の目から湧き出る資格のない涙を必死でこらえる。この別れは私自身が招いたことで、どれほど辛くても、なされなければならないことだった。それでも、そのわずか五分後にドアをノックする音が聞こえてきたとき、まだ胸は期待に弾んだ。パトリックが何かのために戻ってきたのかもしれない。

　私は勢いよくドアを開ける。

「コテージから出ていってほしいんだ」イエスティンが前置きなしに言う。

「え？」私は片手をぴったりと壁につけて、倒れないよう体を支える。「どうして？」

イエスティンは私の目を見ようとはせず、ボーに手を伸ばして耳を引っ張ったり、口元を触ったりしている。「朝までには出ていってくれ」

「でも、イエスティン、それは無理！　どういう状況かわかっているでしょ？　私の保釈条件には、公判の日までこの住所にいなければならないって記載されているの」

「それはこっちの問題じゃない」イエスティンがようやく私の目を見たとき、イエスティンがこの役目を楽しんでいるわけではないことが伝わってきた。険しい表情を浮かべているけれど、その目には苦痛の色が宿っている。イエスティンはゆっくりと首を振る。「なあ、ジェナ。ペンファッチ中の人間が、おまえさんが小さな少年をひいた容疑で逮捕されてるってことを知ってる。そしてみんな、おまえさんがこの入り江にいる唯一の理由は、ここのコテージを借りているからだってわかってるんだ。奴らの考えじゃ、おまえさんに家を貸しているおれだって、あの車を運転していたのと同罪なんだそうだ。これがひどくなるのも時間の問題だ」――イエスティンはドアの落書きを示す。私の掃除も虚しく、落書きは依然として消えずに残っていた――「あるいはもっとひどいことだって起こりうる。郵便受けに犬の排泄物が入れられたり、花火に、ガソリンに――年がら年中、新聞で目にするやつさ」

「どこにも行くところがないんです、イエスティン」イエスティンの心に訴えかけようとするけれど、イエスティンの決意は揺るがない。

「村の店じゃ、もうおれの作ったものを置いてくれない」イエスティンは言う。「奴らは、殺人犯に住むところを提供しているってことで、おれをひどく嫌悪しているのさ」

私は、はっと息をのむ。

「そして今朝、奴らはグリニスを客として扱うことを拒否した。怒りがおれに向くのはいいさ、ただ、妻まで不当な扱いを受けるようになったんじゃ……」

「あとほんの数日だけでいいんです、イエスティン」私は懇願する。「二週間後に判決を受けるために出廷することになっていて、その日が来たら、もう二度と戻ってきません。お願いです、その日までいさせてください」

イエスティンはポケットに両手を突っ込み、少しのあいだ海を眺める。どんな言葉をもってしてもイエスティンの決意を変えることはできないと知りながら、私は待つ。

「二週間」イエスティンが言う。「一日たりとも延ばせない。それから、少しでも分別があるんだったら、その日まで村には近づかないことだな」

41

君は日中ずっとアトリエで過ごし、日が暮れてからもまたアトリエに姿を消すようになっていた。僕がやめろと言わない限りは。僕が平日に懸命に働いていることを、そして晩に少しばかりの癒しを求めているかもしれないということを、僕の一日について尋ねてくれる相手を求めているかもしれないということを、君が気にかけている様子はなかった。君はチャンスさえ見つければすぐに自分の納屋にちょこちょこと駆けていき、まるでネズミのようだった。どういうわけか、君は地元の彫刻家としてよく知られるようになっていた。それもろくろで作った壺でではなく、高さ二十センチメートルほどの、手で作った像で有名になっていた。歪んだ顔やアンバランスな手足のついたその像は、僕にはまったく魅力的には映らなかったが。それでもそんなものを受け入れる市場もあるらしく、君の制作速度では需要に追いつかなくなっていた。

「今夜見ようと思って、ＤＶＤを買ったんだ」ある土曜日、君がコーヒーをいれるために台所にはいってきたところで僕は声をかけた。

「わかった」君はなんの映画なのか尋ねなかった。僕もわかっていなかった。あとで選びにいこうと思っていたから。

君は両手の親指をジーンズのポケットに突っ込んだまま、ワークトップにもたれかかってお湯が沸くのを待っていた。君は髪の毛を下ろしていたけれど、顔の周りの髪の毛を両耳にかけていた。片方の頰に残る擦り傷が僕の目に留まった。僕が見ていることに気づくと、君は髪の毛をまえに垂らして頰が隠れるようにした。

「コーヒー飲む？」君は言った。

「頼むよ」君はふたつのマグカップにお湯を注いだけれど、その一方にだけインスタントコーヒーを入れた。「君は飲まないの？」

「気分が良くないの」君はそう言ってレモンを薄切りにすると、自分のマグカップにそれを落とした。「ここ数日、なんだか変なんだ」

「ハニー、早く教えてくれないと。さあ、ここに座るんだ」僕は君のために椅子を引いた。でも君は首を振った。

「大丈夫、ちょっと気分が良くないだけだから。きっと明日には元気になってる」

僕は君を両腕で包み込み、僕の頬を君の頬に押しつけた。「かわいそうに。僕が面倒をみてあげるよ」

君も抱きしめ返してくれた。僕は君を腕に抱いて体を優しく揺らし、君が僕から離れるまでそうしていた。僕は、君が僕から体を離そうとするのが大嫌いだった。拒絶されているように感じた。僕がしようとしているのは、君を慰めることにほかならないというのに。自分の顎に力がはいっているのを感じた瞬間に、君の目に警戒の色が浮かんだのに気づいた。僕はそれを見て嬉しかった——僕が何を考えているのか、何をするのか、まだ君がそれを気にしていることの証（あかし）だから。でも同時に、それは僕を苛立たせもした。

君の頭に向かって腕をあげると、君が目を固く閉じて縮み上がり、その拍子にはっと息をのむ音が聞こえてきた。君の額にわずかに触れるところで僕は手を止めた。それから君の髪の毛についているものをそっと取り除いた。

「ゼニグモだ」僕はそう言って、手のひらを開いて君に見せた。「見つけると幸運だって言われているんだよね？」

次の日も、君の体調は良くならなかった。僕は、ベッドに横になっているよう君に言った。僕は君の吐き気を鎮めるためにクラッカーを持っていってあげて、君が頭痛を訴えるまで本を読んであげた。僕は医者を呼びたかったけれど、君は月曜日になって診療所が開いたらすぐに行くと約束した。僕は君の髪をなでて、眠りながらもぴくぴくと動く君のまぶたを眺めていた。君はどんな夢を見ているのだろう。

月曜日の朝、僕は君をベッドに残して家を出た。君の枕元に、医者に診(み)てもらうようにと書いたメモを置いておいた。会社から電話をかけてみたけれど、君は出なかった。それから三十分おきに電話をかけたのに、君は家の電話にも出ないし、携帯電話の電源は切れていた。心配で気が狂いそうだった。だから昼休みになって、君が大丈夫かどうか確認するために家に帰ることに決めた。

君の車は家の外にあった。ドアに鍵を差すと、鍵がかかっていないことがわかった。君は両手で頭を抱えてソファに座っていた。

「大丈夫なのか？　心配でどうにかなりそうだったんだぞ！」

君は顔を上げただけで、何も言わなかった。

「ジェニファー！　午前中ずっと、電話をかけていたんだ——どうして出なかったんだ？」

「ちょっとだけ外出してたの」君は言った。「それで……」君は説明もせずに、口を閉ざした。

　僕の中で怒りが煮えたぎってきた。「僕がどれだけ心配することになるか、君には想像もできなかったのか？」僕は君のセーターのまえをつかむと、君を引っ張り上げて立たせた。君は悲鳴を上げた。その声のせいでまともに頭が働かなくなった。僕は君をつかんだまま後方に押しやって部屋を横切ると、君を壁に押しつけた。そして指で君の喉を押さえつけた。僕の手の中で、君の脈拍が速く、激しく打つのが感じられた。

「お願いだからやめて！」君は叫んだ。

　ゆっくりと、少しずつ、僕は指で君の首に圧力をかけていった。自分ではないだれか別の人間の手を見ているような感覚に陥りながら、その手が君の首をきつく締めつけていくのを見ていた。君はむせ返った。

「妊娠してるの」

　僕は君を離した。「そんなはずはない」

「しているの」

「ピルを飲んでいるんだろ」

　君は泣き出し、床にへたり込んで両腕で膝を抱えた。僕は君を見下ろすように立ち尽くし、君から聞かされたことの意味を理解しようとしていた。君が妊娠している。

「体調を崩してた、あのときのことだと思う」君は言った。

僕はしゃがみ込んで君を抱きしめた。父のことを思った。僕が生まれてからずっと、どれほど冷たくて、どれほどよそよそしい人だったかを思った。自分の子どもには絶対にそんな思いをさせないと僕は誓った。男の子であることを願った。息子は僕を尊敬するようになるだろう——僕のようになりたがるだろう。僕は顔に笑みが広がるのを止めることができなかった。

君は抱えていた膝を離して僕を見た。君は震えていた。僕は君の頬をなでた。「僕たちの子どもが生まれるんだ！」

君の目はまだ潤んでいたけれど、少しずつ顔から緊張の色が消えていくのがわかった。

「怒ってないの？」

「どうして僕が怒るんだ？」

僕は幸福感に満たされていた。これがすべてを変えるかもしれない。君が子どもを宿してふくよかになり、神経質にもなり、健康を保つために僕を頼るようになって、僕が君の足をさすったりお茶を運んだりするのを君が感謝するようになるのを想像した。赤ん坊が生まれれば君は仕事をやめて、僕が君たちふたりを養うことになるだろう。僕たちの未来が頭の中で広がった。「奇跡の赤ん坊だね」僕は言った。僕が君の肩をつかむと、君は体をこわばらせた。「最近、僕たちの関係が完璧とは言いがたかったことはわかっている。でも、これで何もかも変わる。僕が君の面倒をみるから」君は真っすぐに僕の目を見つめてきた。僕は罪の意識に飲み込まれそうだった。「これから、すべてうまくいく」僕は言った。「心から愛しているよ、ジェニファー」

新たな涙が君の下まぶたから溢れ出した。「私も、愛してる」

悪かったと言いたかった——君にしてきたすべてのことに対して、君を傷つけたすべての時間に対して、悪かったと言いたかった。それでも、整理しきれない言葉が喉につかえていた。「だれにも話さないでくれ」代わりに僕はそう言った。

「何を話すの？」

「僕たちの口論のことを。だれにも話さないと約束してほしい」僕が君の肩をつかむと、僕の指のあいだから君の肉が盛り上がるのがわかった。君の目が大きくなり、恐怖の色がその目に浮かんだ。

「絶対に」君は吐息と間違えるほどの声で言った。「絶対に、人には話さない」

僕はほほ笑んだ。「さあ、もう泣くのはよすんだ——赤ん坊にストレスを与えちゃいけない」僕は立ち上がり、君が立つのに手を貸した。「気持ち悪い？」

君は頷いた。

「ソファに横になるんだ。ブランケットを持ってくるよ」君は大丈夫だと言い張ったけれど、僕は君をソファまで連れていって、横になるのを手伝った。君は僕の息子を身ごもっているんだ。僕は君たちふたりの面倒をみるつもりだった。

君は最初の超音波検査を心配していた。「何か異常があったらどうしよう?」

「どうして異常があると思うんだ?」僕は言った。

僕は一日仕事を休んで、車で君を病院へ連れていった。

「もう手を握ることができるんだって。すごいと思わない?」君はたくさん集めた育児書のうちの一冊を読みながら言った。君は妊娠に心を奪われるようになっていて、絶え間なく雑誌を買いつづけ、分娩や母乳育児に関するアドバイスをインターネットで徹底的に検索していた。僕がどんな話をするかにかかわらず、会話は必ず赤ん坊の名前や、買っておくべき出産準備品のリストについての話へとすり替わった。

「すごいね」僕は言った。そんな話はすべて、まえにも聞かされていた。妊娠期間は僕が期待していたものとは違っていた。君は以前と変わらず無我夢中で仕事をしていたし、僕の運ぶ紅茶や足のマッサージを受け入れはしたけれど、それに対して感謝しているようには見えなかった。君は、目のまえに立っている夫よりも、まだ生まれてもいない子ども――自分のことが話題にされていることなど、まだまったくわからない子ども――に注意を注ぐようになった。生まれたばかりの赤ん坊をのぞき込み、僕がその生き物の一部であることなど忘れてしまっている君の姿を想像した。突然、君があの子猫と一日に何時間でも遊んでいたときの記憶が蘇ってきた。

超音波検査士が君の腹にジェルを塗っているあいだ、君は僕の手を握っていた。そして心臓の鼓動がくぐもった音で聞こえてきて、点滅する小さな点がスクリーンに映し出されるまで、ずっとそうして僕の手を強く握りしめていた。

「ここが頭」検査士は言った。「腕も見分けられるはず――ほら、彼、あなたに手を振っている！」

君は笑った。

「彼？」僕は期待を込めて訊いた。

検査士は顔を上げた。「仮にそう言ったまでです。まだ当分、性別は判断できませんね。でもすべて問題なさそうですし、この週数としてはちょうどいい大きさですよ」検査士は写真を印刷して君に渡した。「おめでとう」

助産師の健診はそれから三十分後の予定だった。僕たちは六組ほどのほかの夫婦と一緒に待合室に座って待った。部屋の反対側に、グロテスクなまでに大きく腹の突き出た女がいて、女はその腹のせいで脚を大きく開いて座っていた。僕は顔を背けた。そして自分たちの名前が呼ばれたときには、安堵した。

助産師は君から青色のファイルを受け取ると、妊娠の経過が記されたメモに目を通した。そして君の詳細な記録を確認し、食事や健康状態に関する報告書を作った。

「彼女はすでにエキスパートですよ」僕は言った。「ものすごい数の本を読んでいたから、もう知らないことはないはずです」

助産師は見定めるような視線を僕に向けた。「それで、あなたのほうはどうです、ピーターセンさん？　あなたはエキスパートですか？」

「その必要はありません」僕は助産師の視線を受け止め、目をそらさずに言った。「赤ん坊を生むのは私ではありませんから」

助産師は答えなかった。「ジェナ、ちょっと血圧を測りますね。袖をまくって、机に腕をのせてください」

君はためらった。わずかに遅れて、僕はその理由に気がついた。僕は歯を食いしばって椅子の背にもたれかかり、無関心を装って成り行きを見守った。

君の上腕に残るあざは、緑色でまだら模様になっていた。数日のあいだにだいぶ薄くなってはいたものの、完全には消えずに頑固に残っていた。いつもそうだった。そんなことが不可能であるとは知りつつも、僕はときどきこう思うことがあった。君は、何があったのかを僕に思い出させるために、僕に罪悪感を抱かせるために、意図的にあざを長引かせているんじゃないかと。

助産師が何も言わなかったのを見て、僕の緊張はわずかに和らいだ。血圧を測ると、少し高めだったらしく、助産師は数値を書き込んだ。それから僕に体を向けた。

「待合室でお待ちいただけませんか。少しだけジェナとふたりで話をさせてください」

「そんな必要はありませんね」僕は言った。「僕たちは互いに隠し事をしないもので」

「標準的な健診の流れですので」助産師はきっぱりと答えた。

僕は助産師をじっと見つめたけれど、彼女のほうも引く様子はなかった。僕は立ち上がった。「わかりました」僕は時間をかけて部屋を出て、コーヒーマシンのそばに立った。そこからだと、助産師の部屋のドアを見ることができた。

周囲を見回してほかの夫婦を見た。ひとりでいる男性など僕以外にはいなかった――こんな扱いを受けている奴は、ほかにだれひとりいなかった。僕は助産師の相談室に向かってつかつかと歩き、ノックをせずにドアを開けた。君は手に何かを持っていて、それを健診結果の紙のあいだに滑り込ませた。小さな長方形のカードだった。淡い青色で、中央の上部にロゴのようなものが描かれていた。

「車を移動させなきゃならない、ジェニファー」僕は言った。「駐車できるのは一時間だけだから」

「ああ、わかった。ごめんなさい」最後の言葉は助産師に向けられていた。助産師は君を見ながらほほ笑んでいて、僕のことを完全に無視していた。それから身を乗り出して君の腕に手を置いた。

「私たちの電話番号は健診結果の表に書いてあるから、何か心配なことがあったら——何だって構わないから——知らせてください」

帰りの車中、僕たちは黙っていた。君はエコー写真を膝に置いたまま、ときどき腹に手を当てた。まるで心の中に湧き上がるものと、手で抱えているものとのあいだに折り合いをつけようとしているかのようだった。

「助産師は君と何を話したがっていたんだ？」家に着くと、僕は訊いた。

「私の病歴について訊かれただけ」君は答えた。あまりに素早く、あまりに芝居じみた返答だった。

君が嘘をついていることはわかっていた。その日の遅く、君が眠りについてから、僕は君の健診結果をあさって、あの円形のロゴのついた水色のカードを探した。そこにカードはなかった。

腹が大きくなるにつれて、君が変わっていくのがわかった。君が僕を必要とする機会は多くなるものと思っていた。しかし実際には、君は以前にもまして自己充足的に、快活になった。僕はこの赤ん坊のために君を失うことになる。そして僕は君を取り戻す方法がわからずにいた。

暑い夏だった。君はスカートを大きくなった腹の下まで下げて、小さなTシャツが腹の上にずり上がった状態で家の中を歩き回ることに楽しみを見出しているらしかった。君のヘソが飛び出していて、見るに耐えなかった。なぜ君がそんな格好で嬉しそうにうろうろと歩き回り、玄関を開けることさえできるのか、僕には理解できなかった。

納期は数週後だったにもかかわらず、君は仕事をしなくなった。だから僕は清掃サービスをキャンセルした。君が一日中、何もせずに家にいるというのに、家の掃除のためにだれかに金を払うなんて無意味だ。

ある日、僕はアイロン待ちの衣類を君に託して仕事に出た。帰ってくると、君はすべてにアイロンをかけ終わっていて、家の中はちりひとつ落ちていないほどきれいに片づいていた。君はくたくたに疲れ切っているようだった。僕は君の献身に感動した。僕は君のために風呂の準備をすることにした。少し君を甘やかせてあげようと思った。君はテイクアウトの料理を食べたがるだろうか、あるいは、僕が料理してあげてもいい。僕はシャツを二階に持っていき、蛇口をひねってお湯を出してから君を呼んだ。

衣装だんすにシャツをかけようと思ったとき、何かに気がついた。

「これはなんだ？」

君はすぐにまごついた。「焦げ跡。ごめんなさい。電話が鳴って、気を取られちゃって。でも下のほうだから、ズボンにしまったら見えないと思うの」

君はひどく動揺しているように見えた。でも、そんなことはどうでもいいことだった。たかがシャツ一枚だ。僕はシャツを置くと、君を抱き寄せようとして君に近づいた。それなのに君は、縮み上がって腹を守るように片腕で腹を抱えた。そして何かを見越すかのように、しかめた顔を僕からそらした。僕のほうでは、そんな何かを起こすつもりなどこれっぽっちもなかったというのに。

でもそれは起こった。責めるべきは君自身にほかならない。

42

レイが中庭にある駐車場の最後の一区画に車を停めようとしていると、携帯電話が鳴った。レイはハンズフリーの通話ボタンを押してから、あとどれくらい後ろに下がれるかを確認するために体をよじった。

オリヴィア・リッポン警視監は前置きなしに言った。「〈ファルコン作戦〉のブリーフィングを、今日の午後に前倒ししてちょうだい」

レイのフォード・モンデオが、後ろに停めてあった青いボルボに軽くぶつかった。

「くそっ」

「期待していた反応とはずいぶんかけ離れているわね」警視監の声には、レイがこれまでに聞いたことのないような愉快そうな響きがあった。警視監をこれほど上機嫌にするなんて、何が起こったのだろう、レイは考えた。

「すみません、ボス」

レイはボルボの所有者が車を出す場合に備えて、鍵をイグニッションに差し込んだまま車を降りた。バンパーにちらりと目をやったが、目に見えるようなへこみはなかった。「なんでしたっけ？」

「〈ファルコン作戦〉のブリーフィングは月曜日に予定されていたんだけど」オリヴィアはいつになく短気を起こすことなく応じた。「予定を前倒ししてもらいたいの。あなたも今朝のニュースで見たかもしれないけど、うち以外のいくつかの警察が、薬物所持に対する措置が明らかに甘いと批判を受けたわ」

なるほど、レイは思った。それで機嫌がいいわけだ。

「私たちの〝薬物に対する容赦ない〟姿勢を知らしめるには、絶好のタイミングってわけ。国民は待っているわ——関連資料を、予定より数日早くまとめてもらいたいの」

レイは凍りついた。「今日はできません」

沈黙が流れた。

レイは警視監が何か言うのを待った、しかしふたりのあいだに耐えがたいほどの静けさが広がり、ついにレイは自分からその沈黙を破らなくてはならないと感じた。「昼ごろに、息子の学校で面談があるんです」

オリヴィアに関しては、電話会談を通して子どもの学校の懇談会をこなしたという噂があった。こんなことで警視監の決意が揺るぎそうにないことは、レイにもわかっていた。「知っていると思うけど、私は扶養家族のいる人たちをものすごく応援しているわ。そして事実、子どものいる人たちのためにフレックスタイム制を導入することを擁護もした。でもね、私がとんでもない思い違いをしているのでなければ、あなたには妻がいるわよね？」

「レイ」警視監のその声からは、ユーモアの名残が跡形もなく消え去っていた。

「います」

「奥さんは、その面談に行くのかしら？」

「行きます」

「では、何が問題なのか、伺ってもいいかしら？」

レイは裏口のドアに寄りかかって、うまい言葉がひらめくのを期待して空を見上げた。しかしそこに見えるのは、垂れ込める黒い雲ばかりだった。

「息子がいじめられているんです、ボス。おそらく、ひどく。今回の面談は、学校側が問題を認めてから初めて得られた話し合いの機会なんです。だから妻は私にも一緒にいてほしいと言っていて」レイは責任をマグスに押しつけている自分を呪った。「一緒にいてあげたいんです」そして続けた。「いる必要があるんです」

オリヴィアの口調がわずかに和らいだ。「それはお気の毒ね、レイ。子どもっていうのは、悩みの種になることがあるものよね。もしあなたがその面談に行く必要があるのだとしたら、当然、行くべきよ。ただし、ブリーフィングは今朝に繰り上げて、全国的に報道してもらいます。進歩的で容赦のない警察としての地位を固めるためには、これは必要なことなの。もしあなたがその指揮をとることができないというのであれば、ほかにやってくれる人を探すよりほかないわね。一時間後に、また話しましょう」

「これこそまさに究極(ホブソン)の選択だな」レイは携帯電話をポケットにしまいながらつぶやいた。いたって簡単なこと、というわけだ。一方には出世の可能性が、もう一方には家族が。階上(うえ)の自分のオフィスに着くと、レイはドアを閉めて机に着き、座ったまま両手の指の腹を合わせた。今回の作戦は大いに意義のあるもので、これがテストだということは百も承知していた。警察の世界で出世していくために必要なものが自分には備わっているのだろうか？　レイにはわからなかった。もうわからなくなっていた——出世が自分の望んでいるものなのかどうかさえ、わからなくなっていた。あと一年かそこらで必要になる新しい車のことを考えた。もうじき子どもたちが行きたがらなくなるであろう海外で過ごす休暇のことを、マグスに与えられるべき、今より大きな家のことを思った。レイにはふたりの賢い子どもがいて、願わくばふたりとも大学に行ってもらいたかった。レイが階段を上りつづけるのをやめてしまったら、大学進学のための金はどこからやってくるというのだろう？　犠牲なしに何かを手に入れることはできない。

レイは深呼吸をひとつした。そして受話器を取って家に電話をかけた。

〈ファルコン作戦〉は大成功だった。三十分間のブリーフィングのために、警察本部の会議室に報道関係者たちが集められた。ブリーフィングの中で、警視監はレイを〝最高の刑事のひとり〟と紹介した。ブリストルにおける薬物問題の規模や作戦実施における警察の取り組み、路上での取引を根絶することによって地域の安全を取り戻すというレイ自身の責任などについての質問に答えながら、レイはアドレナリンが湧き上がるのを感じていた。

独立テレビジョン（ITV）の記者に最後にひと言お願いしますと促されると、レイはカメラを真っすぐに見つめて躊躇（ちゅうちょ）することなく言った。「世間には、罰を受けることなく薬物を売買している人たちがいます。彼らは、警察には彼らを止める力がないと考えています。しかし我々には力があります。強靭（きょうじん）性があります。路上から彼らを一掃するまで、我々は諦めません」ぱらぱらと拍手が起こった。警視監を見ると、彼女はほとんど認められないほど小さく頷いた。

逮捕状はすでに執行されており、六つの住所から十四人の逮捕者が出ていた。家宅捜索には数時間かかるはずだった。レイは、ケイトが証拠物件管理責任者としてうまくやっているかどうかが気にかかった。

時間ができるとすぐに、レイはケイトに電話をかけた。

「最高のタイミングです」ケイトは言った。「署にいます？」

「オフィスにいる。どうした?」

「十分後に食堂で会いましょう。見せたいものがあります」

五分後にはレイは食堂にいた。ケイトの到着を今か今かと待っていると、ケイトが勢いよくドアを開けてはいってきた。その顔には笑みが浮かんでいた。

「コーヒーは？」レイは言った。

「時間がありません。すぐに戻らないと。でも、これを見てください」ケイトは透明なプラスチックの袋をレイに渡した。中には、淡い青色のカードがはいっていた。

「ジェナ・グレイが財布に持っていたカードと同じだ」レイは言った。「どこで見つけたんだ？」

「今朝ガサ入れを行った家のひとつで。でも、まるっきり同じってわけじゃないんですよね」ケイトが袋を平らになでつけると、カードに書かれた文字がレイにも読めるようになった。「同じカード、同じロゴ、同じでない住所」

「興味深いな。だれの家で見つけたんだ？」

「ドミニカ・レッツです。彼女の訴訟事件摘要書が届くまでは、彼女は何も言わないでしょう」ケイトは腕時計を見た。「やばい、行かないと」そしてプラスチックの袋をレイに押しつけた。「持っててください——私はコピーを持ってるんで」そう言うとケイトはもう一度笑みを見せてから、カードを見つめるレイを残していなくなった。カードに書かれた住所――グランサム・ストリートと同じような、住宅の建ち並ぶ通りだった――に特別なところはなかった。レイはカードのロゴからもっと多くを探り出すことができるはずだと感じていた。下の部分に切れ目のある〝8〟の文字が上下に積み重なっていて、マトリョーシカ人形のような形をしているロゴだった。

レイは首を振った。家に帰るまえに留置場に寄って、明日に控えたグレイの判決のための準備が万全に整っているか、もう一度確認しておく必要があった。レイはプラスチックの袋を折りたたんでポケットにしまい込んだ。

レイが家に帰るために車に乗り込んだのは、十時を過ぎてからだった。車に乗ると、その日の朝以来はじめて、家族よりも仕事を優先すると決めたことに対する不安が胸に広がった。家に向かって車を走らせながら、心の中でその決断を正当化しようとした。そして家に到着するころには、自分は正しい選択をしたのだと納得するまでになっていた。実際、それが唯一の選択だった。でもそれも、玄関のドアに鍵を差し込んで、マグスの泣き声を聞くまでのことだった。

「なあ、マグス、一体どうしたっていうんだ?」レイは玄関ホールにバッグを放り投げると、ソファのまえまで行ってかがみ込み、マグスの髪の毛を持ち上げて顔をのぞき込んだ。「トムは大丈夫なのか？」

「いいえ、大丈夫なんかじゃないわ！」マグスはレイの手を押しやった。

「学校はなんて？」

「学校側は、最低でも一年は続いているんじゃないかと考えてるって。でも校長は、証拠をつかむまではどうすることもできなかったって」

「今はつかんでるってことか？」

マグスは大笑いした。「ええ、つかんでるわよ、もちろんね。どうやらインターネット上のあちこちに証拠がばらまかれているみたいだから。度胸試しの万引き、〝ハッピー・スラッピング（暴行などの犯罪行為を撮影した映像を公開して楽しむいたずら）〟、そういう悪行のオンパレードがね。どれも撮影されて、世界中の人たちが見られるようにユーチューブにアップロードされているんだって」

レイは何かに胸を締めつけられるように感じた。トムがどんな辛い思いをしてきたかを思うと、レイは気分が悪くなった。

「トムは寝てるのか？」レイは寝室に向かって顎で合図した。

「そのはずよ。おそらく疲れ切ってへとへとなんじゃないかしら。一時間半、私に怒鳴りつけられたんだから」

「トムを怒鳴りつけた？」レイは立ち上がった。「なんてことするんだよ、マグス。トムの奴、もう充分悲惨な目にあったと思わないのか？」そして階段に向かって歩きはじめたが、マグスがレイを引き戻した。

「なんにもわかっていないのね」マグスは言った。

レイは呆然とした表情でマグスを見た。

「あなたは仕事での問題を解決するのに没頭しすぎていて、家族の中で起きていることを完全に無視してきたのよ。トムはいじめられてなんていないのよ、レイ。トムがいじめっこなのよ」

レイはパンチを食らったような気がした。

「だれかがトムに……」

マグスは先ほどよりも穏やかにレイの言葉を遮った。「だれも、トムに何かをやらせてなんていないの」それからため息をついて、どさりと腰を下ろした。「どうやらトムが、小規模だけれど影響力のある〝ギャング〟一味のリーダーらしいの。六人の集団らしいわ――フィリップ・マーティンとコナー・アクステルもメンバーに含まれてる」

「なるほどな」聞き覚えのある名前に、レイは顔をしかめた。

「どの情報でも一貫しているのが、集団を牛耳っていたのはトムだってこと。学校をサボるのもトムの思いつき、特別支援学校の外で生徒を待ち伏せするのもトムの思いつき……」

レイは吐き気がした。

「ベッドの下に隠していたものは？」

「トムの指示で盗まれたものみたいよ。でも、トムが盗んだものはひとつもない――トムは自分の手を汚すのを嫌っているらしいわ」レイは、マグスの声にこれほどまでの辛辣さが込められているのを聞いたことがなかった。

「これからどうする?」仕事でまずいことが起こった場合には、頼るべき規範がある。手順、法律、マニュアル。それにチームの仲間が周りにいてくれる。レイは今、ひとりで宙に放り出されたように感じていた。

「解決する」マグスは簡潔に言った。「トムが傷つけた人たちに謝罪して、盗んだものを店に返して、それから――何よりも――トムがこんなことをした理由を知る必要がある」

レイはしばらく何も言わなかった。口に出してしまうのも耐えがたかったが、その考えが一度頭に浮かんでしまっては、言葉にせずにはいられなかった。「おれのせいなのか?」レイは言った。「トムのそばにいてやらなかったせいなのか?」

マグスはレイの手を取った。「そんなことは言わないで――自分を追い込むことになるわ。あなたに責任があるのと同じくらい、私にも責任がある――私だって気づかなかったんだから」

「それでも、もっとおれが家にいるべきだったんだ」

マグスは否定しなかった。

「悪い、マグス。これからはこんなふうじゃなくなるから、約束する。ただそれには、警視になって――」

「でもあなたは、警部補としての仕事がすごく好きなんでしょ」

「ああ、でも――」

「その仕事を離れることになるのに、どうして昇任を目指すの？」

レイはその言葉に一瞬、言葉を失った。「それは、家族のためだよ。昇任すれば、もっと大きな家が買えるし、君が仕事に戻る必要だってなくなる」

「私は仕事に戻りたいの！」マグスは憤り、レイに顔を向けた。「子どもたちは日中ずっと学校に行っていて、あなたは仕事に行っていて……私は私のために何かしたいの。新たな仕事の計画を立ててると、もう何年も感じていなかった、何かに没頭する気持ちを感じることができるの」それからマグスはレイを見つめた。その表情は穏やかになっていた。「本当に、あなたってばかなのね」

「悪い」レイは言った。

マグスはかがみ込んでレイの額にキスをした。「今夜は、トムをそっとしておいてあげて。明日は学校を休ませるから、朝になったらトムと話をしましょう。でも今は、私たちのことを話しましょう」

目が覚めると、マグスがベッドのそばに紅茶のはいったカップをそっと置いているところだった。

「早く起きたいかと思って」マグスは言った。「グレイの判決が出るのは今日でしょ？」

「ああ、だけど、ケイトが行けば大丈夫だよ」レイは上半身を起こした。「家にいて、君と一緒にトムと話をするよ」

「それで栄光の瞬間を逃すの？　平気よ、本当に。行ってきて。トムとふたりで、家でのんびりするから。トムが赤ちゃんだったころ、よくしてたみたいに。トムに必要なのは、小言じゃなく、聞いてもらうことだって気がしてるの」

レイはマグスの賢さを感じた。「君は素晴らしい教官になるよ、マグス」それからマグスの手を取った。「君は僕にはもったいない」

マグスはほほ笑んだ。「そうかもしれない、でも残念ながら、あなたは私から離れられない」そしてレイの手を強く握り返してから、階下に下りていった。残されたレイは、ひとり紅茶を飲んだ。どれほど長いあいだ、家族よりも仕事を優先してきたのだろうかと考えた。そして、そうでなかったころを思い出すことすらできないことに気づき、自分を恥じた。変わらなければならなかった。マグスと子どもたちを第一に考えるようにならなければならなかった。マグスの欲求に、マグスが本当は仕事に戻りたがっているという事実にまったく気づけずにいたのは、どういうわけなのだろう？　ときどき人生が退屈なものに感じられるのは、当然、レイだけではなかった。マグスは新しい仕事を模索することでそれに対処してきた。レイはどうだっただろう？　レイはケイトのことを思い、恥ずかしさに顔が熱くなるのを感じた。

レイはシャワーを浴びて着替えを済ませた。それから階段を下り、スーツのジャケットを探した。

「ここにあるわよ」マグスがジャケットを手に、居間から出てきてレイに声をかけた。そしてポケットから突き出ているプラスチックの袋をつかんで言った。「これ何？」

レイは袋を引っ張り出してマグスに渡した。「グレイの事件に関係があるかもしれないし、ないかもしれないものさ。このロゴがなんなのか解明しようとしてるところなんだ」

マグスは袋を持ち上げてカードを見た。「人、じゃない？」マグスはためらうことなく言った。「だれかを両腕で抱え込んでいる人」

レイは大きく口を開いた。カードを見ると、マグスが説明していたことの意味がすぐに理解できた。不完全でバランスの悪い〝8〟の数字に見えていたものは、確かに、頭と肩だった。そして両腕が、最初の形の線に共鳴するように描かれた、それより少し小さい形を囲んでいる。

「そうだよな！」レイは言った。そしてグランサム・ストリートにあるあの家を思い出した。錠が複数あって、だれからも見られないようにレースのカーテンが引かれていて。それからジェナ・グレイのことを、彼女の目に絶えず宿っている恐怖の色を思い出した。ゆっくりと、一枚の絵が浮かび上がってきた。

階段で音がして、すぐにトムが姿を現した。その顔に不安そうな表情が浮かんでいた。レイはトムを見た。何ヶ月ものあいだ、レイは息子のことを被害者だと考えていた。しかし実際には、息子は被害者などではなく、むしろその逆だった。

「完全に思い違いをしてたんだ」レイは声に出して言った。

「何を思い違いしていたの？」マグスは訊いた。しかしもうそこにレイはいなかった。

43

ブリストル刑事法院の入り口は、スモール・ストリートという、その道にふさわしい名前のついた細い道の奥まったところに位置している。

「ここで降りてもらうことになりますよ、お嬢さん」タクシーの運転手がそう告げる。運転手は、今日の新聞を読んでいて私に気づいているとしても、それをうまく隠している。「今日は裁判所の外で何かが起こっていて——あそこを通っていくことはできませんよ」

運転手は通りの角で車を停める。スーツ姿の自己満足げな男たちの集団が、アルコール中心の昼食を終えて、〈オール・バー・ワン〉からぞろぞろと出てきている。その中のひとりが、いやらしい目つきでこちらを見てくる。「一杯どうかな、お嬢さん？」

私は顔をそらす。

「不感症のアマが」男がそうつぶやくと、友人たちからどっと笑いが起こる。私は深呼吸をしてなんとかパニックを抑えようとする。同時に、通りを見渡してイアンを探す。どこにいるのだろう？　この瞬間にも、私を観察しているのだろうか？

スモール・ストリートの両側に並ぶ背の高い建物は、互いに反対側に向かって傾いていて、歩道は薄暗く、音が反響して聞こえてくる、その不気味さに私は身震いする。ほんの数歩、歩くか歩かないかのうちに、タクシーの運転手が言っていたものが目にはいってきた。道路の一部が路肩防護柵で封鎖されていて、その向こうに三十人ほどの抗議者たちが群れをなしていた。そのうちの数人はプラカードを肩に担いでいて、彼らのすぐ目のまえの防護柵には大きな文字の書かれた布がかけられている。人殺し！　という文字が濃い赤色のペンキで書かれていて、そのひと文字、ひと文字から、ペンキが布の下まで垂れている。蛍光色のジャケットを着た警察官がふたり、その集団の両脇に立っている。警察官たちは、スモール・ストリートの一番離れたところにいる私にまで届いてくる、繰り返し唱えられるスローガンには動じていないようだ。

「ジェイコブに正義を！　ジェイコブに正義を！」

私はマフラーかサングラスでも持ってくれば良かったと後悔しながら、ゆっくりと裁判所に向かって歩く。反対側の歩道にいる男が視界の隅にはいってくる。男は壁にもたれかかるようにして立っていたけれど、私を見るとすぐに体を真っすぐにして、ポケットから携帯電話を取り出す。私はできるだけ早く裁判所の中にはいろうと足を速める。でも男は通りの向こう側で、私とペースを合わせるようにして歩いている。そして電話をかけたかと思うと、ものの数秒で電話を切る。ベージュ色のベストのポケットは膨れ上がっていて、今となっては、そこにはカメラのレンズが詰め込まれているのだということがわかる。肩には黒いバッグを背負っている。男がまえに走り出す。走りながら、バッグを開けてカメラを取り出し、長年の実践で身につけた滑らかな動作でレンズをはめる。そして私の写真を撮る。

みんな無視すればいいんだ。喉に硬いしこりがあるように感じられて息が苦しくなる。彼らの存在をないものとして、ただ裁判所に歩いていけばいいだけ。彼らが私を傷つけることはできないんだから——そこには警察官がいて、彼らがあの防護柵から出ることがないようにしている。それならば、そこにはだれも存在しないかのように振る舞えばいいだけだ。

向きを変えて裁判所の入り口にはいろうとしたそのとき、数週間まえに治安判事裁判所を出たところで私に声をかけてきた記者がそこに立っているのがわかった。

「ポスト紙にひと言だけもらえませんか、ジェナ？　あなたの言い分を世に伝えるチャンスですよ？」

記者から顔を背けた私は、抗議者たちに正面から顔を合わせることになってしまったことに気づいて凍りつく。繰り返されるスローガンはやがて怒鳴り声ややじに変わり、突然、群衆が私めがけて押し寄せてきた。防護柵が倒れ、道路に叩きつけられる。高い建物に囲まれた空間で、その音が銃声のように反響する。警察官は気だるそうに群衆のまえに立つと、両腕を広げて、線の後ろに下がるよう抗議者たちを誘導する。中にはまだ叫んでいる人もいるけれど、ほとんどの人たちが笑っていたり、ほかの人とおしゃべりをしたりしている。まるで買い物にでも出かけているみたい。楽しいお出かけの日。

群衆が後ろへと引いていき、警察官が抗議場所に指定された区域の周囲に防護柵を戻すと、ひとりの女性だけが私の目のまえに残された。私より若い女性――まだ二十代だろう――で、ほかの抗議者たちとは異なり、垂れ幕もプラカードも持っていない。ただ、片方の手に何かを握りしめている。女性は少し短すぎる茶色のワンピースを着ている。下には黒いストッキングをはいていて、足元には、ストッキングには不釣り合いな汚れた白のスニーカーを履いている。そしてコートは、この寒さにもかかわらず、まえが開いた状態でひらひらとはためいている。

「あの子はとてもいい子でした」女性が小さな声で話しはじめる。

すぐさま、私はその女性の顔にジェイコブの顔の特徴を見出す。目尻がわずかにつり上がった淡青色の目、わずかに顎の尖ったハート型の顔。

抗議者たちは静まり返った。だれもが私たちふたりを見ている。

「あの子はめったに泣かない子でした。体調が悪いときでさえ、ただ私に寄りかかって、私の顔を見上げて、良くなるのを待つような子でした」

女性は完璧な英語を話していたけれど、どの地方のものか私にはわからない訛りがある。東欧のどこかの訛りかもしれない。女性の口調は落ち着いている。まるで丸暗記した言葉を暗唱するかのように。彼女の足は地面をしっかりと踏みしめているにもかかわらず、私には、彼女が私に対面することを私と同じくらい恐れているように思えた。その恐怖は、私以上かもしれない。

「あの子を授かったとき、私はとても若かった。私自身がまだ子どもでした。あの子の父親は、私が赤ちゃんを生むことに反対していました。でも私はどうしても中絶する気にはなれませんでした。もうすでに、あの子に対して大きすぎるほどの愛情を抱いていたんです」女性は感情を表に出さず、穏やかな口調で話している。「ジェイコブは私のすべてでした」

目に涙が溢れてきて、そんな反応を示す自分を軽蔑する。ジェイコブの母親は涙を見せていないというのに。私はしっかりと立っているよう自分自身に強いて、努めて頬を拭わないようにする。私と同じように、彼女もあの夜のことを考えているのだろう。彼女は筋状の雨跡の残るフロントガラスを見つめていた。そしてヘッドライトのまぶしい光に目を細めた。今日は、私たちのあいだに隔てるものが何もない。私に彼女がはっきりと見えているのと同じように、彼女にもはっきりと私が見えている。なぜ彼女は私に襲いかかってこないのだろう。私の顔を殴ったり、噛んだり、引っかいたりしてこないのだろう。私が彼女の立場だったら、こんなふうに自制心を保っていられるかわからない。

「アニャ！」抗議者の集団の中から、ひとりの男の人が彼女に呼びかけるけれど、彼女はその声を無視する。彼女は一枚の写真を私に見せ、私がそれを手に取るまで、こちらに向かって突き出してくる。

新聞やインターネットで見た写真——学校の制服に身を包み、撮影者のほうにきちんと顔を向けながら、隙間のある前歯を見せて笑っている写真——とは別の写真だった。この写真のジェイコブは少し幼く見える——三歳か、四歳だろうか。ジェイコブは母親の片腕に抱かれていて、綿毛をつけたタンポポが咲き乱れる、長く伸びた草の上にふたりで横たわっている。写真のアングルから、その写真はアニャが自分で撮ったものだということがわかる。彼女は写真のちょうど外側に触れようとするように手を伸ばしている。ジェイコブはカメラに視線を向けて、太陽のまぶしさに目を細めて笑っている。アニャも笑っている。でも彼女はジェイコブを見ていて、彼女の目の中に小さくジェイコブが映っている。

「本当に、ごめんなさい」私は言う。その言葉はあまりに無力に響く。最悪だ。でもほかに言葉が見つからないし、彼女の悲痛に対して沈黙で応えることにも耐えられない。

「子どもはいますか？」

息子のことを思う。病院のブランケットに包まれた、あの子の軽すぎる体のことを。子宮に残る、決して消えることのないあの痛みのことを。子どものいない母親を表す言葉が存在してもいいはずだ。自分の存在を確かなものにするはずであった赤ん坊を奪われた女性を表す言葉が。

「いいえ」私は何か言うことを探したけれど、何も見つからなかった。アニヤに写真を返そうとすると、彼女は首を振る。

「必要ありません。あの子の顔なら、ここにありますから」そして胸に手のひらを押し当てる。「でもあなたは」ほんのわずかに間(ま)を置いて、アニヤは続ける。「あなたは、覚えていなければならない、私はそう思います。あの子が子どもだったということを、覚えていなければなりません。あの子には母親がいたのだということを。そしてその母親の心は、張り裂けんばかりだということを」

彼女は私に背を向け、防護柵の下を潜(くぐ)って群衆の中に姿を消した。私は、しばらく水中に潜(もぐ)っていたあとのように、息を吸い込む。

法廷弁護士は四十代の女性だった。彼女は小さな協議室にさっそうとはいってきながら、打算的な関心に満ちた目を私に向ける。ドアの外には警備員が立っている。

「ルース・ジェファーソンです」ルースはそう言うと、力強く手を差し出してくる。「今日の流れは簡単です、グレイさん。罪状認否は済んでいますから、今日の審理は量刑手続きのためのものにすぎません。あなたの裁判は、お昼休みのあと一番に始まる予定で、残念だけれどキング判事に当たることになります」そしてテーブル越しに私と向かい合う席に腰を下ろす。

「キング判事の何がいけないんですか？」

「慈悲深い人としては知られていない、とだけ言っておきましょうか」ルースはそう答え、真っ白な歯を見せながら心のこもっていない笑い声を発する。

「どれくらいの刑になるんでしょう？」自分で止める間もなく、そんな質問が口をついて出た。そんなことはどうでもいいことだ。今重要なのは、正しいことをすることだ。

「難しいところですね。車を停車させて警察に報告する義務を怠ったので、免許停止になるのは明らかです。ただ、危険運転致死傷罪の免許停止期間は最も短くて二年なので、あまり重要ではありません。どう転ぶかわからないのは、実刑判決です。危険運転致死傷罪は最長で懲役十四年、量刑ガイドラインは懲役二年から六年を示すでしょう。キング判事は一番上を見ているでしょうから、私の仕事は、彼に、二年が妥当であると納得させることです」そう言ってルースは黒の万年筆のキャップをはずす。「精神疾患の病歴はありますか？」

私は頭を左右に振る。ルースの顔に、一瞬、失望の色が浮かんだのを私は見た。

「では、事故の話をしましょう。悪天候のせいで視界が非常に悪かったと理解しています――衝突するまえに、少年の姿を見ましたか？」

「いいえ」

「慢性疾患をお持ちでないですか？　こういった事件では有益に働くんです。あるいは、あの日にかぎって体調が優れなかったとか？」

私が呆然とルースを見つめると、ルースは舌打ちする。

「あなたは私の仕事をとても難しくしています、グレイさん。アレルギーはありますか？　おそらく、事故の起きる直前、発作性のくしゃみに苦しんでいたのではありませんか？」

「どういうことなのかわかりません」

ルースはため息をついてから、子どもに話しかけるようにゆっくりと話しはじめる。「キング判事は、すでにあなたの判決前報告書に目を通していて、彼の頭の中では判決が出ているでしょう。私の仕事は、この事件が不幸な事故にほかならないのだと示すことです。避けようのなかった事故であり、あなたはこの事故のことを心から申し訳なく思っている。さて、言うべき言葉を教えるのは不本意ですが、例えばですよ」――ルースはそう言って私に厳しい眼差しを向ける――「あなたはくしゃみの発作に参っていた――」

「でも発作なんてありませんでした」裁判というのはこういう仕組みになっているのだろうか。嘘の上に嘘を重ねる。すべては、可能な限り罰を軽くするための工作。私たちの司法制度は、それほど不完全なものなのだろうか。考えると気分が悪くなる。

ルース・ジェファーソンは資料に目を通して、急に顔を上げる。「少年は、急にあなたの目のまえに走り出てきたのですか？　母親の証言によると、道路に近づいたところで彼女が少年の手を離して――」

「彼女のせいじゃない！」

ルースは丁寧に整えられた眉をつり上げる。「グレイさん」そして滑らかな口調で言う。「私たちが今ここにいるのは、この事件がだれのせいだったかを協議するためではありません。この不幸な事故を引き起こすに至った、酌量すべき事情について話し合うためにここにいるのです。どうか感情的にならないでください」

「ごめんなさい」私は言う。「でも酌量すべき事情なんてありません」

「それを見つけるのは私の仕事です」ルースは答える。そして持っていたファイルを机に置いて、身を乗り出してくる。「嘘じゃありませんよ、グレイさん、刑務所で二年過ごすのと六年過ごすのでは、大きく違います。もしも、あなたが五歳の男の子を殺し、車を停めることなく走り去った事実を正当化する理由が少しでもあるのならば、今、私に話してもらえませんか」

私たちは、じっと目を合わせる。

「あったらいいんですが」私は答える。

44

レイがコートを脱ぐのに足を止めることなく急いでCIDにはいっていくと、ケイトがパソコンをスクロールさせながら徹夜で残業をしているところだった。「すぐ、おれのオフィスに」

ケイトは立ち上がってレイのあとに続いた。「どうかしました?」

レイは答えなかった。パソコンの電源を入れ、青色のカードを机の上に置いた。「だれがこのカードを持っていたのか、もう一度教えてくれ」

「ドミニカ・レッツです。私たちのターゲットのひとりの恋人です」

「何かしゃべったか?」

「何も」

レイは腕を組んだ。「女性の避難場所だ」

ケイトは困惑した表情でレイを見た。

「グランサム・ストリートの家だよ」レイは言った。「それから、こいつ」そして淡い青色のカードを顎で示した。「DV被害者たちの避難場所じゃないかと思うんだ」レイは椅子の背もたれに体を預けて頭の後ろで手を組んだ。「ドミニカ・レッツがDVの被害者であることはわかってる――それが原因で〈ファルコン作戦〉が危うく頓挫しかけたんだ。ここに来る途中で、このカードに書かれた住所まで車で行ってみたよ。そしたらグランサム・ストリートとまったく同じだった。玄関先に設置された人感センサーに、すべての窓に引かれたカーテン、それから郵便受けのついていないドア」

「ジェナ・グレイも被害者だと？」

レイはおもむろに頷いた。「グレイが視線を合わせようとしないことに気づいてたか？あのビクビクとした神経質そうな表情。それに、こちらが挑むと、いつでも口を閉ざす」

レイが持論を続けるのを遮るように、レイの机の電話が鳴り、表示画面が明るくなって受付からの内線電話を知らせた。

「来客です、ボス」レイチェルはそう告げる。「パトリック・マシューズという男性です」

名前に心当たりはなかった。

「だれにも会う予定はないよ、レイチェル。伝言をもらって、帰してくれないか？」

「やってみましたが、しつこくて。恋人のことであなたに話しておく必要があるんだと言い張っています――ジェナ・グレイという女性のことらしいです」

レイは目を見開いてケイトを見た。ジェナの恋人。彼の経歴調査で明らかとなったことといえば、学生時代に酒に酔って暴れたことに対して警告を受けたことくらいだった。実際には、隠された別の姿があるということだろうか？

に詳細を伝えた。

「階上に連れてきてくれ」レイは言った。それからレイチェルたちを待つあいだに、ケイト

「ジェナを虐待している相手だと思います？」ケイトは訊いた。

レイは首を振った。「そういうタイプには思えない」

「みんなそうですよ」ケイトはそう言ったが、レイチェルがパトリック・マシューズを連れて到着したのを見て口を閉ざした。パトリックは着古した防水ジャケットを着ていて、片方の肩からリュックサックを下げていた。レイがケイトの隣の椅子を身ぶりで示すと、パトリックは椅子の端に腰を下ろした。今にも再び立ち上がろうとするかのように。

「ジェナ・グレイに関して、何か情報をお持ちなんですよね」レイは言った。

「その、実際のところ、情報ではないんです」パトリックは言った。「むしろ直感と言いますか」

レイは腕時計にちらりと目をやった。ジェナの公判は昼休憩後一番に予定されていた。ジェナに判決が言い渡される瞬間には裁判所にいたいと思っていた。「マシューズさん、それはどんな直感なんですか？」ケイトを見ると、ケイトは気づくか気づかないほど小さく肩をすくめた。パトリック・マシューズはジェナが恐れている男ではない。だとしたら、彼女が恐れているのはだれなんだ？

「パトリックで結構です。その、僕が言うのは当然だと思われることはわかっていますが、

僕には、ジェナが罪を犯したとは思えないんです」

レイは興味がかき立てられるのを感じた。

「事故があったあの夜の出来事で、ジェナが僕に話していないことがあるはずなんです」パトリックは言った。「だれにも話していない何かが」そして苦笑いをもらした。「僕たちに未来があるかもしれないって、僕は本気で思っていたんです。でも彼女が話そうとしないんじゃ、そんなもの、あるはずありませんよね」それから絶望を表現するように両手をあげた。

マグスのことがレイの頭をよぎった。ちっとも私に話をしてくれない、マグスはそう言っていた。

「彼女が何を隠していると思うのですか?」レイはそう訊いたが、自分で意図していた以上にとげとげしい口調になっていた。どんな関係にも秘密は存在するのだろうか。

「ジェナはベッドの下に箱を隠しています」パトリックは決まりの悪そうな顔で続けた。「彼女の持ち物を探ろうなんて、それまでは考えたこともありませんでした。でもジェナは、本当は何があったのか、僕に少しも教えてくれようとはしませんでした。そして僕がその箱に触れたとき、ジェナは僕にかみついて、箱をそっとしておくようにと言ったんです……その箱の中に答えを見つけることができるかもしれない、そう思って」

「そう思って、あなたは箱を見た」レイは注意深くパトリックを観察した。パトリックは攻撃的な男には見えなかったが、他人の持ち物を詮索するという行為は、支配権を握りたがる人間のやることだ。

パトリックは頷いた。「コテージの鍵を持っているんです。今日の朝、ジェナが裁判のために家を出たあと、彼女の犬を迎えにいくと約束してありました」そしてため息をついた。「中を見てみてください」

「開けなければ良かった、半分、後悔しています」パトリックはレイに封筒を手渡した。「中を見てみてください」

レイが封筒を開けると、英国パスポートのあの独特の赤色をしたカバーが見えた。中を開くと、若かりしころのジェナがレイを見つめてきた。笑顔はなく、髪の毛をゆるく結んでポニーテールにしていた。そしてその顔の右側に、名前が記してあった。ジェニファー・ピーターセン。

「ジェナは結婚してる」レイはケイトに目をやった。どうしてそんな事実を見落としていたのだろう？　情報課の調査は、拘留されるあらゆる人間を対象に行われる——名前が変わっていたなどという基本的な情報を見逃すことなどあり得るのだろうか？　レイはパトリックを見すえた。「知っていましたか？」

十分後には公判が開かれる。レイは指先で机をこつこつ叩いた。ピーターセンという名前の響きがレイの心に引っかかっていた。聞き覚えがあるような気がしていた。

「ジェナは僕に、まえに結婚していたことがあると話していました。もう離婚しているものと思っていました」

レイとケイトは視線を交わした。レイは受話器を手に取ると、裁判所に電話をかけた。

「女王対グレイは、もう呼ばれていますか？」レイは受付係が裁判の順番を調べるのを待った。

ピーターセン、グレイじゃなく。なんてヘマをしてしまったんだ。

「わかりました、ありがとう」レイは受話器を置いた。「キング判事の到着が遅れてるらしい——あと三十分ある」

ケイトは前かがみに座った。「ついこのあいだ、ボスに報告書を渡しましたよね——ボスに言われて受付に来ていた女性に対応したあとです。あれ、どこにあります？」

「未決書類入れのどこかに」レイは言った。

ケイトはレイの机の上の書類を調べはじめた。未決書類入れの上からファイルを三つ手に取ると、机の上に広げるスペースがないことに気づいてファイルを床に放り投げた。それから残りの書類を素早くめくっては不要なページを放って、またすぐに次のページを手に取った。

「やっぱり！」ケイトは勝ち誇ったような声を上げた。それからプラスチックのファイルから報告書を引き抜くと、レイの机の上に置いた。ひと握りほどの、ばらばらに破られた写真の断片が、報告書の上にはらはらと落ちた。パトリックはそのひとつを手に取ると、不思議そうにそれを見つめ、それから顔を上げてレイを見た。

「いいですか?」

「お好きなように」何に対して許可を与えているのかよくわからないままレイは答えた。

パトリックは写真の断片を集めると、それをつなぎ合わせはじめた。彼らの目のまえでペンファッチ湾の写真が完成していくと、レイは低い口笛を吹いた。「つまりジェナ・グレイは、イヴ・マニングがひどく心配していた妹ってわけか」

レイはすぐに行動を開始した。「マシューズさん、パスポートを持ってきてくださってありがとうございます。申し訳ありませんが、裁判所で私たちを待っていてください。受付にいるレイチェルに案内させますので。私たちもできるだけ早く裁判所に行くようにします。ケイト、五分後に家庭内暴力課(DAU)で」

ケイトがパトリックに付き添って階下(した)に向かうと、レイは電話を手に取った。「ナタリー、CIDのレイ・スティーヴンスだ。イアン・ピーターセンという名前で何が出てくるか調べてくれないか? 白人男性、四十代後半で……」

＊

レイは階段を駆け下りると、廊下を走り、〈保護サービス〉と書かれたドアをくぐった。わずかに遅れてケイトが到着した。ふたりはDAUのブザーを鳴らした。黒いショートヘアで、大ぶりのアクセサリーを身につけた、陽気な顔つきの女性がドアを開けた。

「何かわかったか、ナット？」

ナタリーはふたりを部屋に招き入れると、ふたりに見えるようにパソコン画面を回転させた。「イアン・フランシス・ピーターセン。一九六五年四月十二日生まれ。飲酒運転、加重暴行の前科があって、現在は接近禁止命令の対象者にもなっているわ」

「ひょっとして、ジェニファーって名前の女性に対して？」ケイトが訊くと、ナタリーは首を振った。

「マリエ・ウォーカーね。彼女は六年間にわたって日常的に暴行を受けつづけていて、私たちのサポートでイアンの元を去ることができた。マリエは告発したんだけど、イアンは罰を免れたわ。接近禁止命令は民事裁判で認められたもので、今もその効力はある状態よ」

「マリエ以前に、前歴は？」

「恋人に対しては、ないわね。でも十年前、暴行で警告を受けてる。母親に対する暴行で」

レイは喉に苦いものが込み上げてくるのを感じた。「おれたちは、ピーターセンがジェイコブ・ジョーダンのひき逃げ事件に関与した女性と結婚していると考えてるんだ」ナタリーは立ち上がると、金属製の灰色のファイリングキャビネットで埋め尽くされた壁に向かった。そして引き出しを開けると、書類をぱらぱらとめくった。

「ああ、これだ」ナタリーが言った。「ジェニファーとイアン・ピーターセンについて、私たちのところにある情報はこれで全部ね。気持ち良く読めるものではないわよ」

45

君の開いた展覧会は退屈そのものだった。会場は、倉庫やスタジオ、作業場などを改造して作られていて、独特だった。でも訪れる人間はいつも同じだ。色物のスカーフを首に巻いた、大げさなことばかりわめき立てる自由主義者ばかりだ。女たちは気難しくて独断的で、男たちは面白みがなく抑圧されていた。提供されたワインでさえも個性に欠けていた。

君の展覧会が行われた十一月のあの週、君はとりわけ気難しかった。展覧会の三日前、僕は君を手伝って作品を倉庫に運んでやった。君はその週の残りの日をずっと倉庫で過ごし、準備に取りかかった。

「ほんのわずかな彫像を並べるのに、どれだけ時間がかかるんだい？」僕は言った。君は、ふた晩つづけて夜遅くに帰ってきた。

「物語を伝えようと思ってるの」君は言った。「来場者はひとつの像から次の像へと移動しながら部屋を歩いていく。それぞれの作品が、来場者に向けて適切な話し方をするようにしなくちゃならなくて」

僕は笑った。「自分で何を言っているか、わかっているのか？ なんてあほらしい話だ。値札だけは、しっかりと読みやすいものになっていることを確認しておくんだな。重要なのはそれだけなんだから」

「来なくていいよ、来たくないなら」

「僕に来てもらいたくないのか?」僕は疑うように君を見た。君の目はわずかに輝きすぎていて、顎の角度はやけに挑戦的だった。君が突然、人生を謳歌する(ジョワ・ド・ヴィーヴル)ようになったのは、どういう理由からなのだろう。

「あなたに退屈してもらいたくないだけ。私たちでなんとかできるから」

やはりそうだ。君の目に、僕には解読できない何かが浮かんでいた。

「私たち?」僕は片方の眉をつり上げて言った。

君は動揺した。そして僕に背を向けて、皿を洗うのに忙しそうなふりをした。「フィリップのこと。展覧会の人。学芸員なの」

君は、僕が洗わずに水につけておいたフライパンの内側をティータオルで拭きはじめた。僕は君の後ろに立って、君の体を僕の体と流し台のあいだに挟んで押しつけた。そして君の耳元に口を近づけて言った。「ああ、彼は学芸員なんだね。彼が君を突くとき、君は彼のことをそんなふうに呼ぶのかい?」

「そんなんじゃない」君は言った。君は妊娠して以来、僕が話しかけると、あの独特な口調で返してくるようになっていた。わめき散らす子どもか、あるいは精神異常者に話しかけるような、極端に落ち着いた話し方だった。僕はそれが大嫌いだった。僕がほんのわずかに後ろに下がると、君は息を吐き出した。僕はもう一度、君をまえに押しつけた。君から聞こえてくる音で、君の息ができなくなっていることがわかった。君は流し台の端を両手でつかんで、呼吸を取り戻した。

「フィリップとやっているんじゃないのか?」僕は君のうなじに言葉を吐きかけた。

「だれともやってない」

「そうだな、確かに、僕とはやっていないよな」僕は言った。「なんにせよ、最近はご無沙汰だな」僕は君の体がこわばるのを感じた。僕が君の両脚のあいだに手を滑り込ませることを君が期待していることを、君が欲しがっていることを、僕は知っていた。がっかりさせて気の毒にさえ思えたけど、そのころには君の尻はすっかり痩せこけていて、僕をほとんど魅了しなくなっていた。

展覧会の当日、僕が寝室にいると、君が着替えをしに二階にやってきた。君はためらった。「初めて見るってわけじゃないんだ」僕はそう言うと、きれいなシャツを手に取って衣装だんすの扉の裏にかけた。君は、選んだ服をベッドの上に広げた。僕は君が身をくねらせてジャージのズボンを脱ぎ、次の日のためにスウェットシャツをたたむのを観察した。君は白いブラジャーと、それとお揃い(そろ)のパンツをはいていて、僕は、臀部(でんぶ)に残るあざを目立たせるためにわざとその色を選んだのだろうかと訝しんだ。腫れはまだ目に見えるほどはっきりと残っていて、ベッドに腰を下ろした君はそれをあえて強調するかのように顔をしかめた。君はリネン素材の幅広のズボンと、同じ素材のだぶだぶのトップスを着ていて、トップスは君の骨ばった肩からずり落ちていた。僕は君の化粧台に置かれたジュエリーツリーから、緑色の大玉のビーズでできたネックレスを選んで手に取った。

「これをつけてあげようか?」

君は躊躇(ちゅうちょ)したけれど、小さなスツールに座った。僕は両腕を君の頭の上にあげてから、ネックレスを君の顔のまえに持っていった。君は邪魔にならないように髪の毛を持ち上げた。僕は君の首の後ろに手を移動させると、ほんの一瞬、ネックレスで君の喉を締めつけた。僕の目のまえで君の体がこわばるのがわかった。僕は笑って留め金をはめた。「きれいだよ」そして腰を曲げて鏡の中の君を見つめた。「今日は恥をさらすようなことにならないよう気をつけるんだな、ジェニファー。こういうときには、いつだって君は、飲みすぎたり、客のご機嫌を取ったりして、恥をかくことになるんだから」

僕は立ち上がってシャツを着て、シャツに合わせて淡いピンク色のネクタイを選んだ。それからジャケットを羽織ると、鏡を見て、そこに映る姿に満足した。「君が運転してくれよ」僕は言った。「君は飲まないんだから」

新しい車を買ってあげようと何度か君に提案していたのに、君はぼろぼろの古いフィエスタに乗りつづけると言い張った。僕は極力その車に乗らないようにしていたけれど、君は僕のアウディを駐車するのに失敗してへこませたばかりだった。だから君に僕の車を運転させるつもりは一切なかった。僕は君の汚い車の助手席に座って、展覧会場まで君に運転させた。

会場に到着すると、バーカウンターにはすでに人だかりができていて、僕たちが部屋を歩くと称賛のざわめきが聞こえてきた。だれかが拍手をした。するとほかの人たちも続いて拍手をした。それでも拍手喝采というのには客が少なすぎて、結果として生じた音は、聞き苦しい程度のものだった。

君は僕にシャンパンのはいったグラスを渡してから、自分でもひとつ手に取った。ウェーブのかかった黒っぽい髪の男が僕たちのほうに向かって歩いてきた。君の目の輝かせ方を見て、そいつこそがフィリップだということがわかった。

「ジェナ!」そいつは君の両頬にキスをした。そうすれば僕が気づかないとでも思ったのか、君は片手でほんの一瞬だけそいつに触れた。それは本当に一瞬のことで、偶然に触れてしまっただけという可能性もあった。でも、そうでないことを僕は知っていた。

君が僕を紹介すると、フィリップは僕の手を取って握手した。「彼女のこと、さぞ誇りに思っておられることでしょうね」

「妻は極めて優れた才能の持ち主です」僕は言った。「もちろん、誇りに思うよ」

フィリップはわずかに間を置いてから、再び口を開いた。「ジェナをお借りすることになって申し訳ないのですが、どうしても彼女を紹介しておきたい人たちが何人かいるんです。

彼女の作品には多くの関心が集まっていまして……」フィリップはそこで話すのをやめて、お札を数えるときのように親指と人差し指をすり合わせながら僕に向かってウィンクしてきた。

「販売の可能性を妨害するつもりなんて、さらさらないよ」僕は言った。

僕は、君たちふたりが部屋に集まる客たち相手にうまく立ち回るのを見ていた。そのあいだずっと、フィリップの手は君の腰のくびれに置かれていた。それで僕は、君が浮気をしていると確信した。展覧会の残りの時間を自分がどうやって過ごしたのか定かではないけれど、僕は決して君から目を離さなかった。シャンパンがなくなると、ワインを飲んだ。お代わりのたびにバーカウンターに戻る手間を省くために、僕はバーカウンターのそばに立った。そしてずっと君を観察していた。君は、僕にはもう見せなくなった笑みを顔に浮かべていた。もう何年も昔に学生会館で見かけたあの少女の姿が、一瞬、見えたように思えた。友人たちと笑い合う、あの少女の姿が。君が笑うことはもうないのだと思っていたよ。

ボトルが空になると、僕はもう一本要求した。バーのスタッフは互いに顔を見合わせたけれど、僕の要求を受け入れた。ひとびとが帰りはじめていた。僕は君が客に別れを告げるのを見ていた。何人かにはキスをして、それ以外の客には握手をしていた。でも君の学芸員ほど手厚くもてなされた客はいなかった。片手で数えられるほどの客しかいなくなると、僕は君のところへ行った。「もう帰る時間だ」

君は決まり悪そうな顔をした。「まだ帰れないよ、イアン。まだお客さんがいるんだから。それに、片づけも手伝わないと」

フィリップが仲裁にはいった。「ジェナ、大丈夫だよ。かわいそうに、イアンはほとんど君といられなかったんだ。きっとイアンは、君とふたりできちんとお祝いする時間がほしいんだよ。ここの後片づけはやっておくから、作品は明日にでも取りにきたらいい。大成功だったね——おめでとう！」フィリップは君の頬にキスをした。今度は一度だけ。それでも僕の内に渦巻く怒りは爆発せんばかりで、僕はしゃべることができなかった。

君は頷いたけれど、フィリップの態度に失望しているように見えた。フィリップが君に、残ってくれと言うのを期待していたのか？ 僕を追い返して、君をそこに留めようとするのを？ 君はまだフィリップと話しつづけていたけれど、僕は君の手をつかんで、その手をきつく握りしめた。君が何も言わないとわかっていながら、僕は君の手を握る手にゆっくりと力を込めていった。やがて君の手の軟骨が、僕の指の中でずれる感覚があった。

フィリップはようやく話を終えた。そして握手をしようと僕に手を差し出してきたから、僕は握りしめていた君の手を離さなければならなかった。君が息を吐き出す音が聞こえてきて、片方の手でもう一方の手を包むのがわかった。

「お会いできて良かったです、イアン」フィリップは言った。それからちらりと君のほうを見てから、もう一度、僕を見た。「大切にしてあげてくださいね」

君はこいつに何を話したんだろう。

「いつもしている」僕はさらりと言った。

それから出口のほうを向くと、君の肘に手を添えた。そして親指を君の肉に食い込ませた。

「痛いよ」君はささやくような声で言った。「人に見られるよ」

君が自分の意見を訴える声をどこで手に入れたのかは知らないが、それはそれまでには聞いたことのなかった声だった。

「よくも僕を笑い者にしてくれたな」僕は怒りをあらわにして言った。階段を下りていく途中、こちらに向かって礼儀正しくほほ笑みかけてくるカップルとすれ違った。「みんなのまえでいちゃつきやがって。はじめから終わりまで、あいつに触って、キスしてたよな！」駐車場まで来ると、僕はもう声を抑えることなど気にしなくなっていた。僕の声が夜の空に鳴り響いた。「あいつとやってるんだろ？」

君は答えなかった。その沈黙が僕の怒りを助長した。僕は君の腕をつかんで背中にひねり上げた。そして君が声を上げるまで、さらに力を込めてねじり上げた。「僕に恥をかかせるために、僕をここに連れてきたんだよな？」

「違う！」涙が君の頬を伝ってこぼれ、君のトップスに複数の黒っぽい染みをつけた。

僕の拳はひとりでにきつく握りしめられていた。前腕がわなわなと震え出したちょうどそのとき、ひとりの男が僕たちのそばを通り過ぎていった。

「こんばんは」男は言った。

僕は腕の動きを止めた。僕たちはそのままの姿勢で、互いから五十センチメートルほど離れたところに立ち尽くした。やがて男の足音が消えていった。

「乗れ」

君は運転席のドアを開けて車に乗り込むと、三度目の試みでようやく鍵をイグニッションに差し込むことに成功し、エンジンをかけた。まだ四時だというのに空はすでに暗かった。ずっと雨が降っていて、対向車が来るたびにヘッドライトが濡れた路面に反射して、君は目を細めた。君はまだ泣いていて、片方の手で鼻をこすった。

「自分の無様な姿を見てみろ」僕は言った。「君がこんなんだってことを、フィリップは知っているのか？　鼻水を垂らした、みじめったらしいネズミのような女だってことを」

「フィリップと、寝てなんか、いない」君は単語と単語のあいだに間を置いて、自らの主張を強調しようとしていた。僕は拳をダッシュボードに叩きつけた。

君は縮み上がった。「私はフィリップのタイプに当てはまらない。彼は——」

「僕をばか扱いして話すのはやめるんだな、ジェニファー！　僕には目があるんだ。おまえたちのあいだに何があるのか、見ればわかるんだよ」

君は赤信号にくると急ブレーキをかけ、信号が青に変わると勢いよくアクセルを踏んだ。僕は座席の上で体の向きを変え、君を観察できるような姿勢で座った。君の表情を読みたいと思った。何を考えているのか、知りたいと思った。あいつのことを考えているのだろうか。君は隠そうとしていたけれど、それが正しいことが僕にはわかった。

家に着いたらすぐに、それを終わらせてやる。家に着いたらすぐに、考えること自体できなくさせてやる。

46

ブリストル刑事法院は治安判事裁判所よりも古く、木製パネル張りの廊下のいたるところから厳粛さが漂っている。廷吏たちが急ぎ足で法廷を出たりはいったりしていて、彼らが書記官のそばを通り過ぎるたびに、ぱたぱたとなびく黒色のガウンが書記官の机に置かれた紙を舞い上がらせている。静けさは気持ちの良いものではない。図書館にいるときと同じように、話してはいけないと強いられると叫びたくなる。私は手のひらを眼窩に強く押しつける。不手を離すと、焦点がずれて法廷がぼやけて見える。ずっとこんなふうだったらいいのに。不鮮明な輪郭や曖昧な形のほうが脅威を感じにくい。深刻さが薄れる。

こうしてここに立つと、恐怖を感じる。この日を迎えるにあたって抱いてきた虚勢心は消え去った。無罪放免になったらイアンからどんな仕打ちを受けることになるのかと想像するとひどく恐ろしい。でも突如として、判決が言い渡されたのちに刑務所で私を待ち受けているはずの現実が、無罪になるのと同じだけ恐ろしくなる。両手を握り合わせて、左手の皮膚に爪を食い込ませる。頭の中で、金属製の通路をこちら側に向かって歩いてくる足音だけがこだまのように響いている。私の叫び声がだれにも届かないほど分厚い壁に囲まれた灰色の独房、そしてそこに設えられた幅の狭い二段ベッド。手に鋭い痛みを感じて視線を落とすと、出血しているのがわかる。血を拭くと、手の甲を横断するようにピンク色の筋ができる。

　私が入れられた囲いの中には、まだ何人かはいれるほどのスペースがある。床に固定された椅子が二列に並んでいて、映画館と同じように座面が上がっている。そして囲いの三面が、その場には不釣り合いなガラス張りになっているため、法廷に人が集まりはじめると、私は人目が気になって椅子の上で体をよじる。最初の審問のときよりもかなり多くの傍聴人が集まっている。彼らの顔に浮かんでいるのは、治安判事裁判所にいた編み物をする女たちのような穏やかな好奇心などではなく、正義に燃えた人間の激しい憎悪だ。ふたサイズほど大きすぎる革のジャケットを着た、黄褐色の肌をした男の人が、前かがみになって座っている。その人は私から目を離さず、内なる怒りで唇をねじ曲げている。私が泣き出すと、その人は首を振って不快そうに口を歪める。

　ポケットにジェイコブの写真がはいっている。私はポケットに手を滑り込ませて、指先で写真の角を探す。

　弁護団もはいってきた。それぞれの法廷弁護士が後ろに数人従える形で、何列かに並んだ机に座っている。そして前かがみになって慌ただしい様子で何やら言葉を交わしている。この部屋でくつろいでいるように見えるのは、廷吏と法廷弁護士だけだ。彼らは大胆にも声のトーンを上げて、冗談を交わし合っている。法廷はどうしてこんなふうなんだろうか。なぜ制度自体が、それを必要とする人たちを意図的に疎外するような形になっているのだろう。ドアがギーッという音を立てて開き、さらに多くのひとびとが不安そうな、警戒するような様子ではいってくる。その中にアニヤの姿を見つけて、私ははっと息をのむ。アニヤは最前列に座る、革のジャケットを着たあの男性の隣に滑り込む。男性がアニヤの手を握った。

あの子が子どもだったということを、覚えていなければなりません。あの子には母親がいたのだということを。そしてその母親の心は、張り裂けんばかりだということを。

法廷内で唯一人のいない場所は、陪審員席だ。十二人分の席が空のままだ。その席が男女さまざまな人で埋まっているところを想像してみる。みな証言に耳をすませ、私が話すのをじっと見つめ、私に有罪の判断を下すところを想像する。私は陪審審理を放棄した。自分は正しい判断を下したのだろうかと陪審員たちが苦悩せずにすむようにした。息子を亡くした痛みが法廷中に拡散してしまう苦痛を、アニヤが感じずにすむようにした。ルース・ジェファーソンは、そうすることは私の有利に働くだろうと説明した。裁判官というのは、一度の審理にかかる費用の節約に協力する者を寛大に判断するものだと。

「起立願います」

キング判事は年配で、千もの家族の物語がその顔に刻まれているように見える。判事は鋭い視線で法廷の隅々まで見渡すが、その視線を私に長く留めることはしない。彼にとって私は、難しい判断の連続に満ちたキャリアにおける、ひとつの章にすぎない。判事はもうすでに私の量刑を決めているのだろうか——私が何年服役することになるか、もう決めているのだろうか。

「裁判官、検察はジェナ・グレイに対する公訴を提起します……」書記官が文書を読み上げる。女性書記官は、はっきりと、淡々とした声で話す。「グレイさん、あなたは、危険な運転によって人を死亡させた罪、および車を停止させて報告をする義務を怠った罪に問われています」そしてそこで目を上げて私を見る。「あなたの申し立ては?」

私はポケットの中の写真に手を押し当てる。「有罪です」

傍聴席から押し殺したような、かすかなすすり泣きが聞こえてくる。

「お座りください」

検察側の法廷弁護士が立ち上がる。そして目のまえのテーブルに置かれた水差しを手に取ると、ゆっくりと慎重に水を注ぐ。水がグラスを満たしていく音だけが法廷内に響く。すべての視線が彼に注がれたところで、彼は話しはじめる。

「裁判官、被告人は五歳のジェイコブ・ジョーダンを死亡させた罪を認めました。被告人は、おととしの十一月のあの晩の自らの運転水準が、分別のある一般人が想定する水準をはるかに下回っていたことを認めています。事実、警察の捜査では、被告人の運転する車が、事故の直前、車道から外れて歩道に乗り上げていたことが明らかになっています。時速六十から七十キロメートルのスピードが出ていました――制限速度の四十八キロメートルをはるかに超えています」

私は両手をきつく握り合わせる。ゆっくりと安定した呼吸をしようと試みるけれど、胸が硬化してしまったように感じて、まともに息を吸い込むことができない。心臓の鼓動が頭の中で響いている感覚に襲われて、私は目を閉じる。フロントガラスを打ちつける雨が見える。歩道に小さな男の子が見える。走っていて、母親のほうを振り返って何か叫んでいる。そして悲鳴が――私の悲鳴だ――聞こえる。

「さらにです、裁判官、被告人はジェイコブ・ジョーダンを車ではねて――考えられているところでは――彼を即死させてしまったにもかかわらず、車を停止させませんでした」そこで弁護士は法廷を見回す。その雄弁は、見せつけるべき陪審員不在の法廷では虚しく響いた。「被告人は車から降りなかったのです。救助を要請しなかったのです。後悔の念を表すことも、人命救助を行うこともなかったのです。それどころか被告人は、精神的にショックを受けている母親の腕の中に五歳のジェイコブを残して、車で走り去ったのです」

アニヤは息子の上にかがみ込んでいた、今でも覚えている。雨から息子を守るように、コートで彼の体を覆うようにしていた。車のヘッドライトが、細部まではっきりと照らし出していた。あまりの恐怖に呼吸をすることができず、私は両手で口を押さえていた。

「裁判官、事故直後のそのような反応はショックのせいであると想像することも可能かもしれません。被告人はパニックに陥って走り去ってしまったのだと。数分後には、あるいは数時間——一日後ということもあるかもしれませんね——には、正気を取り戻し、正しい行動を取るはずだと。ところがですよ、裁判官、被告人はそれをする代わりに、この地域から逃げ出し、百五十キロメートルも離れた小さな村に姿をくらましました。被告人のことを知る人がだれもいない村にです。被告人は降伏してはいなかったのです。今日、被告人は罪状を認めたかもしれませんが、それは、もうどこにも逃げ場所はないと気づいたからにほかなりません。検察といたしましては、量刑の決定の際には、このことを考慮に入れていただけるようお願い申し上げたいと考えております」

「ラシター弁護士、ありがとうございます」判事はそう言ってメモ帳に何やら記す。検察側の法廷弁護士は頭を下げてお辞儀をすると、ガウンをさっと後ろに払いのけてから席に着く。手のひらがじっとりと汗ばんでくる。傍聴席のほうから、憎悪が波のように押し寄せてくる。

　私側の弁護士は資料を集めている。有罪の答弁をしたにもかかわらず、起きてしまったことに対する報いを受けなければならないとはわかっているにもかかわらず、突如として私は、ルース・ジェファーソンに私の代わりに戦ってほしくなる。私にとってはこれが、自分の意見を伝える最後の機会になるのだと思うと、胃に不快感が込み上げてくる。もうしばらくすれば、判事は私に判決を下す。そうなれば、もう手遅れなのだ。

ルース・ジェファーソンが立ち上がる。でも彼女が話し出すまえに、法廷のドアが大きな音を立てて開いた。判事はぱっと顔を上げる。判事がそれを歓迎していないのは明らかだった。

パトリックはこの法廷にはあまりに場違いに見えて、私は一瞬、それがだれなのかわからなかった。パトリックは私を見る。手錠をかけられた状態で、防弾ガラスに囲まれた空間に入れられている私を見たパトリックは、目に見えて動揺する。パトリックは一体ここで何をしているのだろう？　パトリックと一緒にいる男性はスティーヴンス警部補だ。警部補は判事に向かって軽く頭を下げると、法廷の中央に行き、検察側の法廷弁護士に顔を近づけて小声で何やら話しはじめる。

法廷弁護士は熱心に聞き入っている。そしてメモ帳に何やら書き取ると、長いベンチ越しに腕を伸ばして、そのメモ用紙をルース・ジェファーソンに渡す。

ルースはそのメモを読むと、おもむろに立ち上がる。「裁判官、短い休廷をお願いできないでしょうか？」

判事はため息をつく。「ジェファーソン弁護士、私が今日の午後これから、あと何件の審理を行わなければならないかご存じありませんか？　あなたには被告人と話し合う時間が六週間もありました」

「申し訳ありません、裁判官。しかし被告人の罪の軽減に重要な関わりを持つ可能性のある情報が明らかになりまして」

「いいでしょう。十五分ですよ、ジェファーソン弁護士。再開後、被告人に判決を言い渡します」

　判事は書記官に向かって頷く。

「起立願います」書記官が呼びかける。

　キング判事が法廷からいなくなると、ひとりの警備員が被告人席にはいってきて、私を独房棟へ連れ戻す。

「何が起こってるんですか？」私は警備員に尋ねる。

「さあな、お嬢さん。でもいつだって同じさ。ヨーヨーみたいに上がったり下がったりするのさ」

　それから警備員は、私をあの風通しの悪い部屋まで送り届ける。私がその部屋で法廷弁護士と話をしてから、まだ一時間も経っていない。私が部屋に着いたのとほとんど同時に、ルース・ジェファーソンがはいってくる。そしてそのあとからスティーヴンス警部補が続いた。ルースはまだドアが閉まらないうちに話しはじめる。

「お気づきですかね、グレイさん。司法妨害は裁判所が軽く考える類(たぐい)のものではありませんよ？」

私が何も言わずにいると、ルースは腰を下ろす。それからウィッグの下からはみ出している黒っぽい髪の毛をウィッグの中に押し込む。

スティーヴンス警部補はポケットに手を入れると、一冊のパスポートを取り出してそれをテーブルの上に置く。開かなくても、それが自分のものだとわかる。私は警部補を、それから苛立っている弁護士を見る。そして手を出してパスポートに触れる。結婚式に先駆けて、名義変更の用紙に必要事項を書き込んだときのことを思い出す。署名を百ぺんも練習して、どの書き方が一番大人らしく、一番私らしいかとイアンに訊いた。パスポートが届くと、それは、自分のステータスが変わったことを実際に目で見て感じることのできる最初のものとなった。空港でそれを提出する日が待ち遠しかった。

スティーヴンス警部補は両手をテーブルについて腰を折り、私に顔を近づけて話し出す。

「もう男をかばわなくていいんだ、ジェニファー」

私はたじろぐ。「その名前で呼ばないでください」

「何があったのか、話してくれないか」

私は何も答えない。

警部補の口調は穏やかだ。その冷静さのおかげで、私は安全だと感じ、心を落ち着けることができる。

「ジェナ、もう二度と奴が君を傷つけないようにするから」

この人たちはもう、知っているのだ。私はゆっくりと息を吐き出して、最初にスティーヴンス警部補を、それからルース・ジェファーソンを見る。急にひどい疲労を感じる。警部補が茶色いファイルを開く。ファイルの表には〝ピーターセン〟と書かれている。私の結婚後の姓。イアンの名前。

「電話がたくさんきていた」警部補は言う。「近隣住民たち、医師たち、通りすがりの人たち。でも君からは一度もなかったよ、ジェナ。君は一度だって、おれたちに知らせてくれなかった。そしておれたちのほうからアプローチしても、君は話してくれない。告発しようとしない。どうして助けさせてくれないんだ？」

「そんなことしたら、殺されていたから」私は答える。

警部補が再び口を開くまでに、わずかに沈黙が流れる。「最初にぶたれたのはいつ？」

「裁判に関係あるの？」ルースが腕時計を見ながら言う。

「あります」スティーヴンス警部補がぴしゃりと言うと、ルースは目をつり上げて椅子の背もたれに体を預ける。

「結婚した日の夜に、始まりました」目を閉じて思い出す。突如として私を襲った痛み。結婚生活がまだ始まってもいないうちに、自分の結婚が失敗だったと思い知らされたことへの羞恥心。戻ってきたイアンがどれほど優しかったか、私の顔の痛みを和らげるためにどれほど親切だったかを覚えている。ごめんなさい、私はそう言った。そしてそれから七年間、私はずっとその言葉を言いつづけてきた。

「グランサム・ストリートのシェルターへはいつ？」

警部補がそこまで知っているのだということに、私は驚く。「実際には行ってないんです。病院の人が私のあざを見て、結婚生活について訊いてきました。私は何も話しませんでしたが、カードをくれて、必要を感じたらいつでも行っていい、そこに行けば安全だからと教えてくれました。でも私にはそれが信じられませんでした――イアンとこれほど近い距離にいながら安全なはずがあるだろうか、そう思ったんです。それでもカードは捨てずにいました。それを持っていると思うだけで、わずかにでも孤独が和らぎました」

「逃げようと思ったことは、一度もなかった？」そう言ったスティーヴンス警部補の目には、隠しきれないほど強い怒りが込められていた。でもその怒りは、私に向けられたものではない。

「何度もあります」私は答える。「イアンが仕事に行くと、荷造りを始めるんです。思い出をひろい集めながら、実際に私が持っていけるものは何かと考えながら、部屋を歩き回るんです。そして荷物をすべて車に入れる――ご存じのとおり、車はまだ私のものでしたから」

警部補は、理解できないというように首を振る。

「車は私の旧姓で登録されたままでした。最初は、意図的にそうしていたわけではありませんでした――結婚したときに変更し忘れたもののひとつにすぎませんでした。でもあとになって、それはとても重要になりました。家も、会社も、車以外のものはすべて、イアンの所有物でした……だんだんと、私はもう存在しないんじゃないか、私も彼の所有物のひとつにすぎないんじゃないかと思うようになりました」私はそこで肩をすくめる。「私はすべてをバッグに詰め込んで、それからすべてを丁寧にバッグから取り出して、元の場所に戻すんです。いつもそうでした」

「どうして?」

「イアンは必ず私を見つけるから」

スティーヴンス警部補はファイルをめくっている。驚くほど分厚いファイルだ。それでもそこに記載されているのは、警察に通報された事案だけ。肋骨の骨折や脳震とうといった、病院での休息を必要とする出来事だけ。目に見えるすべての傷の背景に、目に見えない多くの傷が存在していた。

ルース・ジェファーソンがファイルに手を置く。「見ても?」

スティーヴンス警部補が私のほうを見たので、私は頷く。警部補がファイルを渡すと、ルースはそれに目を通しはじめる。

「でも事故のあと、君は家を出た」スティーヴンス警部補が尋ねる。「どういう変化があったんだろう?」

私は深呼吸をひとつする。勇気を奮い起こした、そう答えられたらいいのに。でも当然、そういう理由とはまったく違っていた。「イアンに脅されたんです」私は静かに答える。「イアンは言いました。もしも私が警察に行くようなことがあったら――起こったことをだれかに話したりしたら――私を殺すと。イアンが本気だということはわかりました。あの夜、事故のあと、イアンにあまりにひどく痛めつけられて、私は立つことができなくなりました。イアンは私を立たせて、そのままの状態で引きずっていって、私の腕をシンクに固定して動けなくしました。そして私の手に熱湯をかけたんです。私は痛みで気を失いました。それからイアンは、私を庭のアトリエまで引きずっていきました。そして私の目のまえで、すべてを――私がこれまでに作ってきたものすべてを――壊していきました」

スティーヴンス警部補のほうを見ることができない。言葉を絞り出すだけで精一杯だ。

「イアンはそれから出かけていきました。どこへ行ったのかは知りません。最初の晩、私は台所の床で過ごしました。それから二階へ這い上がって、ベッドに横になり、夜のあいだに死んでしまえるようにと祈りました。そうすれば、イアンが戻ってきたとき、もう二度と私を傷つけることができないから。でもイアンは戻ってきませんでした。何日もどこかへ行ったきりで、私は次第に強くなっていきました。イアンは永遠に戻ってこないんじゃないかという妄想までするようになりました。でもイアンはほとんど何も持たずに出ていったので、すぐにでも戻ってくる可能性があると思いました。イアンと一緒にいれば、そのうち本当に殺される、そう気づいたんです。それに気づいて、家を出ました」

「ジェイコブに何があったのか、話してくれないか」

私はポケットに手を入れて写真に触れる。「私たちは言い争いをしました。私は展覧会を——それまでで一番、大規模な展覧会でした——開きました。その展覧会を企画してくれたフィリップという男性と、何日もかけて一緒に準備をしました。日中開催のイベントだったにもかかわらず、イアンは酔っ払いました。そして私がフィリップと浮気をしていると責めてきました」

「実際には?」

プライベートな質問に、私は自分の顔が赤くなるのがわかる。「フィリップはゲイです。でもイアンはそれを聞こうとしなかった。私は泣いていて、道路がよく見えませんでした。ずっと雨が降っていたし、ヘッドライトがひっきりなしに目に飛び込んできました。イアンは私に向かって怒鳴り散らし、私をアバズレ、娼婦(しょうふ)と呼びました。私は渋滞を避けてフィッシュポンズを経由しようとしましたが、イアンが無理やり車を停めました。そして私を殴って、車の鍵を取りました。立つこともままならないほど酔っていたのに。

イアンは常軌を逸した運転をしました。そのあいだずっと、どんなふうにして私に思い知らせてやるかということを、私に向かって怒鳴りつづけていました。私たちは団地に、住宅街の道路に差しかかっていました。イアンはどんどんスピードを上げました。私は怖くて震えていました」私は膝の上で両手をねじり合わせる。

「男の子が見えました。私は叫びましたが、イアンはまったくスピードを落としませんでした。私たちの車が男の子をはね、その子の母親が、自らもはねられたかのようにその場に崩れたのを見ました。私は車から降りようとしましたが、イアンはドアに鍵をかけて、車をバックさせはじめました。私を戻らせてはくれませんでした」そこで私は息を吸い込む。吐き出された息は、低いうめき声と化していた。

小さな部屋の中に、沈黙が広がる。

「イアンがジェイコブを殺しました」私は言う。「でも、私がやったように感じられたんです」

47

パトリックは慎重に車を走らせる。千もの質問を受ける覚悟をしていたのに、ブリストルのスカイラインが見えなくなるまで、パトリックは何も言わなかった。街の景色が緑の野原にとって代わり、ギザギザな海岸線が見えてきたところで、ようやくパトリックは私を見る。

「刑務所にはいっていたかもしれないんだよ」

「そのつもりだった」

「どうして?」そう言ったパトリックの声に批判の響きはなく、ただただ戸惑っているのがわかる。

「起きてしまったことに対する報いを、だれかが受けなくちゃならなかったから」私は答える。「だれかが裁判にかけられなければならなかったの。息子の命を奪った罪をだれかが償うことになると知って、ジェイコブの母親が眠れない夜を終わらせることができるように」

「でも償うべきは君じゃないよ、ジェナ」

裁判所を出るまえ、私はスティーヴンス警部補に訊いた。息子を殺したと思っていた人間の裁判が急に取りやめになったと聞かされることになるジェイコブの母親には、どんな説明をするのか。

「ピーターセンが問題なく拘留されるまで待つことにします」警部補は言った。「彼女に伝えるのはそれからです」

私の取った行動によって、アニヤは再び同じ苦しみを経験しなければならなくなったのだ。

「君のパスポートがはいっていたあの箱」パトリックが唐突に言う。「あの箱に――赤ちゃんのおもちゃがはいっていた」そして聞きたいはずの質問を言葉にすることなく、そこで口を閉ざす。

「息子のおもちゃなの」私は言う。「ベン。妊娠がわかったとき、怖かった。イアンが逆上するんじゃないかと思ったの。でもイアンは有頂天になって喜んだ。これで何もかも変わる、イアンはそう言っていた。口に出して言うことはなかったけど、イアンがそれまでの私に対するひどい態度を申し訳なく思っているんだって私は確信した。赤ん坊が、私たちの関係の転換点になるかもしれないと思った。赤ん坊が、イアンに気づかせてくれると思った、私たちは一緒に幸せになれるって。家族として」

「でも、そうはならなかった」

「うん」私は言う。「そうはならなかった。最初のうちイアンは、これ以上できないってくらい、私のためにいろいろしてくれた。手取り足取り面倒をみてくれて、これをしたほうがいい、あれはしないほうがいいって、いつも教えようとしてくれた。でも私のお腹が大きくなるにつれて、イアンはだんだんと距離を置くようになった。まるで私の妊娠を嫌っていて、不快にさえ思っているみたいだった。妊娠七ヶ月のとき、アイロンをかけていて彼のシャツに焦げ跡をつけてしまったことがあった。私がばかだったの——電話に出ようと思ってアイロンから離れたら、気が散っちゃって、気づいたときにはもう遅かった。イアンは怒り狂った。お腹を強く殴られて、出血したの」

パトリックは車を停めてエンジンを切る。私はフロントガラス越しに道路脇の空き地をぼんやりと眺める。ごみ箱からごみが溢れていて、捨てられた包み紙がそよ風に舞っている。

「イアンは救急車を呼んだ。そして私が転んだって話した。救命士たちがそれを信じたとは思えないけど、だからって彼らに何ができたっていうの？　病院に着くあいだに出血は止まったけど、検査を受けるまえから私にはわかってた、あの子はもう死んでしまったって。そう感じたの。病院の人は私に帝王切開を勧めたけど、私はそういう形であの子を私から取り出してほしくなかった。私はあの子を生みたかった」

パトリックが私のほうに手を伸ばす。でも私はその手に触れることができない。パトリックは手を引いて、その手を座席の上に置く。

「私は陣痛を誘発する薬をもらって、ほかの女性たちと一緒に病棟で待った。私たちは一緒に同じ経験をした。陣痛の初期の痛み、笑気麻酔、それにお医者さんや助産師さんの内診。唯一、私がみんなと違っていたのは、私の赤ちゃんは死んでいたということ。ようやく私が分娩室に運ばれる段階になると、隣にいた女性が私に手を振って、私の幸運を祈ってくれた。分娩中、イアンは私のそばにいた。イアンのしたことを思うとイアンのことが憎かったけれど、それでも私はいきむときにイアンの手を握った。そして私の額にキスすることを許した。だって、彼以外にだれがいたっていうの？　私があのシャツを焦がしたりしなければ、ベンはまだ生きていたはず、考えられるのはそのことばかりだった」

体が震え出して、私は両手のひらでしっかりと膝を押さえつける。ベンが亡くなってから数週間、私の体は私自身をだまして、自分は母親なのだと思い込ませようとしていた。母乳の分泌のせいで乳首に刺すような痛みがあって、シャワーを浴びながら、乳房を押してはその痛みを取り除いた。火傷しそうなほど熱いお湯の中から、母乳の甘い香りが立ちのぼった。一度、私が顔を上げると、イアンがバスルームのドアから私を見ていたことがあった。私のお腹は妊娠の影響でまだ丸みを帯びていたし、妊娠中に伸びてしまった皮膚はたるんでいた。膨れ上がった乳房には青い血管が走っていて、母乳が私の体を伝っていた。イアンは顔を背けるまえ、強い嫌悪の表情を浮かべた。私はそれを見逃さなかった。

私はイアンに、ベンの話をしようとしたことがあった。一度だけ――あの子を失った痛みがあまりに強烈で、足を一歩まえに踏み出すことさえままならなかったころに、一度だけ。私はだれかと――だれでも構わなかった――悲しみを分かち合う必要があった。でもそのころには、話ができる人が、イアン以外にはだれもいなくなっていた。イアンは私が言い終わらないうちに話を遮って言った。「何も起こらなかったんだ」イアンはそう言った。「あの赤ん坊は存在しなかった」

ベンはこの世界の空気を吸い込むことがなかったかもしれないけれど、それでも生きていた。私の中で生きていて、私の酸素と栄養を吸収していた。私の一部だった。それなのに、私は二度とあの子の話をしなくなった。

パトリックを見ることができない。こうして話しはじめてしまったら、自分を止めることができなくなった。言葉が次から次へとあふれ出す。「あの子が生まれたとき、ひどく静まり返っていた。だれかが出生時間を読み上げた。それから看護師さんたちが、あの子を私の腕にそっとのせてくれた。あの子を傷つけまいとするように、そっと。それから私をあの子とふたりきりにしてくれた。私はずいぶんと長いあいだ、そのまま横たわっていた。あの子の顔を、まつ毛を、唇を眺めながら。あの子の手のひらをなでて、あの子が私の指を握る感覚を想像してみたりした。でもそのうち看護師さんたちが戻ってきて、あの子を私の元から連れ去った。私は泣き叫んで、あの子にしがみついた。気持ちを落ち着ける何かを投与されるまでずっと。それでも私は眠りたくなかった。だって、わかっていたから。目が覚めたら、また私はひとりぼっちになってしまうって」

話し終えてパトリックを見ると、パトリックの目に涙が浮かんでいた。もう大丈夫、私は平気だからと伝えようとするけれど、私も泣き出してしまう。私たちは道路脇に停めた車の中で、互いの体を抱きしめたまま、日が沈みはじめるまでそうしていた。それから私たちは車を走らせて家に向かった。

パトリックはキャラバンパークに車を停めると、コテージに続く道を私と一緒に歩いてくれる。今月末までの家賃は払ってあるものの、イエスティンの言葉が頭の中に響いてきて、私に出ていくよう告げたときのイエスティンの嫌悪する表情が思い出されて、足が重くなる。

「イエスティンには電話しておいた」パトリックは私の心を読んで、そう教えてくれる。

「何もかも、説明しておいたよ」

パトリックは、私が長期にわたる病気から回復した患者であるかのように、穏やかに優しく接してくれる。自分の手がパトリックの手に包まれていると、安全だと感じることができる。

「ボーを連れてきてくれない？」コテージに着いたところで、私はパトリックにお願いする。

「それが君の願いなら」

私は頷く。「すべてを普通の状態に戻したいの」そう言いながら、ふと考える。何が〝普通の状態〟なのだろう。

パトリックはカーテンを閉めて、私のために紅茶をいれてくれる。そして私の体が温まり、落ち着いたことを確認すると、満足した様子で私の唇に軽くキスをして、コテージを出ていった。私は部屋を見回して、この海辺での私の生活を構成するものたちを眺める。写真に貝殻、台所の床に置かれたボーの水入れ。ここにいると、ブリストルでは感じたことのなかった安らぎを感じることができる。

本能的に、そばにあったテーブルランプをつける。これが下の階にある唯一の照明で、温かみのあるあんず色の光が部屋に漂った。私はランプを消して暗闇に飛び込む。そして待つ。心拍数は安定しているし、手のひらに汗はかいていない。首の後ろに刺すような恐怖も走っていない。顔がほころぶ。私はもう、恐れていない。

48

「それで、それが正しい住所だってことに間違いはないのか？」レイはその質問をスタンピーに向けて発していたが、視線を部屋全体に行き渡らせるようにしていた。刑事法院を出てから二時間と経たないうちに、レイは治安維持班を招集していた。そしてそのあいだにスタンピーは、地域情報課にイアン・ピーターセンの住所を調べさせていた。

「間違いないね、ボス」スタンピーが言った。「有権者登録リストに記載されている住所は、アルバークーム・テラス通り七二番地。地域情報課がその住所を運転者・車両免許庁に登録されている住所と照らし合わせてくれた。ピーターセンは数ヶ月前、スピード違反で三点の減点をくらっていて、DVLAは同じ住所に免許証を送り返してる」

「よし」レイは言った。「それなら、ピーターセンが家にいることを願うばかりだな」それから、落ち着きをなくしはじめている治安維持班のほうに向き直って簡潔な指示を与えた。「ピーターセンの逮捕は極めて重要だ。ジェイコブ・ジョーダンの事件解決のためにだけでなく、ジェナ・グレイの身の危険を確保するためにもだ。ジェナがひき逃げ事件のあとにピーターセンの元を去ることになった背景には、長年にわたって繰り返された家庭内暴力があった」

部屋にいる警察官たちが意を決した表情で頷いた。イアン・ピーターセンがどういう人間であるか、全員が把握していた。

「警察全国コンピュータは——驚くことでもないが——ピーターセンを暴力的な人間として警告を発している」レイは言った。「それだけでなく、ピーターセンには飲酒運転および暴行の前科がある。ピーターセンに関しては、無謀なことはしたくない。真っ正面から向かっていって、手錠をかけて、連行する。いいな？」

「はい」一斉に声が上がった。

「じゃあ、行こう」

＊

アルバークーム・テラス通りはよくある平凡な通りで、歩道は狭く、車道には多すぎるほどの車が路上駐車してあった。七二番地の家を近隣の家と区別する特徴といえば、すべての窓にカーテンが引いてあることくらいだった。

レイとケイトはすぐそばの通りに車を停めて、治安維持班のふたりがピーターセンの家の裏に到着したことが確認できるのを待った。レイはエンジンを切り、ふたりは静かに座って待った。水冷エンジンのリズミカルな音だけが聞こえていた。

「平気か？」レイが言った。

「はい」ケイトは硬い口調で答えた。その顔には断固たる決意が表れていて、その表情の下にどんな感情を抱いているのかまったく読めなかった。レイは熱いものが血管を駆け巡るのを感じた。もうじきそのアドレナリンはレイを奮い立たせて、任務遂行の一助となる。しかし今はまだ、そのアドレナリンに行き場がなかった。レイはクラッチペダルを足でこつこつと叩きながら、もう一度ケイトを見た。

「ベストは着てるな？」

ケイトは返事をする代わりに、握りしめた拳で自分の胸を激しく打ってみせた。ケイトのスウェットシャツの下から、防弾ベストのドスンという鈍い音が聞こえてきた。ナイフは容易に隠しておくことができるし、素早く使用することも可能だ。レイは危機一髪のところで危険を免れた場面を、嫌というほど見てきた。レイはジャケットの下に装着しているショルダーハーネスを手で探り、そこに警棒と催涙スプレーがあることを確認した。そこにあると思うだけで安心感が増した。

「おれから離れるなよ」レイは言った。「奴が武器を引き抜いたら、すぐに撤退するんだ」

ケイトは眉をつり上げた。「私が女だからですか？」そして嘲るように鼻を鳴らした。「ボスが身を引いたら、私も引きます」

「ポリティカル・コレクトネスなんてクソ食らえだ、ケイト！」レイは手のひらをハンドルに叩きつけて言った。「君に怪我を負わせたくないんだ」それから黙り込み、フロントガラスの向こうのだれもいない通りを見つめた。

どちらかが再び口を開く間もなく、ふたりの無線機がガサガサと音を立てはじめた。「ゼロ・シックス、ボス」

部隊が定位置についた。

「了解」レイが応答した。「ピーターセンが裏口から出たら、捕まえてくれ。おれたちは正面玄関から突破する」

「ラジャー」応答がきた。レイはケイトを見た。

「準備はいいか？」

「万全です」

ふたりは車を降り、歩いて角を曲がると、素早く家の正面に回った。レイはドアをノックしてから、背伸びをしてドアノッカーの上部にある小さなガラスの窓から家の中をのぞいた。

「何か見えます？」

「いや」レイはもう一度ドアをノックした。その音が、だれもいない通りに響いた。

ケイトは無線機に向かって話しかけた。「タンゴ[T]・チャーリー[C]・461、通信室、ブラボー[B]・フォックストロット[F]・257につないでもらえますか？」

「どうぞ」

ケイトは建物の裏手に待機するふたりの警察官に呼びかけた。「動きは？」

「ありません」

「了解。しばらくそのまま待機するように」

「了解です」

「通信室、取次ぎに感謝します」ケイトはポケットに無線機を滑り込ませると、レイに顔を向けた。「〝大きな赤い鍵（ビッグ・レッド・キー）〟の出番ですね」

ふたりが見守る中、突入班が赤い金属の破城槌（はじょうつい）を、ドアに向かって半円を描くようにスィングさせた。強烈な打撃音と木の裂ける音とともにドアが勢いよく開いて、狭い玄関ホールの壁を激しく打った。レイとケイトは後ろに下がり、治安維持班が先に突入した。ふたり一組で散開し、各部屋に人がいないことを確認した。

「クリア！」

「クリア！」

「クリア！」

レイとケイトも彼らに続いて突入した。互いから目を離さないようにしながら、ピーターセンが見つかったという知らせを待った。二分と経たずして、治安維持班の巡査部長が階段を下りてきて頭を左右に振った。

「ハズレです、ボス」巡査部長はレイに言った。「ここにはだれもいませんね。寝室はもぬけの殻です――衣装だんすは空っぽで、バスルームにも何もありません。どうやら、ずらかったようですね」

「くそっ！」レイは階段の手すりに拳を打ちつけた。「ケイト、ジェナの携帯電話に電話をかけてくれ。彼女がどこにいるか確認して、そこを動かないよう伝えるんだ」レイは足早に車に向かった。ケイトは遅れを取らないように小走りで続いた。

「電源がはいっていません」

レイは運転席に乗り込んでエンジンをかけた。

「どこに向かいます？」ケイトはシートベルトを締めながら言った。

「ウェールズだ」レイは険しい表情で答えた。

運転しながら、レイはケイトに大声で指示を与えた。「地域情報課に連絡して、ピーターセンについて、なんでもいいから引き出せる情報を出してもらってくれ。それからテムズ・バレー警察に電話をかけて、オックスフォードにいるイヴ・マニングのところに人を向かわせるよう伝えるんだ。ピーターセンはすでに一度、彼女を脅迫してる。また彼女のところに行くことも充分考えられる。それからサウス・ウェールズ警察に連絡して、暴力被害を疑う内容の通報がなかったか調べてもらうんだ。ジェナ・グ――」言いかけて、レイは自ら訂正した。「ピーターセンに関する記録を。だれかをコテージに向かわせて、ジェナの無事を確認してもらいたい」

ケイトは、レイが指示を列挙していくのを聞きながら、それを走り書きしていった。そしてひとつ電話を完了するたびに、レイに報告した。

「今夜はペンファッチに勤務している警察官がだれもいないようで、スウォンジーから人を送ると言っていました。でも今日はサンダーランドＡＦＣの試合がホームグラウンドで行われているせいで、どこも渋滞しているみたいなんです」

レイは苛立ちながらため息をついた。「何年にもわたってDVがあったことは、伝わってるんだよな？」

「はい。最優先させるつもりだとは言っていました。ただ、いつ到着できるか、それはどうしても保証できないようです」

「ありえない」レイは言った。「ひどい冗談だな」

ケイトはパトリックの携帯電話に電話をかけながら、ペンでコツコツと窓を叩いた。「呼び出し中です」

「だれかほかの人間に頼む必要があるな。地元の人間に」

「ご近所さんはどうです？」ケイトは真っすぐに座り直して、携帯電話でインターネットを開いた。

「近所にはだれも住んでいない――」レイはそう言いかけてケイトを見た。「キャラバンパークだ、そうだよ！」

「了解」ケイトはキャラバンパークの電話番号を調べて、番号を押した。「早く出て、早く……」

「スピーカーにしてくれ」

「はい、ペンファッチ・キャラバンパーク、ベッサンです」

「こんにちは、ブリストル警察犯罪捜査課のケイト・エヴァンス巡査です。ジェナ・グレイさんを探しているんですが——今日はお会いになりました？」

「今日は会ってませんよ。でも、今日はジェナ、ブリストルにいるんじゃなかった？」ベッサンの口調には警戒するような響きがあった。「何か問題でもあった？　裁判所で何があったの？」

「ジェナさんは釈放されました。あの、ゆっくり説明できなくて申し訳ないのですが、ジェナさんは午後三時にブリストルを出ています。彼女が安全にそちらに到着しているかどうか確認したいんです。パトリック・マシューズさんの運転で帰ったんですが」

「ふたりとも見てないね」ベッサンは言った。「でも、ジェナが戻ってきてるのは間違いないよ——浜辺にも行ったはず」

「どうしてわかるんです？」

「さっき犬の散歩から帰ったところなんだけど、散歩の途中で、ジェナが砂に書いた文字を見たんだ。けど、いつものとはちょっと違ってたかな——すごく、変な感じだった」

レイは不安がじわじわと体に広がるのを感じた。「なんて書いてあったんですか？」

「なんなの？」ベッサンは鋭い口調で言う。「何を隠してんの？」

「なんて書いてあった？」レイは声を荒らげるつもりはなかった。レイは一瞬、ベッサンが電話を切ってしまうのではないかと思った。ようやくベッサンが口を開いたとき、ためらいがちに話すその口調から、レイは察知した。彼女は、何かひどく悪いことが起こっていることに気づいている。

「〝裏切り者〟、それだけ」

49

眠るつもりはなかったのに、ドアをノックする音で頭が跳ね上がった。私はこわばった首をさする。一瞬、自分が家にいることを忘れていた。もう一度、今度はさっきよりも執拗なノックの音が聞こえてくる。どれだけパトリックを待たせてしまったのだろう。やっとのことで立ち上がると、ふくらはぎが痙攣していて思わず顔をしかめる。

鍵を回すときにかすかに恐怖がよぎった。その感覚に体が反応するより早く、ドアがこちら側に思い切り開き、私は壁に激しく打ちつけられる。イアンの顔は怒りで紅潮し、呼吸は乱れている。私はイアンの拳に備える。でもそれは振り下ろされなかった。イアンがゆっくりと閂をかけるのを見ながら、私は自分の心臓の鼓動を数える。

一、二、三。

速く、激しく、胸を打ちつける。

七、八、九、十。

ようやくイアンの準備が整った。イアンは、私が自分の笑みと同じくらいによく知っている、あの笑みを浮かべて私のほうを振り返る。私にどんな仕打ちを用意しているかをほのめかすような、目元の動かないあの笑み。終焉(しゅうえん)はすぐそこまできているけれど、容易に終わらせるつもりはない、あの笑みはそう伝えている。

イアンは私の首筋をさすりながら、親指を脊椎の一番上に強く押しつけてくる。不快ではあるものの、痛みはない。

「僕の名前を警察に言ったよな、ジェニファー」

「私は言ってない――」

イアンは片手いっぱいに私の髪の毛をつかむと、ものすごい速さで私の顔を自分の目のまえへと引き寄せる。私は思わず目を細めて、イアンが額で私の鼻の骨を折るのを、そして痛みが爆発するのを予期して待つ。再び目を開けると、イアンの顔が私の顔から数センチメートルしか離れていないところにあった。ウイスキーと汗の匂いがする。

「僕に嘘をつくなよ、ジェニファー」

私は目を閉じて、生き延びることができるんだと自分に言い聞かせる。でも体中のあらゆる部分が、今すぐにでも彼が私を殺してくれることを望んでいる。

イアンは空いているほうの手で私の顎をつかむと、人差し指を私の唇に乗せて、その指を口の中へと滑らせていく。その指が私の舌を下へ押しつけてきて、私は強い吐き気に抗わなければならない。

「二股のくそアマが」イアンは褒め言葉を述べるかのように滑らかにその言葉を発した。「約束したよな、ジェニファー。警察には行かないと約束したよな？　それがどうだ、今日、何を目にしたと思う？　おまえが僕の名前を売ることで、自分の自由を手に入れたのを見たんだよ。僕の名前が――忌々しいことに、この僕の名前が！――ブリストル・ポスト紙の一面に載っているんだよ」

「警察に言うから」私の言葉は、イアンの指に邪魔されて不明瞭に響く。「それは事実じゃないって、警察に言うから。私が嘘をついたんだって」唾液が私の口から溢れ出し、イアンの手を覆う。イアンは強い嫌悪の眼差しでそれを見る。

「いや」イアンは言う。「おまえはだれにも何も話さない」

そして左手で私の髪の毛をつかんだまま、右手を私の顎から離し、その手で私の顔を思い切り平手打ちする。「二階に行け」

私は脇に下ろした両手を握りしめる。手をあげて顔に触れるべきではないとわかっているから。頬が、鼓動とともに脈打つように痛む。血の味がして、そっとそれを飲み込む。「お願い」私の声が甲高く、不自然に響く。「お願いだから……」私は使うべき言葉を探そうとする。最もイアンを挑発しそうにない言葉を。レイプしないで、そう言いたかった。それがそれほど異常なことだと思えなくなるほど何度も、何度も、それは繰り返されてきた。それでも今なお、イアンの体が私の体に押しつけられ、私の中にはいってきて、私の彼に対する強い憎悪に反して私の体から音が出るよう強いられることを想像するだけで、耐えられない。「セックスはしたくないの」私は、うわずってしまった自分の声を呪う。このことが私にとってどれほど重要な意味を持つか、それをイアンに知られることになる。

「おまえとセックスする?」イアンが唾を吐くと、唾液のしぶきが私の顔に飛んでくる。「うぬぼれるなよ、ジェニファー」それからイアンは私の髪をつかんでいた手を離すと、私の頭からつま先まで視線を移動させる。「二階に行け」

階段に向かって二、三歩、歩くと、足が膝から崩れてしまいそうになって、手すりにしがみつきながら階段を上がる。背後にイアンの存在を感じながら。パトリックがあとどれくらいで戻ってくるか考えてみようとしたけれど、時間の感覚がまったくなくなっている。

イアンは私をバスルームへと追い込む。

「脱げ」

いとも簡単に従う自分を恥ずかしく思う。

イアンは腕を組んで、私が手間取りながら服を脱ぐのを眺めている。イアンをより苛立たせるだけだとわかっていながら、私はもう泣きじゃくっている。止めることができない。

イアンはお風呂の栓をする。そして冷水の蛇口をひねる。温水の蛇口には触れない。私は裸になり、イアンの目のまえに震えながら立っている。イアンは私の体に嫌悪の視線を向ける。イアンが私の肩甲骨にキスをし、そっと、崇めるかのように、私の胸の谷間からお腹に向かって唇を這わせていったことを思い出す。

「悪いのはみんなおまえなんだよ」イアンはため息をついて言う。「したいと思えば、いつだっておまえを連れ戻すことができたんだ。でも僕がおまえを手放したんだよ。おまえなんか欲しくなかったんだよ。黙っていさえすれば良かったんだ。そうしたらおまえは、ここで惨めな人生を生き延びることができたんだ」そして首を振って続ける。「でもおまえは黙らなかった、違うか？　警察に行って、何もかもしゃべったんだ」そこでイアンは蛇口を閉める。「はいれ」

私は抵抗しない。抵抗したってなんの意味もない。浴槽に足を入れ、そのまま体を沈めていく。水の冷たさに息が止まり、体の内部に痛みが走る。これは熱いお湯だ、自分自身にそう信じ込ませようとする。

「次は体をきれいにしろ」

イアンはトイレのそばの床に置いてある漂白剤のボトルを手に取ると、蓋をねじって開ける。私は唇を噛む。イアンは私に漂白剤を飲ませたことがあった。大学の仲間と食事に出かけて、帰るのが遅くなった日のことだった。あっという間に時間が過ぎてしまったんだと説明したけれど、イアンはワイングラスにどろどろとした液体を注ぎ、私がそれを唇まで持っていくのを見ていた。そして私が最初のひと口をすったところで私を止めて、大声で笑い出し、そんなものを飲むのは頭の弱い奴だけだと言った。私はひと晩中吐きつづけて、それでもそれから数日間は化学薬剤の味が口から消えなかった。

イアンが私の浴用タオルに漂白剤をかけると、漂白剤がタオルの縁から浴槽の中に滴り落ちる。吸い取り紙に滲むインクのように、水面に青い花が広がっていく。それからイアンはタオルを私に渡してくる。

「体を擦れ」

私は浴用タオルで腕を擦る。体に水がかかるようにバシャバシャと水を跳ね上げて、なんとか漂白剤を薄めようとしながら。

「残りの部分もだ」イアンは言う。「顔も忘れるなよ。しっかり洗うんだ、ジェニファー。それとも僕が洗ってやろうか。こうすれば、おまえの邪悪さも少しは洗い流されるはずだよ」

イアンは私が体のあらゆる部分を漂白剤で洗い終えるまで指図しつづけた。皮膚がひりひりと痛む。私は凍りつくような冷水の中に体を沈めて、焼けつくような感覚を弱めようとする。顎の震えを止めることができない。この痛みは、この屈辱は、死よりも悲惨だ。終わりは、すぐには訪れてはくれないようだ。

もう足の感覚がない。手を伸ばして足を擦ってみるものの、だれか別の人間の指を擦っているようにしか感じられない。私が耐えうる寒さの限界を超えている。せめて体の半分だけでも水から上げようと思い、上半身を起こしてみる。でもイアンが私の体を沈めてきて、私の脚は小さな浴槽に押し込まれる形で不自然に折れ曲がる。イアンは再び冷水を流しはじめて、浴槽がいっぱいになるまで流しつづける。心臓の鼓動はもう耳の奥で大きな音を立てておらず、胸の中で、おずおずと小さな音を立てている。遠くから聞こえてくるようなイアンの言葉を聞きながら、頭がだるく、ぼんやりとしてくるのを感じる。歯がガタガタと震えていて舌を噛んでしまう。でも痛みはほとんど感じられない。

　私が体を洗っているあいだ、イアンは立って私を見下ろしていたけれど、今は蓋を閉じた便座に座っている。そして冷めた目で私を見ている。きっと私を溺れさせる気なんだ。それならもうそう長くはかからないはず――すでに半分、死にかけている。

「おまえを見つけるのはたやすかったよ」イアンは何気ない様子で話しはじめる。なじみの友人同士が、パブに座って近況報告をしているかのような口調で。「文書に記録を残すことなくウェブサイトを立ち上げることは難しいことじゃない。ただ、だれでもおまえの住所を調べることができるってことに気づけないなんて、おまえはあまりに愚かだったんだよ」

　私は何も答えない。でも、イアンが答えを必要としているようには見えない。「おまえたち女は、自分の力でなんとかやっていけると思い込んでいる」イアンは続ける。「男なんて必要ない、そう思っている。ところがだ、おまえたちのやりたいようにやらせてみると、おまえたちは無能なんだ。みんな等しく無能だ。それから嘘だよ！　おまえたち女のつく嘘といったら、驚くしかないな！ その二股の舌から、次から次へと吐き出されるんだよ」

とても疲れている。心底、疲れ果てている。体が水面下に滑り込んでいくのを感じて、とっさに目を覚まして跳ね起きる。そして太ももに指の爪をめり込ませるけれど、ほとんど何も感じられない。

「おまえたちは見つからないつもりでいるが、男はいつだって見破るんだよ。嘘、裏切り、厚顔無恥な背信行為」

イアンの言葉が頭を通り過ぎていく。

「子どもが欲しくないってことは、初めからこれ以上なくはっきりと伝えていたはずなんだ」

私は目を閉じる。

「でもそれに関しては、男には選択の余地が与えられていないんだよな？ 重要なのは女が何を求めるか。女のクソ選択権を尊重だって？ おれの選択権はどうなる？」

私はベンのことを思う。あの子は、あとほんの少しでこの世界を生きることができたはずだった。もしも私があと数週間だけでもベンを守ってあげることができていたなら……。

「ある日突然、息子がいますと告げられる」イアンは続ける。「そして、それを祝うことを要求されるんだ！ そもそも欲しがったことなどない子どもを祝えと。女が僕をうまくだましたりしなければ、絶対に存在するはずのなかった子どもを」

私は目を開ける。蛇口の上部の白いタイルに灰色の線が走っている。目に涙が溢れてくるまでそれを目で追いつづけると、やがて視界がぼやけてすべてが白く見えてくる。イアンは支離滅裂な話をしている。それとも、もしかしたら、私が理解できていないだけなのかもしれない。何か言いたいけれど、舌が自分の口には大きすぎるように感じられる。私はイアンをだまして子どもを作ったりなんかしていない。避妊に失敗しただけ。それにイアンは喜んでいた。これですべてが変わる、そう言っていた。

イアンは前かがみになって座っている。膝に肘をのせて、握りしめた両手に唇を当てていて、お祈りをしているかのようだ。でもその拳は固く握りしめられていて、目の横の筋肉が抑えきれないほどにピクピクと痙攣している。

「僕は真実を隠さず伝えた」イアンは言う。「恋愛感情は一切ないと伝えたんだ」それから私を見て続ける。「一度きりの関係のはずだった――無意味な若い女と、さっさとやって済ますはずだった。君が知る必要などない出来事だった。それなのに、奴は妊娠した。そして母国に帰るどころか、ここに残って僕に地獄を見させることを決めやがった」

私は、イアンの言っていることを、ひとつ、ひとつ、なんとかつなぎ合わせようとする。

「息子が、いるの?」私はなんとかそう絞り出す。

イアンは私を見ながら空々しい笑いを浮かべる。「いいや」そして私を正すように続ける。

「僕の息子だったことなんてない。僕の仕事場のトイレを掃除していたポーランドの売春婦が生み落とした子どもだ――僕は精子提供者にすぎない」それからイアンは立ち上がってシャツを整える。「妊娠がわかったとき、あいつは僕のところにやってきた。僕はかなりはっきりと伝えた。もし生むつもりでいるのなら、ひとりで生むことになると」イアンはため息をつく。「それからしばらくは連絡が途絶えた。でも子どもが学校に行きはじめると、また連絡がきた。そしてそこから、なかなか諦めようとしなかった」下手な東欧訛りの真似をするために、イアンは唇をねじ曲げる。「彼には父親が必要よ、イアン。ジェイコブに、父親がだれなのか教えてあげたいの」

私は頭を持ち上げる。痛みで悲鳴を上げながらも、浴槽の底を両手で押してなんとか上半身を起こす。「ジェイコブ?」私は訊く。「あなたが、ジェイコブの父親なの?」

イアンは私をじっと見つめたまま、しばし沈黙する。それから急に私の腕をつかむ。「出ろ」

私は浴槽の側面でつまずき、床に崩れ落ちる。一時間ものあいだ凍りつくような冷水の中にいたせいで、脚が動かなくなっている。

「着ろ」イアンは私に向かってバスローブを投げつけてくる。私はそれをありがたく感じている自分を嫌悪しながら、バスローブを身に着ける。頭が混乱している。ジェイコブが、イアンの息子？　でも事故に巻き込まれたのがジェイコブだとわかったとき、イアンはきっと……。

真実がようやく目のまえに広がった。それはナイフのように私の胃に突き刺さった。ジェイコブの死は、事故ではなかった。イアンは自分の息子を殺したのだ。そして今、私を殺そうとしている。

50

「車を停めろ」僕は言った。

君は一向に車を停めようとしなかった。だから僕はハンドルをひっつかんだ。

「イアン！　やめて！」君が僕からハンドルを奪い返そうとしたせいで、車は縁石にぶつかり、方向を変えて道路の真ん中に突っ込んでいった。危うく反対車線から来た車にぶつかるところだった。君はアクセルから足を離してブレーキを踏むよりほかなかった。車が停まった。道路の真ん中に斜めに停まる形になった。

「降りろ」

君はためらわずに従ったが、車から降りると、そのままドアのそばにじっと立ち尽くした。雨が君の全身を濡らしていった。僕は歩いて車の運転席側に回った。「こっちを見ろ」

君は地面に視線を落としたままだった。

「こっちを見ろって言っているんだよ！」

君はゆっくりと顔を上げたが、その目は僕の背後を、肩の向こうを見つめていた。僕が立つ位置を変えて君の視界にはいり込むと、君はすぐにもう一方の肩の向こうに視線を移した。僕は君の両肩をつかんで激しく揺さぶった。君が叫ぶ声を聞きたいと思った。君の叫び声を聞いたら手を止めよう、そう自分に言い聞かせた。でも君からはわずかな音も聞こえてこなかった。君は必死に歯を食いしばっていた。君は僕と勝負をしていたんだよな、ジェニファー。でも勝つのは僕だ。必ずおまえに悲鳴を上げさせてやる。

僕が君から手を離すと、君の顔に隠しきれない安堵の表情がよぎった。僕が拳を握りしめて、その拳を君の顔めがけて突き出したときにも、その表情はまだそこに浮かんだままだった。

僕の指の関節が君の顎の下にのめり込むと、君の頭は跳ね上がって車のルーフに叩きつけられた。君は膝から崩れて道路に倒れ込んだ。そこでようやく君は音を発した。蹴りつけられた犬みたいな情けない泣き声だった。僕はこの小さな勝利に笑みをこぼさずにはいられなかった。でもまだ充分じゃない。君が僕に許しを請うのが聞きたかった。浮気をしていたことを、ほかの男とやっていたことを、認めさせたかった。

僕は、君が濡れた舗装道路の上でのたうち回るのを眺めた。でもいつものような解放感は感じられなかった——白熱した怒りの塊が僕の中でまだぐつぐつと煮えたぎっていて、しかもその熱は一秒毎に高くなるばかりだった。家でけりをつけることにしよう、僕はそう考えた。

「車に乗れ」

僕は君がよろよろと立ち上がるのを見ていた。口から血が流れていて、君はその血をマフラーで食い止めようと無駄な努力をしていた。君は運転席に乗り込もうとしていたが、僕が引き離した。「反対側だ」僕は、君がドアを閉めるのも待たずにエンジンをかけて車を走らせた。君は驚いて悲鳴を上げ、それからドアを閉めて必死でシートベルトを探した。僕は笑った。それでもまだ僕の中にある激しい怒りが鎮まることはなかった。一瞬、自分の心臓が発作を起こしているのではないかと疑った。胸にひどい圧迫感があって、呼吸するのが苦しく、痛みさえ伴っていた。君のせいだ。

「スピードを落として」君は言った。「速すぎるよ」口中に血が広がっているせいで、君の言葉は泡立つような音とともに聞こえてきた。僕はその血がグローブボックスに飛び散るのを見た。君の指図は受けないことを示すために、僕はスピードを上げた。閑静な住宅街の通りまで来ていた。きれいな家が建ち並び、少し先の路肩には何台もの車が駐車してあって、こちら側の車線をふさいでいた。僕はその車を追い越すために車線を変更した。反対車線からヘッドライトが向かってきていたが、僕はアクセルを踏みしめた。君は両腕で顔を隠した。クラクションが鳴り響いて、まぶしい光が飛び込んでくるとほぼ同時に、僕は車を元の車線に振り戻した。あと数秒遅ければ、間に合わなかった。

胸の圧迫感がほんのわずかに和らいだ。僕はアクセルを踏んだまま左に折れ、両脇に木が立ち並んだ長い直線道路にはいった。不意に、この場所に見覚えがあるという感覚にとらわれた。とはいうものの、まえに一度通ったことがあるというだけで、その通りの名前を言うこともできなかったが。アニヤが住んでいる通りだった。僕がアニヤと寝た場所だった。ハンドルが手の中で滑り、車が縁石にぶつかった。

「お願い、イアン、お願いだからスピードを落として！」

歩道に女が見えた。百メートルほど先の歩道を、小さな子どもを連れて歩いていた。子どもはボンボン付きの毛糸の帽子をかぶっていて、女は……僕はハンドルを握る手に力を込めた。幻を見ているんだ。彼女の家のある通りを走っているせいで、あの女が彼女だと思い込んでいるだけだ。アニヤのはずがない。

女が顔を上げた。髪は結ばずに下ろしていて、この悪天候にもかかわらず帽子もフードもかぶっていなかった。女は僕のほうに顔を向けて笑っていた。少年がその横を走っていた。頭に激しい痛みが走った。アニヤだ。

アニヤと寝たあと、僕はアニヤを捨てた。もう一度やりたいとも思わなかったし、あのきれいではあるものの空虚な顔を仕事場で拝みたいとも思わなかった。先月、彼女が再び僕のまえに現れたとき、僕には彼女がだれだかわからなかった。彼女はもう、僕をそっとしておいてはくれないだろう。僕はアニヤがヘッドライトの光に向かって歩いてくるのを見ていた。

あの子は父親がだれなのか知りたがっている。あなたに会いたがっているの。

彼女はすべてを台無しにするだろう。あの少年がすべてを台無しにする。僕は君のほうを見たのに、君は垂れた頭を膝にのせていた。どうして僕のことを見てくれなくなったんだ？　僕が運転するあいだ、君はよく僕の太ももに手をのせて、僕のことが見えるようにと座席の上で体をよじらせていたじゃないか。今じゃ、君が僕の目を見ることはほとんどない。僕はすでに君を失いかけていた。もし君があの子のことを知ったら、僕は永遠に君を取り戻せなくなる。

ふたりは道路を渡ろうとしていた。頭がガンガンしていた。君はすすり泣いていて、その音がハエのように僕の耳にまとわりついていた。

僕は、アクセルが床につくまで強く踏みしめた。

51

「ジェイコブを殺したの？」言葉を組み立てるのがひどく困難だ。「でも、どうして」

「すべて台無しにしようとしていたからだよ」イアンは平然と答える。「アニャが距離を置いてさえいれば、あいつらには何も起こらなかったんだ。自業自得なんだよ」

私は刑事法院の外で会った、ぼろぼろのスニーカーを履いていたあの女性のことを思った。

「お金を要求してきたの？」

イアンは笑う。「金だったら簡単だったさ。いいや、アニヤは僕に父親になることを要求してきた。週末にあの子に会って、あの子をうちに泊めて、あの子に忌々しい誕生日のプレゼントを買って――」私がシンクにしがみつき、痛む脚にどれほど体重をかけられるか用心深く確かめながら立ち上がると、イアンは話すのをやめた。足が温まったせいで、刺すような痛みを感じる。鏡をのぞき込む。目にしているのは、一体だれなのだろう。

「君はいずれあの子の存在に気づくだろうと思った」イアンは言う。「アニヤの存在にも。そうなれば、君は僕の元を去ってしまう」

イアンは私の背後に立ち、私の肩にそっと手を置く。その顔には、暴行を受けた次の日の朝に何度となく見てきたあの表情が浮かんでいる。私は、それは悔恨の表情なのだと信じ込もうとしてきた――イアンが謝罪したことなんて一度もなかったのに――けれど、今になってようやく、それが恐怖の表情なのだと気づく。私に本当の姿を見破られてしまうことへの恐怖。私に必要とされなくなることへの恐怖。

ジェイコブがいたら、私はあの子を自分の息子のように愛していただろう。ジェイコブを温かく迎え入れて、一緒に遊んで、彼の喜ぶ顔が見たい一心でプレゼントを選んだだろう。突如として、私はイアンにひとりだけでなく、ふたりも子どもを奪われたように思えてくる。ふたりの失われた命のことを思うと、体に力がみなぎってきた。

私は弱ったふりをして、シンクをのぞき込むように頭を下げる。それから最後の力を振り絞って頭を思い切りのけぞらせる。頭蓋骨の後部が骨を打ち、骨の折れる不快な音が聞こえた。

＊

イアンは私から手を離し、両手で顔を押さえる。指のあいだから血が溢れている。私はイアンのそばを走り抜けて寝室に向かい、それから階段の手前までたどり着く。でもイアンの動きはあまりに速く、階段を下りはじめるまえに手首をつかまれる。イアンの血だらけの指が私の濡れた肌の上でぬるぬる滑っていて、私は必死でその手を振り解こうとする。イアンのお腹を肘で突くと、私自身もパンチを受けて息が止まる。階段の上は真っ暗で、私は方向感覚を見失う――階段はどっちだっただろう？　素足で足元を探ると、つま先が階段の敷物を押さえる金属棒に触れる。

私はイアンの腕の下に潜り込んで、両手を伸ばして壁に触れる。そして腕立て伏せをするように、一度腕を曲げてから、両手で壁を思い切り押し返し、全体重をイアンにぶつける。足を踏みはずしたイアンは短い叫び声を上げ、転倒し、そのまま階段を転がり落ちていく。

辺りが静まり返る。

私は電気をつける。

イアンが階段の下に横たわったまま動かずにいる。石の床の上にうつ伏せに倒れていて、後頭部に長く深い傷があるのがわかる。その傷から血が少しずつ流れ出ている。私は立ったままその体をじっと見つめる。私の全身が震えている。

手すりにしっかりとつかまって、ゆっくり階段を下りていく。階段の下にうつ伏せの状態で倒れている体から決して目を離さないようにしながら。そして最後の一段まできて足を止める。イアンの胸が、わからないほどかすかに動くのが見える。

呼吸が浅く、荒くなる。片足を伸ばして、イアンのそばの石の床をそっと踏む。そして〝だるまさんが転んだ〟をして遊ぶ子どものように、そのまま動きを止める。

それから、イアンの投げ出された腕をまたぐ。

イアンの手が私の足首をつかみ、私は悲鳴を上げる。でも、もう遅い。私は床に倒され、イアンが体を引きずって私の上にのぼってくる。その顔にも、手にも、血がついている。何か言おうとしているけれど言葉が出てこず、その顔が苦痛に歪む。

イアンは両手を伸ばして私の肩にしがみつき、自分の体を引っ張り上げて、顔が私の顔の目のまえにくるところまでよじのぼってきた。私は思い切り膝を引き上げて、イアンの脚のあいだを膝で蹴り上げる。イアンは叫び声を上げて私から手を離すと、痛みで体をふたつに折る。私はとっさに立ち上がる。そしてためらうことなくドアに向かって走り、必死で閂を外しにかかる。閂は私の手の中で二度滑ったのち、ようやく外れる。私はドアを勢いよく開る。銀色の細い月だけが空に見えている。けれど、走り出すか出さないかのうちに、すでに背後からイアンの重たい足音が聞こえてきた。振り返って、イアンがどれほど近くにいるのかを確認したりはしない。でも、イアンが一歩踏み出すごとに低いうなり声を上げるのが聞こえてくる。呼吸が苦しそうだ。

ける。夜気は冷たく、すべてが雲に包まれた暗闇の中、銀色の細い月だけが空に見えている。私はやみくもに走ったけれど、走り出すか出さないかのうちに、すでに背後からイアンの重たい足音が聞こえてきた。振り返って、イアンがどれほど近くにいるのかを確認したりはしない。でも、イアンが一歩踏み出すごとに低いうなり声を上げるのが聞こえてくる。呼吸が苦しそうだ。

素足で石だらけの道を走るのは容易ではないものの、背後から聞こえる音は小さくなっているような気がする。引き離しつつあるのかもしれない。私はできる限り音を立てないように息を殺して走る。

海岸に打ち寄せる波の音が聞こえてきてようやく、私は気がつく。キャラバンパークへ向かう分岐点を曲がりそこねてしまった。自分のばかさ加減を呪うしかない。残る選択肢はふたつだけ。浜辺へ向かう道を下りていくか、あるいは、右に曲がって、海岸線に沿って続く小道を進んでペンファッチから遠ざかるか。その道なら何度もボーと通ったことがあったけれど、暗闇の中で歩いたことは一度もなかった——その道は崖の縁からとても近いところを走っていて、ボーが足を踏みはずしたりしないかといつも心配していた。私は一瞬ためらうものの、浜辺に閉じ込められることを想像するとぞっとする。走りつづけているほうが、逃げ延びるチャンスがあるはずじゃないだろうか？　私は右に折れて、海岸線の小道を走り出す。風が強くなってきて、雲を動かし、月の明かりがさっきよりもう少しはっきりと見えてきた。私は危険を冒して、一瞬、後ろを振り返ってみる。だれの姿も見えない。

進む速度を、歩く速度にまで落とす。それから足を止めて耳を澄ます。静かだ。聞こえてくるのは海の音だけ。心臓の鼓動が少し落ち着いてくる。波が浜辺に打ちつける音が規則正しく聞こえていて、海のはるか向こうで船の汽笛が鳴り響く。私は呼吸を整えて、自分のいる位置を確認しようとする。

「どこにも逃げられないよ、ジェニファー」

はっとして辺りを見回す。でもイアンの姿はどこにも見えない。暗がりに目を凝らすと、低木の茂みや、踏み越し段が見えてきて、遠くには小さな建物――羊飼いの小屋だ――も見えてくる。

「どこなの？」私は声を上げる。風がその言葉をさらって海の向こうへと運んでいく。息を吸い込んで大声を出そうとした瞬間、イアンの上腕が私の喉にかかっていることに気づく。一瞬のあいだにイアンは私の背後まで移動していた。体が後ろに向かって引き上げられて、息ができなくなる。肘でイアンの肋骨を激しく突くと、イアンの腕が緩んで、どうにか呼吸をすることができるようになる。今、死ぬわけにはいかない。成人してからの人生の大半を、隠れたり、逃げたり、怯えたりして過ごしてきた。ようやく安全だと感じられるようになった今、イアンが再びやってきて、私からそれを奪おうとしている。そんなことを許すわけにはいかない。アドレナリンが放出するのを感じて、私は体をまえに傾ける。その動きによってイアンはわずかにバランスを崩す。その隙に、私は身をよじってイアンの腕から抜け出す。

私はもう逃げない。もう充分、イアンから逃げてきた。

イアンが私を捕らえようと手を伸ばしてくる。私は両手をまえに突き出して、手のひらの付け根をイアンの顎の下に押しつける。その衝撃でイアンはのけぞり、数秒と感じられるほどのあいだ崖の端でぐらぐらと体をふらつかせていた。イアンの手が伸びてきて私のバスローブをつかもうとする。その指がバスローブの生地をかすめる。私は大声を張り上げてあとずさる。でもバランスを崩してよろめき、一瞬、私も彼とともに崖に叩きつけられながら海に落ちていくのではないかと思った。私は崖の端にうつ伏せに倒れる。そしてイアンは、落ちていく。崖から見下ろすと、イアンの白目をむいた顔が、一瞬、目に飛び込んできた。そしてすぐに、波がその体を飲み込んだ。

52

レイとケイトがカーディフ周辺を走っていると、レイの携帯電話が鳴った。レイは画面に目をやった。

「サウス・ウェールズ警察の警部補からだ」

ケイトは、レイがペンファッチからの最新情報に耳を傾けるのを見守った。

「それは良かった」レイは携帯電話に向かってそう言った。「とんでもない。連絡、ありがとう」

レイは通話を終えると、長く、ゆっくりと息を吐き出した。「ジェナは平気だ。いや、平気じゃないんだが。とにかく生きてる」

「ピーターセンは？」ケイトが訊いた。

「それほどの運はなかった。ピーターセンに追いかけられたジェナは海岸線沿いの道を逃げていたらしい。ふたりは取っ組み合いになって、ピーターセンは崖から落ちた」

ケイトは顔をしかめた。「なんて最後なの」

「奴にふさわしい最後だ」レイは言った。「話の行間を読めば、ピーターセンは正確には〝落ちた〟わけじゃないんだろう。どういうことかわかると思うけど。でもスウォンジー警察のＣＩＤは適切な対応をしてる。これを事故として処理している」

ふたりは黙り込んだ。

「それじゃあ、私たちは署に戻るんですか？」ケイトが訊いた。

レイは首を振った。「戻っても意味がない。ジェナは今、スウォンジー病院にいる。一時間とかからずにそこまで行けるはずだ。この仕事を最後まで見届けたほうがいいだろう。そのあと、軽く食事をしてから帰ろう」

車を先に走らせるにつれて、渋滞は解消された。ふたりがスウォンジー病院に着いたのは七時を少し過ぎてからだった。救急救命病棟の入り口は、応急的に作られた吊り包帯をしていたり、足首に包帯を巻いていたり、外見からはわからない種々雑多な怪我を負ったりした喫煙者でごった返していた。レイは、腹痛のために体をふたつに曲げながらも、恋人が彼の唇にくわえさせてくれているたばこを深く吸い込もうとしている男を避けて進んだ。

冷たい空気に漂うたばこの匂いが、救急救命病棟の病院独特の暖かさに取って代わった。レイは、受付にいる疲れ切った表情の女性に警察手帳を見せた。レイとケイトは、二重の観音開きのドアを通ってC病棟へ行き、そこから病棟の横にある部屋に行くよう案内された。ジェナはその部屋にいて、積み重ねた枕を支えにして横たわっていた。

ジェナの病衣の下から首にまで広がる濃い紫色のあざを目にしてレイはショックを受けた。髪の毛は結んでおらず、だらりと肩に垂れ下がっていて、その顔には疲労と痛みが刻み込まれていた。パトリックが彼女の横に座っていて、クロスワードのページが見えるように広げられた新聞がそばに放ってあった。

「やあ」レイは静かに言った。「気分はどうだい?」

ジェナは弱々しくほほ笑んだ。「あまりいいとは言えないかな」

「ひどい目にあったね」レイはベッドのそばまで行って立ち止まった。「あいつを捕まえるのが間に合わなくて、申し訳なかった」

「もうどうでもいいことです」

「マシューズさん、あなたがヒーローだったと聞いていますよ」レイがパトリックのほうを見て言うと、パトリックはそれを否定するように片手をあげた。

「それとは程遠いですよ。もし僕がもう一時間早く行ってあげていれば、少しは力になれたかもしれません。でも手術があってすぐには出かけることができなくて、着いたときには……もう……」パトリックはジェナを見た。

「あなたがいなかったら、コテージまで戻ることなんてできなかったと思う」ジェナは言った。「あのままずっとあそこに寝そべって、海を見下ろしたままだったと思う」ジェナが体を震わせた。病院内のむせ返るような暑苦しさにもかかわらず、レイは悪寒を感じた。あの崖っぷちに横たわっているあいだ、どんな気分がしたのだろう？

「病院にはどのくらいいることになるのか、聞いてる？」レイは尋ねた。

ジェナは首を振って答えた。「病院は、私をまだ帰したくないみたいです。意味はよくわからないけど、経過観察のためにって。でも私としては、二十四時間以上はここにいたくない」それからジェナは、レイとケイトを交互に見ながら言った。「私は罪に問われますか？　あなたたちに、運転手について嘘をついたことで？」

「それが司法妨害に当たるかどうか、そういう小さな問題はある」レイは言った。「でも、それを追及することが公共の利益のためになると判断される見込みは少ないだろうな。これについてはけっこう自信がある」レイが笑みを見せると、ジェナは安堵のため息をついた。

「警察は君をそっとしておくよ」レイはそう言ってからパトリックを見た。「大切にしてあげてください」

レイとケイトは病院を出て、スウォンジー警察署までのわずかな距離を車で移動した。スウォンジー警察の警部補が、ふたりと話をするためにそこで待っていた。フランク・ラッシュトン警部補はレイより何歳か年上で、オフィスにいるよりもラグビー場にいるほうがくつろげる人間であることを示唆するような体格をしていた。フランクはふたりを温かく迎え入れて、オフィスに案内した。それからふたりにコーヒーを提供しようとしたが、ふたりはそれを断った。

「戻らないといけなくて」レイは言った。「でないと、このエヴァンス巡査が、超過勤務手当の予算に過度の負担をかけてきますから」

「残念だ」フランクは言った。「これからみんなでインド料理を食べに行くんだ——うちの巡査部長がひとり退官するんで、ちょっとした送別会をやろうと思ってね。君たちが来てくれるなら大歓迎だ」

「それはどうも」レイは言った。「でも、帰ったほうがよさそうです。ピーターセンの遺体はここで保管しますか？ それとも、私のほうからブリストルの検視官に連絡を取りましょうか？」

「もし今番号がわかるなら、そのほうがいいな」フランクは言った。「遺体が回収でき次第、こちらから連絡することにするよ」

「まだ回収されていないんですか？」ピーターセンは、グレイのコテージからペンファッチのキャラバンパークとは反対方向に八百メートルほど進んだ崖の上から落ちた。あの場所には行ったことがあるんだったよな？」

レイは頷いた。

「グレイを見つけたあの男性、パトリック・マシューズに案内されて行ってみたんだが、そこが現場だってことは疑いようがなかったよ」フランクは言った。「地面には、グレイの説明と一致する取っ組み合いをしたような跡が残っていたし、崖の縁には最近ついたばかりと思われる削り跡があった」

「でも遺体は見つからなかった？」

「正直なところ、珍しいことではないんだがね」フランクは、レイが眉をひそめたのに気づいてふっと短い笑い声をもらした。「いや、つまりな、すぐには遺体が見つからないということはよくあることなんだ。突然飛び降りる人間だとか、パブからの帰り道で足を滑らせる人間なんかがいると、その遺体が海岸に流れ着くまでに数日――それよりも長くかかることだってけっこうある。遺体がまったく戻ってこないこともあれば、一部だけが戻ってくることもある」

「どういう意味です？」ケイトが訊いた。

「崖のあんなところから、六十メートル下の海に向かって落ちるんだ」フランクは答えた。「降下中には岩を免れたとしても、下に着いた瞬間に何度も、何度も、嫌というほど岩に叩きつけられる」そして肩をすくめた。「あっという間に体は粉々さ」

「嘘でしょ」ケイトは言った。「それを聞いちゃうと、海のそばに住むっていうのがそれほど魅惑的に思えなくなりますね」

フランクはにやりと笑った。「さあ、本当にインド料理を食べに行く気にはならないのか？一度、エイボン・アンド・サマセット警察への異動を考えたことがあるんだ――異動してたらどんな楽しいことが待ってたか、聞いてみたい気がするね」そしてフランクは立ち上がった。

「何か食べてから帰るって言ってましたよね」ケイトはレイを見ながら言った。

「だったら来たらいい」フランクは言った。「大笑いできるぞ。ＣＩＤのメンバーはほとんど参加するし、制服連中も何人か来る」フランクはレイとケイトを受付のところまで送り届けてから、ふたりと握手をした。「おれたちはここらで仕事を切り上げて、三十分後くらいにはハイ・ストリートにある〈ラージ〉に着いてるはずだ。このひき逃げ事件の解決は、君たちにとって大きな成果だったんじゃないか？　夜勤手当をせしめたっていいさ――派手に祝おうじゃないか！」

フランクに別れを告げて車に向かって歩き出すと、レイは空腹で自分の腹が鳴るのがわかった。チキン・ジャルフレジとビール、今日のような一日の終わりに腹に入れるにはまさにうってつけだった。レイはケイトを見ながら、スウォンジー警察の人たちと何気ない会話をしたり、冗談を言い合ったりして過ごせたら、それは楽しい夜になるだろうと考えた。このまま運転して帰るなんてもったいない。それにフランクは正しい——明日になってから処理しなければならない問題がまだ残っているという理由で、夜勤として申請することもできるだろう。

「行きましょうよ」ケイトはそう言ってから立ち止まり、レイのほうに顔を向けた。「きっと楽しいですよ。それに警部補の言うとおりだわ、お祝いしないと」ふたりは互いに触れそうなほど近い位置に立っていた。レイは、インド料理のあとでスウォンジーの男たちに別れを告げるところを想像した。おそらくふたりはそのあと、どこかで寝酒を飲むことになるだろう。それから歩いてホテルへと戻る。そのあとに起こるかもしれない出来事が頭に浮かんで、レイは唾を飲み込んだ。

「また別の機会にしよう」

一瞬、沈黙があった。ケイトはゆっくりと頷いた。「そうですね」そして車に向かって歩いていった。レイは携帯電話を取り出して、マグスにメールを打った。

これから帰る。何かテイクアウトしようか?

53

看護師たちは親切にしてくれた。無駄なことは口にせずに効率的に傷の手当てをして、私が、イアンは死んだのかと、もう百回は問いただしているのに、それを迷惑がる様子も見せない。

「もう終わったんです」病院の先生はそう言う。「今は少し休まないと」

大いなる解放感や自由になった感覚は感じられない。ただただ圧倒的な疲労感が、頑なまでにとどまりつづけている。パトリックは私のそばを離れない。私が夜に何度か飛び起きると、そのたびにすかさず私をなだめ、悪夢を追いやってくれた。看護師にもらった鎮痛剤が徐々に効きはじめている。パトリックが電話で話す声が聞こえるけれど、だれと話しているのかと尋ねるまえに、私は再び眠りにつく。

目を覚ますと、窓にかかったブラインドから日の光が水平に差し込んでいて、ベッドの上に太陽の描く縞模様ができていた。ベッド脇のテーブルにトレイが置いてある。

「もう紅茶は冷たくなってるんじゃないかな」パトリックが言う。「新しいのを持ってきてもらえるか、だれかに訊いてくるよ」

「いいの」私はそう言いながら、必死で上半身を起こす。首が痛い。恐る恐る触れてみる。パトリックの携帯電話が鳴ると、パトリックはそれを手に取ってメッセージを読む。

「何?」

「なんでもないよ」パトリックは話題を変える。「先生の話だと、痛みは数日は続くだろうけど、どこも折れていないって。漂白剤でできた皮膚のダメージを弱めるためのジェルが出てるよ。皮膚の乾燥を防ぐために、毎日、塗らなきゃならないって」

私は両膝を立てて、パトリックがベッドの私のそばに腰を下ろすスペースを作る。パトリックの眉間にはしわが寄っている。自分がこれほどまでにパトリックに心配をかけているのだと思うと、辛くてたまらない。「私は大丈夫だよ。嘘じゃない。ただ家に帰りたいだけ」

パトリックが私の表情に答えを見出そうとしているのがわかる。私がパトリックのことをどう思っているのか、それを知りたがっている。でも私自身、まだわかっていない。わかっているのは、自分の判断力は信頼できないということだけ。大丈夫だということを示すためにどうにか笑みを浮かべ、すぐに目を閉じる。パトリックの視線を避けるためというより、眠れることを期待して。

病室の向こうから聞こえる足音で目が覚める。私はそれが病院の先生のものであることを願った。パトリックがだれかと話している声が聞こえてくる。「この部屋にいます。僕は食堂でコーヒーを飲んできます——少しのあいだ、ふたりだけで過ごしてください」

だれなのか想像もできない。ドアが勢いよく横に開け放たれ、大きなボタンのついた明るい黄色のコートに身を包んだ細身の姿を目にしたときでさえも、すぐには自分が見ているものを理解することができなかった。口を開いても、喉の奥がつかえて話すことができない。イヴが部屋を横切って飛びついてきて、これ以上できないというほどきつく私を抱きしめる。「どれだけ会いたかったか！」

私たちは、互いにむせび泣きがおさまるまで抱き合っていた。それからベッドの上に向かい合ってあぐらをかいて座る。ふたりで使っていた部屋の二段ベッドの下に座っていた子ども時代のように、手をつないで。

「髪、切ったんだね」私は言う。「似合ってる」

イヴは照れくさそうに、光沢のある自分のボブヘアに触る。「ジェフは長いほうが好きなんだと思うけど、私はこの長さが気に入ってるの。そんなことより、ジェフがあなたによろしく伝えてくれって。ああ、それから、子どもたちがあなたにこれを」そう言ってイヴはバッグの中をまさぐると、しわくちゃになった絵を取り出した。絵は半分に折られていて、お見舞いカードになっている。「あなたが入院してるって話したら、水疱瘡（みずぼうそう）にかかったと思ったみたい」

私は、顔中発疹（ほっしん）だらけで、ベッドに横たわっている私を描いた絵を見ながら笑う。「あの子たちに会えなくて寂しかった。あなたたちみんなに、会いたかった」

「私たちも、あなたに会えなくて寂しかったよ」イヴは深呼吸をひとつする。「私、決して言うべきじゃなかったことを言ってしまった。私にそんな権利はなかったのに」

ベンを生んだあと、病院で横になっていたときのことを思い出す。だれも私のベッドのそばから新生児用ベッドを移動させてくれようとはしなかった。目の端に見えるそのベッドが、私を嘲っていた。イヴは悪い知らせを聞くまえに病院に到着していた。でもその顔を見れば、病室に来る途中で看護師たちに引き止められたことがわかった。一度はきれいに包装されていたはずのプレゼントが、ハンドバッグの奥に押し込まれていた。目につかないところに隠そうというイヴの努力で、包装紙はしわくちゃになっていて、引き裂かれていた。私は思った、中身はどうするつもりなんだろう――私の息子のために選んだ洋服を着てくれる、別の赤ん坊を探すのだろうか。

最初、イヴは何も言わなかった。けれどいったん話し出すと、とめどなく話しつづけた。

「イアンがあなたに何かしたの？　やったのね、そうなんでしょ？」

私は顔を背けて空っぽのベビーベッドに目を向けて、それから目を閉じた。イアンは、自分の激高しやすい性質を決して人に見せることがないよう用心していた。にもかかわらず、イヴは最初からイアンを信用していなかった。私は、何か良くないことが起こっているということを認めなかった。初めのうちは、恋をして冷静さを失っていたせいで、その関係に亀裂が生じているのが見えていなかったから。そしてだんだんと、自分をこんなにも痛めつける男と、これほどまでに長いあいだ一緒にいるということを認めるのが、あまりに恥ずかしくなったから。

私はイヴに抱きしめてほしかった。ただ強く抱きしめて、呼吸が苦しくなるほどの痛みを発している部分に強く体を押しつけてほしかった。でも姉はずっと怒っていた。彼女自身の悲しみが、答えを、理由を、責めるべき相手を求めていた。

「あの男はトラブルの元凶よ」イヴは言った。私はイヴの激しい批判にかたく目を閉ざした。「あなたは見ないようにしているかもしれないけど、私は違う。妊娠がわかったとき、絶対にあの男の元を去るべきだったのよ。そうしたら赤ん坊は、今もあなたの中で生きていたかもしれない。あなたにだって、あの男と同じくらい責任がある」

私は驚愕して目を見開いた。イヴの言葉が、私のまさに核となる部分に焼きついた。「出ていって」私の声は、うわずってはいたけれど、決然としていた。「私の人生はあなたには関係ないし、私にどうしろと指図する権利はあなたにはない」

イヴは病室から飛び出していった。残された私は、取り乱し、空っぽのお腹を両手で押さえていた。私を傷つけたのは、イヴの言葉でも、その言葉の率直さでもなかった。姉は真実を述べただけだった。ベンが死んだのは、私のせいだった。

その後、何週間にもわたって、イヴは私に接触しようとしてきた。でも私はイヴと話すことを拒んだ。やがてイヴは、努力するのをやめた。

「イアンがどんな人間か、気づいてたんだよね」今ならイヴに伝えることができる。「イヴの話に耳を傾けていれば良かった」

「イアンを愛していたんでしょ」イヴはさらりと言った。「ママがパパを愛していたように」

私は座り直して背筋を伸ばす。「どういう意味？」

短い沈黙が流れる。イヴが、私に何を伝えるべきか判断しようとしているのがわかる。私は頭を左右に振る。突然、子どもだった私が目を背けてきた事実が、はっきりと見えてきた。

「パパはママに、暴力を振るっていたのね？」

イヴは黙って頷く。

ハンサムで賢い父のことを思った。いつも面白いことを見つけては私に教えてくれた父、そんな遊びをするには大きくなりすぎた私を抱えてくるくると回転してくれた父。それから、母のことを思った。いつも静かで、近寄りがたくて、冷たい人だった。父を追い出したことで、どれほど母を憎んだことか。

「ママは長いあいだ耐えていたの」イヴが言う。「でもある日、私が学校から帰って台所に行くと、パパがママに手を上げていた。私は悲鳴を上げて止めようとした。そしたらパパは、振り返って、私の顔を殴ってきた」

「やだ、なんてことなの、イヴ！」私は、イヴと自分の子ども時代の思い出の違いに吐き気を覚える。

「パパは驚いて震え上がったわ。そして、本当に悪かった、おまえがそこにいるのが見えなかったと言った。でも私は、私を殴る直前のパパの目に宿っていたものを見逃さなかった。あの瞬間、パパは私を憎悪していた。正直、殺されかねないと思ったわ。突然、ママの中のスイッチが切り替わったみたいだった。ママがパパに出ていくように言うと、パパは何も言わずに出ていった」

「私がバレエから帰ってきたら、パパはもういなかった」それに気づいたときの悲しみが蘇ってくる。

「ママはパパに、自分たちに再び近づくようなことがあったら警察に行くと言った。パパを私たちから引き離すことに、ママは引き裂かれそうなほど胸を痛めていた。でも私たちを守らなければならない、ママはそう言っていた」

「ママは一度も私に話してくれなかった」私はそう言ったけれど、本当はわかっている。私がママにその機会を与えなかったんだ。どうやったらこれほどまでの思い違いができたのだろう。ママがまだいてくれたらいいのに。そうしたら、すべての間違いを正すことができるのに。

感情の波が胸に押し寄せてきて、私は声を上げて泣く。

「わかってるわ、ダーリン、わかってるから」イヴは子どものころよくしてくれたように、私の髪の毛をなで、両腕で私を包み込んでくれる。そして自らも涙を流す。

イヴは二時間、病室にいてくれた。そのあいだパトリックは、食堂とベッドのそばを行ったり来たりしていた。私たちに一緒に過ごす時間を与えたいと思う一方で、私が疲れすぎてしまわないかと心配していた。

イヴは、私が読むことはないであろう雑誌の山を残し、私がコテージに戻ったらすぐに会いにきてくれると約束して帰っていく。先生の話では、あと一日か二日でコテージに帰ることができるらしい。

パトリックが私の手を強く握る。「イエスティンが、農場の人をふたりコテージに行かせて、片づけをしておいてくれるって。錠も替えていくって。だから、鍵を持っているのは君だけになるよ」パトリックは、私の顔に不安がよぎったのを見たに違いない。「彼らがすべて元通りにしてくれるから」パトリックは続ける。「何事も起こらなかったようになるから」

それは無理、私は思う。そんなふうには絶対にならない。

それでも私は、パトリックの手を握り返す。パトリックの顔に、誠実さと優しさが見える。そして私は考える。何があろうとも、人生はこの人とともに続いていく。人生は素晴らしいはず。

終章

黄昏時(たそがれどき)が長くなり、ペンファッチはこれまでどおりのテンポを取り戻した。そのテンポを乱すのは、夏になって浜辺へ押し寄せる家族の群れだけ。空気には日焼け止めと海水の匂いが満ちている。村にある店のドアの上部に取りつけられたベルは、ひっきりなしに鳴りつづけているように思える。塗装を新しくしたキャラバンパークも観光シーズンを迎えてオープンしていて、店の棚には休暇中の必需品が高く積み上げられている。

観光客は地元のスキャンダルに興味がないし、無意味な噂話に対する村人たちの熱意もあっさりと消え失せた。私は胸をなで下ろした。再び夜が早く訪れるようになるころには、噂は燃え尽きたも同然だった。新しい情報がなくなったことによって、それから、ベッサンとイエスティンの激しい反発によって、噂は消滅していった。ふたりは、何が起こったのか知っていると吹聴(ふいちょう)する人間を進んで正しつづけてくれたのだった。やがて最後のテントが片づけられ、最後のバケツとスコップが売り切れ、最後のアイスクリームが食べられ、そして噂は忘れ去られた。一度は、裁きの目と閉ざされたドアだけが見えていたところに、今は、親切さと大きく広げられた腕を見出すことができる。

イエスティンは約束していたとおりコテージをきれいにしてくれた。錠を替え、新しい窓を取りつけ、玄関ドアの落書きの上からペンキを塗り、そこで起こった出来事の痕跡を跡形もなく消し去ってくれた。あの夜の出来事を頭の中から拭い去ることは決してできないけれど、それでも私はここに、風の音だけに囲まれたこの高い崖の上にいたい。私はコテージにいることに幸せを感じている。私の人生におけるその部分までもイアンに打ち砕かれるなんて、そんなことは絶対にさせない。

リードをつかむと、ボーは待ちきれない様子でドアのそばに立つ。就寝前、最後の散歩にボーを連れていくため、私はコートを着る。まだドアに鍵をかけずに出かける気にはならないけれど、家の中にいるときにはもう鍵をかけないし、閂（かんぬき）もかけなくなった。それにベッサンがノックなしに家にはいってきても、跳び上がらなくなった。

パトリックは頻繁にうちで過ごすようになっていた。私がときおり、しかも突然に、ひとりになる必要に迫られるのに気づいていながら。パトリックは私自身が気づくか気づかないかの時点でそれを感じ取り、静かにポート・エリスに帰っていく。そして私にひとりで考える時間を与えてくれる。

崖から入り江を見下ろして、潮が満ちていくのを眺める。浜辺には、散歩する人や犬の足跡、それから砂浜に舞い降りてきてゴカイをついばむカモメの足跡が残っている。もう遅い時間だ。崖の上の海岸の小道を歩く人の姿はない。小道に沿って新しいフェンスが設置され、散策者に向かって、端に近づきすぎないようにという注意を喚起している。私は突然、ひとりでいることに恐怖を覚えて身震いする。今晩、パトリックが戻ってきてくれたらいいのに。波が海岸で砕け、打ち寄せる波が白い泡となって砂浜を駆け上がっていき、波が引くとともにぶくぶくと泡立ちながら消えていく。ひと波ごとに波は海岸よりわずかに遠くまで進んでいき、滑らかでてらてらと光る砂の表面が一瞬むき出しになったかと思うと、またすぐに別の波が押し寄せてきてそれを隠してしまう。海に背を向けようとしたそのとき、砂の上に刻まれた何かが視界の隅に飛び込んでくる。まばたきをする間にそれは消えていた。今となっては本当に見たかどうかさえ不確かな文字を、海が洗い流す。沈みゆく太陽を受けて水面がちらちらときらめき、暗く湿った砂浜と対比をなしている。私は頭を左右に振ると、海に背を向けてコテージに向かう。でも何かに引き寄せられるように、もう一度、崖まで戻る。そして勇気が出せる限り、崖の端に近いところに立って浜辺を見下ろす。

何も見えない。

突然、肌にまとわりつくような寒気を感じて、私はそれを追いやろうとコートのまえをかき合わせる。幻を見ているんだ。砂の上には何も書かれていない。大きく、はっきりとした文字など刻まれていない。そこにはないのだ。私の名前なんて、見えるはずがない。

ジェニファー。

海は静まらない。また別の波が、砂に残る跡の上を這うように進んでいき、その跡を消し去る。潮が満ちると、一羽のカモメが最後にもう一度だけ入り江の上空を旋回する。太陽が水平線の向こうに沈んでいく。

そして辺りは暗闇。

著者あとがき

私は一九九九年に警察官としての訓練を始めて、二〇〇〇年にオックスフォードに配置された。その年の十二月、ブラックバード・リーズの住宅街で、九歳の男児が暴走していた盗難車の犠牲になった。不法殺害に対して死因審問が行われるようになる四年前のことで、警察による広範な捜査が行われた。その事件は、私の警察官としての駆け出し時代の背景を形作り、三年後に私がＣＩＤに加わったときにもまだ、捜査は続けられていた。

多額の報奨金が提示されただけでなく、事故を起こした車の同乗者が名乗り出て運転手を明らかにした場合には、刑事免責を約束すると提示された。数人が逮捕されたにもかかわらず、起訴された者はだれひとりとしていなかった。

この犯罪の余波は私の心に強く印象づけられた。あのボクスホール・アストラを運転していた人間は、自分たちのしでかした罪を抱えてどのように生きていくというのだろう？　どうしたら同乗者は黙っていることができるのだろう？　あの子の母親は、あれほどまでに悲惨な喪失感を受け入れることなどできるのだろうか？　毎年、アニバーサリー・アピール後にはいってくる情報の報告に、そして、見落としている何らかのつながりを見つけられることを願って、ありとあらゆる情報をくまなく調べつづけている警察の不断の努力に、私は心を動かされた。

それから数年後、私自身が息子を亡くしたとき——まったく異なる状況ではあるが——感情がいかにひとりの人間の判断を曇らせ、行動に影響するかということを、私は身をもって知った。悲しみと罪悪感というのは強烈な感情だ。私は考えるようになった。あるひとつの出来事に、まったく違った形で関わるふたりの女性がいた場合、悲しみと罪悪感はそれぞれの女性にどのような影響を与えうるのだろうか。そうして生まれたのが、この作品『その手を離すのは、私』だ。

謝辞

いつも本の謝辞のページを読みながら、たった一冊の本を作るのに、どうしたらこれほどまでに多くの人間が関わることができるのだろうと思ったものだ。しかし今ようやく理解している。初期の段階で『その手を離すのは、私』を読んでくれたひとびとに大きな感謝を。ジュリア・コーエン、A・J・ピアース、メリリン・デイヴィスをはじめとするひとびとには、うまく書けているところとそうでないところを気づかせてもらった。そしてピータ・ナイチンゲールとアラミンタ・ウィットリー、私の力を信じてくれていたことに感謝する。素晴らしいシーラ・クロウリーが私の著作権代理人となってくれたことは幸運だった。しかし——私の原稿を気に入ってくれて、シーラに勧めてくれた——ヴィヴィアン・ワードレイと交わした偶然の会話なしには、私は決してシーラに会うことができなかった。ヴィヴィアン、シーラ、レベッカ、そしてカーティス・ブラウン社のほかのすべてのメンバー、あなたがたがしてくれたすべてのことに感謝している。私にとってこれ以上ないほどふさわしいリトル・ブラウン社を見つけてくれた。初めて会った瞬間から、私は、才気あふれるルーシー・

マラゴーニがとても好きになった。彼女以上に洞察力に満ちていて熱心な編集者は望むべくもない。ルーシー、タリア、アン、サラ、カースティーン、それから、外国における出版権を担当してくれた素晴らしいチームのメンバー——非常に多忙であるにもかかわらず、私の作品が、あの時点であなたがたが扱っている唯一の作品であるかのように私に思わせてくれた——を含むリトル・ブラウン社のすべてのひとびとに感謝する。

元同僚であるメアリー・ラングフォードとケリー・ホブソンに謝意を捧げる。メアリー、初期の草稿を読んでくれてありがとう。ケリー、最後の最後に物語の展開にいくつかのヒントを与えてくれてありがとう。最後に、友と家族に謝意を捧げる。いつも私を信じてくれていてありがとう。私が素晴らしいキャリアを捨てて本を書くと決めたとき、あなたたちは私を支持してくれて、まともな仕事に就くべきだなどということは一度も口にしなかった。夫のロブ、そして三人の子どもたち——ジョシュ、イーヴィー、ジョージー——の支えなしには、私はこれをやり遂げることができなかった——やり遂げようともしなかった——だろう。サイドラインから応援してくれて、私のために紅茶を運んでくれて、私が〝まさにこの章を終える〟まで、自分たちのことを自分でやってくれていた。本当にありがとう。

解説

温水ゆかり

新人のデビュー作はいい。新しい出会いにページをめくる手も弾む。処女作（↑近年不適切用語らしいですが……）には、実力、才能、将来性などその人のすべてが詰まっているというのは真実だと思う。書き手の現在だけではなく、今後どんなものを書いていくのか、どう書いていくのかなどが、ぼんやりとではあっても、可能性の広がりとして感じとれる。

この『その手を離すのは、私』を書いたクレア・マッキントッシュは、オックスフォード警察に勤務したことがある元女性警察官。元警官が書いた警察小説だ。さて、そのお手並みは？　知人の娘さんがE判定を覆して第一志望の大学に入学したという嬉しい知らせをもらったばかりなので、それにちなんで、余裕のA判定だと書いてしまおう。

お話はこんな風に始まる。

十一月の冷たい雨が降りしきる夕刻、家の灯りが見える距離まで来たことに安堵した母親が一瞬息子の手を離すと、坊やは我が家に向かって駆け出す。そのときどこからともなく車が現れ、ドスンという音とともに五歳の小さなからだが宙を舞う。

濡れた道路に足を滑らせながらも駆け寄り、我が子ジェイコブの息を確かめる母親。顔を上げ、激しく動くワイパー越しに、顔の見えない運転者に助けを求めるが、車はバックして向きを変え、樹木に車体を擦って走り去る。母親の慟哭の声だけが取り残される。

これを序章に、第一章はブリストル警察の犯罪捜査課の面々と、痛ましい事故の記憶から〝逃げる女〟を交互に描きながら進む。

犯罪捜査課で、このひき逃げ事件の指揮を執るのはレイ・スティーヴンス警部補。同期のマグスと結婚して十五年、中等学校の一年生であるトムと、九歳のルーシーの父親である。最近トムの様子がおかしい。いじめに遭っているのではないか。学校に調査を依頼しているが、学校側の返事は煮え切らない。なぜ一夜にして我が子が反抗的な暗い目をしたティーンエイジャーに変わってしまったのか。トムの異変で、仕事中心のレイと、退職して専業主婦になったマグスの仲にも、すきま風が吹き始めている。

レイがそんなプライベートなことまでつい話してしまうのが、犯罪捜査課にやってきたばかりのケイトである。彼女はやる気まんまんで、仕事にも意欲的。レイの見るところ、本人が自覚している以上に能力は高い。

五歳の子供をひき逃げ？　車から降りもせず、子供の無事も確かめず、救急車も呼ぼうとせず、バックして走り去る？　彼女にとっては許しがたい事件。警視監がレイに捜査打ち切りの命を下した後もこの事件を諦めない。私的な時間を使って捜査を続け、そのことを上司のレイだけに打ち明ける。一年後、彼女の粘りが突破口を開く。

一方〝逃げる女〟である「私」は事故後、もうここにはいられないと突然旅立つことを決意する。バッグの中にパソコンと少しの衣類と思い出の小箱を入れる。小箱の中に入った生まれたてのピンク色した息子のポラロイド写真を見て、また呼吸が苦しくなる。

ブリストル（イングランド）からバスに乗って西に向かう。目的地があってのことではない。いきあたりばったりだ。隣に座った女性の乗客が新聞の記事を読みながら言う。ひどい話よね、停まりもせずに走り去るなんて。それにしても五歳の男の子に一人で道路を渡らせるなんて、どういう母親なのかしら。「私」はたまらず泣き出す。

ブリストル海峡を渡れば、そこはもうウェールズ。スウォンジーで降りた「私」にとって初めてのウェールズ。先走って書けば、本書はこのウェールズの自然描写が素晴らしい。「私」は海へ向かって歩き、ヴィレッジ標識でここがペンファッチ村という所だと知る。重い荷物で足を滑らせ、月明かりの下で野宿し、朝日で目覚め、固定式トレーラーハウスが並ぶ敷地の中で営業していた一軒の店に入る。

「泊まる場所を探しています。ここに住めたらと思っていて」

キャラバンパークを経営している女性は言う。

「おいしい紅茶はどう？　外はすごい寒さだし、あんた、半分凍っちゃってるみたいじゃない」

それが親切で世話好きで、でも節度は心得た鷹揚なベッサンとの出会いだった。

彼女の紹介で、「私」は地元の無口な男イエスティンから石造りのコテージを借りる。海辺の道からかなり上がった所にあり、バカンス客が遠くて不便だと敬遠するその陋屋は、現実という悪夢から逃れるのにふさわしい隠れ里に見えた。

このように第一章はリズミカルなシーンの切り替えで、読者は捜査チームの人間模様や〝逃げる女〟の動向を両輪で知ることになる。両輪がクロスする第一章の幕の下り方は劇的。「私」ことジェナという名の女とはいったい誰だったのか？　私は著者の巧妙な叙述方法にまんまといっぱい食わされていた。

しかし第二章では、これまで舞台裏に隠れていた怪物が姿を現す。第一章の構造はそのままに、第三の語り手が加わることで、事件の真相は深層化する。

反省もせず、悔恨の情も示さず、淡々と供述する女に、ケイトは、なんて冷淡な女だと嫌悪の情を隠さない。

レイは言う。彼女にはなにかおかしいところがある、と。

刑事としてのレイの直感が、この事件には何かつじつまの合わないことがあると告げていた。第三の男であるモンスターの〝自分語り〟はレイの直感を、読者だけに知らせる形でパラフレーズするもの。女性ならあまりのおぞましさに、生理的嫌悪を覚えずにはいられないはずだ。

だろう。

本書の特徴は、警察小説だと思っていたものが、この怪物の出現で様相を変えていくこと

UKの警察小説は、超エリートであるロンドン警視庁（日本で言う警察庁ですね）のダルグリッシュ警視を別格に（P・D・ジェイムズ著）、古くはバースのダイヤモンド警視（ピーター・ラヴゼイ著）、オックスフォードシャーのモース警部（コリン・デクスター著）、スコットランドはエジンバラのリーバス警部（イアン・ランキン著）と、土地柄とともにあった。

本書もブリストルのレイ警部補としてその群に加わるのかと思いきや、警察小説というよりも、恋愛小説、結婚小説、家族小説、友情小説などさまざまな要素が前面にせり出してくる。妙な言い方に聞こえるかもしれないが、加害者小説であり、被害者小説でもある。

著者が目指したのは、強者も弱者も賢者も愚者も、人間というものは必ず過ちを犯すという多面体小説なのではないかと思う。

仕事終わりの一杯など長時間ともに過ごすことでレイとケイトの間に芽生える危うい親密さ、レイと妻マグスの関係の悪化、ジェナと地元獣医師の臆病すぎる愛情関係。どうやって女を隷属させるか、DVという秘術をあますことなく開陳する唾棄すべき糞野郎。なぜこんなDV野郎のいいなりにという読者としての苛立ちも、手っ取り早くものごとを理解し処理しようとする愚かな一面だと我が身に返ってくる。

そして何よりもこの話は、自分の時間を生きたい、取り戻したいと願う女たちの多声小説

なのだと思う。同時代を生きる女たちが響かせる心の声に共振する。

新進彫刻家としての未来を奪われ、借りたコテージの下の砂浜に字を書いて、そこに波が打ち寄せる様をカメラにおさめるジェナ。ベッサンやポストカードの営業マンが魅力的な絵葉書になるという。

ジェナはベッサンの店にポストカードとして置くだけでなく、自分でウェブサイトを立ち上げ、顧客の注文にも応じ始める。新しいビジネスの名は〈砂に書いたメッセージ〉。愛の言葉、謝る言葉、挨拶の言葉。その裏には、ドラマが感じられる。悪夢にうなされるばかりだったジェナは彼らのドラマに思いを馳せ、創作意欲を取り戻していく。

「このウェブサイトを見るたびに、だれの助けも借りずに自分でこれを作り上げたんだという誇らしさが込み上げてくる。それ自体は小さなことだけれど、かつて信じ込んでいたほど自分は役立たずではないのかもしれない」

独身のケイトは、無理して街の高級エリアにおしゃれなフラットを買った。彼女はレイに言う。

「午前三時にヴィーガンフードの豆のコロッケを買えるところなんて、ほかにあります?」

午前三時なんてトイレの用しか思い浮かばないレイは意味がさっぱり分からない。吹き出してしまう。

短期間で恋人を替えていることも、ケイトは問わず語りにレイに打ち明けている。

「重要じゃないですか――〝運命の人〟を見つけるのって。先月、三十になりました。もう時間がないんです」

仕事も自分を生きる手段の一つだと考えるアラサーの悩みは、世界共通だと思い知らされるシーンではありませんか。

子どもが生まれたことでキャリアを断念したのは、レイの妻マグス。高額のベビーシッター代を考えたら、合理的な判断だったとレイは思っている（かすかな罪悪感はあるものの）。マグスは長男トムの問題が新たな局面に入ったとき、悪かった、もっと家にいるようにする、そのためには警部に昇任して家計を豊かにし、君が仕事に戻る計画を立てなくて済むようにする――と弁解する夫に対し、キレて叫ぶ。

「私は仕事に戻りたいの！」「私は私のために何かしたいの」

マグスは、切れ味のいいユーモアを言うケイトとはまた違った、滋味あるユーモア感覚の持ち主でもある。

レイがマグスの現実対処能力を「君は素晴らしい教官になるよ」「君は僕にはもったいない」と言うと、「そうかもしれない、でも残念ながら、あなたは私から離れられない」とユーモラスに切り返す。

無一物のジェナに、捨てるつもりだったという理由で、袋一杯の防寒着やひざ掛けのたぐいをくれたベッサン。ジェナに縁切りされても、彼女を見捨てなかった姉のイヴ。

本書の底流には、目に見えない女たちの共同体、シスターフッドのつながりがあって、ちょっと泣きそうになる。恥ずかしながら、弱いんだなあ、私はこの手の話に。

〝逃げる女〟は〝明日を探す女〟でもある。ジェナは明日を手に入れられたのか。短い終章がまた余韻をのこす。大団円は言ってみればストップモーション。静止ボタンを解除すれば、また私たちは「ゆく川の流れは絶えずして、しかも、もとの水にあらず」に身を浸すことになる。

堂々たる文芸ミステリーの登場である。原題の直訳を超えた邦題の付け方にも文芸の芸が光る。純粋ミステリーファンには、法廷劇の要素もありますよ、タイムリミットサスペンスの要素もありますよと付け加えて、ニューヨークタイムズやサンデータイムズのベストセラーリスト入りしたこの注目すべき新人作家の登場を言祝ぎたいと思う。

（ぬくみず・ゆかり／フリーランス・ライター）

――本書のプロフィール――

本書は、二〇一四年イギリスで刊行された小説『I LET YOU GO』を本邦初訳したものです。

小学館文庫

その手を離すのは、私

著者　クレア・マッキントッシュ

訳者　高橋尚子

二〇二〇年六月十日　初版第一刷発行

発行人　飯田昌宏

発行所　株式会社 小学館
〒一〇一-八〇〇一
東京都千代田区一ツ橋二-三-一
電話　編集〇三-三二三〇-五七二〇
販売〇三-五二八一-三五五五
印刷所 ―――― 凸版印刷株式会社

この文庫の詳しい内容はインターネットで24時間ご覧になれます。
小学館公式ホームページ　https://www.shogakukan.co.jp

ISBN978-4-09-406704-0